JN132366

佐川恭一小説集

アドルムコ会全史

佐川恭一

代わりに読む人

佐川恭一小説集

目次

アドルムコ会全史

高山の初任給を聞いたときおれはマジでバカらしくなった。これほどバカらしいことがあっていいのだろうか。いくらなんでもバカらしすぎるってもんである。世界中のあらゆるバカらしさを耐え忍んでいる人間も、これを聞けば自分の直面しているバカらしさの相対的なバカらしくなさに希望を見出し始めること請け合いである。つまり、クソみたいに劣悪な労働環境の工場で身を粉にしてはたらいているおれの初任給が十五万円だったたって言うのに、高山の野郎は八十万円もらっていたのだ。

「お前がおれの五倍はたらいてるってんならわかるが」

おれは強く握りしめた拳から血をしたたらせ、唇と声をぶるっぶるに震わせながら言った。

「おれの方がお前の十倍はたらいてる」

すると高山は、古いトレンディ・ドラマでイケメンがやるみたいに得意気に、こめかみを人差し指でとんとんやった。

「ここの違いだろ。やたらめったらはたらくだけなら、猿でもできんだよ」

そりゃそうだな、とおれは思った。

＊

調子乗りの高山はおれの高校時代のクラスメイトだ。成績はいつも学年トップだったたし、陸上部でもないのに百メートル走は十一秒台だったたし、高校のミスターコンテストで三年連続準優勝している。それで調子に乗るなという方が無理かもしれない。

その後も高山は挫折知らずで、大学を卒業してからは超有名な外資系の証券会社ではたらき始めた。給料は異常に高いがその分仕事がきつくて、すぐやめるやつが多いらしい。八人いた高山の同期は一週間で半分になり、二週間でそのまた半分になった。でも高山は余裕だ。高山が余裕を失うのを一度も見たことがない。おそらく余裕を失うという回路がこいつの中に組み込まれていないのだ。いつだってこういう反則に近いような化け物が圧倒的勝利を収め、おれのような心優しい子猫ちゃんは搾取され貧困のうちに野垂れ死んでいく。

労働時間はおれの方が高山よりも長いが、何をやってるかと言えば誰でもできる系のライン工だ。周りのやつらと一緒になって辛い苦しいとわめいているが、確かに責任は風に舞い上がるビニールシートぐらい軽いし、ろくすっぽ頭を使ったこともない。

十五万円が妥当だと言われてしまえば、おれに返す言葉はない。

＊

社会に出てからというもののいいとこなしのおれだが、大学にいるあいだはわりとフツーに青春していた。恋人もまったくできなかったわけじゃない。親からもらう仕送りとバイトで稼いだ金を合わせて、貧乏ながらもなんとか楽しくやっていたのだ。失敗のきっかけは大学で宗教団体を作ったことだった。大学でできた友人の久我山にそそのかされたのである。

「宗教が一番もうかるんだよ、ね？　ぼくらみたいにさ、こんな五流の大学を出て、いくら普通にがんばったってさ、もう成功なんて絶対にできないんだ、何かでっかいことしなきゃ、逆転なんてできっこないんだよ、ね？　そこでぼくはこういう宗教を考えた、物質的にある程度豊かになったこの社会では、精神のケアが全然足りてない。知ってるかい？アメリカではほんとに、風邪薬をもらうみたいにして精神科で薬をもらうんだよ、イギリスでもそうさ、ぼくは日本もそうあるべきだと思ってる、でもまだまだ精神科に通うことには後ろ暗いものがあるだろ、ぼくはいきつけの精神科に行くとき、自分が死んだように感じる、社会から抹殺されているように感じる。日本のこの風潮はどうせしばらく変わらないさ、だからそのガス抜きとしての宗教、それがうまく作れれば当たると思うんだ、ね？」

精神薬の飲みすぎでいつもぷるぷるしていた久我山のこの言葉でおれは一念発起し、つまらない宗教を立ち上げた。哲学とか心理学とか社会学の概念なんかを意味のわからないままごちゃまぜにして放り込んだ、難解っぽいだけで内容のまったくない教典を作り上げてそのへんに配りまくると、おれたちの大学にもわずかにいた賢い層の人たちが色んな解釈をしてくれて大論争が起こった。教典の作者であるおれには凄まじい量の質問が寄せられたが、いつも「どれが正解とは言えないね」と答えるだけだった。正解もクソも、内容はめちゃくちゃなのだ。おれはそれっぽく文章を組み合わせる天才だった。そして意味深な顔で「どれが正解とは言えないね」と答える天才でもあった。

久我山の勧めで催眠術も会得した。おれの習ったのは、瞬時に相手の呼吸のリズムをつかみ、気付かれないようにこちらの呼吸のリズムを同調させていくことによって少しずつ相手を酩酊状態へと誘い込む、というわざだ。うまく呼吸のタイミングが合うと相手の目がとろんとしてきて、意のままに操れるようになる。文章にすると簡単そうに見えるが、これを身につけるのに一年かかったし、おれ以外には誰もできなかった。こんなわざを身につけて悪用しない人間はいない。おれはむかつくやつをかたっぱしから精神的にボコボコにして、大声で泣き出したところを即座に慰めて心酔させ、多額の寄付金を巻き上げた。かわいい女の子をひっかけては、部屋（おれの住処はどこにでもあるワンルームの小さな部屋だったが聖地みたいになっていて、そこに招かれることは信者にとって無上の喜びだった）に連れ込んで犯しまくった。おれがフツーに暮らしていては絶対に手の届かない女たちが、簡単に股を開いた。同じ大学の学生だけではない。高山の通っていたような一流大学の女性でさえ、この五流大学頭パーのおれに股を開きまくり、挿れてほしい挿れてほしいと泣き叫んだのだ。おれは瞬く間に有名人になり、瞬く間に逮捕された。一応は執行猶予付きですんだが、平凡な専業主婦だった母親は一躍極悪人とされ、被害者――おれはやつらを被害者だなんて思っちゃいないが――宅に土下座して回り、しまいには心臓の血管がブチ切れて死んだ。土下座しすぎて足にできた血栓が飛び、胸につまったのだ。おれは優しかった母親との思い出を振り返って一晩中泣き明かし、喪服を買って通夜に出ようとしたが、実家の玄関から出てきた父親に思いっきり殴り飛ばされた。

「お前、どのツラ下げて帰ってきたんだ！」

どのツラもこのツラも、母親が死んだら誰でも帰ってくるだろうが！　おれが父親につかみかかろうとすると叔父や叔母まで一緒になっておれを殴りつけ、倒れたところを思うさま踏みつけた。母方の祖父にいたってはいつもついていた杖でビシビシ顔を叩いてくるのでめちゃくちゃ痛かった。

そういうわけで、もうおれに家族はいない。

＊

社内で一番かわいいと思う女の子は誰かと聞かれ、鮎川紀子ちゃんだと答えない者はいなかった。鮎川紀子ちゃんは数多くのセレブが通う一流私大を出ていて、同じ会社でもおれたちみたいなごみとは違い、企業営業部に配属されたエリートだ。入社ルートも違うし給与ももちろん違う。まさにお嬢様といった感じの清楚でお上品な整ったルックス、ハンパない透明感の白い肌、キュートさ爆発のミディアムボブ、ほとばしる処女感。同期だけでなく全世代、誰もが彼女に◎を付けるほどグリグリの大本命だった。係長も課長も部長もめろめろだったが、聖なる鮎川紀子ちゃんは聖なりすぎてセクハラの対象にならなかった。セクハラのしすぎで有名だったものの仕事ができすぎて結局出世していた杉本部長は、後にこう語っている。

だめな女性というのは、自らの肉体に聖性を付与することに失敗し、衣服を脱ぎ捨てることで卑俗さをそのまま露呈し、男性の直接的な肉欲の対象となってしまうものである。それに対して真にすばらしい女性というのは、自らを男性の手の届かぬきらびやかな舞台上に押し上げ、衣服を脱ぎ捨てることで逆に聖なる記号をまとっていき、ついには男性を去勢してしまうのだ。後者の代表として、私は鮎川紀子の名を一番に挙げる——

そんな中、覇気のない死神みたいな顔で有名だった同期の岸田という男は、一年目の春に開催された同期親睦会でこうつぶやいた。

「この会社ってブスばっかりだけど、鮎川さんならセックスしてやってもいいいな」

この上から目線の発言が一時期話題となり、飲み会の場にいなかった者にまであっという間にツイッターやらLINEやらフェイスブックやらで拡散され大炎上、怒り狂う男性社員たちが次々に岸田を罵倒しにきた。岸田はその都度「いや、何熱くなってるんですか?」と余計な冷笑を浮かべてしまいさらにまずい状況になったのだが、いくら罵倒されても岸田の心は折れず、逆に罵倒している側が精神を病み診断書を取り付けてくるほどだった。パワハラで有名だった人間たちも相当な勢いで岸田に集中砲火を浴びせたが、岸田はまったく意に介さず「なんであんたみたいなバカが出世できたんでしょうね」「まあ出世ってもこんな小さな会社じゃ意味ないですけどね」などと無意識のカウンターパンチを執拗に叩き込み、少なくとも四人のパワーハラスメンターを病院送りにした。パワハラに悩んでいた社員からすれば岸田は救世主だった。

《ややこしいやつにはややこしいやつをぶつけよ。》

おれがこの会社で学んだ教訓の一つである。

＊

会社の労働組合が主催するソフトボール大会は、毎年大盛り上がりだった。これは組合活動に精を出す者の登竜門的なイベントでもあり、ソフトボール大会を成功させた者だけが組合の中でのし上がり、管理職とは違う方向へと地位を高めていくことができるのだ。

組合組織にあこがれる人間はわりと多かった。

このソフトボール大会、部門ごとにチームを組むのだが、ラインのある製造部、つまりおれや岸田の所属するチームは相当歳のいった人間ばかりで、下馬評は最悪だった。組合新聞には「このチーム、死者が出なければ良いが……笑」なんて書かれている。年寄りはもちろんのこと、おれは貧乏暮らしで気力も体力もなかったし、岸田もマジで死神の愛称に恥じないほどガリガリだったから、出場を辞退させてほしいくらいだった。

ソフトボール大会の当日、ピッチャーは岸田にやってもらった。おれにピッチャーなんてとても無理だったし、ほかのじじい連中にやらせたら本当に死ぬかもしれなかったからだ。岸田は意外にも嫌がるそぶりを見せず、ふらふらとマウンドに立った。

そこからが圧巻だった。

岸田は豪快なフォームのウインドミルで豪速球をストライクゾーンに決めまくった。ヤバイくらい決まりまくって相手チームの打者は全員ギャグ漫画みたいに派手に空振りして尻餅をついた。岸田のことを死神だとかマッチ棒だとかバカにしていたやつらがばたばた三振に倒れていくさまは、正直涙が出るほど感動的だった。しかもそれだけじゃない。岸田はふらふらとバッターボックスに立ってゆらゆらとバットを構えては、百パーセントの確率でホームランを打ったのだ。冗談抜き、誇張抜きの百パーセントである。

おれたちのチームは一点も取られず岸田のホームランで全勝、みごと優勝を果たした。すべて岸田のおかげとは言え、虐げられていた製造部が存在感を示せたことがすごくうれしかった。何もしていないじじい連中もうれしそうだった。

「ありがとう！　ほんとうにありがとう！」

「すごいじゃないか岸田くん！」

「昔ソフトやってたの？」

「いえ、ずっと帰宅部でした」

岸田はぶっきらぼうに答え、祝勝会にも出ずさっさと帰ってしまった。

＊

勘違いしてはならないのは、このソフトボール大会、盛り上がったのはおれたち製造部だけで、ほかの部署からしてみればクソ面白くない結果だったということである。一点も取れずにホームランを浴びるだけの試合なんて、面白いはずがない。ソフトボール大会は、組合の企画者たちが岸田という怪物を見抜くことができなかったために、久々に失敗に終わったのだ。企画者たちは組合の上層部に必死で謝ったが、だめだった。もう組合内部での出世がなくなってしまったのだ。すると案の定、岸田を逆恨みする者が出てきた。組合をこよなく愛していたシステム管理部の下柳である。下柳はソフトボール大会以前の小さなイベントも先頭に立って仕切っていたし、休日にデモ行進に呼ばれれば必ず加わって大声を張り上げたし、寄付金を募られれば誰よりも多く出したし、組合の集会が開かれると聞けば仕事をほっぽりだして参加した。ゆえに、職場での評価は最低だった。もう彼には組合の道しか見えていなかったのだ。

「てめえ、人の人生めちゃめちゃにして楽しいのかよ！！」

下柳はわざわざおれたちの職場までやってきてわめき散らした。すぐわめき散らすので有名なのだ。システム関係の障害を連絡しても、「マニュアルを読んでください、そこに載っていないことは一つもありません」と冷たい対応を繰り返し、「実際に載ってないから聞いてるんだ！」と怒っても「載ってないようなこたあこちらもわかりませんねえ！」などと逆ギレする、つまりシステム管理部としての仕事を放棄しているも同然なのだった。そこには組合以外のことに時間を割きたくない、という思いが見え隠れする。常時そんな様子だったから、彼が電話に出たらすぐに切り、別の社員が出るまでかけ直す者もいるほどだったのである。岸田は下柳の怒声をはじめ無視していたが、あまりにうるさいのでうんざりしたのか、ラインから首だけ振り返って言った。

「ソフトボール大会くらいでめちゃめちゃになるような人生、やめちまえよ」

下柳はブチ切れて岸田につかみかかろうとしたが、岸田がよけるとバランスを崩してこけてしまった。そして岸田の横にある巨大なスクラップマシンに右腕を巻き込まれ、頭を巻き込まれ、胸を巻き込まれ、結局全身を巻き込まれた。バキバキと骨の砕かれる音と断末魔の悲鳴が響き渡ったが、おれにはそれが人間の生々しい最期の音ではなく、出来の悪いテクノポップみたいなぺらぺらの電子音に聞こえた。結局誰も下柳に手を差し伸べなかった。人に差し伸べる手の余っている人間なんてここにはいない。

「ほんとにやめることないだろ」

岸田がつぶやいた。おれたちは笑った。岸田もクスクス笑った。静かな、そしてどこか陰湿さを含んだ笑い声が、長いあいだ工場に響いていた。

*

少し仕事に慣れた頃、おれに近寄ってくる女もちらほら現れた。お金なんてまったくないよ、と言ったら全部おごってくれる女もいた。最初はなぜこんなことになるのかわからなかったが、よくよく話してみれば、みんな「元シャドウボーイズの塚原さんですよね！？」と目を輝かせるのだった。おれが元シャドウボーイズの塚原かどうかと聞かれればそうなのだが、もうとっくに脱退したグループだし、元々シャドウボーイズだったからといって寄ってこられても、そんなにうれしくはなかった。シャドウボーイズというのは今でも人気のある四人組の男性アイドルユニットなのだが、元々はおれも入っていて五人組だった。十四歳のときに飲酒と喫煙がばれて、くびになったのだ。あれは大失敗だった。シャドウボーイズのメンバーの年収は、事務所に相当絞り取られるとは言え、少なくとも手取りで三千万を越えている。おれもあのまま歌って踊っていれば、手取りで年間三千万もらえていたのだ。それがいまや、手取り十万サービス残業ざんまいでボーナスなし、つまり年間百二十万である。でも、おれはあのとき酒を飲みたかったし煙草も吸いたかった。たぶん、何度人生をやり直してもあのタイミングで酒を飲んで煙草を吸うと思う。だからそんなに強く後悔しているわけではない。ただ、三千万の可能性が残されていた時代があった、という事実を懐かしく思い出すだけだ。

おれに寄ってくるシャドウボーイズのファンは大抵復帰してはどうかという話を持ちかけてくる。以下はその平均的な内容である。

「塚原さんがいたときの方がシャドウボーイズはきらきらしてましたよ、今はなんだか落ち着いてしまってるっていうか、停滞してるっていうか。塚原さんってほとんどセンターにいたじゃないですか、やっぱりその穴を埋めるのって、塚原さん本人にしか無理なんじゃないかなって思うんです。私でよければいくらでもお手伝いします、私、塚原さんの支えになって、シャドウボーイズの本当の復活を塚原さんの横で見ていたいんです！」

ああそう、でもね、おれはシャドウボーイズなんてもうどうでもいいの、クソみたいな曲、クソみたいな歌詞、クソみたいなダンス、クソみたいな先輩にクソみたいな同期にクソみたいな後輩、もう二度とあんな世界に戻りたくないし、シャドウボーイズのメンバーが全員性病でちんちん腫らして死んだって涙の一滴も出やしないよ。

おれはそう言いたいのをぐっとこらえて、「そうだな、そうなればいいなっておれも思うよ」なんて心にもないことを言う。もちろん、磨き上げた催眠のわざを適切なタイミングで使いながらである。こういうバカな女からは金を絞れるだけ絞らなきゃいけない。なんたっておれの稼げる金は年に百二十万しかないのだ。

＊

同期の野上という男は、稼いだ少ない金をほとんどすべて風俗につぎ込み、愛のなんたるかを真剣に考えていた。野上は性行為を愛の中心にすえていて、できた恋人との性交時には必ず一時間たっぷり前戯をし、「お願いします、おちんぽ挿れてください、もう我慢できません！」と叫ぶまで決して挿れないという変態ぶりだった。「お願いします、おちんぽ挿れてください、もう我慢できません！」って叫ばせる意味は何なの？　とおれは聞いたことがある。すると野上は腕を組んで言った。

「逆に聞くが、お願いします、おちんぽ挿れてください、もう我慢できません！　と叫ばせない意味はあるのか？」

おれはそれで野上が答えを持ち合わせていないことを確信した。野上はいつも答えを持ち合わせていない質問をされると「逆に聞くが」と言って逆に聞いてくる。それは野上得意のカウンターパンチなのだがあまりカウンターになっていなくて、「いやいや、何かをやらせないことに意味はなくても、やらせることには意味があるだろ？　なんたっていちいちやらせてんだからさ、お前の方に意味を説明する責任があるし、おれの方にはないね」と追い詰めると、野上はすぐ怒って帰ってしまう。だからみんな、野上なりのカウンターがきたな、と感じたら「うーん、難しいところだね」とかなんとか言ってさっさと受け流すことにしている。なかなか面倒なやつなのだ。

だが愛のなんたるかを真剣に考えているというのは本当らしく、風俗に行っては電車のつり革痴漢プレイに没頭したり女の子の全身を一時間かけて舐め尽くしたり高い金を払ってアナルファックやフィストファックやスカトロプレイに挑戦したりゲロを吐かせてそれをビチャビチャ飲んだりと、あらゆる方法で愛へのアプローチを試みているのだ。全部野上のハッタリじゃないかという疑惑が持ち上がったこともあったが、それはすぐに解消された。野上は自分の風俗でのプレイをすべて隠し撮りしていたのである。スマートフォンを鞄の中でうまい具合に配置したり、プレイルームの作りによっては棚にさりげなく立てかけたりして、マジで全部撮っているのだ。おれも何度か見せてもらったが、さすがにゲロをビチャビチャ飲んでいる動画や、いくつかのひどいスカトロものは最後まで見通すことができなかった。

野上はこういう極端な行為によって愛を検証しているわけなのだが、恋人ができても第一段階「お願いします、おちんぽ挿れてください、もう我慢できません！」の時点で全員脱落するらしい。そりゃおれが彼女でも脱落するよ、もっとフツーにできないのかよ、恋人って風俗嬢じゃないんだぜ、とみんなでアドバイスしたこともあったが、野上は「恋人だからとか風俗嬢だからとか、そんなことで対応を変えるのは愛に理解のない人間のすることだ」とぷりぷり怒って帰ってしまった。

面倒なやつだけど、おれはそんなに嫌いじゃない。

＊

三年目になると、おれは主任と呼ばれるようになった。ペーペーの称号「主事」とはオサラバ、昇進ってやつだ。しかし、何か難しい昇進試験を通ったわけでもなんでもない。ただ三年目になれば自動的に主任になるというのがこの会社の仕組みなのだ。ごく一部、明らかな問題がある社員を除いてだが。

ある日、主任であるおれと、明らかな問題があると判断された岸田主事が夜勤当番でだらだら仕事していると、ニューヨーク・ヤンキースのスカウトマンがやってきた。岸田に二百億でヤンキースと契約してほしいというのだ。しかし岸田はガン無視で仕事を続けていて、アメリカからはるばるやって来たスカウトマンがあまりにもかわいそうだったので、おれが本人の代わりに丁重に断ってやった。

「岸田がうまいのはソフトボールであって野球ではないんですよ、せっかく来ていただいて申し訳ありませんが、どうぞお引き取りください」

しかしそのスカウトマンは食い下がり、

「先日そこのむらはちぶ公園でピッチングをする岸田を見た、草野球か何かの試合だったと思うが、ストレートは一七〇キロ出ていたし、変化球も実に多彩で、誰一人バットをかすめることさえできなかった、そしてバッティングも大変すばらしかった、全打席ホームランだった、ピッチャーとしてもバッターとしても、彼は超一流の選手としてメジャーでも十分通用する、いや、メジャーで天下を取れる逸材なんだ、二百億でも安いくらいだよ」

などというようなことを隣の通訳に言わせて引き下がらなかった。

「リアリィ?」

おれは岸田にふざけて英語で聞いてみた。

「ストレートなら一八〇キロは出てたはずだ、そいつは嘘をついてるよ」

岸田は手元の仕事から一切目をそらさず言った。おれは腰を抜かして岸田に熱くメジャー行きを勧めたが、マジでうっとうしそうだったのでそれ以上何も言わないことにした。アメリカから来たスカウトマンは諦め切れない様子で隣の通訳にごちゃごちゃしゃべらせていたが、岸田は無視し続け、最後に言った。

「あなた、日本人を獲得したいなら、ご自身で日本語を話されてはどうです?」

＊

岸田の気持ちはわからないでもない。岸田が仮にメジャーリーグで無敵になれるぐらい野球の才能に恵まれていて、使い切れないほどの富を手に入れられるのだとしても、岸田が野球を好きじゃなければ、それを仕事にするのは辛いだろう。岸田はソフトボールも野球も全然好きじゃない。たまに草野球で投げられればそれでいいのだそうだ。練習なんか一切しない。したことがない。そもそも、岸田は野球選手が何億もの年俸をもらっていることに懐疑的だ。ただ球を投げて打つ見世物に人々が熱狂しているのは、何かのうさんくさい宗教みたいなものだと思っている。そんな認識の男が毎日野球なんてやらされたら、一週間も持たずに発狂しかねない。ある分野で圧倒的な才能を持っていても、その分野に参入するかどうかは当人の自由なのだ。

＊

仕事の朝、おれはまあまあ長いあいだ電車に乗る。通勤ラッシュで確実に座れないので、おれは一番後ろの車両の、壁にもたれられる端っこの争奪戦に二年以上毎日参加して、今では大体勝てるようになっていた。仮にしょっぱなで壁を逃したとしても、一駅で降りていく高校生が三人ほどいるので、そいつらをハイエナ戦法で狙えば体をくるりと入れ替えて壁を手に入れることができる。そこにもたれて音楽を聴きながら本を読む。これからクソくだらない仕事が始まるっていう憂鬱極まりない時間、せめて仕事以外のことでぎりぎりまで気を紛らわせたいのだ。

三年目の六月のことだった。おれはいつものように壁にもたれて、くるくる絡まったコードを直しもせず安物の真っ赤なイヤフォンを耳に突っ込んで、黒のブックカバーをかけた本を読んでいた。そのとき読んでいたのは『美熟女肛門マンション』。マンションの管理人がマスターキーや監視カメラを悪用しまくり、マンションの部屋に住む美熟女たちの弱みを握っては次々にアナルを開発し性奴隷にしていく、という芥川賞ものの作品だった。おれが勃起してしまわないよう精神を巧みに統御しながら本を読み進めていると、二駅目で見慣れない女の子が乗り込んできた。気の強そうな目をしていて、つんと尖った鼻をしていて、とても小さく上品なお口をなさっていた。本人は自分がエッチな目で見られることを相当嫌悪しそうな雰囲気で、満員電車でおじさんの手が少しでも触れようものなら、必要以上に身体を離して「チッ」と舌打ちでもしそうな感じである。しかし残念ながら彼女の大きな胸とタイトなスカートをぱつぱつに張らせているぷりぷりのお尻は恐らく本人の希望とは真逆に性的な魅力マックスだった。彼女はおれの目の前に空いていたスペースに、おれに背中を向ける形で体を入れ、おれと同じように耳にイヤフォンを突っ込み、何やら赤いブックカバーをかけた本を鞄から取り出して読み始めた。豊かな茶色の髪の毛を編み込んで後ろでまとめていて、黒のブラウスからのぞく背中の白い肌は毛穴が一つも見えないほどなめらかだった。その朝から、彼女は毎日おれのいる車両に乗り込んでくるようになった。いつもおれは自分が気付かないうちに彼女のことをじっと見つめていて、彼女が不審がっていないか不安になるのだが、彼女の方はおれのことなんて全然認識していなくて、いや、電車に乗っている人間を誰一人まともな存在とは認めていないぞ、というようなたたずまいで、イヤフォンから流れ出る音楽と、赤のブックカバーにつつまれた何らかの本が創り出す世界に没入しているのだった。彼女にとってこの電車は現実世界ではない。その考えはおれを少しずつ安心させ、ほどなくゆっくりと余裕を持って彼女を観察することができるようになった。おれの耳元では常に音楽が鳴っていたし、手元には常に本があったが、彼女との出会いから――もっとも、出会ったと思っているのはおればかりなのだが――、おれの中には何の音楽も文字も入ってこなくなり、ただ彼女の太い編み目をつくるつやつやした髪や上質なミルクの匂いのしそうな背中の白い肌や小鳥のようなキスを想像させるかわいい唇を毎日毎日見つめているのだった。

おれと彼女の降りる駅は同じ終点だったが、降りてからおれがさらに地下鉄に乗り換えるのに対して、彼女の方は駅の出口へと向かってしまうので、いつもその先の足取りはわからずじまいだった。一体毎日何をしているのだろう、仕事に向かっているのだろうか、まだまだ若そうだから大学かどこかに通っているのだろうか、それとも何か資格の予備校にでも……？　おれは毎日毎日、彼女の太い編み目をつくるつやつやした髪や上質なミルクの匂いのしそうな背中の白い肌や小鳥のようなキスを想像させるかわいい唇を見ながら、変に想像力をふくらませるばかりだった。特に背中にゆっくりと舌を這わせる妄想がお気に入りで、それだけで朝ご飯を食べたような気にさえなったのだ。朝の憂鬱な時間、本や音楽じゃなくたって、没頭できる何かがあればいい。仕事以外のことだったら何でも良かった。

＊

おれの行きつけのカフェはスターバックスなんかじゃない。名前すらわからない、知ろうとも思えないようなショボイ店だ。客はいつもまばらで、空いている席に座ると気持ちがとても落ち着く。コーヒーは別に美味くも不味くもない。大体コーヒーなんてどれも似たような味がして違いなんてわからないし、わかろうとも思わない。いつもおれはホットを頼む。冬はもちろんのこと、夏でもホットを飲む。理由は特にない。強いて言えば氷が溶けて味が薄くなるのと、グラスが汗をかくせいでおれの細くて繊細な指が濡れてしまうのが嫌だ、というところだが、これは今無理やり考えただけでやっぱり理由は特にない。大体みんなが思考や行動に理由を求めすぎるのはビョーキだとおれは思っている。おれ自身にもそういう傾向はあって、たとえば同期の野上ができた恋人との性交時に必ず一時間たっぷり前戯をし、「お願いします、おちんぽ挿れてください、もう我慢できません!」と叫ぶまで決して挿れない理由をおれは聞きたくなってしまったし、それに対して野上は論理的な答えを持っていなかった。せいぜい「その方が楽しいから」というところだろう。だが正直にそう言うとみんなバカにする。すべての言動の意味を読み取ろうとし、意味が存在しないとわかれば「こいつは薄っぺらい」とバカにするのだ。そうやってバカにされたくないバカが一生懸命意味を作って自分の「薄っぺらさ」を隠している。バカの連鎖だ。おれがそのちんけなステージに乗ってやらないと、ステージ上のバカはおれをバカにしてくる。こいつとおれたちじゃまるで次元が違うんだよ、とでも言いたげな目で。

おれは元アイドルの肩書きのおかげでそこかしこの大学で講演会に招かれたり、時には討論会に招かれたりする。もう活動してないおれの話なんて誰が聴くんだろう、と最初は思っていたが、やってみるとわずかに残っているファンだけでなく、アイドル批評家や社会学をやってる学生なんかも押しかけてきて毎回結構盛り上がる。そういうやつらはおれと話をして、自分の本とか論文のネタにしようとしてるみたいだった。みんなすごく論理的で、これがこうなったからこうで、あの現象とこの現象は実は連続していて、なんてことをガーガーまくし立ててくる。そういうのを聞くとおれはげんなりする。そんな深い意味ないっすよ、たまたまっすよ、と言っても彼らは納得しない。みんな起きたことを論理でつなげたり切り分けたりしようとしている。それがすっきりいけば満足して帰っていくし、うまくいかなかったら首を傾げて消えていく。前者の場合も、あんまりすっきりいきすぎると仕事に使えないみたいで、ひとひねりふたひねりあって、表に出ている事実だけじゃわからないような隠された意味がいくつかあって、そんな紆余曲折を経まくってある事象とある事象がアクロバティックにつながる、というのを望んでいる。

「あの時バク宙したのはなんとなくですよ」

「作詞はしましたけど、そこに個人的な体験は反映されてませんね」

なんて言おうものなら、そこかしこからため息が聞こえる。どいつもこいつも意味、意味、意味。マジで嫌になってくる。

＊

ホットコーヒーを飲んでいるおれの横に、黒くて長いさらさらの髪をした女の子が座ってきた。高校生か大学に入りたてか、恐らくはまだ十代だろう。前髪が長すぎてよく顔が見えないが、多分かわいいと思う。おれはまた『美熟女肛門マンション』という野間文芸新人賞ものの名作をコーヒーをちびちびやりながら読んでいたのだが、その前髪の長い若い女の子を見て、ふと「なぜこの作者は『美少女肛門マンション』でなく『美熟女肛門マンション』にしたのか」という疑問が湧いてきた。美熟女肛門マンションで狙われる女性はすべて三十代から四十代、確かにこの世代の女性が好きという層は存在するが、十代から二十代の若い美少女が好きな層の方が多いことは明らかだし、商業的なことを考えるなら『美少女肛門マンション』にするか、もう『淫乱☆肛門マンション』か何かにタイトルを変えて十代から四十代までを網羅するオールラウンダーにしてしまえば良かったのだ。

隣の黒髪ロングちゃんはアールグレイティーを飲みながら求人誌を広げていた。おれもライン工の仕事にありつく前はよく読んだなあ、と感慨深くなりながら、内容を盗み見る。あなたにイキイキとはたらいて欲しい、だから待遇は抜群☆キレイをつくるエステティシャン募集、未経験ＯＫ、月給4万円～15万円。高収入&ウレシイ土日祝日休み！　小さな物から大きな物まで設計・開発に関われます、ＣＡＤでの設計・開発業務、未経験ＯＫ、時給１２００円～。介護スタッフ急募、無資格、未経験大歓迎、残業はほとんどありません、時給900円。一緒に合格を勝ち取る喜び！　個別指導塾講師募集、テキスト類はすべてこちらで用意します、時給1600円～。不動産販売の営業職募集（飛び込み営業ナシ！）、店舗に来られたお客様に対して、お客様の希望や状況に合わせた最適な物件をご提案していくお仕事です、月給22万円～。居酒屋のオープニングスタッフ募集、あなたの元気でお店を明るくしてください、〈ホール〉〈キッチン〉時給950円～。

しばらくすると、黒髪ロングちゃんがくすくすと笑い始めた。おれがのぞき見していたのがばれたのかと思ったが、顔は求人誌にずっと向けたままだったし、おそらくどこかに面白い内容でもあったのだろう。しかし求人誌を一人で読んでいて笑うなんてよほど面白かったに違いない。おれは黒髪ロングちゃんがどこを見て笑っているのか突き止めようとしたが、長い前髪のせいで視線が読み取れなかった。おれは諦めて、たまにくすくすと笑う黒髪ロングちゃんの横で『美熟女肛門マンション』を読み進めていった。黒髪ロングちゃんの笑いに含まれるかわいい吐息が『美熟女肛門マンション』のなまめかしい描写と混ざり合い、おれの読書体験は至高へと導かれていく。おれはいつの間にかこの処女っぽい黒髪ロングちゃんのアナルを開発している気分になったというか、もうほとんど実際に開発していた。おれの極限まで高まった想像力は現実と妄想の境目を極限まで薄め、黒髪ロングちゃんのアナルにはおれの指がずっぽり三本突っ込まれていた。『美熟女肛門マンション』の作者・五島由紀夫は、出世作となった『尻穴女学院の午後』の中で主人公（教師・二十八歳）にこう語らせている。

僕は女生徒との行為を空想の中で完全に描き、空想の中で目的は完全に達成された。この上、それを現実に持ち込む必要があるだろうか……

これはすばらしい言葉だと、それを読んだ当時まだシャドウボーイズに所属していたおれは思った。空想が現実を完全に肩代わりすることがあるのだ。そして、物理的、精神的、さらには社会的な制限にがんじがらめにされている現実よりも、すべてから解放されている空想の世界の方が、欲望はより完全に実現される。現実がただ現実であるというだけで特権的立場にふんぞりかえっているのは、おかしなことなのだ。現実が最上位だなんて、もうそんな時代じゃない。

「あの……すみません、お願いですから、抜いてください……」

耳元に女の子のかわいい吐息がかかって、おれはあまりの気持ちよさにぶるぶる身体を震わせた。はっと気が付くと、黒髪ロングちゃんが顔を紅潮させて、横から上目づかいでおれを見ているではないか。いやいや、何が抜いてくださいなんですか、と、今まであなたのことなんてまったく意識さえしていませんでしたよ、というような余裕とすっとぼけ感を出しながら答えようとしたおれは自分の右腕を見て凍り付いた。なんとそれは隣の黒髪ロングちゃんの赤いスカートの中に吸い込まれていたのだ。そしてさらに悪いことには、おれの親指と小指を除く三銃士たちが、黒髪ロングちゃんのお尻の穴に突っ込まれていたのだった。サーッと血の気が引いていく。

「お願いです、あっ、あん……やめてください……」

なにこの子スゲーかわいい、とか言ってる場合じゃない。おれは急ぎながらもゆっくりと指を引き抜き、その先っちょの匂いをくんくん嗅いだ。えっ何コレすごいフローラルっていうかぎゅっと抱きしめてあげたくなるようなかわいらしい香りがするんですけど。思ってたようなうんこっぽい匂いが全然しないんですけど、若い女の子ってお尻の穴までいい匂いするんですか、それとも何かこういう事態を想定してお尻の穴に匂いのもと的なものを塗布ないしは注入してるんですか？　いやいや、くんくんしてる場合じゃないんだった。

「あの、ホントすみません、おれそういうつもりじゃなくて、何て言ったらいいか……」

妄想してたことマジでやってたみたいですみませんでした、ちっす、なんて言ったって通用するわけない。おれはアホだ。多分これは裁判になると思う。性犯罪者には世論も冷たい。おれだって性犯罪者なんかのニュースを見るたび、チンコ切っちまえとかなんとか威勢のいいことを言ってた人間なのだ。これでライン工の仕事もおじゃんだ。せっかく三年目まで勤めて主任になったのにこれまで積み重ねてきたものも全部パア。もはや主任になれなかった岸田よりもおれの方が下なのだ。恐いよなあ。どれだけコツコツやってきたって一発で全部おじゃん。人間ってすごい緊張状態で生きてるんだなあ。性犯罪者なんかのニュースを見るたびチンコ切っちまえとかなんとか威勢のいいことを言ってた人間が、一瞬の気の緩みで性犯罪者なんだもんなあ。おれがすべてを諦め言葉を失っていると、というか言葉を発する気力を失っていると、黒髪ロングちゃんはもじもじしながらおれに小さな声で話し始めた。

「あ、あの、あたしこんなことされたの初めてで、どうしていいかわからなくて、すみません、つまんなかったですよね、あたしのお尻なんかに指入れたって、つまんなかったですよね。すごい勇気出してそういうことをされたんだと思うんですけど、あたし、あたし……ごめんなさいっ！」

言い終わると黒髪ロングちゃんはダッと駆け出した。思いっ切りズレたパンティも直さずにである。焦りで頭がショートしていたおれにはいまいち状況が掴めなかったが、とりあえず助かったと思った。すべてが終わったと思ったのにおれはここにちゃんと生きていて、警察も何も呼ばれてなくて、明日以降も同じように人生を続けていけるようなのだ。おれは黒髪ロングちゃんに目一杯感謝しながら、右手の指についた茶色いものをしゃぶった。とても甘い味がした。それもただ甘いだけじゃなくて妙に興奮するようなビター感がうまく配合されていてくせになる感じである。何食ったらこんなうんこになるんだろう。若い女の子ってみんなこんなうんこをするんだろうか。

＊

毎朝街頭演説をぶっているオッサンがうざい。選挙があろうがなかろうが、とにかくガーガーやっているのだ。おれの住むマンションからオッサンの元にたどりつくのに三分もかからない。マンションの二階から汚いガムみたいのがたくさん貼り付いたぼろぼろの階段を降りて、無駄に開きにくいエントランスの古ぼけたドアを開けて、浮浪者の小便の臭いが漂う細い路地を抜けて、車のびゅんびゅん走る横断歩道も何もない道路（かなり狭いタイプの二車線の道路である。横にポコポコ生えた電柱にやられた車は数知れないし、近所に住んでいる子供たちは何人もこの道路でぺしゃんこになっている）を車の途切れるタイミングを見計らって渡ると、そこがおれの最寄り駅、つまりは〇駅である。毎朝毎朝、おれが耳にイヤフォンを突っ込み、電車で赤いブックカバーの女に会えるまで眠気と憂鬱に耐えながらホーム目指して歩いているときに、オッサンの演説がイヤフォンをつきぬける。

「政府の横暴を許してはなりません！　私はみなさんの暮らしをもっともっとよくしたい！　心からそう思っておるのです！　一部の人間が甘い汁を吸うこの社会に、拳を上げましょう！」

毎度毎度同じことを言っている。こいつはよくO駅とおれのマンションを隔てるかなり狭いタイプの二車線の道路を占拠してデモ行進をするのだが、警察の許可を取らない主義らしく、毎回デモ参加者のうちの何名かがひき殺されている。そうするとこいつはいつも凄まじい悲鳴を上げて屍体に駆けより、「大丈夫ですか！　しっかりしてください！　大丈夫ですか！」なんて、もう明らかに大丈夫じゃないぐちゃぐちゃの身体を抱きかかえながら力の限り叫ぶのだ。その光景はまあ、そこだけ取り出せば確かに美しく見えてしまうかもしれない。だが実際にはオッサンが殺したようなものだし、むしろオッサンが参加者の死をもっとも喜び、意地汚く利用している。デモの翌日には「尊い犠牲を無駄にしてはなりません！」とか何とか言って、さっそく演説のネタにするのだ。狂気の沙汰である。

オッサンはまだ一度も当選していない。

＊

昼休みの休憩室で岸田が休憩もせずに何かをガリガリ書いてると思ったら、エントリーシートだった。理由を聞くと「こんな田舎じゃなく、都会で公務員としてはたらいてみたい」と言う。岸田が都会に憧れているというのが何だか滑稽だった。それならニューヨーク・ヤンキースで良かったじゃないかとも思ったのだが、本人にそんな気はまったくない。どうやら東京周辺の地方自治体に勤める、つまり首都圏の公務員になるというのが、岸田にとってニューヨーク・ヤンキースに入るよりも上等な人生ということらしい。

「お前、筆記試験とか大丈夫なのかよ」

「去年から色々受けてるんだけど、今んとこだめだな」

「公務員っていっぱい科目とかあるんだろ、今さらそんなのめんどくさくないか」

「そうだなあ」

岸田はおれが問い詰めると集中力をなくしてエントリーシートに絵を描き始めた。休憩室の端に無造作に置いてある、誰が水をやっているのかもわからない小さなひまわりの絵だった。最初のうちは岸田の転職についてなんやかや話していたのだが、岸田のひまわりが形をなしていくにつれ、おれは言葉を失っていった。白黒のはずのひまわりからなぜだか豊かな色彩を持つ光が放たれておれにやさしくせまってき、平面のはずの花弁に囲まれた中心部は、まるで無数の気高い宝石が互いの穏やかな美を立体的に反射し合い、無限に増殖していくようだった。絵の発する神々しい輝きはやがて大きく膨れ上がり、ついに紙の呪縛から解き放たれた。それは泉から湧き上がる噴水のように勢いよく天井に突き当たり、休憩室に安らぎに満ちた光の雨を降らせた。粗悪な弁当を食べていた者も、噂話に花を咲かせていた者も、午後の仕事に備えて眠っていた者も、光を両手に受け止めて恍惚としていた。おれが光を一口飲むと、あたりは観客で埋め尽くされた大きなドームに変貌した。おれはメインステージの上に立っている。何万人ものファンがおれの名前を貼り付けたうちわを振っている。左右にはシャドウボーイズの懐かしいメンバーたち。

「塚原、お帰り！」

「ずっと待ってたよ！」

「ほんとに久しぶりだねえ」

「おいおい、来るのが遅すぎんだよ！」

四人のメンバーがおれに声をかけ、順にぎゅっと握手していく。

「さあ、塚原が戻ってきて最初のコンサート、めっちゃめちゃに暴れたいと思ってるんでヨロシクゥー！！」

きゃああああああああああ、という歓声が地鳴りのように響いて、おれたちの、おれのいた頃のヒットソング『クラウチングスタート』が流れる。メンバーたちはおれに目で合図をする。何年ぶりだかわからないが、身体は自然に動き始める。覚えている。ダンスの先生に目玉が飛び出るぐらい殴られながら、五人で必死になって覚えた曲だ。学校が終わってから、大きな鏡のあるダンスフロアに集まって、おにぎりを一つ食べてから踊るというのがおれたちの決まりだった。誰の人気が一番か、なんてことも気にはしてたけど、お互いに腹を探り合うようなこともあったけど、仲はめちゃくちゃ良かった。みんないいやつらだった。どうすればシャドウボーイズがみんなに認めてもらえるか、それを一番に考えるやつばかりだった。自分一人のために抜けがけをしたり、ファンを裏切るようなことをするやつはいなかった。どんなイベントを企画すれば、どんなMCを入れればみんなが盛り上がってくれるか、夜通し議論したこともあった。熱いやつらだった。シャドウボーイズにはほんとにすばらしい、奇跡みたいなメンバーが集まっていたのだ。

ただ、おれ一人を除いては。

おれは飲酒も喫煙もしてメンバーとファンを思い切り裏切った。世間にはばれてないが年上の女性アイドルの何人かと身体の関係もあった。正直なところ当時一番人気があったのはおれで、おれなしじゃシャドウボーイズはうまくいかないと調子に乗っていたし、メンバーにも偉そうにしてしまったし、少々はめを外したって誰もおれを裁けないと思っていた。だがおれは簡単に裁かれてシャドウボーイズのセンターの地位を剥奪され芸能界を追放された。そしてシャドウボーイズはおれなしでも変わらず、いやそれまで以上に光り輝き始めた。別におれなんていなくても良かったのだ。おれは自分を替えがきかない唯一無二の存在だと思い込んでいたが、替えがきかないどころかいない方がうまく回っていく程度の存在だったのだ。おれの復帰を望むファンがいまだにいるが、残念ながらそいつらはアホだ。シャドウボーイズはおれがいないのが本来の姿であって、最高の姿であって、そいつらは幻想を追っているだけだ。常に現状に不満を持つおれたち人間は「悪い」現状の原因をなんとか探し出してつぶそうとする。それはいくらつぶしたって、次から次へと湧いてくる。不満は一向になくならない。四人体制のシャドウボーイズへの不満はおれの復帰で解消されるかもしれないが、今度はどこかから「四人の方が良かった」という新たな不満が噴出するのだ。そうやって不満が出てはつぶし、出てはつぶししている間に、人は死んでいく。不満をつぶしていると退屈しない。退屈していると時間は長いが、一生懸命に不満をつぶしていると時間は短い。不満にまみれた人生はそうやって一瞬で終わる。

おれはグダグダと浮かんでくるつまらない考えを首を振って断ち切り、とにかく音に身を任せて踊ることに集中した。ほんとうに踊って踊って踊りまくった。ダンスは結局全部覚えていた。高校やら大学やらの受験で覚えたことは全部忘れたのに、十四歳までしかやらなかったダンスは全部覚えていた。必死で覚えながらもクソみたいだとバカにしていたダンス、それだけがおれの中に残っているのだ。何だか笑えてくる。アイドルの世界には確かにクソみたいな曲、クソみたいな歌詞、クソみたいなダンス、クソみたいな人間たちがはびこっていた。うんざりする気持ちもあった。もっとかっこいい、ブリティッシュロックみたいな音楽をやりたいとも思ったし、うすっぺらい直接的な歌詞じゃなくて、もっと詩的なイメージを喚起する歌詞がいいとも思った。でも結局のところ、おれは自分のいる世界を軽蔑したかっただけだ。今ならわかる。ブリティッシュロックだって詩的な歌詞だってクソだ。何もかもクソだ。もうクソじゃないものなんてこの世界に存在しない。誰一人クソと言えないものなんて存在しない。どういう種類のクソか、あるのはその判断だけだ。どっちが上とか下とか、もう誰にもわからない。

君はいつもアイツを見てる
僕のことなんてアウトオブ眼中って感じだね
白い砂浜、ギラギラ太陽、青い海
みんな僕のことなんて

アウトオブ眼中って感じだな
Ah Ah Ah……

ここでいつもの役目だった投げキッスをする。不安でいっぱいだったが、観客は黄色い歓声を上げて応えてくれた。久しぶりの感覚だ。久しぶりすぎて初めてに近い。メンバーたちはおれを見つめて「大丈夫だ」という風にうなずき、ニコリと笑う。おれもそれに同じように応える。楽しくて楽しくてたまらなかった。こんな感情がおれの中から引き出されるなんて、おれの中にこんなに楽しさを感じる力が残ってたなんて、全然知らなかった。おれは自分のことさえよくわかっていないのだ。

何事も最初が肝心
そろそろスタート切りましょうか
僕の恋の百メートル走
でっかい波乱が起きちゃうかもよ
恋の（恋の）
クラウチングスタートが決まればね……

歌が終わり、五人で決めポーズをする。おれはセンターで、指をピストルに見立てて観客席を撃ち抜く仕草をした。ドームは最高に揺れた。おれは泣いた。泣きながら、メンバーたちに「ありがとう、ありがとう」と訳もわからなくなるくらい感謝の気持ちを伝えた。メンバーの一人、おれと一番人気を争っていた東堂が、今のシャドウボーイズを中核となって支えている東堂健吾が、おれに手を差し伸べてきた。

「また、一緒にやろうぜ」

おれはあふれる涙に声も出なくなって、ただただその手を握り返した。

ああ、ああ……

また、一緒にやらせてくれ。

＊

「おい、何だよ気持ちわりぃな」

はっと気が付くと、おれは岸田の手を握りしめながら泣いていた。岸田はおれを軽蔑したような目で見ながらうっすら笑っている。

「楽しい夢でも見てたのか？　幸せそうに笑って涙まで流してさ、ヤクでもキメてるみたいだったぜ」

今おれに何が起きていたのか、理解するのに少し時間がかかった。休憩室を見渡すと、尻の穴を舐められながらローションで手コキされてるみたいに、幸福の絶頂でございますって顔をしたやつらがそこかしこで床に転がってピクピク痙攣している。

そのうちの一人、自称油絵五段の斉藤部長（ホワイトカラー）がふらふらと立ち上がり、顔を真っ赤にして岸田を怒鳴りつけた。

「お前、なんなんだその絵は！」

「何って、落書きですよ」

「この絵にはとんでもない価値がつくぞ！　一億や二億じゃない！　お前、どこで絵をやったんだ？　美大の出か？」

「おおげさですよ。美大でもなんでもありませんし、絵なんてまったく勉強してません」

「勉強してないだって？　だとしたらお前は天才だってことになる。この絵はしかるべきところに出さねばならん。私が会員になっているフランスのル・サロンなんてどうかね？」

「好きにしてくださいよ、あげますよ、こんなゴミ」

斉藤部長は岸田がエントリーシートに書いたひまわりの絵を喜んで持って帰った。岸田はふうと溜息をついてから靴を脱ぎ、ソファに寝っ転がった。

「ちょっと寝るわ。十二時五十八分になったら起こしてくれ」

岸田は休憩時間をいっぱいに使う主義の持ち主で、いつも遅刻すれすれで午後の作業に復帰する。おれもそんなに仕事に思い入れがあるわけではないから、岸田と昼を食べたときには二人で一緒に、ぎりぎりで持ち場に戻る。遅れさえしなければ、叱責を受ける理由もない。

＊

しばらく経って、自称油絵五段の斉藤部長（ホワイトカラー）が興奮気味に工場へとやってきた。岸田のエントリーシートの片隅に描かれたひまわりの絵がル・サロンの金賞を取り、さらにはフランス芸術アカデミー永世幹事ベルナール・ブオナロッティ氏の激賞を受け、五億の価値があると認められたらしい。また、ベルナール・ブオナロッティ氏は岸田をパリに呼び、画家として活躍してもらいたいと懇願しているという。斉藤部長は岸田に、まずひまわりの絵画をフランス芸術アカデミーに五億で売り、ル・サロンに橋渡しをした自分には一割の五千万円をよこせ、と命じたが、岸田は「売らない」とつっぱねた。斉藤部長はかんかんに怒ったが、ちっとも翻意しない岸田に折れ、ベルナール・ブオナロッティ氏がフランス行きの資金として用意した小切手（五十万円分）を投げつけてどこかへ行ってしまった。

「おい岸田、一瞬で描いたひまわりが五億だぜ。売ればいいじゃないか」

「あんな下手な絵で金なんかもらえるかよ。フランスの美術界なんてバカばっかりなんだ。絵の専門じゃない歌手だって賞もらってるんだぜ」

「なら、何か本気で描いてみろよ。絶対に才能あるんだから」

「嫌だ。絵なんてつまんねえよ。それに、芸術とかやってるやつはうさんくさくて嫌いなんだ。ある作品に本当に価値があるかどうかなんて、どこまでいってもわからないんだからな」

「そんなものかな」

「そんなものなんだよ。訳のわからない芸術作品より、ここで作ってる小室美由紀ちゃんの方がよっぽどすばらしいものだと思わないか？」

岸田は工場の隅に並べられている小室美由紀ちゃんを指さして言った。

＊

おれたちが工場でせっせと作っているのは小室美由紀ちゃんである。おれと岸田は小室美由紀ちゃんの顔の鼻の穴をドリルで開けるセクションにいる。ベルトコンベアに次々流れてくる小室美由紀ちゃんのかわいい顔を見ていると鼻の穴なんて必要ないのではないかと思えるのだが、リアリティを重視するこの会社ではおれや岸田の開けた穴になんと鼻毛まで植えている。

完成した小室美由紀ちゃんはほとんど人間と見分けがつかないほどなめらかな動きをするし、言葉なんかもかなりいい感じに覚えていく。あと、将棋がめちゃくちゃ強い。プロ棋士とも互角以上の勝負ができるほどだ。なぜなら、小室美由紀ちゃんの人工知能開発リーダーは、世界コンピュータ将棋選手権に出場するソフトを開発している笹岡良太郎だからだ。笹岡良太郎は人とのコミュニケーションがかなり苦手というかもう壊滅的なぐらい会話が成り立たないのだが、ジブリ映画の蘊蓄（うんちく）を語ることとプログラムを書くことに関して右に出る者はいない。おれも一時期将棋にはまっていてアマチュア二段までいったのだが、笹岡良太郎の作ったパヤオ壱号にはまったく歯が立たなかった。名人でまず勝てないというのだから当たり前だ。

だがこの会社でただ一人、パヤオ壱号を倒した男がいる。岸田である。岸田は小学校のクラブ活動で将棋を少しかじった程度だと言っていたが、パヤオ壱号相手に三戦して無敗だった。笹岡はパヤオ壱号の敗北を目の当たりにして岸田に何か怒鳴っていたが、何を言っているのかよくわからなかった。笹岡と会話できるのはコンピュータだけなのだ。その結果を受けておれは岸田にプロの将棋指しを目指すことも勧めてみたが、だめだった。岸田は将棋を指していると退屈で退屈で、人生を無駄にしている気がしてくると言った。

パヤオ壱号と同程度に将棋の強い小室美由紀ちゃんは、出荷後、購入者のもとで大抵の場合、将棋の相手としてではなく性奴隷として扱われる。小室美由紀ちゃんは恋人のいない男性に絶大な人気があり、小室美由紀ちゃんで童貞を卒業しましたという感謝の手紙も毎日会社に届いてくる。もちろん性的な用途にしか使えないわけでなく、簡単な家事もこなせるようにプログラムされているし、デートに連れて行くこともできる（すでに小室美由紀ちゃんはかなりのヒット商品であり、街を連れ歩くと後ろ指をさされて笑われるため実際にはあまり外で見かけないのだが）し、生殖機能がないことを除いては一人の女性として一通り完成されていると言えるだろう。趣味の悪い人間は小室美由紀ちゃんを相手にレイプごっこをしたり、殺人ごっこをしたりしていると聞くが、どのような使用方法も禁止されていない。むしろ、殺人ごっこの後には二体目を買っていただける可能性が高いため、会社がわざと殺人ごっこが流行っているという噂を流布しているほどである。

＊

岸田はオランダ経由でイギリスに行って三日ほど滞在した後にフランスへ行くことに決めた。

「芸術はくだらないが、ただでいける旅行はすばらしい」

そう語る岸田の目に迷いはなかった。フランス芸術アカデミー永世幹事ベルナール・ブオナロッティ氏がくれた小切手は岸田と斉藤部長のためのものだったが、岸田は斉藤部長の代わりにおれを誘ってきた。おれは工場の持ち場を長く空けることを不安に思ったが、岸田は早めに有給を消化しておくべきだと言うし、確かに誰にでも代わりの務まる仕事であるし、遠慮せず二週間の休みをもらうことにした。おれと岸田は着々と準備を進め、旅行雑誌を読みながらプランを組み立てた。と言ってもおれがただでヨーロッパに行けるのは岸田のおかげだし、元々計画を立てるのが苦手なこともあって、ほとんどすべて岸田に任せてしまった。

そもそも、おれには行きたい場所なんてない。

＊

足が痛い。

とにかく足が痛くて死にそうだ。それというのも前の席のオッサンが、後ろに人がいるなんて思いもよりませんでしたと言わんばかりに遠慮なく席を170度くらい倒して、つまらないハリウッド映画を流しながらグースカピースカ寝てやがるからだ。おれはハリウッド映画が基本的に好きじゃないのだが、同じ工場ではたらいている岩橋という東大卒かつ作家志望の後輩はハリウッド信者だった。工場で契約社員としてゆっくりはたらきながら小説を書き、いずれ売れっ子になるんだと夢を語っていた。ハリウッドの脚本術的な本を読みまくり、完璧な方法論を確立した上で面白い小説を量産するという計画らしかったが、正直なところ、岩橋の書く話は破滅的につまらなかった。その証拠に、岩橋が私財をなげうって自費出版した小説は全国で五十冊も売れなかった。売れ行きの不調ぶりをおれと岸田で笑っていると、岩橋は「そんなにバカにするならあんたらが何か書いてみてくださいよ！」と烈火の如く怒り始めた。相手にする必要もなかったのだが、岸田は珍しく面白がって三日ぐらいで小説を書き、岩橋と同じように自費で出版した。岸田の書いた

『窓際の社員ちゃん』は日本で五百万部売れ、その後に世界的な広がりを見せ今のところ八千万部売れている。しかし岸田はその印税をすべて公務員試験の参考書につぎ込んでしまったらしい。全科目、同じ本を一万冊ずつ買っても余るレベルの印税だったが、どうやら岸田は有名な作家が大蔵省に合格するために使っていた参考書とか、気鋭の画家が直接表紙を描いた世界に一冊しかない問題集とか、世界的彫刻家が作った細長い人型ブックスタンドとか、訳のわからないプレミアものをさんざん買い込んだらしい。芸術に興味もないくせに、である。おれが呆れていると、岸田は言った。

「自分をトコトンまで追い込まなければ、夢ってのは叶わないんだぜ」

そうして今も公務員の筆記試験で落ち続けているというわけである。おれは本当に、岸田の夢が岸田の才能とことごとくマッチしないのを歯がゆく思っていた。岸田は公務員の筆記試験以外でなら大スターになれる才能を持っているはずなのだ。東大卒の岩橋は岸田の小説を読んで筆を折り、今は研究者を目指している。ハリウッドから離れ、今度は岸田の書くような妙ちきりんな小説をシステマティックに量産する方法論を確立しようとしているらしいが、おれは無理だと思う。岸田の小説には方法論がないからだ。たとえ『窓際の社員ちゃん』を徹底的に構造分析して似た作品を作ったとしても、オリジナルを超えるものはできないだろう。『窓際の社員ちゃん』はそれだけ奇跡的な作品だったし、岸田は何度書いても、毎回異なるやり方で異なる奇跡を起こしていくに違いないからだ。隣の席で岸田は公務員試験の数的処理とやらを解いていた。何をやらせても超一流の岸田がこれだけ努力して受からないなんて、公務員試験ってのは一体どんなにおそろしい試験なのだろうか？

それにしても足が痛い。

おれは行きたい所もないのに安易についてきてしまったことを後悔し始めた。あの時岸田の誘いを断っていれば、こうしてオランダ航空（KLM）の国際線のエコノミークラスでまずい肉料理とまずい温野菜とまずいサラダを食って、細長い粗悪なアルミ缶に入ったハイネケンを飲んだ後で妙に薄いコーヒーを飲みつまらない（と言ってもハリウッド映画よりは多少ましだが）日本映画を見ながら足の痛みにひたすら耐えるようなはめにはならなかったはずなのだ。

アムステルダム経由でロンドンのヒースロー空港に向かうのだが、アムステルダムまで十二時間かかる。おれはそれを十分に下調べして十二時間の優雅な過ごし方をばっちりシミュレーションしてきていたのに、前の客が後ろに人がいることを想像できないタイプのオッサンだったせいで計画はすべて狂ってしまった。搭乗からまだ三時間しかたっていないのに狭い空間で折り曲げられたおれのかわいいかわいい両足は悲鳴を上げ、どうしてもそこにしか意識が向かないのだった。

時折おれのラインに飲み物を運んでくる色白デブのフランス人も接客態度が良いとはとても言えず、おれがミールの種類（ビーフだかフィッシュだか）を聞かれているのをうまく聞き取れず悩んだ末「ビアプリーズ」と言ったらいやらしい嘲笑を浮かべた。結局もう一度ミールの種類を聞き直してきたのだが、その英語の速度が語学力不足の日本人向けに優しく落とされていたわけではなく、おれが英語を話せないことを面白がって困らせて遊んでいるようにさえ聞こえる感じだった。しかもそいつはデブだからおれがトイレに立ったときに通路で対峙してしまうことが何度かあってメチャクチャ邪魔で、反対側の通路を通っているとても綺麗でかがんだ時に際立つ腰のラインが性的欲求を強く刺激するタイプの素敵な日本人キャビンアテンダントに当たらなかった自らの不幸を呪った。

かわいい両足ちゃんに限界がきたおれは、ただ日本映画であるというだけでおれに選ばれたクソのようなコメディ映画の音声を垂れ流しているイヤフォンを外し膝掛けをまくりシートベルトを外して何度目かのトイレに立った。別に小便がしたかったわけでもないのだが、もっと足を動かしておかなければ両足が壊死するのではないかという恐怖におそわれたのである。トイレには人が一人も並んでいる様子がなく「ＶＡＣＡＮＴ」と大きく表示されていたので、一応中に入りチョロチョロと少量の小便を放出した。絞り出された小便は黄色と茶色の間のような濃い色をしていて多分身体の調子は良くないのだろうなと思った。鏡を見ると顔はげっそりとやせ目の下にクマができている、ような気がした。一日でそうなったわけはないのだが、おれは色白デブのフランス人と前の席のオッサンに全責任をなすりつけることに決めた。自分にのしかかろうとする責任はできるだけ他のやつらに回してやるべきなのだ。ぐるぐる回っているうちにすべてがうやむやになり、いつの間にか責任は姿を消す。その連続によって世界中の責任という責任が無に還り、誰もがハッピーなソサエティが実現されるのである。

トイレを出ると、すぐ左横にある小窓からアジア人の女性が外を眺めていて、トイレを待っているのかどうなのか中途半端な様子だったので一応「空きましたよ」と日本語で声をかけた。彼女は「いえ、景色を見ていただけなんです」と日本語でにこやかに応えてくれたのでおれは一発で惚れた。これだけの不幸が重なった日、彼女の笑顔と日本語はおれの脳天に強烈に響いたのだ。

「うわあ、すごいですね、一面雪で」

「そうなんです、ロシアのどこかかなあ」

「確かに、時間的にもそのあたりかもしれませんね」

おれは今自分がどこをフライトしているのかまったく把握していなかったがなんとなく

話を合わせて会話をつなごうとした。おれはあの両足をぎゅっと折りたたまざるを得ない窮屈な席に戻るのが嫌だった。岸田は公務員試験の勉強に夢中で話し相手にもならない。女性の笑顔に見とれながら、とりあえずいくつか質問してみることにした。

「日本から来られてるんですか?」

「そうです、ただの観光なんですけどね」

「お一人で?」

「ええ、まあ。あなたは?」

「友人と二人で来てます、僕らも遊びですよ」

「海外ってなかなか出てこられないですから、なんだかうきうきしちゃいません? 私なんかはフリーターで時間はあるんですけどね、やっぱりお金が厳しいんですよ。今回だって、三、四十万はかかってますから。あなたはお仕事の都合をつけて来られてるのかしら? お友達って、彼女さん?」

「まさか。同い年のおっさんと二人きりですよ。仕事だって大したことはしてません」

「あらあら、ご謙遜を」

「本当のことを言ってるだけですよ。あの、お名前をお聞きしてもいいですか?」

「はい、私はムラノトモミと言います」

「素敵なお名前ですね」

「お上手ね。どこにでもある普通の名前だわ」

おれたちは他愛のない会話を一通りしてから、席に戻った。ムラノトモミはおれの名前を聞こうとしなかった。まあそういうことなのだろうとおれは一人で無念がっていたが、席で足の痛みに耐えているあいだも彼女の笑顔が頭から離れなかった。普段はテレビで報道番組のアナウンサーをやっている優等生タイプの女性が本当に心を開ける相手にだけ見せるような感じの、底抜けに素敵な笑顔だった。

＊

アムステルダムのスキポール空港に到着したときにはおれの両足は完全に壊死していてもう切断するしかないように見えたのだがそれはどうやら勘違いだったらしく、空港の荷物検査で鞄の中に間違えて入れていたペットボトルの水がひっかかり「ソーリーソーリー、ウォーターウォーター」なんて言いながらオランダ人なのかアメリカ人なのかフランス人なのかわからない白人と談笑しているあいだに大分回復した。白人の顔は全然覚えられないが、ほとんどみんな格好よくて俳優がぞろぞろ歩いているように見える。映画スターになれる白人となれない白人の差っていうのがおれみたいなイエローモンキーにはわからない。たまに不細工なやつがいるとメチャクチャ目立って不憫でならない。

検査が終わっておれたちはイギリスのヒースロー空港行きの便に向かうシャトルバス乗り場へ行ったのだがなかなかバスが来ず、何かと思えば放送が入って、なんたらかんたらフィフティミニッツ・ディレイみたいなことを言い出した。五十分の遅れというのはかなりだるい。何もない場所でただ待つというのが苦痛だったおれは岸田と二人で不平を垂れながらひまをつぶそうと考えたのだが、岸田は公務員の時事問題を解いていてフィフティミニッツのディレイなんてディレイとも思っていなさそうだった。こんなことなら空港にあるらしいカジノで遊んでおけば良かったと思った。荷物検査を通るともう引き返せないのだ。

仕方ないからおれは空港にいる女をじろじろと見ていた。ケツのでかい女が多い。それなのにピッチリしたパンツを穿いていてケツの割れ目のラインばかりか尻の穴の位置までわかりそうな女も多い。それが若いかわいこちゃんならおれも興奮するのだがババアも結構たくさんいて、後ろ姿だけならダイナマイトなやんちゃバディなのに振り返った瞬間に夢が崩れさる、という経験を何度も重ねることになった。

結局七十分ほど待たされてシャトルバスに乗り、そこからヒースロー空港行きの、最初に乗ったものよりかなり小さな飛行機に乗り込んだ。スキポールからヒースローまではそんなに遠くない。飛行機が離陸して、おれがぼんやり景色を眺めていると、ずうっと勉強していた岸田が突然大声で叫んだ。

「エアコン消し忘れた！」

この旅で初めてと言っても過言ではない発言がそれだった。おれは「まあ仕方ないよ」と言ったが、岸田は気が狂ったようにうなり始め、ベルトを外してよろめきながら非常口まで走った。

「何してんだよ！」

おれもベルトを外して岸田を止めようとしたが遅かった。岸田は非常口のレバーをガシャコンと回してこじ開け、白いパラシュートをつけて飛び降りてしまったのである。おれは顔面蒼白になったが、キャビンアテンダントはこんなことに慣れっこなのか、顔色一つ変えずに非常口を閉め、「非常口をご利用の際には一言お声かけください」みたいなことを言って、余裕っぽい感じで戻っていった。

おれは岸田の死を確信していたが、それほど悲しくなかった。多分、おれが死んだって岸田はそんなに悲しまないだろう。おれたちはそういう関係だったのだし、その関係が悪いとか薄っぺらいとかも思わない。

＊

あと三十分くらいでロンドンに着くというとき、コーヒーを飲んでぼうっとしていると、おれの隣の空席に誰かが座ってきた。見ると、さっき二人でロシアっぽい景色を眺めた素敵な笑顔のムラノトモミだった。

「やっぱり、あのときの人だって思ったの。お連れの方は？」

「ああ、さっき飛び降りちゃいました」

「あの方がご友人だったんですか、随分勇敢な方ね」

「全然勇敢じゃない、ケチなだけなんです」

「ケチ？」

「あいつ、エアコンを消し忘れたのが気になって飛行機から飛び降りたんです。エアコンの電気代って、今の新しいやつなら一時間で大体八・八円なんですよ。それが丸一日だと二百十一円かかるわけで、僕らは十日ほど旅をする予定でしたから、まあ二千百十円ぐらい、パアになっちゃうわけですよ。でも普通は、せっかく海外旅行に来てるんだから二千円ぐらい諦めるじゃないですか。でもあいつは、そういうのが気になり始めるとダメなんです」

「不思議なお友達ね」

「不思議でもなんでもない。ケチなだけですよ」

おれとムラノトモミが岸田の話で静かに盛り上がっていると、後ろの席から急に、飛行機中のあらゆる会話をかき消すほどの大きな声が響いてきた。

「ええ、ええ、それはひどいもんでしたよ！　私はね、彼女にほんとに尽くしてきたんです。欲しいものは何でも買い与えてやったし、家事もほとんど私がやったし、セックスを求められたときには、どれだけ疲れていてもどれだけ眠くても、さらに言えばマスターベーションの直後でも、バイアグラを飲んでペニスを固くしました。それで何度か心臓が止まりましたからね。そんなときはっと気が付いて彼女を見ると、テレビのバラエティ番組を見て馬鹿笑いしながらひっくり返ってるんですな。私の心臓が止まってるときにですよ！　ありゃ並の神経じゃありません。私は言いましたよ、人が死にかけているときに救急車も呼べないのかってね、そしたら彼女、何て言ったと思います？『めんどくさい』って一言。そりゃ面倒でしょうよ、救急車なんて滅多に呼ぶものじゃないですし騒ぎにもなるでしょうから。でも夫が死の危機に瀕しているときに、『めんどくさい』なんて考えます？　そういう暇もないいんじゃないかと思いますけどね普通は。ええ、それで愛想を尽かさなかったのは、もちろん彼女がとんでもない美人だったからです。セックスも最高でした。うっとりするほど美しい顔が快感に歪んで、私ごときの与える刺激によってですよ、顔がぎゅっと歪んで、それはそれはいやらしい汁をあちこちに飛ばすんですからたまりませんよ。私は彼女とセックスできたというそのことだけで、この生を生きた意味があったと思いますね。ええ、彼女は有名な女優でしたから。私は元々おっかけだったんです、何度も手紙を渡そうとして、セキュリティ・ポリスにことごとく止められて、何度かはひどく殴られました。一番ひどかったのは、プロレスラーのアントニオ・ロッカがセキュリティ・ポリスの番に当たっていたときですね。私の手紙を思い切り踏みつけて、なんと私にアルゼンチン・バックブリーカーをしかけてきたんです！ 素人の私相手にですよ、信じられますか？ そのときに背骨がバキバキに折れましてね、しばらくは車椅子生活でした。ええ、かなり悪質な傷害事件だと思うんですけどね、あいつらは自分が正義だと信じ込んでいて、何やってもいいと思ってるんです。盲目ってのは恐いですね、正義が自分の側だけにあると思い込んだ人間は、手加減というやつを一切しなくなる。この愚かさがわかりますか？ 絶対的な正義なんてもの、ほんとはないんです。そんなことはずっと前からわかってることです、この教典にも書いてありますから。ええ、私はアドルムコ会の宣教師でもあるんです。アドルムコ会の教典は基本的にサー・ラインハルトの説教により構成されているんですな。ラインハルトというのは、教祖様のホーリーネームです。第二十五番目の説教、暗唱しましょうか？　できますできます。アドルムコ会では入会したての信者に対して学習合宿を行い、完全に暗唱できるようになるまで教典の内容を叩き込んでいるんですから。どうです、あなたがたも入会されますか？　はは あ、わかります。私も無神論者でしたから。しかしこの教典を読んで考えが百八十度変わったんですな……」

後ろをちらっと見ると、五十歳ぐらいのダンディな白人が思いっきり日本語で隣の黒人男性に話しかけていた。黒人はアイキャントアンダースタンドジャパニーズみたいなことを言ってひたすらに困っていた。アジア系の人間に対して日本語を話すならわかるが、なぜ黒人に向かってわざわざ日本語を話すのかさっぱり理解できなかった。まあそれはさておき、おれはムラノトモミとの岸田以外の新しい話題が見つかったと思ってうれしく、

「後ろ、何だか怪しい話をしてますね」とムラノトモミに耳打ちをしたのだが、ムラノトモミは「何が怪しいのよ！」と鬼の形相で叫んだ。

「あなた、アドルムコ会のことを何も知らなくて、どうして怪しいだなんて言えるのよ！　きっとサー・ラインハルトの説教を聞けばあなただってアドルムコ会のすばらしさがわかるはずだわ。ねえ、お友達がいなくなったのなら、私と一緒にアドルムコ会の集まりに出

てみない？　ちょうどロンドンで明日、講演会があるのよ」

おれはめちゃくちゃびっくりさせられた上にまったく興味を持てなかったが、ムラノトモミはおれの右手を自分の両手で優しく包み込み、白くて柔らかい胸に押し当てるようにして誘ってきたので、すぐアドルムコ会に顔を出すことに決めた。

＊

現地時間で夜の七時になり、ヒースロー空港で飛行機を降りると、航空会社の手違いでおれの荷物が届いていなかった。おれは日本語で空港の人間に怒鳴ってみたがみんな冷たい反応で、ムラノトモミも困り果てたおれのことなんて知らんぷり、

「明日、ヴィクトリア駅に午後二時ね」

と言い残しそそくさと去って行った。おれの怒りを受け止めてくれる人間も分かち合ってくれる人間も、ヒースロー空港にはいなかった。もしかするとそんな人間は、どこの空港にも存在しないのかもしれない。

どうしようもなくなったおれは空港内のコスタカフェとかいうチェーン店に入って時間をつぶすことにした。レギュラーサイズと言ったのにおれが思っているのと全然違うばか

でかいグラスが出てきて目を丸くしていると、若い男の店員は「それがレギュラーサイズなんですよ」的なことを言って、おれとは比べものにならないくらい白い歯を見せてさわやかにウインクしやがったので妙にむかついた。一人でなかなかなくならないコーヒーと格闘していると、隣に公務員試験の勉強をしている岸田がいないってことが急に寂しく思えてきた。岸田が死んでしまったことが悲しいわけではなく、ただただ寂しいのだった。

結局二時間ほど遅れて荷物が届き、おれは岸田が宿をとっていたパディントン駅へと向かった。飲みすぎたコーヒーのせいでパディントン駅までずっと気分が悪いままだったが、駅で留学生っぽい若いアジア人の女がすごく短いカーキ色のホットパンツを穿いているのを見かけて一気に調子が戻った。上はオフショルダーのボーダー柄プルオーバーで、短めの髪をやや明るく染めている。後ろ姿が抜群で、前に回り込んで顔を見ようと思えば見られたがやめておいた。大抵ろくなことにならないからだ。

電車を降りて五分ほど歩くと、おれと岸田が二人で泊まるはずだったノーフォークプラザというオンボロホテルが見えてきた。その周りにもたくさんのオンボロホテルが並んでいて、それらに囲まれるようにして小さな公園があり、人影がちらほらと見える。ノーフォークプラザに入ってすぐ右手にあるアーガイル柄の受付カウンターには、ガタイが異様にヤバイ全盛期の西武カブレラそっくりの男がいて、おれがクレジットカードで金を払えるか聞くとウインクしながらサムアップしてきた。悪いやつではなさそうだ。それからロビーで水を買おうとすると「ヴェリ・エクスペンシブ」とか言ってひきとめてくれ、水を安く買える近くのコンビニを教えてくれた。英語が堪能なわけでもないおれがこうして異国の地をさまよっているとどうしても心が弱くなり、ちょっとした優しさが胸に刺さる。しかし本当は、それは勘違いだ。おれはどうにかこういう勘違いがなくならないかってことをよく考える。不良が時折見せる優しさとか、優等生が時折見せる残忍さとか、スローカーブの後のストレートとか、ぜんぶの前提条件をなくして優しさや残忍さやストレートをそのままの質量で見極めること……差異ではなくて本質を常に見ること。

部屋は二階だった。床はかなり傷んでいて歩くたびにギイギイ鳴ったし、上の階で若い男たちがバカ騒ぎをしているのも筒抜けだったし、隣の部屋でカップルがセックスしているのも丸聞こえだった。おれはスマートフォンを隣の部屋の壁の近くに置いて録音ボタンを押し、風呂に入った。風呂も綺麗とは言えずシャワーの湯の温度も安定しなかったが、特に問題はない程度だ。もっとひどいホテルはたくさんある。十五分もせずに風呂場を出ると、セックスの声は止んでいた。録音を止めて安っぽいドライヤーで髪を乾かしてしまうと、楽しみにしていたはずの録音を聞く気も失せていて、テレビの英語も全然聞き取れなくて、もうおれにはやることがなかった。

＊

翌朝、ホテルの地下で朝食をとって、パディントン駅で地下鉄用にオイスターカードというICカードを買い、ムラノトモミの指定したヴィクトリア駅へと向かった。車内では初老の男の横に座っている盲導犬をじっと見ていた。おれは盲導犬を見るといつも感動する。人間でもこんなに優しくて賢いやつはいないってくらい、よく訓練されている。こないだなんて、ある盲導犬が心ないクズ野郎に小さなナイフで刺され、それでも吠えるのを我慢していたってニュースを見た。このままでは人間が盲導犬に勝てる日はやってこないだろう。それどころか、盲導犬が人間を支配する未来もありえないとは言い切れない。

ヴィクトリア駅の正面出口を出たところに、ムラノトモミは立っていた。おれに気付くと満面の笑みで、全身を使って手を振ってくれた。それがほんとうにとてもかわいくて、ほんの少し海外で過ごしただけでぶくぶくに膨れあがっていた孤独が一気に飛び散るように感じた。やはり勘違いをなくすことは難しい。

「ちゃんと来てくれたのね！」

「まあ、約束したから」

「知ってる？　約束を守れる人って、今ほとんどいないのよ」

「そうかなあ」

　おれはムラノトモミと交わし合っている日本語にとてつもない安堵を感じながら、導かれるままに歩を進めた。しばらくして、かの有名なバッキンガム宮殿が姿を現す。海外のことに何の興味もないおれでさえ、その外観は見たことがあった。庭に入るための大きな門はがっちり閉められており、中の宮殿の門前には衛兵が二人立っている。そうしてRPGか何かで見るように、門の前を妙な動きで往復していた。おれはいくらもらったってあの仕事はやりたくないと思った。

「さあ、ここがアドルムコ宮殿よ。サー・ラインハルトはこの中で暮らしていらっしゃるわ」

　ムラノトモミの言葉におれは思わず噴き出してしまった。

「おいおい、これはバッキンガム宮殿だろ？　アドルムコ宮殿ってのがどこなのか教えてくれよ」

「だから、これがアドルムコ宮殿なの」

「いやいや、バッキンガム宮殿だって」

「あなた知らないの？　この宮殿は二年前にアドルムコ会が買収して、今はサー・ラインハルトをはじめとするアドルムコ会幹部が暮らしているのよ」

「はあ？　じゃあエリザベス女王はどこにいるんだよ」

「そんなこと知らないわよ。そうだ、アドルムコ会の教えを一つ聞かせてあげる。『お金で買えないものはたくさんある、なんて言う資格があるのは、お金で買えるものをすべて手に入れた人間だけである』」

「そりゃ結構なことで」

おれは半ば呆れながら言ったのだが、ムラノトモミの自信満々の態度からして、アドルムコ会とやらがバッキンガム宮殿を買収したのはほんとうかもしれないと恐れ始めてもいた。ほどなくして、ムラノトモミはぱん、ぱんと手を二回打ち鳴らし、大きな声で二人の衛兵に呼びかけた。

「あなたたち！　新たなお客様がサー・ラインハルトの薫陶を受けにいらしたわよ！」

RPGみたいな動きをしていた衛兵たちが同時におれの方を向き、敬礼した。マジだ、と思った。マジで買収したのだ。ビビっている感じが出ないように、おれはゆっくりと言葉を発した。

「……おいおい、ご大層だな。話を聞くだけだぜ」

「ええ、わかってるわ。私たちアドルムコ会の人間は、どんなお客様にも最上級のおもてなしをするのよ」

「殊勝な心がけだね」

衛兵たちが固く閉ざされていた門を開き、おれとムラノトモミを宮殿の中へと招き入れてくれた。その瞬間、外からのわりあいシンプルなイメージよりはるかに豪華絢爛な内装と気品のある赤い絨毯が目に飛び込んできた。両側に柵を黄金色に塗られた階段が誇らしげに輝いており、二階部分には有名な画家のものと思われる絵画がいくつも所狭しと飾ってあり、中央にサー・ラインハルトのものと思われる彫像が建っている。階段を上らずに直進し、儀式用のステートルームや舞踏会場などを抜け、ようやく重々しい黒の鉄扉に守られたサー・ラインハルトの間にたどりついた。ムラノトモミがなんらかのＩＣカードをかざすと、ぎいぎい音を立てて扉が開いた。

「さあ、あのお方がサー・ラインハルトよ」

ムラノトモミの示した方向を見ると、サー・ラインハルトは羨ましいことに複数の美女をはべらし、さらに羨ましいことには、その中で一番の美女にジュバジュバとフェラチオをさせていた。だだっぴろい部屋に響きわたるほどの凄いジュバ音だった。

そして、サー・ラインハルトの顔を見たおれは目をひんむいた。

「久我山……？」

「お前、もしかして塚原か？」

「おま、何やってんだよこんなとこで！」

「見てのとおりさ、ぼくはアドルムコ会の主だ、ね？」

「何なんだよアドルムコ会って！」

「おいおい塚原、大学生の頃一緒に宗教を作っただろ、忘れたのかい？」

「だってお前あれは……」

「あのあと、ぼくも訓練に訓練を重ねたんだ、ね？　まだ塚原みたいにはうまく洗脳できないけど、ぼくでもこれだけの人間をしもべとすることができたんだ。ロンドンはもう、いや、イギリスはもうアドルムコ会の手の中にある。ぼくは本気で世界を征服したいと思ってる。塚原も一緒にどうだい、ね？」

「いやいや、世界征服ってそんなの」

　絶対無理だろ、と言いかけて、おれは久我山に向けて土下座の格好で這いつくばっているアドルムコ会員たちを見た。気付けばムラノトモミも床に頭をこすりつけるようにして久我山に忠誠を誓っていた。普通に考えればイギリス征服だって、いや、ロンドン征服だって絶対無理なのだ。それをこいつが、コミュニケーション能力に相当な難があり就職活動のすべての一次面接で落とされたこいつが、おそらくは本当に成し遂げてしまっている。少なくとも、バッキンガム宮殿を買収するところまでは来ているのだ。おれは大学時代に同級生たちからバカにされて力なく笑っていた久我山の姿を思い出し、だんだん胸が熱くなってきた。

「確かにお前はすごいよ。お前がここまでやるなんて思わなかった。あの頃お前をバカにしてたやつも、誰一人今のお前にはかなわないさ」

「ああ、ありがとう」

久我山は目に涙を溜めているように見えた。恥ずかしそうにそれをぬぐい、そして侍女にウイスキーを持ってこさせ、不器用な手つきでぐいっと飲み干す。侍女の持ち去る瓶を見るとラフロイグ三十年だった。大学の頃からのアイラモルト好きは変わっていない。やはりこいつは間違いなくあの久我山なのだ。

「ぼくはあれからも、塚原と組みたいってずっと思ってたんだ。塚原はかっこいいし、何をやってもさまになるし、何よりぼくみたいなコミュ障のこともバカにしなかった。ぼくは塚原になら、このアドルムコ宮殿ぐらいあげてもいいって思ってるんだ、ね？ 塚原にイギリスを統治してもらって、ぼくが次の標的、フランスに出向いてアドルムコ会を広める、そうやって、ヨーロッパから支配していくのはどうかな？」

久我山が少し照れながらそう言った。それをとんでもない妄言だと考える理性も頭の片隅に残されていたが、久我山、いや、サー・ラインハルトの語る理想に従った方が、このまま工場で小室美由紀ちゃんを作り続けて生涯を終えるよりかなりいけてるようにも思えた。おれは「超……」と言いかけて少しためらったが、やっぱり言った。

「いけてるよ！」

サー・ラインハルトは穏やかに微笑み、おれに向かって右手を差し出した。アドルムコ宮殿の壮麗な窓から射し込む聖なる光が、すべてを黄金色に染めていく。まるでおれの輝ける未来を暗示しているようだった。

ああ、会社なんてやめてやる。

おれは世界を手中に収める男だ！

サー・ラインハルトの玉座まで歩み寄り、おれが手を差しだそうとしたそのときだった。

「うぅあっはあああああああああああああん！」

久我山は顔中の筋肉を弛緩させ、大量のよだれをまき散らした。それだけではない。久我山のイチモツをジュバジュバしていた美女の口からは、中に収まりきらない大量の白い液体が溢れ出した。

「きったねえ！」

おれは思わず出そうとした右手を引っ込め、三歩下がった。

「ふう……ふう……は、ああ……」

久我山は呼吸を整え、もう一杯ウイスキーを呷ってから話し始めた。

「何言ってるんだよ、全然汚いことないだろ。射精なんてみんなしてることさ。このアドルムコ会では絶頂を迎えることを《リリース》と呼び、生涯でできるだけ多くの《リリース》を体験することを推奨している。そして教祖であるぼくを《リリース》に導くこと、教祖であるぼくによって《リリース》に導かれることは、修行の中でも最上のものとされているのさ」

「なんだそれ、話がめちゃくちゃじゃねえか」

「おいおい、またド忘れかい？　これは塚原が作った教えだよ」

そういえばそんな気もしてきた。大学の頃、それで無数の女に股を開かせていたのだ。

しかし教えの内容はほとんどデタラメだったから、まったく思い出せない。

「そうかもしれないけど、やっぱりお前と組むのはやめにするよ」

「どうして？」

「それは言えない」

久我山が射精する瞬間の顔があまりにも気持ち悪くて目が覚めた、とは、さすがに言いづらかった。おれは性行為を個人的な行為だと考えていて、人がしているところをディスプレイで見るぐらいならいいが生で見るのは嫌だったし、見られるのも嫌だった。乱交パーティとかハプニングバーにはまってるやつの気が知れない。もう、このアドルムコ会はおれが大学時代に戯れに作った宗教とは大きく異なるものへと変貌してしまったのだ。別にいいけど。

「そうかい、残念だよ」

久我山がパチンと指を鳴らすと、全裸の女性たちや、土下座していた信者たちが一斉に起き上がりおれを取り押さえた。

「お、おい！　何のつもりだ！」

「ぼくよりもはるかに宗教的な能力の高い塚原を野放しにするわけにはいかない。塚原は必ず世界征服のキーになる。いずれ探し出して仲間になってもらうか、死んでもらうかする予定だったんだよ」

「おい、お前ふざけんなよ！」

身体を押さえ付けられ身動きの取れないおれの額に、ムラノトモミが拳銃――コルト・シングルアクション・アーミー――を付きつけた。

「あなたってほんとにバカね。サー・ラインハルトに従うこと以上の幸福は、世界に存在しないというのに」

残念だわ、と言ってムラノトモミは撃鉄を起こした。

もはやこれまで、と思ったそのとき、アドルムコ宮殿の壁を突き破って巨大な戦車——M1A2エイブラムス——が突入してきた。何人もの信者が虫みたいにぺしゃんこに踏みつぶされ、その後戦車に備え付けられた機関銃——ブローニングM2機関銃——からやたらめったら撃ち出された弾が数十名の命を一瞬にして奪った。幸いにして生き残った信者たちは、久我山の周りに人間の壁を作った。自分の命よりもサー・ラインハルトの命の方が尊いのだ。本物のバカばっかりである。

「な、何者だ!?」

久我山がイチモツを丸出しにしたまま腰を抜かしている。戦車からひょいと顔を出したのは、なんとノーフォークプラザホテルの受付にいた、カブレラそっくりの男だった。カブレラはたぶんおれに戦車に乗れみたいなことを言ったので、急いで乗り込んだ。ムラノトモミはコルト・シングルアクション・アーミーを一発M1A2エイブラムスに撃ち込んだが、弾は装甲に弾かれ、そのまま久我山の脳天に直撃した。ムラノトモミはその悲劇に気付くことなく二発目を撃つため撃鉄を起こしたが、引き金を引くより早くM1A2エイブラムスに下半身をつぶされ絶命した。

カブレラはたぶん「WOW! YEAH!」みたいなことを叫んでいた。おれは目の前の地獄絵図に耐えられなくなって「もうやめとけ」と言ったが、カブレラはマジで興奮していてまるでゲームで遊んでるみたいに虐殺を続けた。耳をつんざくような悲鳴が響き渡り、ぐちゃぐちゃの肉片がそこかしこに飛び散った。おれはほんとにヤバイと思ってカブレラのぶっとい腕をつかんで無理やり止めようとしたが、殴り飛ばされて鼻血まみれになってしまった。くらくらする頭で事態を解決する方法を必死に考えたが、おれが妙案を思いつく前にさっき久我山のイチモツをジュバジュバしていたナンバーワン美女が戦車の前に立ちはだかり、「もうやめて！　うちらのライフはゼロよ！」みたいなことを言った。カブレラは嘘みたいに銃撃をやめて戦車から飛び出し、久我山のイチモツをジュバジュバしていたナンバーワン美女のおまんこにしゃぶりついた。美女のおまんこ強し。おれはカブレラの無防備なケツを見せられながら、精神の支配による世界征服をたくらんでいた久我山の偉大なる計画が、たった一人の狂った男によって破綻させられたことを、なんだか空しくも思ったのだった。

＊

急いでノーフォークプラザに帰り荷物をまとめ、カブレラの代わりに受付をしていたクッソかわいい大学生ぐらいのブロンドの女の子にカードキーを返却した。すると、「私あなたのこと知ってるわ、日本でアイドルをやっていたでしょう、そう、シャドウボーイズだわ、彼らはあなたが抜けてからも活発な活動を続けて、今年は日本の五大ドーム——札幌ドーム、東京ドーム、ナゴヤドーム、京セラドーム大阪、福岡ヤフオク！ドーム——ツアーを成功させたようね、私アジアの文化にとても興味があるの、それにアジア人のペニスにもとっても興味があるわ、特に元シャドウボーイズのセンターのペニスにはね」みたいなことを言ってきたのでおれはビンビンに勃ってしまった。しかし女がカウンターに置いて読んでいたと思しき分厚い本には見覚えがあった。社会学者タルコット・パーソンズの『行為理論と人間の条件』である。一度も読んだことはないが、日本でおれの講演会にやってくるタイプのめんどくさいやつらがよくこれ見よがしに携えていたのだ。以上の事実から彼女が大学で社会学を専攻していて『アジアのアイドル文化に見る《未成熟》の行為システム』みたいなしょうもない卒論を書こうとしていておれとのセックスをフィールドワークの一環と位置づけ論文の白眉にしようとしているのだということが予想された。セックスなんてしたらめんどくさいこと確実。しかも英語はわからないし、よく考えたら洋モノのAVの喘ぎ声（歯を食いしばってシーハー言う感じのやつ）があんまり好きでもないのだった。おれは後ろ髪を引っ張られながらもそういう萎え要素を列挙することで見事誘惑を断ち切り、ノーフォークプラザを颯爽（さっそう）と去ることに成功した。

＊

ここからフランスに行くにはユーロスターという高速列車に乗らなければならない、と岸田の残した旅行計画書に書いてあった。岸田の遺言に従ってパディントン駅からキングス・クロス駅へと移動するとそこにはハリー・ポッターに出てくるらしい9と¾番線プラットフォームとかいうのがあって荷物を載せたカートが壁にめりこんでいて、その前に若い男女たちが列を作り順番に記念撮影を行っていた。大体のやつが、たぶん作中に出てくるのであろう長いマフラーを巻いてもらいカートの取っ手をにぎってジャンプした瞬間を撮っている。おれはハリー・ポッターには興味がなかったが、そこに並んでいた日本人らしき高校生か大学に入りたてぐらいのかわいい女の子がピチピチの黒のスパッツを穿いていて尻の割れ目のラインがくっきりと見えたので、その女の子がジャンプするところをじっと見つめていた。あんなにピチピチのスパッツを穿いているにもかかわらず本人がそのエロさに全然気が付いていない風なのが何とも言えず良かった。彼女は同じく日本人であると思われる残酷なほどにドブスな友人と二人でキャッキャ言いながら写真を撮り合いっこしている。若さゆえの弾力を感じさせる肌のはり、まだ覚えたてのような、作為的でないナチュラルな化粧の淡さ、そして引き立て役として最高の仕事をしている隣のドブス。すべてが完璧に整い、ピチピチスパッツの女の子をきらめかせていた。おれはこんなにきらきらした女の子の尻の穴に舌を突っ込んで舐め回せたらどんなにいいだろうと考えた。おれが脳内でリアリティ満点の妄想を繰り広げていると突然後ろから肩を叩かれ、驚いて振り返った。

「お前ってさ、昔から女の子の尻の穴好きだよな」

そこに立っていたのはおれの高校時代のクラスメイト、高山だった。一応確認しておくと、超有名な外資系の証券会社ではたらいている、冒頭で初任給八十万もらっていた調子乗りのあの高山である。

「なんでこんなとこに高山がいるんだよ」

「お前にはわかんないだろうけどな、おれは世界を股にかけてんだ。ロンドンなんかもう庭みてーなもんなんだよ。どうだ、あれから月収は上がったか？」

「ああ、額面で二十一万円もらえるようになったよ」

「そうか、おれは月に三百万もらえるようになった、ボーナスも入るから、年収で言えば六千万だな」

シャドウボーイズのやつらだってそんなにもらっていないはずだ。だが、高山を褒める気にはならなかった。あからさまに褒めて欲しそうにしているニヤついた顔が癪にさわったからである。

「そんなことより、なんでおれがあの子の尻の穴に舌を突っ込んで舐め回したがってることがわかったんだ？」

おれが話題を変えると高山は一瞬むっとしたが、すぐにいつもの余裕を感じさせる笑みを取り戻した。仕事のときもこの笑みで顧客の信頼を勝ち取っているのに違いない。しかし一瞬むっとしたことをちゃんと隠せないのがこいつの限界だ。きっと一流の外資系証券会社で本当のトップまで上り詰めることはできないだろう。

「いや、なんでわかったってお前、舐めてたじゃん」

「は？」

ふと見ると、ピチピチスパッツの女の子は綺麗なお尻をつるんと出して、尻の穴の周りを淫靡(いんび)に濡らしてひくひく泣いていた。ドブスの方はハリー・ポッターのカートと一緒に壁にめりこんでいた。

「え？」

「お前さ、妄想と現実の区別がついてねえんだよ。ほんと昔から変わんねえよな。おれだったら、お前みたいなやつにゃ月五万円も払いたくないね」

高山はそのまま『ザ・ハリー・ポッター・ショップ・アット・プラットフォーム・ナイン・アンド・スリー・クォーターズ』の中に入っていった。どうせ世界中に散らばっている愛人たちへの土産でも買うのだろう。おれは目の前で泣いている女の子に手を差し伸べて「大丈夫？　ケガはない？」と聞いてみた。まだ自分がやったということを信じていなかった。女の子がおれの手を取ってくれたので、やはり高山が嘘をついているだけだったのだと安堵したが、それも一瞬のことだった。

「はい、大丈夫です……私、嫌で泣いてるんじゃないんです。あなたみたいな素敵な男性に、こんなに愛してもらえたことがうれしくて泣いてるんです」

マジでもうダメだと思った。おれは犯罪者だ。大体、前にもカフェで隣に座った女の子の尻の穴に、無意識のうちに指を突っ込んでいたことがあったじゃないか。おれはビョーキなんだ、外を出歩かない方がいい人間なんだ……落ち込むおれの頬を伝う涙を、女の子は柔らかい指で優しくぬぐってくれた。

「実は私、あなたに会うのは初めてじゃないんです。あのとき……寂れたカフェで『美熟女肛門マンション』を読んでいたあなたにお尻を愛されて、それ以来、あなたにまた会える日を夢見ていたんです」

「えっ！　あ、あのときの、求人誌読んでた子！？」

「覚えてくれたんですね！　うれしい！」

女の子はおれに抱きついてきて、周りにいる茶髪や金髪の白人たちが「ヒュー！」とか言っている。おれは結構うれしかった反面、自分の行動が自分の意識でコントロールし切れていないことの不安も感じていた。そのとき、『ザ・ハリー・ポッター・ショップ・アット・プラットフォーム・ナイン・アンド・スリー・クォーターズ』から出てきた高山が屈強そうな男に思いっきり逮捕された。誰が見ても「あいつ逮捕されてんな」とわかるほどの、逮捕丸出しの逮捕だった。

「どうしたんだろう」

「あの人、私の友達をドブスだとか言って、ハリー・ポッターのカートみたいに壁にめり込ませたんですよ」

おれはドブスを壁にめり込ませたのが自分じゃないと知って少しほっとした。しかし、いくらなんでも壁にめり込ませるのはひどすぎる。めり込んでいたドブスは数人がかりで壁から救出され、救急車みたいなのに運ばれていった。そして高山はパトカーみたいなのに運ばれていった。

「……おれ、今からユーロスターでフランスへ行って、フランス芸術アカデミーの人に会わなきゃならないんだけど、もし良かったら一緒に来る？」

「えっいいんですか！？　喜んで！」

女の子は太陽みたいにぱあっと明るい笑顔になって、血圧測定器みたいにぎゅっと腕を組んできた。かわいい女の子にぎゅっと腕を組まれるというのは他の何物にも代え難い尊い経験であり、また正常な人格の形成に必要不可欠な経験である。岸田が昔趣味で取っていた統計によると、男性犯罪者の九割はかわいい女の子にぎゅっと腕を組まれたことがないらしい。女の子はスズキミエコと名乗り、年のわりにはシンプルなモノクロの名刺を渡してきた。いや、それ以前に名刺を持っているような年でもなさそうなのにな、と意外に思ってまじまじ見てみると、そこには「殺し屋」と書かれていた。

「へえ、スズキさんって殺し屋なんだ」

「ええ、あの求人誌に載ってたアルバイトなんですけどね」

「人殺すのって楽しいの？」

「楽しいときとそうじゃないときとがあります。どんな仕事もそうだと思いますけど」

そりゃそうだな、とおれは思った。

キングス・クロス駅のすぐ西隣にセント・パンクラス駅というのがあって、そこがユーロスターの発着駅である。おれはイギリスで何も買っていないことを思い出し、慌ててセント・パンクラス駅構内で何か記念になるようなものがないか探したが見つからず、結局モレスキンの赤いノートを買ってみた。旅の思い出でも書き付けておこうと思ったからだ。スズキミエコはロンドンの地下鉄によく見られる「MIND THE GAP（溝にご注意）」のマークがプリントされたマグカップを二つ買っていた。

「彼氏でもいるの」

おれが聞くと、スズキミエコは「そうだったらいいんですけどね」と言って哀しげに笑った。こうやって話してみるとスズキミエコはひどく清潔で神聖な感じさえして、おれがカフェで無意識のうちに指を突っ込んだときや無意識のうちにぺろぺろ舐めてしまっていたとき、つまり彼女の存在を個性として認識できていなかったときとは決定的に異なる印象だった。正直に言えばおれはそういうのが嫌いである。気軽に接していたやつが気軽に接していいようなやつじゃなかったとわかってビビるパターンも嫌だし、イカすと思っていたやつが全然イカしてなかったと幻滅するパターンも嫌だ。基本、他人のことを深く知ってもろくなことにはならない。

おれはスズキミエコに夢中にならないように自分をコントロールしながら、二人で仲良くユーロスターの乗り場へ向かった。ユーロスターに乗り込む前にはまるで国際空港みたいなセキュリティチェックがあり、パスポートのチェックがあった。おれは発音の良すぎるヒゲメガネの担当に当たり、ほとんど何を聞かれているのか理解できなくて手こずった。スズキミエコはぺらぺらと流暢な英語を披露してさっさとゲートをくぐり抜けていってしまったので、焦りも感じ始めた。そんなときにヒゲメガネは薄ら笑いを浮かべながら、バカにしたようなスローな、しかしやはり発音の良すぎて聞き取れないイングリッシュをお見舞いしてきたので腹が立って、日本語でゆっくり強調しながら言ってやった。

「おれが英語できないのはてめーが日本語できないのと同じなんだよ、偉そうにしてんじゃねえよおひげちゃん」

こういうやつらは日本に観光に来たときも当然のように英語で話しかけてきて、おれたちが日本語しかできないとわかると「やれやれ」みたいな顔をするのだ。ヒゲメガネはなんとなくバカにされていることがわかったのか不機嫌になり、それをおれが睨みつけて一触即発的な空気になった。するとスズキミエコがゲートを抜けた先からアサルトライフル――1947年式カラシニコフ自動小銃――でヒゲメガネを撃ち殺してくれたので、現場は騒然となり、おれは混乱に乗じてゲートをくぐり抜け無事ユーロスターに乗り込むことができた。

「ありがとう、君って本当に殺し屋なんだね」

「信じてくれてなかったんですか?」

「いや、だっていきなり殺し屋なんて言われても、何かの比喩かなって思うじゃない」

「やだあ、そんな回りくどいことしませんよ」

「ごめんごめん、でもさ、あんなことで殺しちゃって大丈夫だったの？　おれがちょっと絡まれてただけでさ」

「いえ、実はあの男、国際指名手配犯のレクター・アボットだったんです。過激派組織ラシューバのリーダーですね。私はＩＣＰＯ……インターポールとも契約していて、国際指名手配犯を発見したら迅速に殺害しなければならないんです」

「へえ、なんかすごいことやってるんだね」

「別に、特別すごい仕事ってわけじゃないですよ。多少の慣れは必要ですけど、そんなの他の仕事だってそうでしょ？」

そりゃそうだな、とおれは思った。

スズキミエコが静かに寝息を立て始めてしまったので、おれはひまつぶしに買ったモレスキンを広げてみた。だが、おれはかなり失望することになってしまった。それはどこからどう見ても日本で買えるものと同じで、それがイギリスで買われたものであるという確たる証拠がどこにも見当たらなかったからである。まあ今時、仕方のないことかもしれない。「ＭＩＮＤ　ＴＨＥ　ＧＡＰ」のマグカップだって、おれのふるさとの滋賀県東近江市佐野町から一歩も出なくたって買えるだろう。

おれは英単語をつなげてコーヒーを注文し、外の景色を眺めた。のどかな緑の田園をぼうっと見ていると、なぜかおれの中で久我山が死んでしまったという事実が強く意識されてきた。おれは誰とも深く付き合ってこなかったし、誰が死んだって深く落ち込むようなことはきっとないのだが、久我山はおれの大学時代を象徴する人間だった。そしておれの大学時代の宗教活動を裏の裏まで知っているほとんど唯一の人間だった。久我山の死によっておれはおれの大学時代が消えてしまったのではないかと思った。おれの大学時代がおれの頭の中だけにあるということはつまり、おれの大学時代を客観的に語れる人間がいなくなったということである。事実は客観的に語られねばならないというのがおれの考えだし、主観的に語られた事実は事実として認めないのがおれの方針だ。

つまりおれの大学時代は、おれ的に事実として認められるような語られ方をもう望めないということなのだ。これはおれの大学時代の喪失に他ならない……

だが、今生きている人間の刻んだ個人史は百年も経てばほとんどすべて喪失される、という考えがひらめき、哀しみに耐えていたおれを安らかにしてくれた。

＊

パリの北駅に着き、また岸田の予約していたホテルを探す。ガル・デュ・ノール・スエドとかいうよくわからない名前のホテルだ。スズキミエコは「北駅周辺は治安が悪いので、スリに気をつけてくださいね」と、おれが財布をすられた後に言ってきた。手遅れだ。財布をすられたおれはクレジットカードを止めた後スズキミエコに金を借りまくるはめになったが、スズキミエコは全然怒らず、むしろおれに同情し一生懸命励ましてくれた。それでおれはより一層情けない気持ちになりもしたが、正直なところうれしさが勝っていた。かわいい女の子に一生懸命励まされるというのは他の何物にも代え難い尊い経験であり、また正常な人格の形成に必要不可欠な経験である。岸田が昔趣味で取っていた統計によると（以下略）。

到着の翌日には二人でパリ観光を楽しんだ。その日はスズキミエコの神がかった気遣いのおかげで、気にしいのおれでも金がないことの引け目を感じず観光に集中することができた。ノートルダム寺院やエッフェル塔、凱旋門を回って、修学旅行生みたいに携帯で写真を撮りまくった。凱旋門の前のシャンゼリゼ通りにはハイブランドの店がたくさんあって、見ているだけでも楽しかった。

「ねえ、塚原さんって仕事でスーツとか着るんですか？」

「まさか。工場勤務だからね。まあ、結婚式やなんかのために安いのは二着持ってるけど」

「一着良いのを持ってた方がいいですよ、すごく似合いそうですし」

「いやいや、お金もないし」

「私が出します。こんな楽しい旅に連れてきてくださったお礼ですから」

スズキミエコは半ば強引にヒューゴボスの店内におれを引っ張り込み、ぐるぐる回って色んなスーツを見比べた末、細身の黒のスーツを指さした。

「これにしましょう」

値札を見るとそれは六千ユーロ、つまり日本円にすると八十万円ぐらいのヤバイやつで、シャツとベルトとネクタイと革靴も合わせて買いましょう、とか抜かし始めて、もう全部でいくらいるのかわからなくなってマジで小便を少しちびった。

「だめだって！　こんなもの着られないよ」

「どうして？　とっても似合うと思いますけど」

「いや、ていうか高すぎるし、スーツを着る機会もないんだから」

「機会なんて作ればたくさんありますよ。さっき調べてたんですけど、明日ヴェルサイユ宮殿でパーティがあるみたいなんです、スーツのデビュー戦にちょうどいいと思いません？」

おれは言葉を失ってされるがままになった。スズキミエコはクレジットカードを出してフランス語で何かジョークを飛ばして店員と笑い合っていた。上品な白のブラウスに仕立ての良い紺色のスカート、ツルッツルのお肌と流暢なフランス語。やっぱりおれはもう、無意識的にでさえスズキミエコの尻の穴に指を突っ込んだり舐め回したりはできないだろうと思った。そして、何も考えずスズキミエコの尻の穴に指を突っ込んだり舐め回したりすることのできた時代を懐かしく思った。

＊

ガル・デュ・ノール・スエドは悪いホテルではないが、百万円を笑顔で払えるエレガントなスズキミエコには似つかわしくないホテルである。おれはかなり不安になって言った。

「こんな安いホテルしか予約してなくてごめんね」

「ううん、私、こういう小さなホテルの方が好きなんです。温かみがあって、人と人の距離がほら、近くなると思いません？」

スズキミエコはおれに寄り添ってきてキスをした。ついさっきまでスズキミエコの尻の穴に指を突っ込んだり舐め回したりはできないだろうと考えていたおれはスズキミエコのおっぱいを揉みしだき、おまんこに指をグチュグチュ突っ込んだあとにペニスを挿入した。スズキミエコは快楽に顔を歪めて頬を紅潮させ目をうるませ、おれが奥までペニスを突っ込むたびに軽く身体を痙攣させた。楽しくなって結局尻の穴にも指を突っ込むと、スズキミエコは叫び声を上げて涎を飛ばした。こりゃサイコーの夜だ。もうスズキミエコの尻の穴に指を突っ込んだり舐め回したりはできないだろうと思ってからわずか三時間後のことだったが、おれはおれの考えに連続性がないとは思わなかった。外で見るスズキミエコと、二人きりになってベッドで交わっているときのスズキミエコが同じ人間であるとは信じられなかったからだ。別に外のスズキミエコが悪いってわけじゃないけど、今のスズキミエコの方が好きだと思った。

＊

翌日、おれたちは仲良く腕を組みながらヴェルサイユ宮殿へ向かった。おれはヒューゴボスのスーツをびしっと決めて、いつも無造作に放ってあった髪の毛もびしっと撫でつけて、一流証券会社の営業マンみたいになった。鏡を見るとほとんど高山みたいななりである。おれはヒューゴボスのスーツと髪型だけで一流証券会社の営業マンとしてやっていけるんじゃないかとさえ思い始めていて、逮捕された高山の抜けた穴をおれが埋めにいってやろうかな、なんて心の中で調子に乗るのだった。英語もさっぱりできず経済の知識もなくパソコンじゃインターネットくらいしか触らない、できることと言えばドリルを使った小室美由紀ちゃんの鼻の穴開け、少しだけ覚えているアイドル曲のダンス、それにちょっとした洗脳ぐらいだ。そんなことを重々承知なのに、それでも「いけちゃうんじゃないの」的な妄想が頭を離れなかった。これが高いスーツの魔力ってやつなのか、おれが単にあんぽんたんなだけなのかはわからなかった……いや、嘘だ。おれが単にあんぽんたんなだけだってことはわかる。

ヴェルサイユ宮殿に着くと、宮殿の敷地の前で怪しい黒人たちがぶらぶらしていて、無知な旅行者相手にプラスチックでできたエッフェル塔のちゃちな模型を法外な値段で売りつけていた。そして怪しい白人たちは無知な旅行者相手に謎の署名活動を行っており、旅行者が名前を書いているあいだにバッグや財布を見事な技で盗み出していた。旅行者を寄せ集めて犯罪者のカモにしているなんて、とんでもない詐欺宮殿だ。

「さあ、中に入りましょう」

おれとスズキミエコは犯罪者たちを無視して宮殿内部に進入した。王室礼拝堂やヘラクレスの間、豊穣の間など、おれは日本語のガイドブックを見ながら歩き、その間歴史オタク、いわゆる歴女らしいスズキミエコに色々と出来事やその背景なんかを教えてもらった。そうして今日のパーティ会場である「鏡の回廊」なる広くて長い形のフロアにたどりついたとき、スズキミエコはそれまで以上に饒舌に語り始めた。

「ここは正殿と王妃の居室をつなぐ回廊で、全長は七十三メートルもあるんです。完成は一六八四年、設計者はマンサール。窓と向き合うように配置された十七のアーチ型開口部に合計三百五十七枚の鏡がはめ込まれているんです。なぜかと言うとここは西向きの部屋だったから、外の光を反射させて明るくしたんですね。天井の絵はル・ブランがルイ十四世の歴史的偉業を描いたものなんです。そして一九一九年六月二十八日、第一次世界大戦が終わって、アドルムコ条約が調印されたのもこの場所なんですよ」

そこにたどりつくまでにスズキミエコの膨大な知識のシャワーを浴びて頭が破裂しそうになっていたおれはほとんどを聞き流したが、最後の言葉に思わず「えっ」と叫び声を上げてしまった。

「いま何て言った？」

「え？　ええと、ここは正殿と王妃の居室をつなぐ回廊で……」

「いや、最後最後」

「ええと、第一次世界大戦が終わって、アドルムコ条約が調印されたのもこの場所なんです」

「アドルムコ条約？　それって、よく知らないけどヴェルサイユ条約って言うんじゃないの？」

「ああ、今は宮殿名がヴェルサイユ宮殿じゃなくてアドルムコ宮殿ですから、条約の呼び方も遡及して変更することになったんですよ」

「アドルムコ宮殿！？」

「そうですよ。アドルムコ会が買収して、宮殿名も変えたんです」

「……いつからそうなの？」

「今日からです。朝読んだ新聞に書いてましたよ」

おれが呆気にとられていると、スーツやドレスで派手に着飾った人々の群れの向こうから、マイクを通して聞き覚えのある声が聞こえてきた。

「みなさん、本日はアドルムコ宮殿改名記念パーティにおこしくださいまして、誠にありがとうございます」

群衆は盛大な拍手で応える。その視線の先には、堂々たるサー・ラインハルトの姿があった。おれは久我山が死んでいなかったことをうれしく思うと同時に、脳天をぶち抜かれていたはずなのにどうして死んでいないのかさっぱり理解できず、気が遠くなるようにも感じたのだった。おれが挨拶を終えた久我山のところへ駆け寄ろうとすると、天井に描かれている絵画を見ていた数名がばたばたと倒れ、痙攣し始めた。ある者は射精し、ある者は潮を吹いて、下半身をお上品に濡らしていた。スズキミエコによれば天井の絵画はル・ブランとかいう画家が描いたものだということだったが、おれが天井を見上げると、なんと三十枚の巨大な絵画のうちの一枚が岸田の描いたひまわりのコピーに差し替えられていたのだ。絵の発する神々しい輝きは天から降り注ぐ恵みの雨のようにぴかぴかに磨かれた床に突き当たり、光の飛沫を上げる。その光景を見て満足そうに頷いていた怪しげなフランス人が、おれの方を見て声をかけてきた。

「私はフランス芸術アカデミー永世幹事ベルナール・ブオナロッティです。あなたは日本人ですね、ムッシュ岸田をご存じですか？」

フランス芸術アカデミー永世幹事ベルナール・ブオナロッティ氏はいい感じに日本語で話してくれたのでおれはスズキミエコの通訳なしで応えることができた。

「岸田は私の友人でありあの絵の作者でもあります、そして今回私は岸田と二人で、あなたに会うためにここフランスへの旅に出たのです、しかし岸田は不幸にも旅の途中でこの世を去ってしまいました」

「な、何ということだ！　ムッシュ岸田はもうこの世にいないというのか！」

「ええ、彼は飛行機の中で自宅のエアコンを消し忘れたことを思い出し、それを止めに帰ろうと機内から飛び降りてしまったのです。もうあのすばらしいひまわりの作者はこの世にいません、あの天井の絵は拡大コピーだと思いますが、オリジナルはどこにあるのですか？」

「おお……偉大なる才能ほどくだらない理由で潰えてしまうものです。ひまわりの絵のオリジナルはフランス政府によって『危険絵画』に指定され、現在は人目に触れないよう、ル・サロンの絵画が飾られるグラン・パレの地下に保管されています。友人のムッシュ斉藤から聞いたのですが、ムッシュ岸田はあの絵を五億円でも売らないと言っていたそうですね」

「ええ……岸田は」

　あんな下手な絵で金をもらうわけにいかない、あんなものに五億の価値をつけるなんてフランスの美術界はバカばっかりだと申しておりました、と言いかけてやめた。岸田なき今、おれはこの絵を利用してがっぽり儲けることができるのではないかと考えたのだ。

「この絵の価値は五十億円を下らないと申しておりました。実際の価値の十分の一以下で売るわけにはいかないと……彼には芸術家としてのプライドがありましたし、私はそれを尊敬していたのです」

「五十億、ですか……しかし、それもあながち無茶な数字ではないと私は思います。正直なところ、ムッシュ岸田は小さな会社に勤めつましい生活をしていると聞いておりましたので、五億円という数字でも大喜びするだろうと、私たちにそういう浅ましい考えがあったことは否定できません。あの絵画の価値を、正当な価値を私たちが伝える前に彼が亡くなってしまったことは、いくら悔やんでも悔やみきれないことです」

ベルナール・ブオナロッティ氏があまりに神妙な顔をして今にも涙を流しそうだったので、おれは危うく笑い出してしまうところだった。

「え、ええ……しかし、それはもう仕方のないことです。この旅で岸田はあなたに会い、絵画の正当な評価を求め、それが認められた場合には売却を認めるつもりだったのです。今のあなたの言葉を岸田が聞けば、さぞ喜んだことでしょうね」

「本当ですか！　それならば、フランス芸術アカデミーが五十億円で買い取りますよ！」

おれがベルナール・ブオナロッティ氏と固い握手をかわしながら、岸田の相続人を偽って五十億せしめる方法をフルパワーで考えていると、また聞き覚えのある声が響いてきた。

「お、お待ちなさい！」

久我山は鬼の形相でおれたちに迫ってきた。そうして、ベルナール・ブオナロッティ氏に見えないようにおれに一瞬ウインクをした。すぐにはその意味がわからなかった。

「あのひまわりのコピーは、フランス芸術アカデミーの許可を取って天井に飾ったものです！　それなのにあなた、あの絵の所有権をフランス芸術アカデミーが持っておらず、それどころか著作権者に許可も取っていないと言うのですか！」

ベルナール・ブオナロッティ氏は汗まみれになって土下座し、複製料の返還を申し出たが、久我山はそれをぴしゃりと断った。

「あなたがたのことはもう信用できません。私があの絵画のオリジナルを自ら買い取ります。ね？」

「ま、待ってください！　それは我々フランス芸術アカデミーが五十億円で買い取ると、今このムッシュ岸田のご友人にお話しさせていただいていたところなのです！」

「五十億円だって？　つまらん額です。なら私が五百億円で買い取りましょう、それでいかがでしょうか、ご友人とやら？」

久我山は相変わらずぷるぷる震えている手を差し出し、もう一度おれにウインクをした。おれは久我山の手を握りしめ、その震えを感じ取りながらにやりと笑って言った。

「きっと、岸田も喜ぶでしょう」

＊

ベルナール・ブオナロッティ氏は屈辱に顔を歪めながらヴェルサイユ――アドルムコ宮殿を出て行った。おれはスズキミエコを久我山に紹介し、三人で酒を飲みながら話した。おれと久我山はウイスキー、スズキミエコは赤ワインだった。久我山は早速おれの口座に五百億円を指一本で、まるで百円のアプリをダウンロードするみたいに振り込んだ。

「ああいう訳のわからんやつをあいだに挟むと面倒だろう、岸田とやらの相続人を調査されてもややこしいだろうからな。それにぼくは、あのひまわりにオリジナルがあるならば本当に五百億の価値があると考えている。あの絵は普通じゃない、人間を狂わせ、ぼくの言葉で言えば洗脳準備状態に陥れる力がある。あの絵を見て正常な判断能力を失った人間には、洗脳のための言葉がたやすく染み入っていくんだ。だからまずコピーだけでもと複製の権利を買ったんだが、とんだ詐欺に遭った気分だよ」

「ああ、ありがとう、本当にありがたいよ、感謝する。でもさ久我山、お前どうして生きてるんだ？」

「それは難しい質問だね。ぼくがどうして生きているのか。塚原はロンドンでの話をしてるんだよね。ぼくがどうして、脳天に流れ弾を食らったのに、生きてパリに存在できているのか。プリンストン大学のある教授は、人間ってのは三つの要素から成っていると言った。マシーン／アニマル／アーティストの三つだ。そしてロンドンで殺されたのは、ぼくのアニマルの部分のみに過ぎない。ね？　人間が死ぬにはクリアすべき条件がある。その一つは、マシーン／アニマル／アーティストの三要素、すべてが殺されねばならないということだ。脳天に弾丸が直撃したぐらいのことでは、人間のすべての要素が消滅することにはならないんだよ」

「久我山、おれは本当のことが聞きたいんだ」

「おいおい、ぼくは冗談なんてこれっぽっちも言ってないよ。もう一つ付け加えるなら、人間が生まれてから死ぬまでに《リリース》を経験する回数ってのは、最初から定められてる。ゼロのやつもいれば、十万回のやつもいる。ね？　逆に言えば、《リリース》の経験が規定の回数を満たすまでは、何をやられたって死なないということなんだよ」

「ふざけてんのか？」

「ふざけてない。これもすべて塚原が昔書いてたことだよ。ぼくには、宗教を運用する力はあっても、創造する力なんてないんだ。全部、塚原の受け売りさ」

「おれがデタラメばっかり書いてたことをお前は知ってるだろ？　誰よりも知ってるはずじゃないか」

「ああ、知ってるよ。でもさ、世界なんて全部デタラメなんだよ、思わないか？　国家、政治、経済、家族、全部そうだ。ぼくたち人間は何もない砂漠の退屈に耐えきれず、くだらない幻想を次々に建築していったのさ。そう、これは建築なんだ。こんなにアーティフィシャルでちゃちな幻想にわざわざ付き合ってやる必要はない、そうだろ？　ぼくがさっき言ったことや塚原が昔書いたデタラメとこの世界のあいだには、はっきり言って何の違いもないのさ。世界はメチャクチャで、だからこそ、ぼくたちの頭の中でいくらでも再構成できる。ね？　そんなことは何百年も前から言われてるんだ。それにさ、塚原の書いたデタラメの中にはいくつも真理が含まれていたとぼくは思うね。塚原は教祖として信仰されて部屋に女の子を連れ込んで、フリーセックスを提唱していた。これはいわば家族の解体を目指すものだと思うんだ、いま一夫一妻制を取る国がほとんどだけど、動物、人間も含めた動物っていうのは親しくなりすぎた異性に性衝動を感じなくなる、なぜかと言えば、性衝動というのは必ず攻撃性を含むんだが、親しい相手には攻撃性が発現しないからだよ。ね？　つまり一夫一妻制というのは動物の本能に反しているんだ。塚原の言ったとおり、アドルムコ会の中でフリーセックスを行うことを可能とし、そこで生まれた子供についてはアドルムコ会員みんなで育てていく、そういうことが可能になったとき、そしてそれが極限まで広がったとき、人類はみな家族である、という理想的な状態が作り出されるはずなんだ。家族というのは大所帯になればなるほど個々のつながりが弱くなるんだが、男女の性衝動はそれだけ保たれやすくなるんだよ。これはいつか来るであろう家族制度の行き詰まりを打開するすばらしい考えだ、そして同時に少数への深い情愛を旨とする家族制度を柱として進化してきた人間を徹底的に破壊する考えでもある、とってもスリリングだと思うよ、塚原にとっちゃラクガキみたいに書きなぐった戯言なんだろうけどさ。ただ、ぼく自身は正直、そんなに大きな問題を考えちゃいない。ぼくが重視するのはぼく自身の幸せであって人類の未来じゃない。そりゃ、両方がうまくいくのが一番いいんだろうけどね。ぼくはあくまでも、自分が気持ち良く生きられる世界を作りたいんだよ。そして、ぼくが頭の中で再構成したぼくに都合の良い世界を、洗脳技術を用いてできるだけ多くの他者に納得させ、途方もない幸福にまみれて生きていきたいんだよ。それもまたかりそめの幸福だろうが、ぼくの生きている短いあいださえ続いてくれればいいんでね。とりとめなくなっちゃったけど、とにかくぼくは塚原をすごいやつだと思ってるってことさ。さあ、もう一度だけ言わせてくれ。塚原、ぼくと組まないか？」

おれはサー・ラインハルトの差し出した右手を固く握り、やっぱり自分のつまらない人生をアドルムコ会で変えようと思った。そうだ、あんまり覚えてないけどアドルムコ会の教養だってほとんど昔おれが作ったもののままみたいだし、一時的にしか持続しなかった大学時代の刺激的かつ幸福な生活が生涯にわたって続くなら、それはすばらしいことじゃないか。確かに、そこには大切な何かがないと思う。たとえばおれを勘当した父親のような正しさや家族への愛、まっとうな感情がない。久我山が言うような家族制度の矛盾とか限界とか、おれはあんまり実感できないし、本当の、芯からじわじわくるような幸福っていうのは従来的な家族ってやつにこそ裏打ちされるものじゃないか、むしろ従来的な家族にしか裏打ちされないんじゃないかとさえ思っている。それはおれが家族に捨てられ、自分自身もちゃんとした家族を作ることを諦めていることからくる過剰な期待かもしれない。だが、家族を作ることを諦めているおれのような人間もまたたくさんいるだろう。もしかするとそういう人間の歩みうるサイコーの人生ってのはアドルムコ会にあるんじゃないだろうか。おれはおれと同種の人間たちに対し、アドルムコ会を通じてサイコーの人生を教えてやれるんじゃないだろうか。

「おう、おれたち二人で、世界征服といこうぜ！」

おれが腹を決めてそう叫んだ瞬間、久我山の頭がスポーンと綺麗に飛び、赤黒い血がビシャッとおれの顔にかかった。

え？

おれが声も出せずに振り返ると、スズキミエコが長い刀を鞘に収めるところだった。

「え、あの、どういうこと？」

「すみません、黙っていて……彼、久我山和夫は国際指名手配犯なんです」

「は？　え？　じゃ、じゃあ何か、昨日スーツを買ってくれたのも、このパーティに誘ってくれたのも、久我山を殺すためだったっていうのか？」

「いいえ、久我山和夫が国際指名手配されたのは今朝……このヴェルサイユ宮殿がアドルムコ宮殿と名を変えたときです。彼の宗教活動の活発化は以前からインターポールに警戒されていたのですが、今回の宮殿買収によって久我山が危険人物であるという評価が決定的になってしまいました」

「だ、だからってお前、命まで奪う必要があるのかよ！」

おれはせっかく生きていてくれた久我山との再会を喜び、また手を取り合って宗教活動を始めようとうきうきしていたところで突然すべてを奪われたような気がして、マジで怒った。久我山は確かに世界征服とか何とか言ってたけど、決して悪いやつじゃない。アドルムコ会は変な宗教かもしれないけど、宗教の善し悪しを勝手に決める権利なんて誰にもない。

「ごめんなさい、あなたのお友達だとわかっていたのに……でも、仕方ないんです。アドルムコ会の教えは久我山自身も語っていたように、現在の世界を転覆させる恐れがある。

これまで人類が慎重に、絶妙なバランスを保って築き上げてきたいくつかの社会制度、道徳観、倫理観、死生観を、まるごとひっくり返してしまう恐れがあるものなんです。それに、彼の洗脳術は特殊な呼吸法を利用した巧みなもので、いま、あなたもまさにその術中にはまろうとしていました」

「……」

「ねっ、いいじゃないですか。もう五百億円も手に入ったんですから、何だってできますよ。日本に帰って、仕事なんかやめて遊んで暮らしましょう。私と一緒に」

スズキミエコはおれに抱きついてきたが、おれはその体を抱きしめるのに躊躇した。若くて美しいのは確かだが、とんでもない仕事をしている訳のわからない女だ。素性も不明だし、スズキミエコってのが本当の名前かどうかも怪しい。

「ねえ、私と、遊んで暮らしましょ……」

スズキミエコは瞳をうるませておれにキスをしてきた。おれが乗り気でないのを察してか舌を入れてきたので、おれも舌で応える。そうして唾液を交換しているうちに頭が整理されてきて、スズキミエコの言う通り、日本に帰って五百億で豪遊して一生暮らそうと思った。確かになんだってできる。ついこないだまで工場で小室美由紀ちゃんの鼻の穴を開けて額面で月二十一万円しかもらえなかった男が、一気に大資産家だ。おれの心は震えた。五百億だ。五百億だぞ！

パーティ会場の人間たちは主宰者であるサー・ラインハルトの首がスズキミエコに切り飛ばされたことにまったく興味がない様子で、優雅っぽい音楽に合わせ優雅っぽいダンスを踊りまくっていた。本当に優雅なのかどうかおれにはわからない。五百億を手に入れたっておれはこの音楽が誰の何という曲かまったく知らないし、どういうダンスが本当にすばらしいダンスなのかもまったく見抜けない。絵のことだって、岸田のひまわりぐらいにズバ抜けた、脳に直接くるような絵ならすごいってわかるが、ゴッホとかシャガールとか言われたって「いい絵だなあ」とは思っても価値がいくらかなんて全然わからないし、ピカソの絵ともなれば「いい絵だなあ」とも思わない。そうするとおれがいきなり五百億を手に入れたことはおれの価値を上げてくれるわけじゃない、人間の価値というのはやっぱり内面に宿るもので資産の額なんかじゃ決まらないんじゃないだろうか……

五百億をリアルに手に入れた途端にそんな考えが頭にバンバン湧き上がりせっかくの五百億が紙くずみたいに思えてきて、超上がっていたテンションは一瞬で地に落ちた。

「あれ、どうしちゃったんです？　難しく考えることないですよ、日本に帰って、二人で楽しく生きていきましょ。ねえ、塚原さん……」

スズキミエコはそこでふうっと息を吐いて、上目遣いでおれを見つめた。

「……私と結婚してくれませんか？」

そのとき、会場で踊っていた人々が一斉にこちらを向き、口笛を鳴らしておれたちを祝福し始めた。それはそれはものすごいうるささで、久我山の首が取れたときには何の反応もしなかったくせに、どうして一参加者のプロポーズでこんなに盛り上がるのか理解不能だった。おれはスズキミエコの求婚について、彼女が殺し屋という恐ろしい職業に就いていることが一番のネックだと考えたが、容姿の美しさやおれに対する接し方なんかには文句のつけようもなかったし、五百億を手に入れても面白くなりそうもないおれの人生が変わる——マジで面白くなる最後のチャンスかもしれないと思い直し、できるだけ躊躇したのがばれないような言い方を心がけて返事した。

「は、はい！　おれなんかでよければ、ぜひ結婚してください！」

「ほんとですか？」

「ほんとほんと！」

「塚原さん、大好き！」

抱きついてきたスズキミエコは興奮して陰部から潮を吹き、それが太ももを伝ってドレスからポタポタと落ちて宮殿の床を濡らした。おれはたまらずその場でスズキミエコのパンティを下ろし、ヒューゴボスのスーツのズボンを脱ぎ捨て、びんびんに勃起したペニスを挿入した。Dカップくらいのおっぱいも揉みまくった。

「あっ……あぁっ……き、気持ちいいよお！」

スズキミエコはかわいらしい声を上げる。おれはプロポーズから一分もたたないうちにペニスを突っ込んでいる自分がサイコーにいけてるような気がした。こういう即物的なバカをおれは軽蔑しながら、憧れてもいたのだ。おれたちのプロポーズに沸いていた人々はなぜかおれたちのセックスに全然興味を示さず、そのうちに一人のラテン系の男性が会場の端に転がっていた久我山の首を拾ってリフティングを始めた。それをまた他の参加者が奪い取り、いつの間にか会場の両サイドをゴールに見立てたサッカーの試合が始まって、おれたちはセンターサークルに相当する位置でセックスをしている感じになった。夢中でピストン運動を繰り返していると、誰かがおれの尻に久我山の首を蹴りつけた衝撃で、つい生中出ししてしまった。生涯初の生中出しいわゆるNNだった。おれはほとんどの場合にコンドームを付けることで有名だったし、たまに生でやっちゃうときも絶対外に出すことで有名だった。おれは子供が大嫌いなのだ。

ま、一回くらいで妊娠することはないか。

スズキミエコは「うれしい……中で、中であばれてるよお……」なんてエロゲみたいな台詞をつぶやきながらウミガメみたいに涙を流していた。おれたちは小さなハンカチで拭けるだけ身体を拭いて、服を着直して宮殿を去った。身体がべたべたして気持ち悪かった。

＊

日本に帰って即仕事をやめた。岸田のことも聞かれたが、途中ではぐれたのでわからないとごまかしておいた。エアコンを消し忘れたかどうかが気になって飛行機から飛び降りたなんて、誰も信じてくれまい。おれはスズキミエコと結婚し二人で超高級マンションを買い、とりあえず超高い家具や超高い電化製品や超高い服、超高い車を買った。スズキミエコは夫婦別姓を選びおれもそれを認めた。名字なんてどうでもいいことだ。家事は面倒なのでメイドを雇ってやらせた。スズキミエコは暗殺稼業のため不定期で長く海外へ滞在することが多く、おれはとりあえず昼も夜も豪遊した。金にモノを言わせてキャバ嬢を口説き落としたり、これまで手が出なかった高級ソープに行って即尺させまくったり、SMクラブでM嬢を縛り上げて低温ロウソクを垂らしてムチで叩いたり、映画館ごと貸し切りにして流行りの映画をゆっくり鑑賞したり、会員制の高級ジムに通って身体を存分に鍛えたり、競馬やパチンコでありえない金額を賭けては当たったり外れたりした。下手な小説を即行で書いて自費出版してはこけ、映画の脚本を即行で書いて豪華キャストで即行映画化してはこけた。映画に出てくれた女優と3Pもしたし、有名なオーケストラを家に招いてクラシックを演奏してもらったりもしたし、普通の人間には縁のない高級レストランに片っ端から通って顔なじみにもなったし、豪華客船を買い取って派手なパーティを開いたりもした。そうして三か月もすると、おれは金のある生活に完全に飽きていた。何をやっても全然面白くないし、工場で岸田とぶちぶち言いながら小室美由紀ちゃんの鼻の穴を開けていた頃の方が良かったんじゃないかと思えるほどだった。ひまでひまでしょうがなくて、やらせてくれそうな女子高生をネットで見つけてホテルに連れ込んだりもした。ホ別3（ホテル代別で三万円）とかホ別4とかがほとんどなので、今のおれにとってははした金だ。若くてぴちぴちの肉体はサイコーに良かったが、やっぱりそれにも飽きた。一番長く楽しめたのは雇ったメイドと愛人関係になってスズキミエコの目を盗んでいちゃいちゃする遊びだったが、やっぱりやっぱりそれにも飽きた。おれが何の刺激にも反応しなくなって、このままじゃちょっと精神的にあれかな、何か軽くアルバイトでもして一般的な世間に触れた方がいいんじゃないかな、と思えてきたときに、久々におれにでかい衝撃を与えてくれたのはやっぱりスズキミエコだった。

「私、妊娠したかもしれないです」

何事にも動じないというか動じることのできなくなっていたおれもその言葉にはびっく

り仰天で、めちゃめちゃ高価な革張りのソファからずり落ちた。なぜなら生でやったのはあの宮殿での一発だけで、その後は丁寧に、ゴムをくるくるとペニスの根元までかぶせた上でことに及んでいたからだ。つまり妊娠したとすれば間違いなく宮殿での一発が原因ということになる。そこまで運の悪いことがあるだろうか？

「おいおい、確かなのかよ」

「はい、生理があんまりこないんで、おかしいなと思って今日お医者さんに行って検査してもらったんです。そうしたら、妊娠四か月ですって」

「だめだ、堕ろせよ」

「えっどうして？」

「おれはガキを作る気はないんだ、ガキってのはとんでもない生き物だ、人のことを何も考えず残酷なことを平気で言ったりやったりする。そりゃだんだん大人になっていくんだろうけどな、その過程がおれには我慢できないんだ。待てないんだよ」

「大丈夫、子供嫌いの人だって、自分の子供ができたらコロっと変わるものですからね」

「変わらないよ」

「大丈夫ですよ、何も心配いりませんから」

「ふざけるな、堕ろせ」

「いやです、産みます！」

「だめだっつってんだろ！」

頭に血がのぼったおれはスズキミエコの腹を殴って流産させようとしたが、妊娠四か月というハンデをもらっているにもかかわらず、おれの攻撃は暗殺者スズキミエコに一発も当たらなかった。ただの一発もである。その華麗すぎる身のこなしは映画のアクションスターを見ているみたいで、空振りしまくりながらも何だか楽しかった。とにかくおれは子供が嫌いだし、何より愛すべきであるとされる子供を目の前にしてもほんとに全然愛せない自分自身に直面するのが恐いのだ。息を切らしたおれは攻撃を諦め、「産まれても一切面倒見ないからな！」と捨て台詞を残し、お気に入りの防音ルームでヘヴィメタルをギャンギャンに聴いた。ストレスが溜まったときには爆音でヘヴィメタルを聴くのが一番だということは、このひまな生活の中でおれの見出した真理の一つだ。理解に思想的文脈の共有が必要な音楽とか、ひたすら芸術を追求した音楽ってやつは全部クソで、こっちが何もしなくても否応なく刺激を身体に叩き込んでくれるような、とにかくうるさくて速いやつがいい。静かで遅いやつは最悪だ、聴いているあいだにつまんないことを考え始めて精神を病むことになる。おれは髪を激しく振り乱しながら、いつまでも般若心経を叫び続けた。仏教系の高校に通っていたときに暗記したのだ。

＊

次の日、おれとスズキミエコは互いに子供の話題に触れず、いつも通りに接し合った。スズキミエコは身重であるにもかかわらず暗殺の仕事に出かけ、おれはひまつぶしのネタを探すことにした。遊び方ってのは金がいくらあってもおれの想像力の分しか出てこないし、本やネットを調べても結局知れていた。人間ってのは本当につまらない生き物だ。お金が欲しいお金が欲しいと週に五日も六日もはたらいて、一生で稼ぐ金なんてうまくいってるやつでも数億円。金さえあったら仕事なんてしなくて済むのになあとかぼやいてるやつはたくさんいたが、実際に金を手に入れたってそんなに面白い世界が開けるわけじゃない。とりわけ、金さえあったら仕事なんてしなくて済むのになあっていう考え方のやつが金を手に入れても大したことはできない。

もちろんこれだけ金があればヤクの誘惑もあったが、手を出す決心はできなかった。ネットでもストリートでもヤクは簡単に手に入るが、どうも自分の脳がそういう刺激にうまく対応できるように思えなかったのだ。このへんに住んでる有名な哲学者も麻薬のせいで巨大なカニの幻覚を見るようになったというし、そのへんでラリってとんでもない玉突き事故を起こしてるやつもいたし、ヤク決めてセックスしてる途中に死んだやつもいた。やっぱり、いくらヤクでラリって楽しいったって、その楽しさはおれに根ざしたおれの楽しさじゃない気がする。人間が化学物質に乗っ取られて、化学物質が人間の身体を利用して遊んでいるという気がする。

かつておれの愛人であったが今はおれが飽きたせいで身体の関係のなくなったメイドのソンミが、あまりにもぼうっとしているおれを見かねて一つ提案をしてくれた。

「ご主人様、スナッフビデオなんて撮ってみてはいかがです？」

「スナッフビデオ？」

「ええ、人を殺す瞬間を撮影したビデオのことです。マニアのあいだでは高く売れますし、芸術作品として評価されているものもあるんですよ。奥様もああいう仕事をしていらっしゃいますし、特に反対はされないんじゃないでしょうか」

「しかしなあ、誰を殺すんだよ。別に殺したいほど憎い相手がいるわけでもないしさあ、後処理だって大変だろ。そんなに楽しいものかなあ」

「楽しいかどうか、やってみなきゃわかりませんよ。なんなら、私が何人か選んで連れてきますよ。身寄りのない人間なら、面倒なことにもならないでしょう」

「ソンミには、誰か殺したい人間いるの」

「ええ」

ソンミはにっこりと笑って言った。

「私、若い女が大嫌いなんです」

＊

ソンミは翌日、雑誌モデルのスカウトと嘘をついて女子高生をたくさん連れてきた。おまけに異常性欲者であるらしいゴリゴリのマッチョな男も数人。おれはさんざん援助交際をやっていたから女子高生を見たときにはうんざりしたが、ソンミが一人目をナイフでめった刺しにして殺すところを見ると、俄然興味が湧いた。それぞれの人生で一度きりしかない死の瞬間を鑑賞することは、三、四万払ってセックスするよりよっぽど刺激的だったのである。ソンミはすごく楽しそうにしていたが目だけはまったく笑っておらず、何かどす黒い感情がその中に渦巻いているようだった。若さへの憎悪にも見えたし、自らに迫り来る老いへの怯えにも見えた。集められた女子高生たちはソンミによれば「死んだ方が社会のためになるようなゴミ」であるという。おれはこれまでの経験から「生きる価値のない人間なんて一人もいない」なんて言ってるやつにろくなやつはいないと確信しているし、「死んだ方が社会のためになるようなゴミ」は確実に存在していることを知っている。正直なところ「死んだ方が社会のためになるゴミ」らしきものがバサバサ処分されていくさまにはカタルシスを感じた。そうは見えない子も中にはいたが、ソンミの判断基準に口を挟む気力はなかった。ゴリマッチョたちは恐怖に怯える女子高生たちのうるんで震える瞳をたっぷりと味わってから眼球をゼリーみたいにグチャグチャつぶし、泣き叫ぶ彼女たちの穴という穴を裂けるほど強引に犯し、血と精液のまざったピンク色のものを部屋中に撒き散らし、時たまソンミに英語で話しかけていた。その内容はおれには一切わからなくて、ソンミに高い給料を払ったり、こういうゴリマッチョや女子高生を集めるための資金を提供しているのは自分であるのに、このパーティから自分が決定的に疎外されている気がして少し寂しかった。五百億、いまは多分四百八十億ぐらいになっているが、それだけの金があったっておれはやっぱりおれでしかない。勉強しなきゃ英語は話せない。

女子高生たちが凄惨な最期を遂げるところをおれはばっちりビデオに収め、ブルーレイディスクにちまちまと焼いた。スナッフ好きの集まる、年会費のバカ高い会員制の掲示板に情報を撒くと、それまで覗いていただけのROM野郎だったおれはまたたく間に神扱いされ、直接手を下しているわけでもないのに「ティーンキラー」の異名まで頂いた。当然おれのブルーレイディスクはとんでもない値段で飛ぶように売れた。だがいくらやばい値段で売れようがおれの気分は晴れないままだった。別にスナッフが売れなくても金は一向になくならないし、殺しの現場はいつもひどい臭いがするからだ。そして非常に恐ろしいことなのだが、未来ある十代の女性の命が激しく蹂躙され散らされる凄惨なシーンにも、十人分ほど見たところで飽きてしまった。だがソンミは何度見ても飽きないようだった。興奮して気が狂ったように叫び続けるときもあれば、うっとりとして自慰行為にふけっていることもあった。ソンミはあるとき、三十を越えて子供のない女には生きる価値がないとつぶやいた。ソンミは二十七歳だった。

「そんなことはないさ。結婚したり、子供を持ったりすることは選択肢の一つでしかない。別の生き方にも等しく価値がある」

おれは良識派みたいな顔でそう言った。本気でそう思っているわけでもなく、そう思っていないわけでもなかった。仮に十代のギャルが「三十すぎたオバサンなんて女じゃないよねー」と笑いかけてきたら、おれは「だよねだよねー」と答えるだろう。どっちでもいいのだ。もちろん、今は三十歳になるまでのカウントダウンが始まって落ち込んでいるソンミを慰めてやろうという意図で発言を選択したのだが、ソンミはおれが求めてこなくなったのは自分がもう若くなく、男をつなぎとめるだけのみずみずしい身体を持っていないからに違いない、というようなことを低い声でつぶやいた。どんな肉体であろうと飽きがこないことはない、飽きがこないものなんてこの世界にはない、とおれは言った。ソンミは泣いていた。スナッフビデオの撮影にも飽きたことを伝えると、意外なことにソンミは突然元気になった。

「次の展開として、殺した女子高生の肉を出すレストランを始めましょう！」

こうしておれたちは殺した女子高生の肉を出すレストランを経営し始めた。もちろん資金はおれ持ち、こけたって大したことはない。そのレストランでは出した肉の横に生前の写真とプロフィールを置き、テーブルごとに設置したモニターで殺害の様子を楽しむこともできる。これはあまりにも悪趣味すぎてほとんど誰もやってこないだろうと思ったが、レストランは口コミで爆発的な人気を博した。スナッフビデオを買っていたようなガチのやつも来たし、恐いもの見たさの若者も来た。大半のやつはこれがただの演出で、店で出てる肉はちょっと臭みのあるイノシシか何かの肉だろうと噂していた。そのうちにテレビ局も取材にやってくるようになって、バラエティばっかりやってるような女子アナがモニターを見てキャーキャー叫びながら、「ものすごくリアルな映像です！　ちょっと私、気分が……笑」とか言って盛り上がっていた。ソンミもレストランのオーナーとして取材を受け、

「これは本物の、人の肉なんですか？」

「ウフフ、それはみなさんのご想像にお任せします！」

なんて、うまいこと答えているのだった。最初のうちはおれもそんななんやかやに巻き込まれて忙しくしたが、すぐにくだらなくなって、ソンミの人肉レストランにはほとんど関与しないようになった。自分の飽きっぽさはビョーキなのかもしれないと思って精神科にも二、三軒通い、質問紙の「はい」とか「いいえ」に一生懸命丸をつけつけしたのだが、誰もおれのことをビョーキだと診断してくれなかった。ビョーキになりたがっているというのも変な話だが、ビョーキと認定されることで自分の置かれている状況がクリアになって楽になる、ということは確実にある。

いよいよ何もかもが面白くなくなって旅行にも出かけたりもしたが、どこに行ってもやっぱり何も面白くなかった。北海道も沖縄も東北も四国も九州もアメリカもオーストラリアも中国もブラジルもインドもエジプトも全然面白くなかった。観光地に行くと雑誌に載っていた写真の通りのものがあって、「ああ、あるね」と確認しておしまいだった。もう二度と会わないことのわかっている現地人とのカタコト会話も退屈だった。そうして本当にやることがなくなり退屈が極まった頃、スズキミエコが赤ちゃんを産んだ。なんとおれに予定日も何も知らせず、急にポコンと産んでしまったのだ。

「ねえあなた、この子の名前はどうする？」

「さあ、何でもいいんじゃないか。名前なんてものに大した意味はないからね」

「何でもって言っても、『耳かき』とか『冷蔵庫』じゃダメでしょう」

「いや、それでいこう」

「え？」

「こいつの名前は耳かきだ」

スズキミエコは目を丸くしていたが、大して文句を言うこともなく、そのまま役所に届け出た。耳かき誕生の瞬間だった。

＊

スズキミエコは二人目を欲しがって生中出しを求めてきたが、おれは絶対コンドームなしではやらなかった。

「どうしてかしら、子供ってこんなにかわいいのにねえ」

スズキミエコは耳かきに頬をすりすりしながら言う。おれは耳かきが全然かわいくなかった。いくら子供嫌いでも、以前言われたように実際に自分の子供が目の前に現れたら変わるかな、と少しは思っていたのだが、残念ながらマジで全然かわいくなかった。そうして世話のすべてをスズキミエコとソンミに任せて二か月が経った頃、耳かきの姿が見当たらなくなった。無関心を装い続けてきたおれもさすがに気になって聞いた。

「おい、耳かきはどこいったんだ?」

「テレビの下の引き出しの中にあるわよ」

「いや、赤ちゃんの方だよ」

「ああ」

スズキミエコは長くなって前に垂れていた髪をファサーと後ろにやりながら言った。

「養子に出しちゃった」

＊

スズキミエコは完全に子供に飽きたみたいで、二人目が欲しいなんてこともまったく言わなくなった。まあおれとしては願ったりかなったりである。おれはひたすら単調な生活を続けた。ソンミは相変わらず女子高生を殺してお肉にしていたが、全然見たいと思わなかったし食べたいとも思わなかった。今では飽きをも通り越して屠畜場で家畜が殺されているぐらいにしか思わなくなった。大体屠畜場で牛や豚の頭がかち割られていることを残酷だとも思わずムシャムシャ肉を食ってるやつらが、人間が殺されるところだけ残酷だとかなんとか言って怒るのは、よく考えれば都合が良すぎる。殺して食う資格があるのは、殺して食われる可能性を容認できるやつだけだ。

＊

おれがスズキミエコと結婚してちょうど一年が経った頃、いつも通りテレビのニュースをぼうっと見ていると、そこに信じられないものが映った。髪とひげをもじゃもじゃにはやした、薄汚いというかメチャメチャに汚い姿の、それはなんと、岸田だったのである。

「ええっ！？」

おれが思わず素っ頓狂な声を上げると、スズキミエコが寄ってきた。

「どうしたの？」

「き、岸田だ……あの、飛行機から飛び降りた岸田が映ってる」

「へえ、生きてたってこと？」

「しかし、そんなことがありうるのか？　飛行機から飛び降りたら、海と言ったってコンクリートみたいなもんだろ」

「それは着水の仕方によるわ。彼がオリンピック選手並みの飛び込み技術を持っていたなら、水の抵抗を最小限に抑えて生き延びた可能性もある」

「……あいつならやるかもしれないな」

岸田は記者会見というのをやらされているらしく、離婚した芸能人みたいに記者からおびただしいフラッシュを浴びせられ、質問に次々に答えていた。それでおれは飛行機から飛び降りた後の岸田の歩みを効率よく知ることができた。海に落ちた後、近くの島まで泳いで流木を集めいかだを作ったこと。いかだに乗って日本を目指し続けていたこと。その間、尖った木で魚を突き、寄れる島を探しては火を熾(おこ)して焼いて食べたこと。途中で巨大なカジキマグロと格闘し、見事に仕留めたこと。いかだにくくりつけたカジキマグロの血の臭いにつられたアオザメの襲撃を受け、すべて素手で殴り殺したこと。それでもカジキマグロのほとんどはアオザメに食い尽くされてしまったこと。日本へ帰ってくる途中「次元のはざま」を見つけ、その中で新大陸を発見したこと。新大陸には原住民「バルドル」が暮らしており、自らを光の民と称していること。バルドルたちは自らの住む大陸をバルディリア大陸と名付けていること。バルディリア大陸へたどりつくためにはちょっとしたこつが必要であるが、岸田自身はすでに二百回以上上陸に成功していること。

ニュース番組のコメンテーターたちは新大陸の発見を語る岸田に対して冷淡で、日本へ帰るための辛い旅の中で頭がおかしくなったのではないかとか、カジキマグロのエピソードがヘミングウェイの『老人と海』に酷似していることから、自分の読んだ小説の影響を受けて現実と空想の区別がつかなくなっているのではないかとか、好き勝手にしゃべっていた。だが、おれは岸田が『老人と海』なんかを読む人間じゃないってことをよく知っていたし、ろくでなしだが嘘だけはつかないってこともよく知っていた。

「ほんと、きっと頭がおかしくなっちゃったんだわ。人間なんて置かれた環境ですっかり変わっちゃうものでしょ、いかだの上で一年以上も過ごしたらそりゃあ普通じゃいられないわよ。でも陸の上でしばらく過ごせば、ちゃんと元に戻ると思うわ」

スズキミエコはインスタントコーヒーを飲みながらそんなことを言っていた。スズキミエコはインスタントコーヒーをいつもブラックで飲む。おれはインスタントコーヒーをブラックで飲むやつは頭がいかれてると思っている。

記者会見をすべて見終わり、おれは岸田に会おうと思った。早速岸田の携帯電話にメールしてみたが返事は返ってこなかった。きっと、岸田はもう携帯電話なんて持っていない。おれは岸田が元々住んでいた、一度だけ上がらせてもらったことのあるあばら屋みたいな二階建ての、風呂なしトイレ共同おんぼろアパートを訪ねることにした。マイナーな路線のマイナーな駅で降りて徒歩一分、アパートの前では認知症になった老人が小便をしていて、インド人とパキスタン人が口論していて、水商売風の女が煙草を吸っていた。からまれないように気配を殺して二階へ上がり、岸田の部屋へとたどりついた。チャイムを押すまでもなく、岸田は玄関の扉を開けっ放しにして、リビングであるらしい狭い畳の部屋で目を閉じてじっと座っていた。おれは勝手に上がり込んで「岸田!」と叫んだ。岸田はゆっくりと目を開け、しかしおれには一瞥もくれず公務員試験用のマクロ経済の問題集を解き始めた。途中で遮ろうとしてもまったく聞いてくれないので、おれは岸田の計算が終わるのを待ってから話しかけた。

「なあ、まさかお前が生きてるとは思わなかったよ。あれから色々あってさ……そうだ、お前のひまわりの絵あっただろ?　あれで一儲けしたんだ、おれは今大金持ちになってる。ちょっと使っちまったけどまだ四百八十億くらいあるんだ、お前に分けるよ、元はと言えばお前の金なんだからさ、全部よこせって言うなら残りを全部渡すよ」

「いや、いい」

「しかしお前、こんなところで貧乏暮らしを続けるって言うのか?　家だけでも大きいのを買ったらどうだ」

「いらないね。大きな家なんて掃除が大変だ。風呂もトイレもない方がいい。つまりこのアパートは理想的なんだ」

「掃除なんて、おれは全部メイドにやらせてるよ。金があればメイドだって雇える」

「いやだね。家にメイドなんていたら落ち着かない。小室美由紀ちゃんでもいやだよ」

「お前、仕事はどうなったんだ」

「一度工場に行ったんだが、除籍されてたよ。そりゃ一年以上無断欠勤してたやつがふらっと帰ってきて、すんなり受け入れてくれるような会社はないさ。今は貯金を崩しながら細々やってる」

「だから、金ならあるんだよ。お前の金だ。ほんとはおれのじゃない。おれはお前の金でいい暮らししてるんだ。なあ、マジでもらってくれよ。半分でも二百億以上あるんだからさ、お金があって困ることもないだろ？」

「いらないな。好きに使えよ」

「いや、頼むよ。お前がこんな暮らしぶりじゃおれが落ち着かねえんだよ」

「気にすることはない。おれはあの絵を売る気はなかった。お前が営業に成功したんだからそれはお前の金だ。それでいいだろ」

　岸田は少し疲れたような顔でふうと溜息をついた。ほんの少し岸田の考え方も理解できる気がしたが、目の前に積まれた大金を無視することなんて、おれにはいつまでたっても絶対にできないだろう。大金持ちとしてしばらく生活してみてそのくだらなさを思い知った今でも、ならば金を捨てて下流の生活に戻りたいかと問われれば、YESとは言えない。やっぱり岸田とおれとは決定的に別の種類の人間なのだ。おれは諦めて話題を変えた。

「ところで、バルディリア大陸ってのはどんなところなんだ？」

「ああ、とてもすばらしい場所だよ。おれは最初、航海の途中で偶然迷い込んだんだが、その気になればどこからだってバルディリアに行ける。ここからだってな」

岸田がそれまでマクロ経済を解くのに使っていたシャープペンシルで中空に正方形を描くと、その部分がぺらりと剥がれ落ち異世界への入り口らしきものが現れた。

「行こうぜ、塚原」

岸田に誘われるがままに、おれはその入り口っぽいところに身体をねじ込んだ。どんな旅行ガイドにも載っていないバルディリアへの旅に、久々に気分が昂揚した。すっぽりと入り口に身体をすべて預けてしまうと、おれは自分の身体がさいの目状にばらばらになっていくのを感じた。おれを形作る細胞たちがすべて分子くらいの大きさに細かく分割されて、意識と一緒に拡散しながら自然の中に溶け込んでいく。だんだんおれ個人としての個性が失われていき、逆におれが世界の全体そのものであるような心の広がりが感じられてくる。悪くない感覚だった。ほどなくして肉体と精神が再構成されていき、気付けばおれは岸田と二人で並んで立っていた。

「ここがバルディリアだ」

岸田が無感動な声で言う。あたりをゆっくりと見渡す。そこにはコンクリートのビルは一つもなく、すべてが木や藁や石でできた温かみを感じさせる建物で、地面は柔らかい桃色の雲のようだった。日本ののど田舎のようにも思えたし、いわゆる天国のイメージに近いようにも思えた。

「あそこが公立の女子高だ、今度教員の採用試験があるから、狙ってみようと思ってるんだ」

岸田が指さした先にはすべてが石造りの、まるでサグラダ・ファミリアのような巨大建造物があった。

「あれが高校だって？」

「そうだよ」

「あのでかさは無駄だろ」

「そうでもない。かなりの生徒数なんだぜ」

おれたちが他愛もない会話をしているとチャイムが鳴り響き、女子高生たちがぞろぞろと入り口から出てきた。まるで軍隊みたいにきっちりと整列していて、みなが同じ方向を目指している。それでいて堅苦しい表情ではなく、穏やかに笑い合っている。どこかアンバランスで気味の悪い光景だった。そうして岸田と集団を観察している途中、おれは思わず驚きの声を上げ、腰を抜かしそうになった。

ソンミが殺した女子高生たちがいたのだ。

「お、おい岸田、あんまり言いたかないが、おれの雇ってるメイドがさ、女子高生を殺してその肉でレストランやってんだよ。でもあそこに死んだはずのやつが歩いてる」

「そんなわけねえだろ」

「いや、間違いない。おれが味見で食ったやつもいる」

「おいおい、おれはゾンビの先公をやる気はないぜ」

岸田はそう言って笑った。おれは顔面蒼白だった。何が起きているのかわからない。追いかけたい気持ちもあったが、気付かれたら全員からリベンジ拷問を受けるかもしれないと思い躊躇した。よく考えればと言うか、よく考えるまでもなくおれは大量殺人を見て見ぬふりして過ごしているのだ。いつかとんでもない天罰を食らったっておかしくない。行列の後半には、大量の小室美由紀ちゃんが現れた。

「おい、なんで小室美由紀ちゃんがあんなたくさん、しかも高校に通ってるんだよ」

「さあな。おれたちが鼻の穴を開けたのも、あの中にいるかもしれないぜ」

「しかしお前の記者会見以降、かなりの数の研究者たちがバルディリアを目指して実験を繰り返しているらしいが、まだ誰もたどりつけてないらしいぜ。それなのに小室美由紀ちゃんなんて、どうやってこっちに来たんだよ」

「ちょっとしたこつがあるんだ。小室美由紀ちゃんにでもわかるぐらいの簡単なこつさ。バカじゃなけりゃ、誰だってバルディリアを見つけられる。つまりあっちにはバカしかいないってことさ」

「そんなものかね」

「そんなもんだ」

おれが岸田と話していると、女子高生の行列が途切れ、最後に八本足の馬にまたがった派手ないでたちの男がのっそりと現れた。そいつは女子高生の後にはついて行かず、ゆっくりとこちらに向かってきた。ブルーを基調とした、無数のダイヤのちりばめられた王冠、黄金色に輝く重厚な法衣、左手で手綱をしっかり握り、右手には――

おれが大学時代に配りまくったエセ教典。

「塚原、久しぶりだね。少し太ったんじゃないか？」

おれは二の句が継げなかった。切り落とされてサッカーボール代わりにされていたはずの首はちゃんとくっついている。まるで何事もなかったかのように。

「なんだ、知り合いか?」

岸田は面倒くさそうにしている。自分の知らないやつ、たとえば友達の友達ぐらいのやつが友達を媒介にして話に入ってくるシチュエーションを昔から嫌っているのだ。そういうときに愛想良くして場の空気を保とうとか、これを機に自分も友達になろうとか、そういう発想が岸田には一切ない。

「ああ、大学時代の友達だよ。しかし久我山、こんなところで何やってんだ?」

「こんなところとはずいぶんな言い種だな。ぼくはそこのアドルムコ女子高の校長をやってる。ね? そしてこの国の国王でもあるんだ」

「なんだって?」

おれが驚く前に岸田が珍しく大きな声を上げ、久我山をじっと見つめてからおれに耳打ちした。

「なあ、さっきアドルムコ女子高の教員採用試験を受けようと思ってるって言ったろ、何とか口を利いてもらえないか」

「そう簡単にはいかないだろ」

「一応聞いてみてくれよ、頼むよ」

不正は嫌いだが、岸田が頼みごとをするのは初めてのことだ。どうにか役に立ってやりたい気もして、そして久我山が一体どういう経緯でこんなところにいるのか知りたくもあって、とりあえず様子をうかがってみることにした。

「な、なあ、アドルムコ女子高って、お前まだアドルムコ会やってんのか」

「当たり前じゃないか。ぼくは世界を征服するつもりなんだ。今はこのバルディリア大陸の四つに分かれていた国家を統一し、バルディリア王国を設立したところさ。もちろんここで終わりじゃない。ぼくは表の世界にも打って出て、必ず目標を達成してみせる。塚原はどうだ、ぼくに協力してくれるなら、バルディリア王国の宰相にしてやるよ。ね？」

「……いや、おれはいいよ。それよりこの岸田はどうかな、こいつはほんとにすごいやつなんだ、野球をやらせりゃストレートは一八〇キロ出るし、絵を描かせれば観た人間が失神するぐらいすばらしい作品をつくる。そうだ、パリでお前が五百億払ってくれたひまわりの絵があっただろ、あの作者がこの岸田なんだ。宗教を広める上でこいつの絵はかなり役立つだろうし、なんとか宰相にしてやってくれないか」

「おいおい、待ってくれ。誰が宰相なんかやりたいって言った？」

おれがせっかく岸田にとって望ましいはずの流れを作り出そうとしてやっているのに、岸田はそれをさえぎって言った。

「おれは宰相になりたいわけじゃない。普通の公務員になりたいんだ」

おれが絶句していると、久我山が岸田に笑いかける。

「見たところ確かに君は宰相向きじゃないいね。ところで、君がどうして公務員になりたいのか教えてくれないか？」

そう言えば、おれは岸田が何を考えているのか全然わかっていないなと思った。わかりたいとも思えなかったからではあるのだが。岸田はじっと久我山を見据えた後、語り始めた。

「……おれは人間には欠乏が必要だと考えている。おれはこいつが言うみたいに野球で天下を獲ることも、絵で天下を獲ることもできた。他にも、おれは何でもできた。就職だって大企業から次々に内定をもらったし、一年勤めた外資系の証券会社ではトップの営業成績を収めた。だが、そういうすべての事実はおれにとって退屈だった。人間の人生ってのを、おれは欠乏を埋めるための運動であると定義している。何の努力もなく頂点を極められるような分野で頂点を極め、金や女や権力を手に入れたところで、その欠乏なき満足された全体は、決して埋まることのない大きな欠乏として再びおれを苦しめるだろう。そこでおれは、新卒の就職活動のとき戯れに受けた公務員試験に落ちていたことを思い出した。何かに失敗するとか、落ちるとかいうことがそれまでに一度もなかったおれの初の失敗だ。ただおれは、それを本気でやっていなかったからだろうと思っていた。だが、試しにもう一度受けてみたら、また落ちたんだ。それからいくつもいくつも市町村の試験を受けたが、一つも通らない。おれは楽しくて楽しくて、生活費を保つために工場に勤めながら公務員試験の対策を続けた。それはやっと見つけたおれの唯一の欠乏だからだ」

久我山は腰に下げた純銀のボトルに入っているウイスキー——たぶんラフロイグ三十年——をストレートで呷り、口をぬぐう。

「それなら君は、本当は公務員試験に合格することを望んでいない、あるいは恐れているということになる。ね？　君がその唯一の欠乏を満たしたとき、君には一体何が残る？」

「……そうだな、何も残らないかもしれない。だが、おれがそれを恐れて手を抜いていると思ってるなら、大きな間違いだ。おれは全身全霊をかけて公務員試験の勉強をしている。全力を出してなお埋まらないものでなければ、欠乏とは呼べないからな」

久我山はくっくっくっと陰気な笑い声を漏らした。おれは二人のやり取りを聞いて岸田のことを何もわかっていなかったのだと痛感すると同時に、全然わかりたくならない自分の感性の方を気に入っていた。

「やっぱり塚原の友達は面白いよ。ねえ、ぼくはこのバルディリアから表の世界に宣戦布告して、アドルムコ会という宗教を軸にした新宇宙を創造したいと思ってるんだ。塚原、岸田くん、ぼくと一緒に戦ってくれないか？　どうせあっちに行ったって、何も面白いことはないだろう。しかしね、つまらないとか退屈ってのは、半分は世界のせいだとしても、もう半分は自分のせいなんだよ。ブツブツ文句言ってるひまがあるなら、自分が面白いと思える世界を創らなきゃ。ね？　もしよければ塚原がバルディリア王国の宰相、そして岸田くんには特に役職をつけず、軍の統括、戦略設計を任せたい。もちろん、空いた時間で公務員試験の勉強をしてもらったらいい。どうだろうか」

「軍ねえ。暇つぶしにはいいかもしれないな」

おれより先に岸田が快諾した。おれの知る限り、岸田が他人の提案を受け入れたのは初めてのことだった。そしておれは、あっちの世界にあるおれの大豪邸と四百八十億の資産、そしてスズキミエコとソンミのことを考えていた。だが、それらはおれを踏みとどまらせるには弱すぎた。買ったばかりの頃毎日胸を躍らせながら過ごした豪邸はもう無機質な冷たい寝床に過ぎなかったし、金はありすぎてただの紙切れにしか見えなかったし、スズキミエコは暗殺稼業に忙しくて会うことも少なくてそもそも素性もよくわからないし、ソンミは完全に気が狂ってる。おれはやはり、強いつながりをどこにも持てていないままなのだ。

「わかった。思いっきりやろうぜ！」

おれたちは三人で肩を組んで勝利を誓った。これが後に言うバルディリア三者協定である。

＊

三人で肩を組んだ二時間後、岸田は驚異的なリーダーシップを発揮し、史上最強の呼び声高いバルディリア軍を小室美由紀ちゃんのみで組織した。

「小室美由紀ちゃんなら、おれたちがいればいくらだって作れる。そうだろ？」

岸田は不敵な笑みを浮かべてそう言った。どうやら岸田は工場における単純作業の中で小室美由紀ちゃんの設計図や細かい手順をすべてマスターしていたらしいのだが、残念ながらおれにわかるのは鼻の穴の開け方だけだった。同じことをやっていても、意識の持ち方次第で成長の程度が変わってくるのだ。困ったおれは知ったかぶりをして「ああ、いくらだって作れる」と胸を張っておいた。はっきり言って、「いや、おれはわかんないけど」と白状できる雰囲気ではなかった。おれは実際の仕事でも、新人の頃何度かこれで失敗している。相手が信じてくれているときに、それを否定することはなかなか難しいのだ。おれはわかったふりをしながら、周りから聞こえてくる言葉をつなぎ合わせて、少しずつ少しずつ鼻の穴開けに習熟していったのである。このやり方で規定通りの鼻の穴を開けられるようになるのに二年かかった。非効率的すぎる。さらに悪いことには、鼻の穴の開け方以外のことを知ろうともしなかった。岸田はおれがそうやって一ミクロンずつ成長しているあいだ、そして低い位置で成長を止めてからも、小室美由紀ちゃんについての詳細な理解を追い求めていたのだ。

岸田は久我山の用意していた高性能戦闘機バルディィリアファントムR-22に片っ端から小室美由紀ちゃんを搭乗させていった。そうしてバルディィリアファントムR-22の在庫が尽きると、今度は小室美由紀ちゃんに、自分の身体に爆弾をぐるぐる巻き付けるように指示した。それはバルディィリア王国で開発されていた、核兵器と同等の破壊力を持ちながら放射能汚染の危険性のない窒素爆弾であり、同じ性質のものがバルディィリアファントムにもきっちり搭載されていた。

「これだけの戦力があれば、おれの作戦通りやれば世界は七日で火の海になる」

岸田がパチンと指を鳴らすと、すべての戦闘機、すべての小室美由紀ちゃんが一瞬にして消えた。そして岸田は眠そうに管制塔へ向かっていった。

バルディィリア王国の宣戦布告は表の世界に瞬く間に伝わったが、表側では経済面や政治面、宗教面で対立する国々がまとまらず戦力が分散してしまったようで、一糸乱れぬ我らが小室美由紀ちゃん軍団の前に為す術もなかった。日本は焼きすぎた食パンみたいに黒焦げになり、中国は巨大なカルデラみたいにえぐり取られ、アフリカには白い灰が雪のように積もり、ヨーロッパはボクサーのファイティングポーズみたいな形の焼死体で埋め尽くされ臭気を放った。事態を重く見たアメリカがリーダーシップを取り団結を呼びかけたが、小室美由紀ちゃん集団のみならず、これを好機と見た反米過激派とロシアから逆に爆撃を受け、西海岸とホワイトハウスが消し飛んだ。反米過激派から握手を求められた小室美由紀ちゃんは反米過激派の首をことごとく手刀で切り落とし、ロシア人も構わず爆殺した。小室美由紀ちゃんの本拠地であるバルディリア王国を見つけられる者は一人もいなかった。おれたちは無傷で世界を侵略していくことができたのだ。

岸田が陣頭指揮をとって五日後、表の世界の人口は約半分になった。それに反比例するように、バルディリアの人口はみるみる増えていった。おれはこれがどういうことなのか、おぼろげに理解し始めていた。久我山は爆発的に増加した住民らを見事に一人残らず洗脳しバルディリアの治安を保っていた。最後の二日間、小室美由紀ちゃんの在庫が切れ、岸田とおれが増産の手はずを整えようとしたが、久我山は少し考え、新たに加わった住民の一部を戦闘用に洗脳しバルディリアファントムR-22に突っ込んだ。

「感情が残っている分、小室美由紀ちゃんほど無慈悲にはやれないだろうが、この方が手っ取り早い」

「まるで将棋だな」

「そう、将棋だ。すべての駒は有効に使われねばならない」

そうして攻撃開始からきっちり七日後、表の世界は完全に火の海となり、すべての国が──消滅した国を除いて、ということだが──バルディィリア王国に降伏した。国際連合が表の世界を代表し敗北を認め、ついに久我山は世界を征服するにいたった。久我山は降伏の声明を聞いた瞬間、まるで夏の甲子園で優勝したピッチャーみたいに両腕でガッツポーズを決め、おれは夏の甲子園で優勝したキャッチャーみたいに久我山に抱きついた。その歓喜の瞬間でさえ、岸田は公務員試験の過去問を解いていた。国際連合のニャホ・ニャホ＝タマジロー事務総長（USA）はその夜、終戦を記念したラジオ番組「SEKAI NO OWARI☆スーパーナイトフィーバー」に出演し、小室美由紀ちゃんの勇敢さと美しさ、そしてバルディィリア王国の強大な軍事力について賛辞に近い言葉を述べた。

「まずわしらの敗北の原因の一つは、小室美由紀ちゃんの暴力的なまでの美しさよね。あんなにかわいい女の子が現実に存在しうるってのが驚き。わしなんて白人で、女の子も白人じゃなきゃ勃起しなかったのよこれまで。それはもう初めてオナニーしたときからそうなのね。うん、中三のときなんだけど、え？ ないない、本当に一回もなかったのよ。あれじゃん、アメリカでも東南アジアとかに買春旅行に行くやついるじゃん、あれわしには信じられなかったのよ、異人種に興奮するっていうことが理解できなかったわけね。これは人種差別とかじゃなくてやっぱり育った文化圏の問題だと思うのよね。逆にアジア人だって白人じゃたたないとかあるでしょ。まあ今は色んな人がいるんだってわかってるけどね、長く生きたからさ、でもわしがそうであるように、人種を超えて性的興奮を覚えるのってやっぱり少し壁があると思うわけ。だからわしらが自由意志で女の子を好きになってるというのは幻想だよ。どうしても文化によって嗜好性を限定されちゃうの。ま、そんなことはみんな何となくわかってるじゃない。でも小室美由紀ちゃんには完全にやられたね。黄色人種なのに、このわしが思わず勃起しちゃったんだから。小室美由紀ちゃんには文化の枠を超えた魅力があって、わしだけじゃない、彼女と対峙したほとんどの男が油断して、窒素爆弾で街ごとケシズミにされちゃったのよ。大体戦闘に出てるのなんて男ばっかりだからさ、もう見事に世界中やられちゃったわけ。そいでよく聞いたらあれ、元々は日本製のダッチワイフらしいじゃない。すごいよね、テクノロジーもついにここまできたかって感じだよ。あとバルディリアの戦闘機ってマジでやばいの。一体何でできてるんだか、スピードが速すぎてわしらが何を撃っても全然当たらないし、やられ放題撃たれ放題。ありゃ無理だね。そんでわしは三日目くらいで言ったのよ、降伏しよって。しかし国連の軍ってのは頭硬いね。まだいけるまだいけるって結局七日も戦ってこのザマ。ネバーネバーネバーサレンダー！　とかみんなで叫んでるんだから、アホだよね。指揮とってるの誰だろうなって思ったら日本人で、オオサカ出身だって言うのね、で笑ったんだけどそいつ日本の阪神タイガースって野球チームのファンみたいでさ、ネバーネバーネバーサレンダーっていうのが二〇〇三年に阪神が優勝したときのスローガンなんだって。野球と戦争一緒にしないでくれよなあ。わしもう腹が立って、今日ついにそいつの頭バットで思い切り叩き割ってやったの。それで戦争が終わったのよ。もっと早く判断すべきだったね。それからさ、バルディリアってどこにあるかわかんなくて、わしら攻撃できなかったじゃない、守る一方だったでしょ。でもこれからは自由に行き来できるようにしてくれるんだって。マジマジ。何か所かにバルディリアに通じるゲートを作って、そこを通り抜けるこつを教えてくれるみたいだよ。通り抜けに失敗すると身体がばらばらになったまま死んじゃうらしいんだけどね。まあどんなとこなのか楽しみにしといてよ。うん、わしもまだ知らないんだけど。

じゃ、ここで一曲何かかけようかね、何がいい？　リクエストとかあるの？　えっ何これ、このリクエストメール見てよ、小室美由紀ちゃんのモデルになったアイドルがいるんだって！　本人の写真ついてるよ、マジで小室美由紀ちゃんそのものじゃない！　へえ、歌もちゃんと歌ってたみたい。会いたいなあこの子、戦争で焼け死んでなきゃいいんだけど。じゃ、とりあえずリクエストにお応えしましょうかね。ではでは、アヤ・マットゥーラで、『ドッキドキ！LOVEメール』！」

＊

アヤ・マットゥーラのすばらしい歌声が世界中に流れて二十年後。おれはバルディリア王国の国王として民衆を統治するのに忙しかった。アドルムコ会のクソみたいな教義は残念ながら非常に役立った。民衆を操るためには論理など必要なく、いや、むしろ破綻の可能性のある論理などはない方が良く、ただデタラメをでっち上げて洗脳の手順を正確に踏むことのみが大切だった。

久我山は世界征服の目標を達成した後、みるみるうちに老け込んでいった。もう何もやることがないのだと言ってただじっと遠くを見つめている彼の姿は痛々しかった。家族を作ることも勧めてみたが、だめだった。久我山はあまりうまく人に心を開けるタイプでなく、強い信頼関係を基礎とする従来的な家族作りにはどうしても向かなかった。おれも笑っていられる話ではない。久我山は虚無に蝕まれていき、二年前に自殺した。小室美由紀ちゃんを「八つ裂きモード」に設定してセックスを楽しみ、絶頂と同時に身体中をばらばらに切り刻ませたのだ。久我山の切り落とされた首を見るのは二度目だったが、ヴェルサイユのときよりもよっぽどいい顔をしていた。バルディリア王国で死んだ人間がどこへ行くのか、それはおれにもわからない。

久我山が自殺した年、岸田はバルディリア王国の国家公務員二種試験に合格し、唯一年齢制限のなかった軍事省に入省した。バルディリアの統治システムがうまく回っている限り軍の出動はありえないので、軍事省はすべての省庁の中でもっともひまだと言われている。というか、実際ひまである。久我山のこともあって目標を達成した岸田をおれは心配したのだが、当の岸田は平然としていた。

「久我山ってのは旧時代の弱い人間だった。おれとやつとを一緒にしてもらっちゃ困るね」

そして今度は「POP広告クリエイター」の資格取得を目指し、毎日業務終了後にPOP広告を作っているのだ。岸田は絵を描かせれば世界一だったが、なぜかPOP広告を作るセンスが壊滅的で、これまた合格に二十年ぐらいかかりそうだった。

おれたち以外のバルディリア王国の民衆は、アドルムコ会の妙ちきりんな教えに従って生きていることを除いては幸せに過ごしていた。しかしそれも、アドルムコ会の妙ちきりんな教えに疑いを持たず生きられるがゆえの幸せだ。これが偽りの幸せなのか、本当の幸せなのかはわからない。たぶんそんなに単純な問題じゃないだろう。しかし、人は常に何らかの思い込みの中で生き、何らかの思い込みの中で幸せを感じている。妙な宗教にはまった人間の洗脳を解くことが正義であるとは限らない。宗教に限らず、思い込みを正すことが人を真理に近づけるのだとしても、それが本当に正しいかどうかは別の話だ。

＊

ある静かな夜、おれはシルクのガウンを羽織り、ばかでかい天蓋付きのベッドに寝転んで本を読んでいた。この世界にはもう久我山のような、虚無に襲われ自殺するような人間は存在しない。どれだけ突き詰めてもスペアの見つかってしまう個性や、他者との関係性に寂しさを感じる者も存在しない。アドルムコ会の教えはそんな砂漠みたいな世界を完全に隠蔽し絶え間ない快楽と「幸福」を提供する。当然のこと、と言うかそうでなければ困るのだが、この世界で書かれる本はすべてアドルムコ会の人生観や道徳観に毒されていて、おれにとってはひどくつまらなかった。それでもどこかに何か面白いことが書いてあるかもしれない、と月に数冊は手に取るのだが、期待を超えるものは一つもなかった。かつて岸田の書いた『窓際の社員ちゃん』を超える作品は、未来永劫生まれないだろう。

おれが本を放り投げて煙草に火を点けたとき、ドアの向こうから寝室の護衛をしている小室美由紀ちゃんの叫び声が聞こえた。おれは驚くと同時にかなりわくわくした。何か予想外のことが起きる、ということをおれは異常に喜ぶようになっていたのである。寝室のドアが勢いよく開くとそこには小室美由紀ちゃんの死体が二つ、そして黄色人種としてはかなりハンサムな、ヒューゴボスのスーツを着た若い男が立っていた。右手には拳銃、左手にはやや大きめの木箱を抱えている。

「誰だ、お前は」

「……驚かないんですね」

「驚いてるさ」

「僕は耳かき、あなたの息子です」

それを聞いた瞬間、おれは死を予感した。なぜならアドルムコ会では子供をコミュニティ全体で大切に育て上げることを義務付けており、教典にはしっかり「親が子を捨てることは万死に値する」と銘記されてあるからだ。それを書いたのは親に勘当された直後のおれだった。アドルムコ会の教典はほとんど思いつきで書いたが、そこだけはちょっぴり本気で書いたのだ。おれはあのとき寂しかったのだろうか？

わからない。

耳かきは左手に持っていた木箱を床に叩きつけた。衝撃でフタが開き、中からごろごろと何かが転がってきて、おれの足下で止まった。

スズキミエコの首だった。

あーあ、やっぱりあんなこと、書かなきゃ良かったな。

耳かきは銃をおれの額に向けた。おれは死にたくない、とは思わなかったが、気付けばこれまでの思い出をフルスピードで振り返っていた。おれの脳裏には幼少時代の家族との楽しい団らん、小学校時代に経験した甘酸っぱい初恋、シャドウボーイズでの夢のような日々、会社に勤めていた頃に起きたさまざまなつまらない、しかし今では懐かしくてたまらないできごと、おれの相手をしてくれた久我山や岸田をはじめとする数少ない友人たち、理由はどうあれおれに好意を寄せてくれた何人かの女の子たち、短い間だったが共に生活してくれたスズキミエコやソンミ、そんな何やかやが一瞬にして浮かんでは消えた。

おれは声を押し殺して泣いていた。

「悲しいんですか？」

耳かきが聞いた。

「……ああ、ちょっと、色々と思い出してさ。お前にも悪いことをしたと思ってる。すまなかったな」

耳かきはフッと笑い、ためらいなく拳銃をぶっ放した。おれは綺麗に額を撃ち抜かれ、薄れゆく意識の中で耳かきの言葉を聞いた。

「僕、許せないんですよね。さんざん悪事をはたらいてきた人間が、最後にちょっと優しさを見せて『本当はいい人でした』みたいな結末って。本当にいい人って最初から悪いことしないんですよ。知ってました？」

「知ってるよ」と答えようとしたが、もう声は出なかった。

＊＊＊

それから一秒後だったのか数千年後だったのかわからない。おれが目を覚まして起き上がると、そこには久我山が立っていた。どこかの瀟洒（しょうしゃ）な宮殿の一室のようだ。うまく声を出せないでいると、久我山はにっこりと笑って、懐かしい調子で言った。

「久しぶりだな、塚原。ここはフォルセティア王国だ。前は少し失敗しちゃったけど、もう一度一緒に世界征服と洒落込もうじゃないか。ね？　今回の相手はバルディリア、あの岸田くんが軍事省にいるんだから簡単にはいかないさ。まあ簡単にいっても困るんだけどね」

おれはほとんど訳もわからずＯＫした。

ＯＫするしかないじゃないか。

他にやることなんて、何もなかったんだから。

キムタク

―キムタク―

ある水曜日の朝、山本洋一が気がかりな夢から目覚め、部屋の隅に置かれた全身鏡を見ると、自分がキムタクに変わっているのに気付いた。てっぺんから禿げかかっていた髪はフサフサのロン毛になっており、顔の細部などもざっと観察したところ、どうやらこれは大ヒットドラマ『ロングバケーション』の頃のキムタクである。山本はＳＭＡＰの中では稲垣吾郎派だったが、もし自分がＳＭＡＰの誰かに変われるとしたらやはりキムタクになってみたかったので、うれしくなかったと言えば嘘になる。彼は鏡の前で色々とカッコイイ（と彼の考える）ポーズを決めてみた。そのいちいちが惚れ惚れするほどインスタ映えするのだが、やはり鏡に映る人間が自分であるとは到底思えない。身体を動かすたびに小さくない違和感があり、自分の存在がすべて無理やり脳に押し込まれてしまったような、そしてそこから借り物のキムタクに懸命に電気信号を送っているような、妙な心地がした。

一体どういうことだろう、と山本は思った。どうやら夢ではなかった。自分の部屋、就職してからずっと住んでいる小さめの1Kの部屋が、よく知っている三つの壁と一つの大窓のあいだにあった。中央のテーブルの上には会社の研修で渡された「絶対売れる！㊙不動産営業マニュアル」が広げられており——山本は不動産会社の売れない営業マンだった——、テーブル西側の薄汚れた座椅子に座って視線を上にやると、壁に一枚の写真が飾られている。それは彼が二十年も前に雑誌から切り取り、きれいな金ぶちの額に入れたものだった。写っているのは元タレントの堀越のりで、かつて「優香の妹分」として登場しバラエティ番組を中心に活動していたのだが、現在では芸能界を引退している。爆発的な人気があったわけではなかったが、ややぽっちゃりした出で立ちで「負け犬」キャラを演じる彼女のことを山本は心から応援していたし、彼にとって彼女を超えるタレントはいまだ現れていない。

山本の視線は次に窓に向けられた。青く晴れ渡った空は——陽光が窓枠のブリキを過去に記憶がないほど強く輝かせていた——彼を最高にハイにした。「せっかくキムタクになったんだ、踊らにゃソンソンだぜ」と訳のわからないことをつぶやき、山本は急いで街に繰り出してナンパを始めた。この容姿なら声をかけた瞬間に全員オーケーを出すだろうと思ったのだ。しかしそうはならなかった。女の子たちは「えっ、嘘、キムタクですか！？」と言って最初は喜ぶのだが、「いえ、違います」と言ってその後しばらく話をしているうちに、決まって「あ、すみません、この後予定があるんで……」と立ち去ってしまうのだ。それはキムタクでなかった頃の山本と変わらない結果だった。しかし、山本は山本だった頃よりも深く傷つけられている自分に気付いた。キムタクの顔があればおれだってやりたい放題なのによ、と夢想していたさまざまが、キムタクの顔があっても駄目だとはっきりしてしまったからである。「嘘だろう」と山本は思った。「おれはこれまでまったく女の子と縁がなかった、それはこの両親由来のイマイチな容貌のせいだと思っていた。それなのに、実は中身が駄目で失敗していたなんて！」

　山本は愕然とした。キムタクの顔、それも『ロングバケーション』の頃の顔で駄目ということは、よほど山本の内面に大きな問題があるということになる。ナンパを諦めて腕時計を見ると、もう午後三時を過ぎていた。「ああ、もうすぐ明日の仕事が始まる」彼はひどく憂鬱になった。

「おれはどうしてこんなクソみたいな仕事を選んでしまったんだろう。毎日毎日、テレアポと飛び込み営業ばかりやっているのだ。周りに比べても成果は全然上がらないし、神経の疲れは大きい。電話でも対面でも人に怒鳴られっぱなしで、歩合給がほとんど入らないから給料も低いままだし、休みの水曜日には自己嫌悪でぐったりしていて、趣味だった読書ももう何年もまともにできていない。まったくいまいましいことだ！」

彼はそのまま部屋に戻り、洗面所で鏡を見た。まだしっかりキムタクだった。やはり惚れ惚れするようなイケメンだ。これなら、もしかすると飛び込み営業もうまくいくかもしれない——だが、すぐにさきほどのナンパのことを思い出した。彼と話すうちにどんどん表情が曇っていく女の子たちのことを思い出した。営業のほうだって、最初は顔で食いついてもらえたとしても、同じような結果に終わってしまうだろう。それはもしかすると、上司により悪い印象を与えるかもしれない。これまでは生まれながらの冴えない風采が、上司に対しても自分に対してもいくらか言い訳として機能していた。だがキムタクの顔という強力な武器を与えられて、それでもなお成績が上がらないとなれば、原因はおれの努力不足以外に考えられないということになるだろう。おれはもともと内気で口下手だが、そんなものは努力で容易に克服できる、と「絶対売れる！㊙不動産営業マニュアル」には書かれている。「このマニュアルという言葉は」と彼は思った。

「それに従えば誰でもあるレベルに到達できる、という印象を人間に与える。しかし機械操作のマニュアルならいざ知らず、営業マニュアルとなると、この弱肉強食の社会で勝ち抜いた優秀な人間の単なる成功体験の集積という側面が大きくなる。それは実際誰にでも真似できるものではない——たとえばお笑い芸人の何らかの『鉄板ネタ』を素人が一言一句違わず再現したとしても、ほとんどの場合大した笑いを取れないだろう——にもかかわらず、うまくいかなければ『努力不足』とか『気合が足りない』とかいうことにされてしまうのだ。これは大変に恐ろしいことだ！」

もはや役立たないことのわかっているマニュアルだが、上司から頻繁に抜き打ちで「○ページの○行目には何が書いてあった？」と聞かれるし、答えられないと説教部屋送りになるのでひたすら読み込む苦行を続けている。誰かこの無意味な文字列を代わりに読んでくれる人はいないだろうか？　そして上司に問い詰められた私に答えを耳打ちしてくれる、優しい透明人間はいないだろうか？

山本はコンビニで買った唐揚げ弁当を食べながらビールを飲んだ。ビールを飲んでも、翌日が仕事の日はうまく気分が休まらない。しかも最近、山本が思わず目を背けてしまう内容のビールのＣＭがよく流れている。それは熱意にあふれた二人のサラリーマンが、仕事の中で時に励まし合い時に激しく意見を戦わせ、ついに一つの大きなプロジェクトをやってのけ、最後にビールを飲んで「プハー！」とやるというものだ。仕事にやりがいを見出すどころか、職場にぎりぎりの居場所すら確保できていない人間にとって、その光景は鋼鉄の処女（アイアンメイデン）にも匹敵する拷問である。山本の会社にもその手の人間は確実に存在するが、そいつらはデキない人間の基本的人権をまるで無視し、息をするように尊厳を踏みにじる。

その結果相手が心身ともにズタボロになってぶっ倒れたとしても、そいつらにとってそれは「笑い話」、ひどい場合には「自慢話」にさえなるのだ。

「おれにギャラ飲みアプリで作った借金さえなければ、こんな会社はさっさと辞めてやるのだが」と山本は思った。

「おれがしこたま貢いだ女たちは、もうみんなギャラ飲みを卒業して連絡が取れなくなってしまった。もちろん、いつかそうなることはわかっていた。それでもおれはやめられなかった。デートで高い物を買ってあげたり奢ってあげたりした時の、彼女たちの華やかな笑顔なしには生きられない、そういう深い暗黒の時代が確かにあったのだ。後悔は一切ないが、おれはその代償を払わなければならない。毎日上司に罵倒され、同僚から蔑まれるという屈辱にじっと耐えなければならないというわけだ。女性たちは特にひどく、おれに聞こえるように容姿や成績に対する悪口を大声で言い、おれの座った椅子には『くっさ!』と吐き捨てて消臭スプレーを吹きつけ、出張で渡した土産はすべておれのデスクに山積みにして突き返し、元気を失ったおれの姿を見てゲラゲラ笑い合っている。おれは力なく薄ら笑いを浮かべてぐったりしているだけだが、借金さえなくなれば、やつらに向かって本心を腹の底からぶちまけてやる。その時にはもうどうなってもかまわないから、朝から缶ビールを五、六本空けてリミッターを外し、積年の恨みつらみを余すところなく叩きつけてやるのだ。

〈おれは絶対にお前らのことを忘れない、死ぬまで忘れない。お前らがおれにした仕打ちのツケは必ずまとめて払わせてやる。お前らは忘れた頃にとんでもない目に遭うぜ。お前らがこの仕事を辞めていようが海外の田舎でノマドライフを満喫していようが、どんな手を使ってでも居場所を突き止めて、おれの苦しみを十倍にして味わわせてやる。いいか、もうお前らは完全に手遅れなんだ！〉

そして、そう言い終えたおれは踊りながらサカナクションの「新宝島」を歌い始める。間奏のところも口でポップス歌いながら、ひたすら新宝島を繰り返す。やめろと言われても、はがいじめにされても、絶対に歌うのをやめない。おれはとにかく新宝島を歌い続ける。そうすればやつらは、舐めきっていたおれという人間に底知れぬ恐怖を感じるようになるだろう。その場ではいつものように集団でおれを笑い者にしてやりこめようとするかもしれないが、おれの言葉と新宝島はいつまでも棘のように頭に残り続けるはずだ。まだ五、六年はかかるだろうが、もし借金を完済できた時にはきっとそれをやり遂げてみせる。やつらだけは必ずこの手で地獄へ叩き落としてやる！」

ベッドに入ってからも色んな感情が湧き上がってきてなかなか眠れず、睡眠薬代わりに安物のワインを足したが、それでも駄目だった。激しい頭痛がして、目を開けると天井がぐるぐると回った。胃がキリキリと痛み、額には脂汗が滲んだ。だが、それもいつものことだ。毎晩毎晩、ずっとこんな調子なのだ……そんな風に考えているうちに、山本は苦痛から身体をねじり切るようにして眠りこんでしまった。

＊

その夜、彼はめずらしく悪夢にうなされることがなかった。そうしてハッと目覚めると、カーテンの隙間から明るい光が漏れ出している。嫌な予感がし、枕元で黒く光っているスマートフォンに目をやる。

「しまった！」

一瞬にして彼の額から汗が噴き出した。もうすでに六時半で、いくら急いでも毎朝行われている「勉強会」に間に合わせるのは不可能だった。アラームが鳴らなかったのだろうか。だがスマートフォンを確認してみると、きちんと五時半に合わせてあったことがわかった。きっと鳴ったのだ。だが、耳元でけたたましく鳴り響く騒音に気付かず安眠し続けたなんてことがありうるだろうか？　あるいは数年ぶりの熟睡だったから、それだけ意識が深いところに閉ざされていたとしてもおかしくないのかもしれない。とにかく起きてしまったことは覆らない。一体今からどうしたらいいのだろう。次の電車は七時に出る。それに間に合わせるためには、寸秒の無駄もなく急がなければならない。しかし彼自身気分がまったくすぐれないし、活発な感じもしないのだ。全身鏡に映る自分は確かにまだキムタクだったが、その精彩を欠いた表情はキムタクとしての魅力をほとんど台無しにしてしまっていた。昨日キムタクになった時に感じた人生最大とも言える高揚はすっかり消え去り、ナンパによって思い知らされた「見た目がキムタクなのに駄目な男」としての自己が彼に重くのしかかっていた。そして、たとえ電車に間に合ったとしても、上司の恐るべき雷は避けることができないのだ。上司は始業一時間前の、時間外手当もつかない朝の勉強会を異様に重視しており、そこに参加しない人間の存在を決して許さない。だがキムタクになった経緯の説明も面倒、というか自分でもわからないのだし、今日のところは病気だと連絡を入れてみるのはどうだろうか。そうだ、そうしよう。そうするしかない。

山本は早速会社に電話を入れた。まだ六時四十分だったが、二年目の岡井がすでにきて朝のコーヒーを沸かし、全員のパソコンを起動させて勉強会の準備をしているはずだ。

「おはようございます！　K不動産T支店岡井です！」

「ああ、岡井くん、山本だけど、今日、ゴホ、ちょっと体調が悪くてさ……一日休みをもらうって支店長に伝えてもらえる？」

「ハァ？　山本さん、そんなんだから成績上がらないんですよ。病気で当欠なんて、そんな電話受けたの生まれてはじめてです。ていうか体調管理も仕事の一貫ですよね、気ぃ緩みすぎじゃないっすか？　はっきり言って山本さんって、何事に対してもヌルいんですよ。突き詰めきれてないっていうか、すぐに考えることをやめちゃうっていうか。そんな楽ばっかしてたら一生うだつが上がらないままですよ。山本さん、自分が裏で何て呼ばれてるか知ってます？　メ……」

そこで山本は電話を切った。岡井は二年目にしてエース級の活躍を見せる、当世風の甘いマスクを持つビジネスエリートだ。恋人は四人いるらしいが、それぞれにまったく浮気がバレていないという。それもこの仕事をする中で徹底的に鍛えられた「マルチタスク力」によるものだ、と本人は言っている。活かし方が間違っていると山本は思うが、誰もそう言わない。支店長も「やはり勉強会の積み重ねの成果だな、この調子で五股、六股といけ。人生は短いぞ！」とご満悦である。

それにしても、おれはどうして二年目の若造にここまで言われなければならないのだろう、と山本は思った。はじめに岡井に仕事の基礎を教えてやったのはおれだ。しかし二か月もたつと岡井はおれの成績を抜くようになり、おれにまったく敬意を払わなくなった。この種の恩知らずで打算的な醜い精神を持つ人間が、日本中のありとあらゆる会社や行政組織の上層部に蔓延っているに違いない。日本の雲行きは怪しい。おれはもうこんな国に住んでいるのが嫌だ。毎日のように権力者の二枚舌や不祥事のニュースを見ていると、何もかもどうでもよくなってくる……

山本はキムタクになる前よりも暗く深い絶望の中で、ふたたび眠りについた。もう二度と目覚めなくてもいいという捨て鉢な気持ちの眠りは、山本に大きな幸福の感覚を与えた。これが、これこそが幸福というものだ。おれが探しても探しても見つけられなかった幸福、それは布団の中に、そして自らの内に潜んでいたのだ……

＊

それからどれほどの時間が流れただろう。突然ドアを殴りつける大きな音がし、山本は目を覚ました。久々に頭がスッキリしている。これまで、おれはまったく本調子ではなかったのだ。身体もとても軽く、今にも浮き上がりそうな感じだ。山本が自分にみなぎるパワーに感動していると、今度はドアを激しく蹴りつける音がした。

「山本ォーッ！　出てこいオラァーッ！！」

それはまぎれもなく支店長の声だった。すると今度は低く優しい声に変わって、「な、山本、いるんだろ？　開けろよ。風邪なんだってなあ。お見舞いも持ってきたんだ。さあ開けてくれ、中で話をしようぜ」と言うのが聞こえた。山本はいやいやながらインターホンごしに対応した。

「すみません、本当にひどい風邪で、ゴホ、うつしてもいけませんから、中に入っていただくのはよくないと思います」

「何言ってんだ、おれとお前じゃ鍛え方が違うよ。おれは小学校から大学までずっと野球やってたんだ、しかもピッチャーだぞ、今でも少年野球のコーチやってるんだからな、風邪なんかもう三十年以上引いてねえ。大丈夫だ、入れろ、いつも頑張ってくれて感謝してるんだ、見舞いぐらいさせてくれ、な？」

支店長はなかなか引き下がらなかった。しかし山本は支店長の顔を見ると、このすばらしい心身の好調が一瞬にして失われてしまうに違いないと思った。

「いえ、今日は遠慮しておきます、明日はきっと会社に行きますから」

山本はそう言ってベッドに寝転び、頭から布団をかぶった。その後もインターホンのチャイムが鳴り続けたが、すべて無視した。この騒ぎが収まったら、街へ出かけよう。せっかくキムタクになったんだ、それに今までにないぐらい身体の具合もいい、ぶらぶらと散歩でもしていれば、何か今後について妙案でも浮かぶかもしれない。

「お前、どうしても開けないんだな？」

支店長がドスのきいた声で言った。明らかに怒りの含まれた調子だった。山本はあまりのしつこさに閉口して、もう何も答えなかった。するとドアに何か硬いものが叩きつけられる大きな音がした。

「ウルァアーーッッ！！」

上司の叫び声がし、ドアにガンガンと何かが衝突する音が連続して響き渡る。素手で殴っているのか体当たりしているのか、どちらにせよこの安すぎるボロアパートの木製ドアを壊すのはそれほど難しくないだろう。山本はさすがに起き上がってドアを開けようかと思ったが、恐怖で身体がすくんでしまい、掛け布団から頭を出すので精一杯だった。それまでの爽やかな気持ちが嘘のように曇っていき、明日の、明後日の仕事のことが頭を覆い尽くし、しかもそれが少なくとも還暦まで続くのだという絶望が彼を襲った。

やがて支店長がドアを蹴やぶる音が聞こえた。革靴のままの足音が、もう一枚のドアを隔てたキッチンを通ってだんだん近づいてくる。そして布団の敷いてあるリビングのドアが乱暴に開かれた。山本はもうほとんど観念していた。

「テメェ、いきなり休みやがってナメてんのかコラァーッ！！」

支店長は山本を視認するや否や、一応は見舞い用らしきリンゴを投げつけてきた。さすが長年野球をやっているだけあって、それはまっすぐ山本の顔を目がけて飛んできた。だが、運動神経も反射神経もまったくないはずの山本は、なぜかそれを右手でバシッと、それも必死な感じではなくドラマのワンシーンのようにかっこよくキャッチすることができたのである。そればかりか、そのリンゴを上に放り投げてもう一度キャッチし、「ヒュー♪」と口笛まで吹くことができた。以前の山本には考えられない動きだった。それで山本は、身体自体がもうすっかりキムタクに変わっているのだと実感した。

「ン！　お前なかなかやるな。というか、いつの間にかキムタクに整形してるじゃないか。『ラブジェネレーション』の頃のキムタクか？　いい心意気だぞ、その顔で飛び込み行ってこい、今すぐ用意してここから直で行ってこい。いいか、今すぐにだ！」

怒鳴りつける支店長に、山本はリンゴを思い切り投げ返した。体育の授業でソフトボールをやればいつもノーコンノーコンといじめられた山本だが、この時、キムタクの肉体のおかげなのか、しなやかな腕の動きによってリンゴに強い力が加わるのがわかった。リンゴはまっすぐ上司の顔に直撃し、インテリヤクザ気取り用の伊達メガネを粉砕した。支店長は顔を押さえながら倒れ込んで「うぐっ、うぐぐ……」とうめいていた。山本はその様子を見て「少しやりすぎたか」と反省しそうになったが、これまで支店長に殴られて流血した回数は十回や二十回ではないことを思い出した。

「支店長、先にリンゴを投げてきたのはそっちですからね。もう帰ってください。何を言われても、僕は今日は休みます。有休だってまだ一日も使ってないんですから」

支店長は壊れた伊達メガネを拾ってよろよろと立ち上がりながら、「わかった、今日はこれで帰ることにしよう」と言い、玄関に向けて歩き出した。やれやれ、と思った瞬間、支店長は「なんつってな！！」と振り返って山本に井上尚弥なみの鋭いパンチを繰り出した。油断していた山本は「やられる！」と思ったが、身体が勝手に動いてパンチを素手でバシッと止めた。それから「ヒュー♪」と口笛を吹き、支店長の顔やボディに的確なパンチを四、五発叩き込み、仕上げと言わんばかりに腹にミドルキックを食らわせ、玄関から外の廊下に吹っ飛ばした。支店長はぐったり倒れたまま、「お前、本当に山本か……？元SMAPの木村拓哉さん、じゃないですよね……？」と言った。

「もちろん山本ですよ。あんたにさんざん足蹴にされた山本です。ぶっちゃけ、これで終わりにする気はないっすよ。あんたがもうやめてくれって泣いて許しを乞うまで、地獄の果てまでも追い詰めますから。そこんとこよろしこ」

「クッ……今日のことは人事部にすべて報告する、お前はもう終わりだ！」

「何言っちゃってんすか。会社なんてちっぽけなハコの中でイキっちゃって、自分のことダサイなって思わねーの？　ま、好きにしたらいいじゃん。組織に所属しようがしまいがおれはおれだから。あんたと違ってさ」

支店長はそのまま立ち去った。その後ろ姿を見ながら口笛でSMAPの「夜空ノムコウ」を吹き、山本は気分爽快だった。キムタクっぽい喋り方をしてみたことで、精神と肉体が噛み合った気がした。だが、やはり自分はキムタクではない。これから自分を新しく作り直すのだ。それは支店長の暴言の録音データを整理しながらということになりそうだが……山本は踊るような筆致で退職届を書き、そのまま近くのしょぼいポストに突っ込んだ。

＊

あくる日、山本が昼頃に目を覚ますと、部屋の郵便受けに会社からの懲戒解雇の通知が届いていた。それを読んでいると、支店長に一泡吹かせてやった時の情けない顔がありありと蘇り、自然と笑みがこぼれた。

それからあてもなく、郊外へ向かう鈍行の電車に乗った。山本の他に二人しか客が乗っていない電車には、あたたかい陽射しがいっぱいに降り注いでいた。山本は座席にゆっくりともたれながら、未来についてあれこれと考えをめぐらせた。転職サイトにはいくらでも求人が載っている。今後の問題はさまざまあるものの、決して見通しは悪くはないだろう。そんな楽観が光とともに全身を満たしていき、すこぶる気分が良かった。おれはどうして、あんな会社に必死にしがみついていたのだろう？　それが人生のすべてだと思い込んでいたのだろう？　まったく馬鹿げたことだ、道はいくらでもあるのだから。なぜだか、多くの人がそれに気付けないで人生を浪費してしまうのだ……

山本はそんなことを思いながら、久々の心の平穏にまどろんだ。頭の中には隅々まで読みつくした「絶対売れる！㊙不動産営業マニュアル」の内容が自然に流れ始め、仕事を離れた立場から眺めてみると、それはまるでドイツの優れた教養小説のように味わい深く感じられた。読んだものというのはいつも、思いがけない時に思いがけない形で自己の内に蘇ってくる。それは現実の経験に決して劣らず、むしろ勝ることすらある。そして、無慈悲な能力主義にすっかり染まったけばけばしいマニュアルの一文が――場合によっては――ゲーテに伍することだってあるのだ。

やがて聞いたこともない小さな駅で、左手の小指に指輪をはめた女性が乗ってきて、山本の向かい側の座席に座った。二十代後半ぐらいだろうか、彼女は堀越のりに似ていた。ふと目が合い、彼女が山本にニコリと笑いかけた時、彼にはそれが自分の新しい未来の明るさを裏書きする兆候（しるし）のように思われた。

パラダイス・シティ

Ｋ市役所に六年前より新設された幸福税課には現在二十四名の職員が在籍しており、その内訳は課長一名、主幹二名、係長二名、主任九名、主事十名である。また内部には幸福税収納係、幸福給付係、幸福管理係があり、日夜それぞれの業務に励んでいる。Ｋ市役所全体でも一、二を争う残業時間を誇り、Ｋ市職員労働組合からたびたび問題視されているのは幸福管理係である。河合主幹と吉野主任、藪主任、そして八木主事と戸塚主事の五人が幸福税の運用に関する予算を組み、財務課と血で血を洗う論争を繰り広げ、また何故か必ずつじつまの合わなくなる歳入・歳出等に関して懸命に数字をいじくりまわし、ましな資料を作り上げた上で県に報告を行っている。女性の残業時間が男性のそれよりも厳しく取り締まられているにもかかわらず、幸福管理係の吉野主任と藪主任は女性であり、規定を超えた残業についてはデータ入力を行っていない。このことについて篠原幸福税課長は見て見ぬふりをしているようである。

次いで残業が多いのは幸福税収納係であり、ここには渡良瀬主幹、五十嵐係長、稲葉主任、梅本主任、後藤主任、梶山主任、須田主事、横井主事、岩橋主事が属する。この係ははじめ男性だけで構成されていたが三年前に広報課から異動してきた「良家のお嬢様」である後藤主任がその暗黙の掟を打ち破った。それまで収納係飲み会の話題の九割は極めて下劣なものだったが、後藤主任の配属によりその雰囲気はがらりと一変し、現在ではきわめて上品とさえ呼べるものとなっている。収納係員たちは主に火曜と木曜の八時まで「夜間電話催告」を行う。納めるべき幸福税を納めない人間が多数存在するため、彼らは「滞納者」をリスト化し、市の地域ごとに担当を分けて電話をひたすらかけ続けるのだ。それだけでなく、催告書の送付や幸福税徴収嘱託員の派遣、あるいは財産調査からの差押執行など、あらゆる手段を駆使して幸福税の収納率を上げるよう市長から命じられている。そんな中、市議会で幸福税が高すぎると毎度のように訴えてくるのは民主共栄党であるが、党を母体とする「民主共栄自衛団」は毎年、税額が決定されるや否や市役所の幸福税課窓口に押しかけ、幸福税が高すぎるだの死んで生命保険で払えと言うのかだの、周囲の迷惑を考えることも一切なく大声でわめき散らす。そして幸福税課職員は他の市民の迷惑にならないよう事を穏便にすませるべく、幸福税の事実上守られることのない「分割納付」、つまり実質的な値下げを提案することとなる。民主共栄自衛団の団長・古山は、自分の連れてきた一団のすべての世帯の幸福税を元の六十パーセント以下にしなければ納得しない。これは毎年のことであるからこの課に配属され三、四年目以上の職員は「ああ、はいはい」と聞き流し大した抵抗もせず要求を呑むのだが、一年目や二年目の職員はまだ慣れておらず「この額で分割納付をされても、かなりの滞納が残りますよ」「無条件で分割納付を認めることはできません」などとかみつき、古山を激怒させてしまう。そういう場合に登板するのは収納係長である五十嵐係長、あるいは差押担当の渡良瀬主幹である。しかしここに大きな問題が存在する。それはK市の労働組合の母体もまた民主共栄党であるという厳然たる事実である。古山はK市役所内ではたらいている組合の「お偉いさん」と仲が良く、幸福税課に限らず市職員の対応の悪さを愚痴っている姿も役所内でよく見かけられる。幸福税課長も強気に出ることができないため、古山の率いる滞納者集団に対し平の職員が強硬策を取ることには意味がない。いくら粘ったところで結局上層部が要求を呑んでしまうため、職員にしてみれば「怒鳴られ損」となるだけなのである。

民主共栄党が余裕をもって納税できるはずの人間まで連れてきて滞納者へと手際よく作りかえてゆくのにもかかわらず、市議会で幸福税の全体的な値下げを一貫して要求していることは、大きな矛盾であるとさえ言える。昨年度のK市幸福税収納率は九三・五パーセントであり、県下第二位の成績であるが、元々幸福税の税率は必ず一定の割合で生まれる滞納者を見込んで弾き出されているため、民主共栄自衛団の横暴が税率の高さの一因でもある。裕福な地主である自らの幸福税まで値切っている古山には市が独自に財産調査を入れており、いくつもの銀行に分け約五千万円の預貯金を蓄えていることも判明しているが、まるで「聖域」であるかのような扱いとなっている。

幸福税の算定の基礎となるのは、前年の幸福量調査の結果である。毎年二月から三月にかけて、前年一月から十二月までに市内の全世帯が得た幸福の量をとりまとめ、毎年変動する幸福税率を掛け合わせて税額を算定する。これまでも「幸福」に関する研究は数多くあった。国民の物質的富だけでなく国民の幸福総量に注目すべきだとしてGNH(グロス・ナショナル・ハピネス)なる指標が提案され、内閣府の定める様々な項目に対する回答から国民の幸福度を測る、といったようなアンケート調査は過去にも存在した。しかしこの手のアンケート調査が本当にあてになるのかといえば、もちろん全面的に信頼できるものではない。人間とは今日がどれほど楽しくても明日には死を選んでしまう、流動的な弱い生き物だからである。それだけでなく、アンケート調査を数値化しそれに対して税金をかけることになれば、誰もが偽りの回答を記すようになるだろう。そうなればもはやアンケートの意味はない。以上のような理由もあり、幸福税は長らく税目として成立しなかった。しかし十年前、ロシアの脳科学者エメリヤーエンコ・ヴィノクールの研究チームによって開発された「脳内セロトニン測定チップ」、通称「ヴィノクールチップ」により事態は急激に進展した。脳内のセロトニン量は従来からｆＭＲＩにより測定可能であったが、ヴィノクールチップを脳に埋め込めば、個人のセロトニン分泌量が常に遠隔地のコンピュータによって把握できる。市は八年前に市民にチップを埋め込む条例を定め、およそ二年をかけて全市民への施術を終えた。こうして個人の幸福度を科学的に測定することが可能になったのである。

当初問題として挙げられていたのは、所得のほとんどない世帯に対しても幸福税が高所得者と同じ税率でかかってしまうということであったが、所得の段階ごとに幸福税の限度額を定めることでなんとか市民の不満の噴出を抑えている。現在、窓口でもっともよく聞かれる市民の訴えは「去年は幸せだったけど今年は幸せじゃない、なのに去年の幸福量に対して課税するのはひどいのではないか」というものである。この訴えがあまりにも多く公務の妨げとなるため、市では独自に減免制度を策定している。それは「幸福減免」と呼ばれ、昨年の幸福量と今年の幸福量を比較し、三十パーセント以上減少していた場合、幸福税額をその減少幅に応じて減額するものである。

また次に多く聞かれるのは、幸福量が多くても、同じだけの不幸があれば相殺すべきではないのか、というクレームである。しかしヴィノクールチップで測るのは脳内セロトニン量のみであり、不幸の量を測ることまではしていない。また、通常の税金であっても、基本的には収入に対する課税であり、経費や各種控除以外の支出は考慮されないことから、幸福税においても、不幸の量を測定し相殺する法的妥当性はないと説明している。

三つ目の係、幸福給付係の主な業務は、幸福な人間から徴収した税の一部を不幸な人間へ分配することである。「不幸な人間」を一概に定義することはできないが、世帯一人当たりの一年間のセロトニン総量が市内で下位十パーセントに入る世帯に属していることが第一の条件となる。そこからは個別に調査が入るが、まず三十歳以上の童貞、処女には優先的に「不幸手当」が給付される。ここには社会的地位や所得よりも異性からの承認を上位とするヴィノクールの研究の影響が見られる。

この係のみ、幸福税課での残業時間が少ない。ここに属するのは小林係長、望月主任、郷田主任、神宮司主任、辺見主事、中島主事、長瀬主事、西尾主事、川添主事の九名である。不幸手当に限らず様々な種類の給付があり業務の種類としては多岐にわたるのだが、一つ一つの業務の負荷は小さく、係員の数が多すぎるのではないかと他の二係から陰口を叩かれている。しかし繁忙期には九名でも業務が回らないという事実もあるため、安易に人を減らすことができる状態ではないというのが実情である。

＊

「何だこれお前、ふざけてんのか？」

以上のレポートを提出した四年目の横井主事は八年目の先輩である梅本主任に机を蹴りつけられ激怒された。あまりにも大きな音が鳴ったので職員ばかりか窓口に押し寄せていた市民までもが一瞬静まりかえった。

「お前、三年以上ここにいてこんなレポートしか書けねえんなら、さっさとやめちまえ！公務員なめてんのか？」

続けて怒鳴り散らす梅本のフロア中に響き渡る声、しかし大抵の者は聞こえないふりで仕事を続けた。横井の次にレポートを見せる予定の一年目の岩橋主事は緊張して額にうっすらと汗を浮かべている。レポートの入った赤のクリアファイルを握りしめるその手はわずかに震えている。収納係唯一の女性職員、後藤主任は心配そうにちらちらと横井を見ている。

「すみませんでした！」

横井はひたすら謝罪の言葉を述べるのみだ。梅本に怒鳴られ慣れている彼は反論など御法度で、ただただ謝罪を続けることが最も優れた梅本対策であるということを知っている。いちいち反論せねば気が済まないほどのプライドも持ち合わせておらず、出世欲も一切なく、仕事は単に金を稼ぐ手段と割り切っている。横井は、自分の真の人生は土日、趣味である読書をしている間にのみ立ち現れ、それ以外の時間における自分はまったくぬけがらのようなものであると考えている。しかし実際には、彼の真の人生は彼がぬけがらである間の方に存在しているのだと、五十嵐係長は言う。ぬけがらとして仕事をしている間、彼は現実の人間として確かに存在しているが、土日に読書を楽しみ活字の作り出す非現実的世界に没入している間の彼はもはや現実世界に姿をとどめぬ幻影のごときもので、非現実的世界での経験が現実世界に還元されないならば、その経験は無そのものである。それを真の人生と捉えているのは、あるいは捉えることが可能なのは彼自身のみだ。誰もが知るように人間は他者との関わりの中でしか人間になることができない。活字は他者ではない。横井がどんな人間であるのか、それは周囲の人間の客観的評価により定まることであって、彼自身の思い込みによって決定されることではない。まずその認識を改めることから始めるべきだろう。また横井は仕事を淡々と素早くこなしミスもあまり犯さないが、業務改善のための積極的なアイデアを一切出そうとせず常に前例を踏襲するのみなので、一般職員としては申し分なくとも係長や主幹に上がるにはまだまだ足りない……というのが五十嵐係長による横井への大方の評価である。

すみませんでした、という言葉を二十回以上も叫んだ後「すぐに書き直します！」と頭を下げた横井に対し、梅本は「書き直しはいらない、わかればいい」と態度を軟化させて言った。横井はこうなることがわかっていたが「本当にいいんですか？」と一度確認をすることでレポートの訂正をする気がないわけではないことを示し、「ああ、もういい」という答えを聞きもう一度深々とお辞儀をして自分の席に戻った。彼は四年目になり幸福税徴収嘱託員の取りまとめを主な業務としている。徴収嘱託員は若い女性二名と某銀行を定年退職した男性一名で構成されており、女性のうち一名はドのつくほど派手な黒ギャルで常に扇情的なミニスカートを穿き十センチ以上の高いハイヒールを履いている。そのことで何度も市民からクレームが寄せられているが、責任者である横井は「はい、上に伝えておきます」とへこへこ謝るのみで対策や注意はしない。K市役所では黒ギャル化やハイヒールを禁止する規則は定められておらず、職員各自の常識的判断に甘えている面がある。本来ならば担当である横井や、上司にあたる五十嵐係長が口頭で注意すべきことなのだが、彼らは黒ギャルである田原に何一つ苦言を呈しない。それは田原の容姿、ファッションに課の男性陣の多くが欲望をかき立てられているからで、五十嵐係長などはある飲み会の席でずっと田原のミニスカートからちらちらと見え隠れする黒のパンティを凝視していた。

ここにまた大きな問題があり、幸福給付係に属する好色で有名な「イケメン」神宮司主任は、市役所の「美女四天王」の一人と噂されている同じ給付係の中島主事と付き合っているのだが、黒ギャル田原をセックスフレンドにしているということがほぼ確実視されている。なお、田原は貞操観念に乏しく役所内の誰とでも寝ると噂されていて、神宮司一人が彼女をセックスフレンドにしているというわけではない。

レポートを酷評された横井はもう二十七歳であるがこれまで彼女がいたことはなく休日に本さえ読めれば満足という姿勢を一切崩そうとせず、周囲が合コンや婚活パーティに誘ってもすべて断ってきたので、今では声をかけてくる者さえいない。その横井をもっとも「心配」しているのが収納係紅一点の後藤主任である。後藤は美しく整った華のある容姿をしていて役所内での人気も高く、数年前には窓口で市民から薔薇の花束を渡されそうになったこともあるほどだったが、現在三十三歳、二十代後半のときに五年間付き合った彼氏と別れてからは誰とも恋愛関係に発展していない。一度給付係の神宮司が浮気相手として狙いにいったことがあったが、何度か二人でデートを重ねた後失敗したという経緯もある。飲み会の際も、結婚の話になると皆が少しだけ後藤主任のことを気にしながらおそるおそる話すという場面が多く見られる。後藤の二十代の頃の輝きは時の洗礼を浴びてさすがに減じられており、彼女に言い寄る男性は以前ほど多くない。そのことに後藤自身が勘付いていないはずもなく、かなりの焦りを感じていることは間違いなかった。彼女が横井のことを心配し、仕事での相談にもよく乗ってやるのは、彼の容姿があからさまに醜いものではなく、磨けば光りそうな顔立ちであり、また恋愛慣れしていなくて落としやすそうな、いわば「お買い得物件」と思われたからでもある。

後藤は、梅本にしこたま形ばかりの謝罪をした後席に戻った横井のところへすかさず駆け寄っていき、「大丈夫だった？　あんなに言わなくてもいいのにね」と優しい声をかけた。傍から見れば相当絞られたように見える横井は実のところ全くの無傷であるので、「いつもああですし、平気ですよ」と無表情のままで答えた。そのとき彼の考えていたのは、インターネットで一円（送料を足せば二百五十一円）で購入したミラン・クンデラの小説『不滅』が果たしていつ届くのかということだった。ここで後藤は、横井が本当に傷ついていないということを悟ったが、それでは話が進まないので、彼を本当は辛いのに強がっているだけだという自分勝手な設定に落とし込み「ねえ、色々たまってることもあるだろうし、今日晩ご飯でも一緒に行こうよ」と誘いをかけた。その日は十一月半ばの金曜日であり、クリスマスを視野に入れて何かを仕掛けるには絶好のタイミングだと後藤は考えていた。

一方横井は、今日『不滅』が届いていないとも限らない、もし届いていたら一気に読破してしまいたいのになあと思っていた。しかし、後藤が断られないかどうか若干不安に思いながら自分を見つめているのを感じとった横井は、いつも優しくしてもらっている先輩なのだから一度くらい食事に付き合っても良いだろうと自分に言い聞かせOKを出した。

一年目の岩橋主事は横井よりもはるかに出来の悪いレポートを提出し、梅本に拳で顎を打ち抜かれ昏倒した。梅本は大学時代ボクシング部に属しており、一年目に磨き抜いたワンツーを武器にしばらくの間無敵を誇り小さな新人王のタイトルまで獲得したが、二年目以降、効果的なフックを打てないことが致命傷となり、瞬く間に大学の連敗記録保持者となった。しかし素人相手であれば、一撃で仕留めることはわけもない。倒れた岩橋の頬を五十嵐係長が二発叩いて目覚めさせ、すぐに仕事に戻るよう命じた。収納係レポート審査員の梅本に右フックを食らった場合、そのレポートはもはや改善不可能ということであり、次の係会議で全員から指導を受けることになる。後藤は怒鳴られた横井には優しい声をかけたのに、岩橋が倒れたことはまるで誰かの取り落としたボールペンが床に転がったくらいにしか感じていなかった。彼女は有名な大学の院で難解な応用倫理学研究に没頭した時期が長くあるだけあって、集中力の高さに定評がある。反面、集中すると決めた対象以外のことには目が向かなくなりがちであり、全体を見渡す視野の必要となる係長や主幹になるにはやはりまだ足りないというのが、五十嵐係長の後藤に対する評価である。

市役所職員としても幸福税課職員としても二年目の同期であるのは、管理係の戸塚主事、そして給付係の西尾主事、川添主事の三名である。課の行事（歓送迎会、忘年会、課内旅行など）が行われる場合に先頭に立って準備を進めねばならないのがこの世代だ。三名のうちで仲が良いのは戸塚主事と女性である川添主事で、二人はよく誘い合わせて飲みに行くのだが、そこに西尾が誘われないことが他の職員の恰好の笑いの種となっている。西尾は数学科の出であるが容姿も標準的で、数式にしか興味がないような、コミュニケーションに難のあるタイプでは決してない。むしろ硬式テニスをやっていたことで人脈が広がった面もあり、平均的な人間よりも多くの友人に囲まれて過ごしてきたと言えるぐらいなのだが、なぜかK市役所に入ってから心を開ける友人が見つからず、また同期である戸塚、川添両氏からも敬遠され、仕事においても給付係の中でもっとも厳しい郷田主任から引き継いだ賦課業務を手際よくこなすことができず、毎日のように叱責されている。さらに悪いことには、西尾には横井同様これまで彼女がいたことがない。異性からの承認を得たことがないという事実は彼の中に重く暗い影を落としているが、そのことも職員たちは好んでからかい、飲み会では「童貞コール」で一気飲みを促されることも多い。横井は自らが童貞であることを何とも思っていないためからかい甲斐がなく、いつも標的は西尾のみである。彼はそうしてからかってもらえることを喜んでいるかのように振る舞うが、実のところ生きる意味を見失いかねないところまで悩みは深まっており、そのことに気が付いているのは自らも同じような体験をしてきた給付係の小林係長だけである。

小林係長は三十七歳であるが三十六歳まで童貞だったのであり、係長級以上の人間ばかりでなく一年目や二年目の職員からも馬鹿にされていた。係長として業務に関する大きなミスは厳しく指摘すべきだが、元来の気の弱さのせいでいつも柔らかな言葉を選んでしまい、逆になめられるという日々が続いていた。何よりも女性経験がないことは彼の男性としての威厳に大きな傷をつけていて、彼が何を言おうが「でもお前童貞だろ」の一言で決着がついてしまうのだった。下の立場の人間は声に出さないまでも、「何か言ってるよ童貞が」という態度で、半笑いで小林係長の言葉を右から左へと受け流す。その状況が一変したのが去年の冬のことで、それまで童貞だと思われていた彼が朝礼の際に「実は、結婚しました！」と高らかに宣言したのだ。そのとき、事前に知らされていた課長を除く幸福税課職員全員が大声で「ええーっ！？」と叫んだ。中でも一番素っ頓狂な声を上げ、その後もしばらくショックを引きずっている風だったのが西尾である。彼は同じ童貞だと思い、勝手に心の拠り所にしていた小林係長がすでに童貞ではなかったという事実に打ちのめされたのである。いつ童貞を捨てたのだろうか、奥さんとの交際期間は半年だという、交際を始めてからどれぐらいで身体を重ねるのが普通なのだろう、一か月？　三か月？　どちらにせよ彼が童貞と思い込んで見ていた小林係長は数か月前から童貞ではなかったのだ。それに気付けなかったことはしかし、逆に西尾を元気づける要素にもなりえた。なぜなら、童貞と非童貞は普段の生活や態度から容易に見分けがつくようなものではないということを小林係長が示してくれた、と捉えることもできるからである。つまり、自分が童貞であることを表明しさえしなければほとんどの場合それは看過されるということで、もう市役所の中では隠せないが、俗にいう「童貞臭さ」というものが女性にかぎ分けられ、関係の発展に悪影響を及ぼすということは被害妄想なのではないか？　しばらくの期間をおいた後、西尾はそのように考えるにいたり、まだ自分は小林係長の年齢になるまでにかなりの時間を有しているのだから、そう悲観的になることもないな、と胸を撫で下ろしたのであった。

　しかしそれももう一年前のことで、それから現在までの間、西尾は何度か大学時代の友人のつてで合コンに参加したが戦果は皆無であった。その場ではある程度楽しめるのだが、気に入った女性にメールでまた遊びに行こうと誘うと「今月は忙しいから来月のシフト決まったら連絡するね」「うん、またみんなで飲みに行きたいね」などと遠回しに断られるということが続いた。彼に食いついてくる女性が一人だけいたがそれは容姿に大きな難のある、誰も話したがらず仕方なく西尾が相手をした体重が三ケタあろうかという巨女で、しかも手首の切り傷をファンデーションで雑に隠していた。彼女はこれまで誰にも選ばれてこなかったのだろう、と西尾は考えた。その点で俺と彼女は同じ闇を抱えている、俺が彼女のことを「ありえない」と思っているのと同様に、世間一般の女性にしてみれば俺は「ありえない」のだ。世間の男女を見渡せば大抵同じレベルの人間同士が付き合っている、してみると、俺が断られてきた女性たちは俺が挑みかかるにはレベルが高すぎたのであって、本来俺が狙うべきなのは目の前のバケモノだということなのかもしれない……そう考えると西尾の目からは涙がこぼれそうになり、巨女が勘づいて「大丈夫？　どうしたの？」と聞いた。「ちょっと、この、煙が目にしみて」隣の友人のセブンスターのせいにして何とかその場をクリアした西尾に、巨女は優しくハンカチを手渡した。しかしそのハンカチを使うことは巨女の領域に足を踏み入れることの象徴的行為に思われ、「あ、大丈夫だから」と言って指で目をこすった。そのときハンカチを引っ込める巨女の悲しげな顔は西尾の胸を打ち、この子に優しくすれば童貞は捨てられるかもしれないとさえ思ったが、それは巨女のわずかに残っているであろう誇りを汚すことだと思い直し事なきを得た。これがこの一年間で、いや、この二十四年間で唯一西尾に訪れた脱童のチャンスだった。

収納係員は毎週火曜と木曜に夜八時までの残業を半ば義務づけられている（電話催告の進度によってはその限りではない）というのはすでに述べた通りである。しかしこの義務をするりとくぐり抜け、マスコミの作り上げる永久定時帰りの幻の公務員像を体現しているただ一人の男性職員が稲葉主任である。彼の帰宅を咎めることは何人にも許されぬ雰囲気があり、五十嵐係長も渡良瀬主幹もそれを黙認している。収納係員の中でもそれは特に問題視されず、皆何か理由があるのだろうとぼんやり考えるのみだ。電話催告のみならず、通常の業務時間中は窓口に市民が殺到しその対応に追われることが多いため残業時間中に行うことが慣例となっている係会議や、係の決起集会あるいは打ち上げなどの飲み会にも一切顔を出さず業務時間中も仕事に関する話以外をあまり好んですることがない。課全体でもっとも謎の多い人物であり、仕事について収納係でもっとも厳しく、課の中でも給付係の郷田と並んで恐れられている梅本よりも入庁が先であるため、梅本が攻撃することもほとんど不可能という状態だ。稲葉には市職員の妻がおり「気立ての良い奥さん」として有名だが、今は産休をもらっているところである。

給付係の長瀬という女性職員は、あまり仕事の負荷をかけると唇を青くして体調不良を訴えて帰ってしまう。それに対して怒り心頭なのはもちろん、給付係でもっとも厳しい郷田主任である。郷田は仕事のミスは絶対に許さないだけでなく、先輩に対する礼儀作法がなっていないときや、仕事の手順に合理的でない部分があった場合などにも職員の胸ぐらを掴んで睨み付ける。しかしさすがにそれができるのは男性職員に対してだけで、女性職員には口頭で強く注意するぐらいなのだが、一度長瀬にそれをしたとき彼女は体調を崩したと言って帰ってしまい、他の職員に余計な迷惑がかかったという経緯があるため、下手に口を出すこともできない。最終的に彼女のことはいないものと考えるようになり、今では完全に無視を決め込んでいる。

長瀬は、太ってはいないがややふっくらとした体型をしており、顔は美人とは言い難いが小動物のような愛くるしい顔と表現できなくもない、というのが課の男性や彼女の同期（市役所三年目）の大方の評価であった。元々は「ゆるふわ系」と呼ばれるようなファッションを好み、自らの特性に合わせてかわいい系を目指していたようだったが、ここ一年ほどはタイトなパンツやジャケットなど急にスタイリッシュな服を着始めて、金をかけたネイルアートも施し、ハイヒールも常にアルバイトの田原と同じような十センチ以上のものを履いている。それで足が痛いなどと泣き言をよく言っているので、裏で自業自得だろうとせせら笑っている男性職員は多い。仕事の精度は高くなくスピードも遅く、責任ある仕事を任せづらい長瀬に対して、郷田ばかりでなくほとんどの職員はいい顔をしていなかった。また、現在のところ彼女に彼氏はいないが、合コンや紹介などでそこそこの人気を得ているらしく、それを根拠としてか自分の容姿に自信があるような言動が目立ち、モテモテぶる仕草や態度に対しても冷たい視線が浴びせられ続けている。そうして味方をほとんど失った長瀬は、その原因が自分の仕事能力の低さや勘違い甚だしい振る舞いや服装にあるとも知らないまま自分を「意味もなく冷たくされるかわいそうな私」と思い込んでどんどん体調を崩しやすくなっていき、ついには小林係長から給付係員に対し「長瀬さんにあまり負担をかけないように」というおかど違いのおふれが出された。元々大した負担を与えていないのだから、係員たちが仕事に関して注意できることはもはやかなり限定された事柄である。郷田はやはり、あんな役立たずはいないと考えて仕事を割り振った方がいいだろうと主張している。

こういう四面楚歌の状態にあって唯一彼女の味方をしているのが収納係の稲葉である。稲葉はほとんど無言で日々を過ごしていると言ってもいいのだが、長瀬相手にだけは打ち解けた様子でプライベートな話をし、顔をくしゃくしゃにして笑う。課全体が彼女に対して厳しすぎるため、同情した稲葉が彼女を救おうとしているのだろう、という仮説も立てられたが、いつの間にか二人は定時が来ると一緒に帰るようになり、もしかすると稲葉が妻のいない間に不倫に走っているのではないかという仮説に変化していった。

その仮説の真偽を確かめようと二人を一度追跡したのが、幸福税課の中でもっとも有給休暇を取得している、収納係の梶山主任である。彼は以前民間の会社に勤めていたため、現在三年目であるが年齢はすでに三十である。ちなみにK市役所では三十歳に到達すると自動的に主事から主任へと昇格するため、梶山が主任だからと言って市役所四年目や五年目の主事がそれより下であるという扱いにはならない。実力が関係してくるのは主任から係長に昇格する段になってからである。梶山は「やっぱり最初から公務員の人って、社会人としての基本がなってない人が多いですよね」などと、同じく民間出身の横井らによく語りかけるのだが、その異常なまでの有給休暇の取り方や、自分に仕事が降ってくるのを極端に嫌がる性質、また少しイレギュラーな業務が発生し十分間だけ残業が発生した場合なども課長に「これって残業つけていいんすよね？」としつこく交渉し始める様子、仕事で失敗した際にできるだけ自分の責任が軽くなるように繰り返す言い訳などを合わせると、彼の民間経験は、反動という形でマイナスの作用しか及ぼしていないと五十嵐係長は分析している。

梶山が追跡した際、稲葉と長瀬は普通に最寄り駅までの道のりを談笑しながら歩き、二人で改札を通り過ぎていった。二人の利用する駅は同じだが家の方向は逆である。多分そのまま別々のホームに降りていったと思いますよ、別に何かあるわけじゃないんじゃないですかねえ、梶山はそのように周囲に説明し、周囲もまあそんなもんだろうな、と納得した。実際のところ事態はもう少し悪化していたのだが、それが露見するのはまだ先のことである。

＊

この花の金曜日、定時がやってくると県への報告業務に追われる管理係員を除いて残業する者はいなかった。一目散に家へ帰る者、何人かで飲みに行こうとする者、明日からの旅行の出発時間を携帯で確認している者、みなそれぞれにこの上なく楽しそうな、きらきらした顔をしている。多くの者にとって、五日間はたらくことの最大の意味はこの瞬間にある。横井がパソコンを落としているところに後藤がにこにこしながら寄ってきて「ねえ、どこいこっか」と聞いた。横井ははたらいている間にすっかり後藤との約束を忘れてミラン・クンデラの『不滅』のことを考えていたので、あっそう言えばと落胆に近い感情を抱いた。そしてその様子を見ていた特に予定のない梶山は、二人を追跡して暇をつぶそうと考えた。

二人が飲みに行ったのは職場からほど近い、軽く仕切られた半個室のある居酒屋である。女性と二人きりという慣れないシチュエーションの中、本ばかり読み生身の人間への対応策を学んでこなかった横井がどのように振る舞うのかは見物であると梶山は思っていた。梶山は後藤と非常に仲が良く、年下好きの自分が今から後藤を結婚相手に選ぶのは困難だが、もし許されるのならば一度ぐらいは性交してみたいと考えていた。梶山は二十歳から三十歳になるまでの十年ほどで三百回以上の合コンを主催しており、合コン本番におけるこなれた的確な采配は市役所でも噂になり、彼の引き連れていくメンバーは「梶山ジャパン」と呼ばれていた。相手によってもちろん連れていくメンバーを変えるのだが、不動のレギュラーメンバーというのもおり、合コンで失敗すると点数が下がっていきスタメン落ちするという、まさにプロスポーツチームのような厳しさでもって梶山ジャパンは成り立っていた。

しかし半年ほど前から梶山ジャパンの招集回数は目に見えて減少した。梶山に彼女ができたからである。それも後藤の紹介で、身長が高くスタイルの良い、外見的には後藤に似たタイプの二十七歳看護師であった。彼女は心根が優しく、男女問わず周りからの評価が非常に高かった。梶山自身は顔が特にイケているわけでなく、話術で持っていくタイプだったので、傍目には不釣り合いなカップルと映り、周囲からよく揶揄されている。「あんないい子よくつかまえたな」「本性出して捨てられないようにな」「もって三か月だろ」……しかし半年が経ち、二十七歳看護師は梶山に完全に惚れ、土日は毎週会うことを義務化するにいたっていた。少し用事で会えない日曜日があろうものなら、執拗に電話をかけてきて「今日は本当に寂しかった。代わりに明日会おうよ」などと脅しをかけてくるのである。初めの頃は自分に惚れている証拠だなとうれしく思いもしたのだったが、今では梶山の方にそこまで頻繁に会いたいというような恋愛初期の気持ちはなくなっている。たまに残業をした月曜日など早く一人になって眠りたいところであるのに、十時だろうが十一時だろうが「今からでもいいから来て、私はちょっとでも会えればいいの」などと強引に自分を呼び寄せる彼女に対し、うんざりすることも多い。結婚を迫るような発言もちらほらと聞かれ始めているが、この女と結婚したら一生このような束縛を受けねばならないのか、と梶山は恐怖を感じている。恐らくそう遠くないうちに、梶山は彼女と別れる方向へと舵を切るだろう。元々合コンなどで女性をとっかえひっかえしてきた彼には何もかもを背負い込み「荷物」を蓄積していく古き良き生き方よりも、あらゆる物事から軽やかに逃走し何も所有しない生き方の方が性に合っているに違いない。三十歳を越えても、梶山の中に結婚願望はまったく立ち上がってこないようである。

男女を追跡するのは梶山の大学時代からの趣味であった。友人がデートするという情報を仕入れたらそのデートコースがどこからかわかるはずだとインターネットでブログやSNSを検索して覗き、確実な動きが掴めた場合には追跡を決行する。何度かは完全にうまくいき、何度かは途中でばれてこっぴどく怒られた。しかし、他人の隠されたプライベートほど面白いものはない、というのが彼の持論である。スマートフォンでパパラッチのように逢瀬の場面を写真に収め、パソコンに取り込んで人ごとにきっちりとフォルダ分けする。そうして他人の秘密が蓄積されていくと、まるで自分に「兵器」が与えられているような気がするのだ。俺は少しずつ軍事力を強化している、今こそ富国強兵だ、誰かが俺のことを馬鹿にしたり攻撃してこようものなら、俺の秘密フォルダが火を噴くぜ……

後藤と横井が居酒屋に入るのを見届けて三十秒を数え、梶山は同じ店のドアを慎重に開けた。「一人です」そうして、個室の方へ案内されている二人の後ろ姿を見ながら、その隣の個室へ入らせてもらえるようさりげなくお願いした。個室間の仕切りは向こうを見通すことのできないタイプのパーテーションであり、顔は見えないが話の内容を聞き取ることはできる。二人の話がどのように進展していくのか、梶山には非常に興味深いところであった。スマートフォンのボイスレコーダーを立ち上げ、テーブルの上に置く。

「お飲み物はお決まりですか」

「何にする？」

「僕はビールですかね。後藤さんは」

「私は梅酒にしようかなー」

「じゃあ生中と、梅酒の……」

「ロックで」

「かしこまりました」

「それにしても、どうなの、横井くん」

「どうっていうのは」

「最近、仕事とか」

「ああ、でも今日のはあれですよ、いつものことなんで別にどうってことはないです」

「へえー。横井くんって地味にすごいよね」

「すごい？」

「うん、だって、私あんな言われ方したら寝込んじゃうもん」

「そうですか？　まあ、岩橋くんみたいに殴られたら僕も倒れるでしょうけどね」

「あっははは！　あの暴力OKのルールっていつからできたんだろうね」

「いや、そんなルールないでしょう」

「お飲み物お持ちしましたー」

「ありがとうございまーす」

「あっ食べ物はどうしようか」

「えー、テキトーにいっていいですか？」

「任せた！」

「ええと、シーザーサラダ、だしまき玉子、なんこつの唐揚げ、串盛り合わせ……」

「あとこれ、たこわさ！」

「うーん、とりあえず以上で」

「かしこまりました」

「さて、じゃあ、今日もお疲れさまでした！　かんぱーい！」

「かんぱーい」


今のところ特に問題なく、普通の流れである。梶山はしかし、コミュニケーション能力に難のある横井にしてはソツのない受け答えをしていることに驚いていた。彼は課全体で飲み会をすると、大抵はあまり自発的に話さず、誰かの話を聞いて相づちを打っているか、つまらなそうな顔でちびちびと酒を飲んでいるかのどちらかである。二人の話は気まずい沈黙に遮られるようなこともなく順調に進んでいき、途中で梶山の仕事における頼りなさと言い訳の多さ、有給休暇取得数の多さに話も及んだが、そのとき梶山は二人の会話に飽きていて、静かに注文した日本酒を飲みながら、朝に買った毎週金曜日発売の青年誌を読んでいた。それに掲載されている麻雀漫画が梶山のお気に入りで、元々ある程度麻雀を打てた彼は思い切り影響を受け、地元の寂れた雀荘に通い詰めている。そこでは客のランキングがEランクからSランクまで貼り出されており、E、D、C、B、A、Sという順に上がっていくのだが、梶山は現在Aランクの打ち手である。その雀荘にはプロの女性雀師も訪れることがあり、その女とデートを賭けて戦い、手ひどくやられたこともある。

梶山が麻雀漫画を読み終わり一息ついたとき、ちょうど後藤が「横井くんってさぁ、ここ入ってから彼女いたことないんだよね？」と、少し酔いの回ったらしい発音で切り出した。梶山は二人の会話に集中し直す。

「そうですね、と言うか、入る前からないです」

「ふうん、もったいないっていうか、みんな見る目がないよね」

「いや、僕とか全然何の魅力もないですし、そもそも彼女が欲しいとか思ったことないんですよ」

「私は素敵だと思うけどなぁ。これまでに女の子を好きになったことないの？」

「うーん、小学校の頃ぐらいにはありましたけど、そのあと中高一貫の男子校に入ったんで、そこからはないですね」

「小学校の頃の子はどうなったの？」

「それも遠くから見てただけだったんで。いつの間にか、クラスのガキ大将みたいなやつと付き合ってて。こないだ、ぜんぜん別のやつとですけど、結婚したらしいです」

「結婚しちゃったか」

「しちゃいましたね」

「ねえ、今でも誰とも付き合いたいと思わないの？」

「まあ、本読んでれば幸せですからね僕は。いい人がいたら、そりゃ考えますけど」

「ちょっとさあ、だめだよそんなんじゃ。十年後後悔するよ」

「そうですか？」

「だって、周りの友達なんかまず結婚してるでしょ、十年経ったら」

「まあ、してそうですね」

「それで最後まで取り残されたら、みんな家族の方にかかりっきりで相手してくれないし、永久に寂しい休日を過ごすことになって、老後だって誰も面倒見てくれないんだよ」

「まあ、そうなる可能性はありますね」

「まだ男の子は余裕があるけどさあ、女なんてもう、三十過ぎたら型落ちみたいに見られるじゃん、私みたいに」

「そんなことないですよ、後藤さんみたいに綺麗だったらまだまだいけるでしょう」

「じゃあさ、私が付き合ってって言ったら、結婚を前提にしてだよ、付き合ってって言ったら、横井くんどうする？」

なるほど、と梶山は思った。後藤は自身が三十歳を越えていることを利用して話の流れを作り、上手く横井を誘導している。かなり慣れた手つきであることから、今までにこの手法を何度か使っているに違いない。さあ、横井の答え次第で面白いことになるぞ。梶山は静かに会話を拾い集めているスマートフォンを、後藤たちの席の方に少し寄せ直した。

「そりゃ後藤さんと付き合えるんだったら、喜んで付き合いますよ」

「本当に？　じゃ、付き合ってみる？」

「またまた、後藤さんは僕なんて相手にしてないでしょう？　あの、隣の年金課の坂野くんとか、ああいうイケメンがタイプなんじゃないんですか？」

「ううん、私ほんとに横井くんのこと好きだよ。優しいし、こうやってオバサンとの食事にも付き合ってくれるしさ。それに、何を言われても動じない、男らしいところもあるじゃない」

「本気で言ってるんですか？」

「本気だけど？」

どうやらこれは大変なことになりそうだと梶山は思った。横井ははっきり言って冴えない男で、かつて栄華を誇ったであろう後藤の、衰え始めているとは言え魅力的な肉体をモノにできるようなタマではない。後藤もそのぐらいのことはわかっているだろうが、単に肉体関係を結ぶだけというのではなく、将来的な結婚相手として考えるなら、彼を射程に入れることはぎりぎり考えられなくもない。しかし三十三歳ともなると、ここまで相手のランクを落とさねば結婚できないものなのだろうか？　梶山は数多の合コンを主催する中で、年月が自分と女性の地位を逆転させる様をありありと見てきた。かつて、二十代半ばのまだ強気で美しい女性たちはルックスと収入の時点で梶山に見切りをつけ去って行ったが、今すでに三十歳を越えているフリーの彼女たちを落とすことは、現在の梶山にはたやすい。十代から二十代半ばにかけて恋愛市場では圧倒的に女性が強いが、ずばり二十七歳頃を境に、男女の需給が逆転する（梶山調べ）。このポイントを梶山は勝手に「ゴールデンクロス」と呼んでいる。そして男性は女性よりも恋愛に耐える年数が長いため、男性優位の状態はしばらくの間続くことになる。

どうやら、横井は後藤の部屋に招かれたらしい。彼もまた、ゴールデンクロスの恩恵に与ったのだ。梶山は後藤と性交はしてみたいが、結婚となるとやはり厳しかった。ああいう残りものは、ゴールデンクロスなしには恋愛のチャンスすら与えられない横井のような恋愛弱者がセーフティネットとして包み込んでやるというのが今の社会システムなのだろう……梶山はそう考えながらグラスを傾ける。

＊

翌週の月曜日、幸福税課の窓口当番は管理係の吉野主任、八木主事と、給付係の望月主任の三名だった。幸福税課には毎日百名を超える市民が押し寄せ、支払い相談や各種給付申請にやってくる。窓口当番は年間で全員が同じ回数になるように定められており、毎日三名がそれに当たる。それでまかない切れない場合のために「応援」制度がある。当番の誰かが「応援お願いします」と言った場合には、当番でない者がすかさず窓口に出なければならないのだが、誰が率先して出ているかということに係長級以上の者は目を光らせている。ちなみに係長級以上は通常の窓口当番を免除されており、民主共栄自衛団が相手の場合や、話が思い切りこじれ市民が窓口当番を激しく罵倒したり、殴りかかろうとした場合などに出動する。

窓口に出る「順番」についてうるさい人間と言えば、郷田や梅本はもちろん、この日当番であった望月も挙げることができる。望月は後藤と同い年で市役所は八年目、幸福税課は五年目のベテラン女性である。十年以上付き合っている無職（自称パチプロ）の彼氏と同棲しているが、定職に就いていない男との結婚を望月の両親が認めないらしく、周囲は内縁状態のまま終わるのではないかと噂している。彼女がその条件の悪すぎる彼氏と離れられないのは、彼女の恵まれない容姿では次がなかなか見つからないからだろうという心ない声も聞かれる。

望月は三名で窓口を回すとき、一気に人が押し寄せてごった返す場合以外には、三名が順番に出るべきだという至極当然の考え方を持っているのだが、彼女自身その順番を守ることができていない。奥の席に引っ込んでいて、残りの二人が二名ずつさばいた後などにひょっこり一度出て、またすぐに引っ込むという風なのだ。自らの接客の回数をわざと減らそうとしているのかと思えば、どうやら本人は平等に仕事しているつもりらしい。自分が出た後、他の二人が少し時間の長くかかる種類の申請書類を受け付けているとき、もう一人市民が来ようものならあからさまに不機嫌になり、そういうときの望月の仕事は大抵ミスまみれである。しかしそのミスを認めることもなかなかせず、別の人間に押しつけようとする言動が目立つ（これは梶山にも通じることである）。

このような人間であるにもかかわらず、幸福税課において望月を嫌う人間は長瀬を嫌う人間よりもずっと少ない。その理由は、彼女が仕事以外の面において底抜けの明るさを見せ、課のイベントを企画して皆を楽しませたり、あまり盛り上がらない場で面白い冗談を言って周囲をなごませたり、課内会議で適度に意見を発信しつつ全体をうまくまとめたり、そういう生まれながらの素質を持っているからである。窓口当番で望月と組まされた人間はその日一日嫌な思いをするが、それが終わり彼女と気楽なトークを一度かわせば、もう窓口での彼女の自分勝手な行動について許す気になってしまう。彼女は梅本や郷田をも笑わせる術を持っている。

こういうすべてが絶対的におかしいと考えているのが管理係の八木主事である。彼は入庁三年目であり、あまりに私生活がチャラいため八木ではなく「チャギ」と呼ばれている。チャギのチャラさはその時々の彼女に見切りをつけ次に行くスピード、「〜〜っすよ」という特徴的な発音の語尾、そして無駄に伸ばした明るい茶髪などから見て取ることができるが、そのチャラさがもっとも活かされるのは市から県への年度末報告を行うときである。予算と実際の歳入・歳出額のずれ、幸福税収納率の低下、不幸給付額の上昇など、大抵悪い報告を県の担当者に行い、袋叩きに遭うという年に一度の仕事なのだが、以前にその仕事を担当させられていた松木という五十五歳の主任は、あまりにも県の担当者にひどい言葉を浴びせられ続け、翌日から無断欠勤を繰り返すようになった。結局近所の市民病院の心療内科でうつ病の診断書をもらって三か月休み、復帰後すぐに交通対策課へと異動させられた。しかしまだ後遺症が残っているらしく、今でも雨が降ると気分が落ち込み休んでしまうのだという。よって、松木に大きな仕事を任せることはできず、実質彼はアルバイトか嘱託のような形で利用されるにとどまっている。交通対策課の周りの人間たちはそれを取り立てて責めることはしない。なぜなら、そこはそういう人間のためのポストであるからだ。

K市役所には松木のように使い物にならない職員がわずかながらに存在する。そのような人間はK市役所に限らず、一定数以上の労働者を抱えるすべての民間企業や役所にほとんど同じ割合で存在していることがすでに組織論の分野で明らかとなっており、そういった人員をぶちこんでおくための「ゴミ箱ポジション」を設置することは組織としての常識である。もちろん組織ごとの事情によって課がまるごとゴミ箱であったり、課の中の一席のみがゴミ箱であったりする。交通対策課の場合は後者である。

松木は元々無能だったにせよ、うつ病ではなかった。しかし県の厳しい担当者によって、一生、雨の日にふさぎこむ身体に作り替えられてしまったのである。これは少し特殊な例だが、松木のみならず過去にその業務を担当した者全員が、その日一日まともに口を聞けなかったり、トイレに駆け込んで涙を流しているという風だったにもかかわらず、前回の担当者だったチャギは県の報告会から戻ってくるなり「終わりましたー。年一回だし楽なもんっすよ」などと笑い、「すんません、今日、一緒にヘルス行きませんか？」と先輩を誘って回っていたのである。なぜ後輩や同期でなく先輩かと言うと、ヘルス代を出してもらいたいからだ。そうして課内を飛び回っているうちに、チャギの財布からひらひらと黄色の紙切れが落ち、それを管理係の河合主幹が拾い上げた。そこには「ペロペロクラブ指名無料券」と書かれていた。

このエピソードに大変感心していたのは、チャギの作成した資料の基となるデータの提供者として同行していた、給付係の小林係長と神宮司主任である。彼らはチャギが県職員にボコボコに叩きのめされるのを目の前で見て、もし自分があんな風に猛攻撃を受けたらその場に立っていられなかっただろうと思う、と周囲に話していた。それで全くのノーダメージでいられるという事実は、チャギのポテンシャルの底知れぬ高さ、もしくは底抜けの鈍感さのどちらかを示している。小林係長と神宮司主任は前者であると結論付けているようだ。

そのチャギは窓口当番の際、望月が全く不平等な窓口の出方をしている、つまり人よりも少ない回数の対応で済まそうとしているにもかかわらず何となく許されており、厳しい人間の目をもうまくかいくぐり、それでいて本人はまったく平等に出ている、あるいは自分の方がより多く出ていると思い込んでいるのが全く解せないと考えている。望月のような人間は幸福であろう、自分が正しい行動をしていると常に思い込める力、それは時に不条理に晒される組織の中にあって、低空飛行ではあっても一応は「長持ち」するための秘訣であるのだ。チャギ自身は、自らのチャラさをあえて演じているのだという意識を常に持っている。彼のチャラさは、自分自身を守り抜くために彼があえて採っている戦略にすぎないのである。それを看破している人間は市役所の内部にも外部にも存在しない。彼のその時々に付き合っている恋人たちでさえ、誰一人としてチャギの深淵にたどりついた者はいない。チャギは他者に本音を話すことがない。彼の信じるのは自分自身のみであって、例えば深刻な悩みを友人に相談したところで、友人のとりうるのは「大丈夫だよ、お前ならさ」と無根拠な励ましを与えるか、ただ正しいだけの役に立たない正論をぶつか、大抵はそのどちらかであるから、相談ということに意味は一切ない、悩みを解決するには自分で考え、自分で行動することこそが必要なのであって、他者の励ましや意見というのはほとんど無責任な、何の足しにもならぬまやかしにすぎない……

そう考えるチャギは幸福税課の中で、人間との接触に絶望していない西尾などよりもよほど深い孤独の中にいると言うこともできる。いくら多くの女性と交わろうが、その一つ一つが単なる肉体の運動でしかなく、精神の通い合いと無縁のものならば、それは女性の肉体を使用した自慰行為と変わらないもので、西尾と同じくチャギもまた〈童貞〉と呼ぶべき生き物であるのかもしれない。チャギの世界に対する不信、人間全般に対する不信は、望月のように自己自身を強く信じている人間への蔑みへと、さらに言えば憎しみへと容易に転じうる。私たちはつねに自分自身にとって他人であり、「よき理解者」であることなど到底できない、ということはもはや多くの者の共通認識となっているが、そのまなざしを本当の意味で自分自身に向けられる者は少ない。自らの価値判断の手法、あるいは思考様式がある時代性にとらわれた局所的にしか通用しないものであるという事実を、理屈としては理解できたとしても、まさに自分がその袋小路にはまりこんでいるとき、人間は盲目となって自分に都合のいい現実を作り出し、それにしがみついてしまう。チャギは、自分を理解できる可能性を持つのは自分だけであると考える一方で、そこからもっとも遠ざかりうるのも自分であると考えている。そして、後者の典型例である望月のような人間を猛烈に嫌悪している。最初から能力不足であったり、仕事に支障をきたすほどの激情家であったりというのでなく、自分自身がまったくできていないことを人に強く要求しつつ、しかも自分は完璧にそれをこなしていると思い込んでいる、そうした「甘え」にチャギは我慢がならない。望月が窓口に自分が思っているほど出ていないことを、なんとか彼女自身に気付かせたくなる。しかしチャギは市役所三年目で、望月は八年目であるから、こういう組織の中で、仕事に関する純粋な誤りは指摘できても、「態度」を指摘することまでは難しい。窓口当番には、必ず順番に出なければならないという厳格な規定があるわけでもないので、望月が決定的に悪なのだと決めつけるわけにもいかない。そういうもどかしさが積もりに積もったため、一度課内会議の中で、「窓口に出た回数を、あの、通った車とか数える機械あるじゃないすか、あれでカウントして、平等化を図ったらどうすか？」

と意見を投げかけたことがあるが、窓口で大変困難な処理を強いられたり、市民に殴り飛ばされたりした場合には一件当たりの時間が非常に長くなり、運が悪ければ一時間を超えることもあるし、簡単な相談だけなら三十秒で終わることもある、それを単純に同じ一件と数えるのは無理があるのではないか、という至極まともな反論を受けて散った。

チャギはこんなことで苛立ってしまう自分のことが嫌いである。彼は元来キレやすいタイプの人間であった。チャラい人間として振る舞うことで物事をあまり正面から受け止めずすべてを受け流すスタイルを、今も追求しているところなのだ。望月のような愚か者に苛立つのはまだまだ自分が未熟な証拠だと彼は思っている。

＊

この日、神宮司が月に一度の幸福税の賦課業務（ある世帯の所得の申告内容に変更が加わった場合、幸福税の限度額のゾーンが変わる可能性があるため、月次で確認の処理を行っている。現在その仕事を担当しているのが神宮司である）のために残業申請を提出するとき、後藤と横井が二人で楽しく話しているところを見て、その距離が明らかにこれまでよりも縮まっていることに気が付いた。先週の金曜日に二人でどこかへ出かけたことには勘付いていた彼だったが、その雰囲気から二人はすでに肉体関係を結んだのだと確信した。神宮司が数年前、美女四天王の一人・中島と付き合っている身でありながら後藤にアプローチをかけた際、後藤は都合のいいセックスフレンドに堕することを拒否した。そういう貞操観念は彼女の、自分の身体に対する過大評価であると神宮司は思う。神宮司は人間の価値は性交した相手の数で決まると考えていて、彼によればいくら学歴が高く収入が高く社会的地位が高くても、女性経験のない男性の価値はゼロである。そしてそれは男性に限らず女性に対しても適用される。多くの女性は身体を神聖なものと考えすぎなのであって、人生において性的体験ほどエキサイティングなことは他にないのだから、性的魅力に溢れる女性であれば多数の男性と行為を楽しむべきであり、彼は自分の恋人が他の男性と交わっていても全く構わないと考えている。

以前ほどの魅力を失いつつあるとは言え、元々のポテンシャルが高い後藤は、神宮司にとってまだまだ性交コレクションに加えたい一級品であるには違いなかった。それをもし横井のような、本を読む以外に何の趣味も持たない、まったくもって冴えない男が手に入れたのだとすれば、それは許しがたいことである。自分の方が彼女をより楽しませるデートプランを作れるし、性的な悦びを与えるスキルも格段に上だと確信する神宮司は、後藤と横井の愛に溢れたぎこちない性交を想像した。性交に大切なものは愛であり、それがあれば経験の不足などは大した問題ではない、というのが数々の飲み会を重ねた幸福税課男性職員の共通見解となりつつあったが、神宮司はその「理想論」に唾を吐きかける。彼曰く、性交に大切なのは手順と技術、それだけである。たとえ後藤と横井の間に「不可侵の愛」が成立していたとしても、相手の「ポイント」を探り当て、正しい手順を踏んでエクスタシーに導く技術の方が、形のない愛などよりも確実に大きな快感を与えることができる。それは極端に言えば、恋人同士の通常性交が赤の他人同士の麻薬性交に劣るのと同じだ。単なる麻薬による脳内物質の操作でさえ、愛を容易に飛び越えるのである。

神宮司の一人暮らしの高級マンションには大量の麻薬がストックされている。それはもっぱら女性との性交に使うためである。神宮司はしらふでも十分に女性を虜にできる自信を持っているが、麻薬を使うことによる快楽は、それなしには絶対に体験できない種類のものだ。女性の中にはそういった反社会的行為を極端に嫌う者もいるが、好奇心旺盛で社会的行為と反社会的行為を明確に区別しない者も少なくない。神宮司は、人間が勝手に作り出した社会や道徳によって自らの短い人生における楽しみが限定されることには我慢ならないと思っている。殺人でさえ、その禁止になんら論理的根拠があるわけではない。ジョン・ロックは『市民政府二論』の中で次のように述べている。

「人間たちが共同体を構成し、一つの政府に服従するとき、彼らが互いに認め合った最も重要で基幹的な目的とは、自分たちの私有財産を保全することであった。というのは、自然状態にあっては、私有財産の確保のためにはあまりに多くのものが欠落していたからである」

すべて人間は利己的にふるまい、自己保存に努める権利＝自然権を持つのだとして、あらゆる人間がそのように振る舞えば一部の強者が大多数の弱者を圧倒してしまい、弱者たちの自然権は守られない。人間たちは自らの自然権の行使のため、そして私権の保全のため、やむなく私権の一部を制限されることを受け入れた。そこから発生するのが社会、そして法律や道徳などの「規律」である。こうした経緯で定められた「規律」を神宮司は軽視している。強者が弱者を圧倒したとして、一体何が悪いというのだ？

神宮寺が部屋に誘い込んだ反社会的行為にアレルギーのない女性たちは、彼の整った容姿、鍛えられた若々しい肉体、経験に裏打ちされたテクニックだけでなく、麻薬が使えるという特殊性にも強く惹き付けられる。一見礼儀正しい公務員でありながら、麻薬を躊躇なく所持し、性交に用いてくれるような男性は簡単に見つけることはできない。

彼の使用するのは初期段階ではマリファナ、そこから相手の反応を見て、ＭＤＭＡやＬ

SD、覚醒剤へと移行していく。中でもMDMAは女性を落とす場合に最も効率の良い麻薬である。それまで何の接点もなかった赤の他人であっても、MDMAのもたらす「多幸感」によって愛情が増幅され、何年も交際してきたかけがえのない恋人のように感じられてくるからだ。神宮司はそれが麻薬の作用だと深い部分でわかっているため、「キマっている」ときでも自らを客観視することができる。しかしそれを初めて体験した女性は、神宮司のことを本当に愛していると錯覚し、そのまま上手く彼の手玉に取られてしまうことが多いようである。

神宮司は後藤に、自分が麻薬を所持していることを打ち明けている。なぜなら後藤のかつて五年間付き合っていた相手というのが市役所でも有名なジャンキーで、クスリを打った後藤の痴態を自慢気に話していたからだ。彼はそのセックスシーンをたんまり撮影していて、市役所にいる「後藤ファン」に一時間のDVDを三万円で売りつけ副収入を得ている。当のDVDを神宮司は購入していないが、そういう経緯があることを知っているため、彼女をクスリで釣ることは容易だと考えたのだ。恋人である中島は反社会的行為に拒絶反応を示すので、一緒に麻薬性交を楽しむことができない。そのことも説明した上で、神宮司は後藤を誘ったのだ。せっかくクスリがあるんだし、割り切った関係でさ、お互いの欲望を満たそうよ……

前述の通り、その提案は却下された。そのとき神宮司は腹立たしく感じた。当時でさえ女性の旬(神宮司はこれを十六歳から二十四歳と定義している)を過ぎた二十代後半の女性であった後藤は、容姿端麗な自分という男性と性交するチャンスを与えられただけでもありがたがるべきなのに、それをにべもなく拒否するというのは一体どういう了見なのだろう。しかも麻薬による圧倒的な快感というオマケまでつけてやっているのに。

今成立しているらしい後藤と横井の愛は、MDMAを持つ俺があっさりと飛び越えていくだろう。それはMDMAの力じゃないか、という者もあるかもしれない、しかしこれを手に入れる度胸、巧みに使いこなす技術、それはまさに俺自身に備わっている力で、横井にはまったく欠けている力なのだ――

神宮司はそのように考え、二人の関係を破綻させるための手順を何通りも考え、それを実行する自分を想像する。想像できることは実現可能なことである、と神宮司は思っている。

＊

幸福税課の誰からも嫌われることなく全員より愛され、まさに「良心」として機能しているのは給付係の川添主事である。ひと月ほど前、彼女と同じ給付係の辺見主事が妊娠を発表した際、課のほとんど全員がまず考えたのは人事異動のことであった。幸福税課はK市役所の中でもかなり「外れ」の部署とされる。窓口や電話では幸福税が高すぎるだの給付額が少なすぎるだの罵声を浴び、それぞれの業務も、制度改正やイレギュラーな災害の影響などを受け複雑化し続ける傾向にある。また幸福税課の単年度収支が黒字であった場合には民主共栄党から執拗に「税率の設定ミス」を指摘され、税金の還付を求められる。黒字が出ればそれは「幸福基金」に積み立てられ、翌年の幸福税率の抑制に利用されているのだが、それが正しく理解されることはない。赤字が出たときには何も言わないくせに、黒字が出れば還付しろというのは全く筋の通らない話で、それなら赤字の年に追加徴税したとしても文句を言うなよな、と、管理係の河合主幹はいつもぼやいている。

同じくよくぼやいているのは収納係の渡良瀬主幹である。彼は各世帯の財産調査・差押を担当しており、悪質な滞納者の撲滅を命じられているのだが、差押という行為自体が非人道的であるとして民主共栄党から激しい非難を浴びている。

しかし悪質な滞納者とは、財産があるにもかかわらず、はじめから税金の完納にいたらない少額納付で済ませようとしていたり、電話しても訪問しても催告書を送ってもまったく応じる姿勢を見せなかったり、職員を半殺しにして納付の相談をうやむやにしたり、厳しい言葉を浴びせてきた女性職員への報復のために跡をつけてレイプしたり、そういう「ならず者」を主に指すのであって、どちらが非人道的かは火を見るより明らかである。若い女性職員（少数だが男性職員も含まれる）がよくレイプされるようになったのは、幸福税を管轄する幸福増進省の方針で、すべて職員は対応する市民に対して個人情報の明記された名刺を差し出さねばならない、という指令が下ってからだった。当時幸福税課職員たちはあまりにも危険すぎると猛反発したがそれも空しく、結局は名前と住所の印刷された名刺を用意し、必ず市民に手渡すことが義務づけられた。市職員に責任感を持って窓口業務に当たらせるためという理屈だったが、国は地方の実態をまったく把握しておらず、窓口にやってくる市民の中にどのような「モンスター」が含まれているのかまったく想像できていなかったのだ。

また、レイプ被害に遭った職員たちや、激しい暴力を受け後遺症を負った職員たちは、その被害を警察に届けることを――国の方針に「ケチ」を付けることになってしまうため――ほとんど許されておらず、そうするためには職を辞する必要があった。国や民主共栄党員たちによれば、その原因は市民の立場に立ち親身になって物事を考えることのできなかった職員の方にあるということになる。

かつて幸福税課には「黄金の取り立て屋（ゴールデン・コレクター）」と呼ばれる男がいた。彼は名を村中と言い、役職は収納係長であった。彼はその話術の巧みさと、不公平を嫌う正義感の強さで、命を捨てない限り徴収不可能と言われていたような恐ろしい相手にも税金を納めさせた。市民の中には無理をして幸福税を納め、苦しい生活を強いられている人間がいるのに、幸福税を「節約」し、その金で贅沢品を買ったり飲み歩いているような連中を彼は許せなかった。窓口で大声で騒げば、出てきた職員を殴れば、女性職員をストーカーしてレイプすれば、自分はモンスター市民として認識され、徴収の際にもブラックリストに挙がり、「こいつは手を出すと厄介だ」と思わせることで徴税を逃れる、そのような人間の存在に目を瞑るわけにはいかなかった。

彼は課の電話だけでなく自分の携帯電話でも滞納者と連絡を取るなど、土日も含め四六時中催告を行っているような状況であったが、彼自身それを辛いとも思わなかった。お前ら役人は平日しかはたらかないんだろう、土曜日の朝七時に来たら払ってやる、と言われればその通りの時間に相手宅に赴いたし、日曜日に市役所を開けろと言われれば関係各所に素早く連絡を取り彼一人が出勤し滞納者を迎え撃ったし、出張で数か月アメリカにいるから、金を取りに来たら払ってやる、などと言われれば即座に自腹で飛行機を手配した。こうして相手の逃げ道をすべて塞いだ上で、それでも払おうとせず誠意も見せない悪質な滞納者に対し、村中は一切容赦しない。預貯金を差し押さえ、給与を差し押さえ、生命保険を差し押さえ、車を差し押さえ、家を差し押さえる。そうして身ぐるみはがされた滞納者が家族揃って公園で野垂れ死んでいたら、それを指さして大笑いするのだった。

あれが敗北者の姿だ、敗北者の姿は人々の心を荒廃させるどころか穏やかにさせ、向上心を育みもする。私たちは敗北者を見たとき、その様子を細かく観察して蔑み大笑いすべきで、それは何ら道徳的に問題のある行為ではない。なぜなら敗北は明らかに避けるべき結果であり、敗北者を笑うことは、自らを敗北者に転落させないという強い覚悟を生むのでもあるからだ――

村中係長はそのように語った。彼は他の人間を受け入れるための最大限の努力を惜しまなかったが、それでも零れ落ちてしまう人間（＝敗北者、と村中は定義している）に対してはこの上なく冷淡だった。彼の奮闘により幸福税の徴収率は過去最高の九十四・七パーセントを記録し、その記録は現在でも破られていない。

当時、この徴収率の高さに幸福税課は沸き立ち、課長やその上に立つ室長、部長なども村中を褒め称え、即座に主幹への昇格を約束したのだった。しかしそこで、この高い徴収率は非人道的徴収を徹底した結果であり、徴収率より先に市民の生活を優先させるべきだと声高に主張したのがやはり民主共栄自衛団の古山だった。彼はもちろん民主共栄党の市会議員にもパイプがあり、その人脈を駆使して徹底的に幸福税課長を責め立てた。課長は議会において脂汗を拭いながら必死で答弁したがほとんど理解を得ることができず、室長も部長も、副市長でさえも民主共栄党の勢いを止めることができなかった。結局市議会では村中係長の射殺が命じられ、その任務を誰が遂行するのかを定める規則がなかったため、広く公募を行うこととなった。そこで当選したのは村中に全財産を差し押さえられ、当時ホームレスと化していた平井という男である。平井は最高学府を卒業し大手の損害保険会社に勤めていたが、元来のプライドの高さが邪魔をしてか上司や同僚と反りが合わなかった。最初に配属された営業課では、中心的な業務である代理店営業において代理店の社長を見下したような態度を取るためすこぶる評判が悪く、すぐに自動車事故の過失割合を査定する損害調査課へと異動させられた。しかしそこでも彼には契約者や被害者に対する配慮がなく、すぐに交渉を決裂させては弁護士の介入を要求され、面倒な訴訟事案を量産した。そのうち課の中で彼に味方をする者は誰一人いなくなり、彼が電話を取り次ごうとしても誰もその電話に出なくなり、彼の出張先で買ってきた土産のお菓子には誰も手を付けず袋に入ったままゴミ箱に突っ込まれるような事態に陥り、営業課支社長（K市役所で言えば「課長」にあたる役職である）から十数回にわたる面談を受けた。平井は彼なりに周囲に迎合しなんとか自分の印象を良くしようと努めたが、結局一度定まった「平井はゴミ」という評価は一切覆ることがなかった。もう二十代半ばにさしかかっていた彼の性格が急に変わるわけもなく、元々なぜ自分がそんな目に遭っているのかもよく理解できていなかった彼が、有効な対策を打てるわけもなかった。それでも職場に留まってさえいれば給料は出る、ある程度安定した業績を挙げている大企業では、どんな社員でもそう簡単にクビにはならない、誰も自分を認めてくれない場所ではあっても、座っているだけで高い給料がもらえると思えばそれほど悪いものではないだろう――平井はそう考え、毎日周囲からの無視に耐えていたが、ある日突然右耳（それは彼がいつも受話器を当てる方の耳である）が聞こえなくなり、同時に下半身がしびれ始めた。彼はデスクに座りながら足の異変を感じ取り、「すみません、歩けなくなったのですが」と周囲に訴えたが、応える者はなかった。ファックスさえ取りに行けなかった彼は、勇気を振り絞って「すみません、動けないのでそれ、取ってくれませんか、僕宛てだと思うので」と斜め前に座っている女性社員に声をかけた。一般職として採用されている女性（平井のいた損害保険会社では男性が総合職、女性が一般職という前時代的な区別がまったく消えておらず、平井の総合職の同期は二百三十四名だったが、そのうち女性はたったの五名、それも海外の大学を出ていて四か国語を自在に操れるとか、アクチュアリーと呼ばれる保険料率計算のスペシャリスト候補であるとか、相当特別な人間に限られていた）の中ではかなり周囲に優しい人間とされていた女性だったので、平井は好意的な返答を期待したが、「なんで私があんたのために動かなきゃいけないわけ？」

と苛立ちを露わにするのみだった。しかしこれでも平井に語りかけてはいるわけなので、完全無視を決め込んでいる周囲の社員たちよりははるかにましな反応だとも言えた。

その日、ファックスを取りに行くこともできず、電話も満足に聞き取ることができず、数々の契約者、被害者、代理店をくまなく激怒させた平井は、午後四時頃に突如強いめまいに襲われた。座ってノートパソコンのディスプレイを見ていることもできなくなり、デスクに突っ伏したがめまいは強くなる一方で、ついに嘔吐を我慢できないという状態になり、急いでトイレに立とうとした。しかし、彼の下半身はほとんど思い通りに動かず、椅子の横で派手に倒れ、吐瀉物をまき散らした。そして救急車で運ばれた彼は、そのまま会社を辞めることになった。

彼はなぜ、椅子に静かに座っているというだけのことができなかったのか？

彼に似た例として、K市役所交通対策課の松木が挙げられるだろう。彼は役所内でゴミ箱と呼ばれるポジションに落ち着き、誰からも存在を認められていないが、そのことに特に抵抗するでもなく、図太く居座っている。それは彼が役所の仕事で成果を出すことを諦め、それと同時に、周囲からの承認を諦めることができたからである。人間が健やかに生きるためには自己の尊厳を保つことが重要だが、その必要条件が他者の承認であり、人間はそれなしに「自由」を感じることができない。この「自由」の拡大が「社会的」な成長なのである（もちろん別の形の成長もありうるが、それが「社会」に通用するステージにまで届くことは稀であるため、ここでは省く）。承認の欠如により「自由」を著しく制限された絶望状態に耐えられる人間は少なく、平井のようにある日突然「機能停止」に追い込まれる者も珍しくはない。

一方の松木は、承認を必要としない生き方に見事に適応できていると言えよう。現在の彼ならば、県職員の厳しい攻撃だろうが議員の理不尽な要求だろうが、その場をうまくやり過ごしてみせるに違いない。しかしそのやり過ごしは、仕事の達成というよりは放棄という形でなされる。たとえば平井のように周囲から完全に無視され、上司から罵倒され、わざと聞こえるように陰口を叩かれ、飲み会に一切誘われなかったとしても、それをむしろ楽だと考え単に喜んでしまうような「無敵状態」、松木の精神がたどりついたこの境地は社会から切り離された場所にあり、したがって松木の肉体も社会に抑圧されない。他者の承認と無関係に独自の「自由」を形成できる人間にとって、他者の命はきわめて軽いものでしかなく、今の彼ならばふとしたきっかけ、たとえばホットコーヒーを書類にこぼされたというような理由で、あるいはもしかすると「照明がまぶしかったから」というような理由で、隣の職員を惨殺しないとも限らない。

ここではっきりと言えるのは、平井は社会的存在であるということだ。すべての承認を失ったとき、彼の身体は苦しみに耐えかねて耳をつんざくような悲鳴を上げた。しかしそれは誰にも届くことがなかった。なんだこいつ、きったねぇ、自分で片付けてよね、救急車呼んだら？　平井は吐瀉物で顔や髪の毛を汚しながらそうした心ない声を聞いた。こいつら、絶対に殺してやる、この高層ビルごと爆破して、全員消し飛ばしてやるからな……

彼は復讐を誓ったが、真っ白な壁に囲まれた病院の中で横になっているうち、威勢のよい憎しみは少しずつ消え、誰かに助けを求めたいと思った。彼がそう思ったのは生まれてはじめてのことだった。そこで連絡を取った相手は実家の父親だった。彼は電話で仕事中に倒れてしまったことを涙ながらに話し、もうどうしていいかわからない、とりあえず退職して一からやり直したい、と伝えた。すると父親は激怒し、お前など俺の息子ではないと叫んだ。彼の父親もまた、最高学府を出て外務省ではたらく「エリート」だったのだ（彼の父親はエリートという言葉を軽々しく使うことを嫌った。エリートとは単に学歴が高かったり、年収が高かったりすることではなく、真に国や世界のことを考え、よりよい社会を構築しようという気概のある高潔な人間のことなのだ、と常々息子に話していた）。父親に見捨てられた平井に、もう味方はなかった。こんなときにきっと彼を救ってくれたであろう母親はその五年前に他界していた。

こうして平井は無職となり、貯金を食いつぶしながら生活した。K市役所で国民健康保険加入の手続きを行い、精神科で抗鬱剤や抗不安剤を処方してもらった。軽いアルバイトをすることはあったが、生きる気力を失った彼の身体はほとんどまともに動かなかった。それでも生活保護を受けようとは思わなかった。二年ほど、K市役所の幸福税課から留守番電話が入ったり、徴収嘱託員が訪問にやってきたり、催告書が送られてきたりということが続き、そのどれに対しても平井は反応しなかった。彼は幸福税課により悪質滞納者と見なされ、財産を調査され、支払い能力ありと判断された。滞納している税金や国保料も合わせて、貯金を一気に差し押さえられた。特に大企業に勤めていた年の翌年度の税金は高く、退職までは金銭的に恵まれた生活をしていた彼の幸福税もまた高額であった。彼は突然家賃が払えなくなり、路上生活者と化した。

平井の現状もわからぬまま差し押さえに踏み切った村中により生活を破壊された彼は、村中射殺の執行員の公募に応募し、村中に対する憎しみを――それは元々勤めていた会社の社員への憎しみを上乗せしたものであったろうが――執拗に語り尽くし、見事執行員と認められたのである。

刑執行当日の議事録を、K市職員はまだ閲覧することができる。

北村議長　村中くん、壇上へ。

（村中係長、死刑台に登る）

北村議長　これより、村中治くんの銃殺刑を執行いたします。執行員、平井渉くん、前へ。

（平井執行員、死刑台の前へ出る）

北村議長　村中くん、何か最後に言いたいことはあるかね。本来ここは主幹級以上の人間しか入場が許可されないわけだが、こういった形で君と対することになるとは思わなかった。私は君の収納係における手腕を評価していたのだが、いささか配慮に欠けたようだね。もう君の死罪を覆すことはできないが、最後に何か。ありますか。

（さっさとやれ、と呼ぶ者あり）

（時間の無駄だろオイ、と呼ぶ者あり）

村中係長　……私としては、K市のために、幸福税課職員として最善を尽くして参りました。収納率の向上にも一所懸命に取り組み、一定の成果を上げることができたと思っております。

（ヤミ金みたいなやり方したからやろ、と呼ぶ者あり）

村中係長　ヤミ金のようなやり方とはまったく違います。私は平井執行員に対し、二年間の猶予を与えました。電話、訪問、催告文書、あらゆる手を尽くしました、それぞれ一度や二度ではありません、何度も、何十度も接触を試みたのです。それに一切応えなかった平井執行員を、そのまま放っておけば良かったのでしょうか。平井執行員が貯金を食いつぶし、誰からの援助も受けていない状態であるということを、私たちは知り得ませんでした。一度でも連絡があり、状況を説明されれば、納付相談を行うか、生活保護の相談窓口へ案内することができたでしょう。

連絡が取れない者を放置するのならば、私たちの電話や訪問に応じた市民は端的に損をするということになります。私たちが納付の相談を受けた結果、少ない所得の中からでも、懸命に滞納を減らそうと努めてくれるようになった市民もいます。生活費を切り詰めて税金を払ってくれている市民もいます。そうした方々の誠意を踏みにじることが、果たして正義でしょうか。

（そんなことは言っとらん、と呼ぶ者あり）

（程度の問題や、と呼ぶ者あり）

北村議長　静粛に。村中くんの話も一応の筋は通ってますわな。まあ、議員のみなさんはちょっと落ち着いていただけますか。

（落ち着いとるわボケ、と呼ぶ者あり）

北村議長　それでは村中くんに対して、平井執行員、何かありますか。

平井執行員　はい。僕は精神的に参っていて、とても人と口がきける状態ではありませんでした。そういうときに、催告の電話や訪問というのが、僕をどれだけ追い詰めたか知れません。応じたくても応じられない、そういう人間もいるのだということは、少し想像力をはたらかせればわかるはずです。確かに、お金を貯め込んでわざと払わない滞納者もいるでしょう、しかしそうでない人間もいる。あなたの知らないところで、あなたによって殺された人間が恐らくたくさんいるでしょう。僕はその方々の思いも背負って、今ここに立っています。

北村議長　なるほど、平井執行員のように、差し押さえによって追い詰められ、さらには死にいたった人間も、表に出ていないだけで相当数いるであろうと、こういうわけですな。これもわかる話ではある。今後、徴収業務の取り扱いについては議論する必要があるでしょうな。村中くんは、はっきりした規則のない中で失敗を犯してしまった、これは果たして失敗なのかと君は思うだろうけども、結果的には大きな失敗と判定された。気の毒なようにも思うけども、これから徴収業務に関する整理が進んでいく、その大きなきっかけとして、君の死は語り継がれることでしょう。果たしてどちらの言い分が正しいか、という議論と共にね。では、平井執行員、よろしくお願いいたします。

平井執行員　はい。

（銃声、会場に響き渡る）

……

こうして村中係長は死亡し、平井はその翌年、K市内の一番大きな川で入水自殺した。平井は自殺するまでの一年間、若い女性の市職員をレイプして回っていた。そのたび、彼を追い詰めた過去の市の対応に問題があるので、事件にすべきではないと民主共栄党は市民の立場に立って主張した。そういう後ろ盾があることを平井もわかっていたのだ。そうして彼に犯された二十二名の女性職員のうち十七名に精神的な後遺症が残り、四名が自殺した。

一体誰が悪かったのだろうか？

＊

さて、給付係の川添主事の話に戻る。彼女は辺見主事の妊娠で誰もが自身の異動について思いを巡らせる中、ただただ涙を流して立ち尽くした。どうしたの、ゾエちゃん、と優しい声で彼女の肩を抱き寄せる望月。辺見も川添の涙に感動したようで、ありがとうね、と温かい声をかけていた。川添はいつも仕事で世話になっている辺見がなかなか妊娠しないことで悩んでいたのを知っており、それがついに実現した喜びを自分のことのように感じて美しく純粋な涙を流したのだった。

異動のことばかり考えていた周囲の人間も、彼女の涙を見た瞬間だけは、自分のせせこましさを反省し、彼女のような者こそが正しい人間の在り方を示していると感じた。しかしそれも瞬間的なことである。川添が正しいとしても、彼女のような性格の者は生きる中で割を食うことがあまりにも多い。彼女は誰に対しても謙虚で、すぐに権利を譲る。たとえば役所内の細い通路で向かい側から人が歩いてきたとき、川添は必ず避けて「すみません」と声をかける。しかし、相手は避けようともせず頭を下げることもなく当然のようにまっすぐ通路を通り抜けていく。また幸福税課において、窓口当番に当たっている人間が体調不良になった場合、早急に交代要員を見つけなければならないが、ほとんど全員がまず川添に打診しにいく。それは彼女が自らの業務を顧みずイエスと答えてくれるからで、しかも窓口当番の「借金」を取り立てようとしない。交代してもらった人間は「そのうちお返しするね」と言ったままフェードアウトしていくのだ。大体週に一日というのが幸福税課の窓口当番の周期であるが、川添は大抵の場合週二日以上窓口に出ている。しかしもはや、誰も彼女に感謝しなくなった。それが当然になってしまったからである。見返りを求めない川添の優しさは、まるで職場の福利厚生かのように構造に組み込まれている。彼女が純粋で正しい人間だからといって、真剣に彼女のようになりたいと願う者はほとんど見られない。

川添の無償の奉仕精神につけ込んで、幸福税課でもっとも川添に窓口を押しつけているのは梶山である。「眼科に行くから終日窓口代わってくれない？」「親父と阪神戦観に行くから午後から窓口代わってよ」彼の窓口交代あるいは有給取得の理由は主にこの二つである。彼は若くして飛蚊症を患っている。また証券会社に長く勤めた父を尊敬する彼は、父子関係をかなり重視しており、甲子園で一緒に阪神タイガースを応援するのが大切なコミュニケーションの一つとなっている。彼にとっていつでも切り離せる可能性のある恋人はその必然性のなさから重みを持たないが、親族となるとやはり話が違うようである。彼はまだ実家で一緒に暮らす両親と姉を軸足として、まるでバスケットボールのピボットのように、もう一方の足を次々と違う地点に着地させる。

梶山は単なる窓口の交代だけでなく、窓口対応が昼休みを侵食した場合（よくあることだが）、その時間分の窓口を誰かに押しつけ、きっちり一時間の休みを取ろうとする。もちろん昼食を取れなかった場合そのように誰かと交代してもらうのは普通のことであるが、梶山はその窓口を借りとは考えない。一時間の休みを取るのは当然の権利であって、それを回復させただけのことだというわけなのである。これでは窓口を交代した人間は単純に

損をすることになるので、今では梶山の交代要請に素直に応じるのは川添のみとなってい
て、ただでさえ便利使いされている川添の負担がより一層重いものとなっている。しかし
川添はそれで自分が損をしているとは考えない。彼女は他者の役に立つことを最上の喜び
としていて、厄介事を押しつけられてもそれが生の実感につながるという、周囲からすれ
ば非常に都合の良い考え方の持ち主なのだ。

蓄積していく一方である川添の疲労について、もっとも心配しているのは妊娠を発表し
たばかりの辺見である。辺見は非常に仕事のスピードが速いため、川添に面倒をかけるよ
うなことは一切ない。それぞれが自らの業務を効率よくこなしていればほぼ全員が均等に
労働を負担することになるはずなのだが、川添がほとんど「便利屋」として無能な人間の
業務の残りかすを処分させられている現状について、彼女は非常に腹を立てている。

「そんなの、私がやっとくよ」

辺見は川添が梶山や望月に仕事を押しつけられた際、いつもそう言って助け船を出すの
だが、川添はその申し出を必ず断る。

「私はぜんぜん大丈夫ですし、こうやって使ってもらえるうちが華ですから」

辺見は差し出した手を静かに下ろす。そして、梶山や望月のような利己的・自己中心的
人間ばかりが得をして、川添のような善良な人間が損をするこの世界に怒りを感じる。他

者に尽くした人間が最終的には救われる、という話を小学校の道徳の時間によく聞かされたものだが、それを信じて育った人間が結局最後まで損をし続け、「救い」が死後の世界などという幻想の中にしかないのだとすれば、これは何という教育だろうか？　便利な利他的人間をできるだけ増やし、利己的人間がより権利を貪り楽をするための策略であるとしか思えない……

辺見は川添のような人間こそ幸福になるべきで、梶山や望月のような人間は地獄に堕ちるべきだと考えている。

＊

地獄に堕ちるべき人間とそうでない人間の区別は（地獄が存在するかどうかは別として）、辺見の考えるほど明確なものではないとするのが幸福税課長・篠原の立場である。彼は部下を「道徳レベル」と「仕事レベル」の双方から評価しており、係長や主幹が彼に上げてくる評価シートにも、各職員の日々のふるまいを、どんなに小さなことでもいいから書き留めておくよう命じている。職員の一挙手一投足が、道徳レベルを測る材料となるからだ。

篠原の道徳論はリーダー論と言い換えることもできる。組織のリーダーであるためにはプレーヤーとしての資質だけでなくマネージャーとしての資質が必要とされるが、人間が二十人も三十人も集まれば必ず衝突が起こる。そのとき多くの部下たちをまとめるのに必要なのは、何よりも道徳性である。一時的にならば恐怖政治も効果があるが、そうした単純な解決策は即効性と引き換えに組織の寿命を削っている。長期的な展開を考えればK市の管理職として採るべきような手法では断じてない。

真に道徳的、利他的な人間にこそ、部下はついてくる。そしてまた、「あの人のような立派な人間になりたい」と思うことで、その道徳性は次々に伝播(でんぱ)していき、次世代のリーダーが育っていく。これが篠原の主な考えである。

梶山や望月をはじめとする、自己愛の強さを隠そうともしない、それどころか自己愛の強さに気付いてすらいない人間は論外で、篠原のもっとも嫌う「非道徳的・利己的人間」にあてはまる。この種の人間には道徳的人間に触発されるような感受性はなく、自らが得するか損するかという一点のみを気にしたまま、大した仕事も成し遂げずに朽ちていく。結局はせせこましい打算により出世の道を閉ざされ、賃金も頭打ちとなるのだが、それが実感されるのはまだ十年以上先のことになるだろう——篠原はこの二人に最低ランクのF評価を下している。

そして幸福税課職員のほとんど、たとえばチャギや横井や後藤や神宮司などが属しているのが――篠原の定義では――「一般的人間」とされるゾーンである。彼らは状況によって利己的行為もすれば利他的行為もする、普通の人たちである。しかしここで問題になるのは、利他的行為を選択するときの心情である。幸福税課では窓口の出方によりそれをわりあい楽に判定することができる。窓口当番に当たっている者の中で誰が市民対応に出てもいい状況のとき、彼らは率先して出るふりをする。それは明らかに周囲の目を気にした動きで、結局周囲からよく思われたい、怒られたくないという「利己的」意識からのものにすぎないことがほとんどである。そういうときの職員を見ていると、必ず視線がちらちらと周囲に散っていたり、窓口へ向かうために椅子から立ち上がる際に迷いから一瞬不自然に動きが止まったり、わざとつけ忘れた名札を取りにもう一度席に戻ることで時間を稼いで別の者が出ないか様子を見たりと、「本当は嫌」という本心がにじみ出てしまう。なんとかそれを隠そうとする者もいるが、課の一番奥の篠原の席から見渡せば、誤魔化している職員はすぐにわかる。彼らにはその他のファクターとの総合により、B～Eの評価が与えられる。

篠原のもっとも評価するのは、周囲の評価とは関係なく真に市民のためを思い、できる限り待たせることなく最善の対応をしようとする姿勢を持つ、自己愛をほとんど滅却することに成功しているような「聖なる職員」であり、これには川添、そしてかろうじて辺見が該当している。仕事の出来は申し分ないが、川添に仕事を押しつける周囲の人間や横暴に振る舞う民主共栄党などの「他者」への怒りの感情を残している辺見にはA評価、仕事においては至らぬ点も多々あるが、道徳性の側面で他の追随を許さない川添にはさらに上のS評価が与えられている。

＊

十二月になり、幸福税課では恒例となっている行事「課内旅行」が行われた。毎年課の一年目あるいは二年目が幹事となり、観光バスを貸し切って日帰りの旅を楽しむのである。篠原はこの行事を通じて、課員同士の関係を可能な限り良好に保ちたいと考えている。篠原の評価によれば、収納係は五十嵐係長を中心に係飲み会を数多く行っており、その輪に入らない稲葉を除けば概ね良好な状態にあるが、管理係は係員同士の心の触れ合いに乏しく、また嘱託の保健師と正職員の関係もぎくしゃくしており、幸福給付係にいたってはほとんど崩壊寸前というところであった。しかしながら、今年の課内旅行には稲葉主任と長瀬主事を除く正職員の全員が参加した。

旅行のときには、まずバスの一番前の席の右端に横井が、左端に梅本が座る。彼ら二人は極端に乗り物酔いしやすく、バス内では酔い止めを飲んで半分以上の時間を眠って過ごす。その他は特に決めごとがないので、仲の良い者が隣同士で座ることが多い。

今年の幹事は管理係の戸塚であった。名門野球部出身で筋金入りの体育会系である彼は、先輩にとっては恰好のいじりの対象であり、後輩にとってはいつでも頼れる良き兄貴分である。

「今日は多くの方に集まっていただけて、幹事としては喜ばしいかぎりです！　幸福税課は大変な仕事量を抱えていてみなさん大変だと思いますが、今日ばかりはそういったことは忘れて、パァっとね、はじけていきましょう！　こちらにビールと酎ハイを大量に用意してございますので、どんどん空けちゃってください！　まずはそば打ち体験ということで、三時間ほどかけてそば工場に向かいます！　それでは、今日一日よろしくお願いします！」

戸塚の挨拶が終わり、ほとんどの男性職員が缶ビールを、ほとんどの女性職員が缶酎ハイを手に各々談笑を始める。横井は席でぐったりとしながらぼうっと外を眺めており、梅本は両耳からイヤフォンを垂らし、音楽を聴きながらうとうとしている。

その一つ後ろの列には女性陣が並んで座っており、いわゆるガールズトークを繰り広げていた。そこに参加していたのは辺見、望月、そして管理係の吉野であった。この中で唯一恋人のいない吉野は三十歳であり、普段恋愛の話など一切しない仕事人間である。実質的に管理係を仕切っているのは河合主幹でなく彼女であり、チャギや戸塚の仕事は彼女の指導なくしては成立しない。しかし彼女にも問題がある。極端な完璧主義者であるため、やらなくてもよい仕事にまで手を出してしまうのだ。こうした方が見栄えがいい、この資料もあった方がいい……とにかく、自らの業務時間に限界などないかのように力を尽くし、あまり好ましいとはされていないのだが、午後十時以降のサービス残業（午後十時からは単価が上がるため残業をつけることが難しい）を厭うこともなく、仕事に没頭してしまう。彼女にしてみればチャギや戸塚の仕事は手抜きとしか感じられないので、最終的に彼女がすべてをチェックする体制が作り上げられているのである。チャギはしかし業務の効率性の方を重視しており、あった方がよい資料だとしても、必須でないのならばそれにかける時間を省き、最小限の時間と労力で乗り切るべきだと考えている。残業代が市民の税金から出ている以上、無駄なこだわりは捨て最低限の仕事だけをし人件費を抑制するというのがチャギのスタンスで、自らの仕事の完成度にプライドを持つというのが吉野のスタンス、つまり二人は真逆の存在であり、当然だが関係はうまくいっていない。

　ただ、吉野が唯一チャギを認めているのは年度末の県に対する報告業務である。これに関してはいくら資料を整えようとしてもきっちりと合わせられない数字が確実に現れてくるので、完璧主義でかつ人から指図されたりミスを指摘されたりすることを極端に嫌う吉野にとって、もっとも向かない仕事なのだ。それを平気でやってのける人間として、チャギは存在感を十分に示しているのでもある。戸塚の仕事ぶりはこの二人の中間に位置しているが、チャギの仕事のあまりの「手抜き」には吉野と共にため息をついている。河合主幹はそれぞれの個性を重んじており、特に強く係員たちに口出しすることはない。

仕事人間・吉野が恋愛について語るというので、男性職員の中には下世話なネタで盛り上がりながら彼女の話に耳を傾けている者もいた。吉野は目を惹く美人というのではないが一部の人間には強くアピールする容貌をしており、気の強い目とエロスを感じさせる厚い唇と課で一番大きな胸、そしてかがんだときにぷりんと張るお尻が好評であった。

「ねえ、吉野さんはどんな男の人がタイプ？」

「うーん、やっぱり、尊敬できるところがある人かな」

「吉野さんほどの人が尊敬する人ってどんな人？」

「そんな大したものじゃないですから私は。まあ、自分の知らないことを知ってる人かな」

「へえ、周りにそんな人っている？」

「いや、あんまり見てないからわかんないです、私恋愛というか、結婚願望ないんですよ」

吉野に関して言えばこれは強がりではなく本心であったろうが、すでに結婚している辺見や恋人と長く付き合っている望月にはあまり共感できるものではなかった。結婚が成功の象徴、あるいは絶対条件であるような今の社会に対して批判的な人間の筆頭と言えば、幸福税課では二十七歳看護師との後腐れなき別れを画策する梶山、そして中島という素晴らしい彼女がありながら、麻薬を用いた素人女性へのアプローチをやめられない神宮司である。

神宮司は結婚という制度が人間に向かないと考えている。人間は飽きる生き物だからである。彼は相手がどんな人間であれ、半年も付き合えば必ず飽きた。それだけの期間を一緒に過ごせば相手がどんな趣味を持っていてどんな話をしてくるのか、大体読めるようになってくる。思考様式までも掴めてしまうので、たとえば新たな話題が外側から与えられたときにも「ああ、こいつはこう考えてこう話すのだろうな」という予測がつき、大抵の場合それは当たる。そうして彼は退屈に耐えきれず相手を振ってしまう。特に相手が悪いわけでもなく彼が態度を変えているわけでもないので、相手はいつも驚いて、それからさめざめと泣いたのだった。初めの恋人を振ったときにはそういう涙は新鮮だったが、二人目の涙からはもう彼の心に響かなかった。飽きたからだ。

郵 便 は が き

おそれいりますが切手
をお貼りください。

152-0001

東京都目黒区中央町 1-14-11-202

代わりに読む人 読者係 行

お名前 (ペンネームでも OK です)		性別	
メールアドレス		年齢	
お求めの書店名			

ご購入いただきありがとうございます。感想は編集部と著者で読ませいただきます。
Twitter、Instagram で #アドルムコ会全史 とハッシュタグをつけて投稿いただければ、
拝読し、今後の励みにいたします。どうぞよろしくお願いいたします。

読者カード
（アドルムコ会全史）

感想、著者へのメッセージなどご自由にお書きください。

今後刊行してほしい本や著者いらっしゃいましたら、教えてください。

ありがとうございます。

ご意見・ご感想を WEB 等にて匿名でご紹介してもいいでしょうか？ □よい □ダメ

彼に振られた女性の多くはこう訴えた。二人で色んな話をしたし色んなところへ行った、笑ったり泣いたり恥ずかしいところをさらけ出したり、たくさんの感情を共有して素敵な思い出をいっぱい作った。私たちの間にはそんなかけがえのない積み重ねがあるのに、それをこんなに簡単に捨ててしまうのか？

確かに共に過ごした時間の長さや共にした経験の数はある程度有効だが、決定的ではないというのが神宮司の考えである。いくら過去に楽しい経験をしていようが、現在退屈であればその交際は退屈なのだ。相手を傷つけないためだけに本心を隠して付き合い続けることは、いずれ双方に不幸な結果をもたらす――

彼にしてみれば、どんなによくできた映画も二度観れば面白くない。下手をすれば一度目でさえ、すでにあるパターンの組み合わせに過ぎないことがわかってしまう。恋愛も同じだ。すべてがパターンの集積に過ぎないので、彼が楽しいと感じるのはほとんど有無を言わさぬ快感の伴うセックス時のみになっていた。

彼が珍しく中島との付き合いを継続させているのは、自身の年齢が一応は結婚適齢期を迎えており、また結婚相手として考えれば中島に何の欠点も見当たらないからである。しかし、中島が彼からセックスフレンドを取り上げるようなことがあれば、たちまち彼は退屈に耐えられなくなり、中島という拘束具を破壊して再び自由に振る舞うだろう。その先にたとえ何もないのだとしても。

＊

横井くん、横井くん！

ぼうっと窓の外を眺め続けていた横井は、後列の辺見、望月から呼ばれて振り返ろうとしたが、後ろを向くとすぐに気分が悪くなりそうだったので前を向いたまま「はい」と返事した。

「ねえ、横井くん、吉野さんって良いと思わない？」

「そうですね、素敵だと思います」

「誰か紹介してあげてよ、大学の友達とか」

「いいよ、いいんですって私は！」

「だって吉野さんもったいないよ。ねえ、横井くん？」

「そうですね、わかりました、今度友達に声かけてみますね」

横井はほとんど聞き流しながら返事をした。彼は頭の中で後藤とのセックスを思い返していたのだ。後藤は一番後ろの席でゆったりとくつろぎ、五十嵐係長や梶山らと大笑いしている。

「戸塚くん、ビール追加！」

五十嵐係長が大きな声で叫んだ。収納係飲み会のペースをこれまでの三倍にまで高めたことで知られる五十嵐係長は元アメフト部で屈強な肉体をしており、酒の場ではエンドレスで飲み続けよく記憶を失うが、二日酔いになることは決してない。幹事の戸塚がクーラーボックスからいそいそと缶ビールを取り出して係長のところまで持って行く。その集団に巻き込まれた戸塚は梶山のもう何度目かわからない二年前の失恋話に付き合わされることになった。

「いや僕はね、確かにギャルっぽい見かけの子が好きなんですけどね、中身に関してはちゃんと見てますよ。アイちゃんは派手ですけどかわいらしいところがあって、二人でドライブ行ったときなんかね、こう、こうやってわざわざ僕のシートベルト締めてくれたんすよ。そんなことしてくれる子います？　そんで僕の前で髪の毛がふわっとなってめちゃくちゃいい匂いがしたんすよ。僕が落ちたのはそのときですね」

「でもお前、その後告白したらだめだったんだろ？」

「まあそうですけど、それは向こうにも好みとかあるから仕方ないじゃないですか」

「でもな、気のない男にシートベルトなんか締めて髪ふわっとさせてさ、そいつお前のこてるぞ」

と弄んでたに違いないよ。きっとお前のメールとかギャル友に晒されて、笑いものにされ

「そんなことありませんって！」

梶山がムキになって否定するのもいつもの流れだ。梶山は同じ話であっても大げさなジェスチャーをまじえ、感情を込めて何度でも初めてのように話す、その話し方が面白いので皆話題に詰まったら梶山を呼んで「ほらあれ、あれ何だったっけ」などとわかり切っているのに話を振って場を持たせるということがよくあった。梶山は合コンで鍛えた話術を職場の仲間に対しても遺憾なく発揮しているというわけである。

こうした「ノリ」に耐えられないのが飽き性の神宮司である。彼と梶山には似通った部分が多いはずだが、相性は悪い。知っていることを何度も何度も繰り返されるのは神宮司には苦痛である。話し方などどうでもよく内容のみが重要と考えている彼は梶山の話をほとんど聞かない。しかし日常は梶山の話のように繰り返される。彼の話は神宮司にとってまるで苦しい人生の縮図なのだ。単調な反復に耐える能力は人間にとって必要な能力の上位に位置するだろうが、そのような愚か者になるぐらいなら世界に退屈していた方がましだ、と神宮司は考えている。

こうした明晰ゆえの不満を感じている神宮司の自己評価は高いが、篠原課長によれば彼

はC評価である。自己愛の強さによる減点はもちろんのこと、世界が退屈なのは彼自身の想像力の欠如のためでもある、という当然あるべき視点が欠けていることも査定に大きく影響している。自分の外側に刺激を求めるのは内側が空疎だからで、彼の内側、つまり精神世界が富んでいれば、外側にそれほど多くのものは必要ないのだ。

　そして何より、外側には限界がある。他人との社交、恋愛、見知らぬ土地への旅行、映画、演劇、音楽などの鑑賞、テレビ、インターネット……これら外に広がる世界は絶対的に有限なのだ。それに対し精神世界は無限である。麻薬など使わずとも、人間が頭の中で創り出すものに制限はない。精神が富んでいれば人間は一切退屈を感じることなくすべての時を楽しむことができるはずなのだ。

　篠原は、一つの考え方を多様な角度から見直し徹底的に相対化することが、少なくとも管理職の人間の大きな責務の一つだと考えている。

*

「なあ、うちの係に須田くんはいらないよ」

「いえいえそんな、そんなこと言わないでくださいよ五十嵐係長！」

「やる気が感じられないからなあ。吉野さんと係間トレードかな」
「いや、俺としても須田くんと吉野さんの一対一は呑めないな」
「そんな、ちょっと、僕もこれから頑張るんで！」
「お前、頑張る頑張るっていつも口だけじゃないか」

どわはははは。後ろの方でまた笑い声が起きる。収納係の須田主事が上司たちにいじられて狼狽えるふりをしている。須田は市役所五年目、幸福税課は二年目に当たるが仕事に対する熱意が一切なく、いつもどうすれば自分の負担が減るかを一番に考えている。クビにならない程度の働きをして、責任が重くなるところまでは出世しないように調整しているのだ。彼は梶山や望月のように、自分がしっかり責任を果たしていると、そして将来的には出世すべきであると思い込んでいる種類の人間とは異なる。もちろんチャギのように効率を重視しているのとも違い、ただただ、なんとなく逃げ切ろうとしているだけなのだ。それがだんだんあからさまになってきたので、須田不要論というのが断続的に持ち上がってくる。酒の席では鉄板の話題の一つで、須田もそれをわかっていてわざとオーバーなりアクションをする。

須田くん、もうちょっとしっかりせないかんわ。

輪の中でこれまでほとんど発言しなかった、収納係差押担当の渡良瀬主幹が突如口を開いた。一瞬時が止まったようだったが「そうだぞ須田」「本当によぉ」などと周りが続けてなんとか自然な雰囲気に戻った。

渡良瀬は管理職だが実際には全く使えないふざけたでくの坊でしかない、というのが収納係員の共通見解である。幸福税課では使いこなせなければ話にならないとされる基幹システムの使い方もわかっていないし、電話の取り次ぎさえうまくできず、そもそも外線にほとんど出ようとしない。それは彼に自信がないからでもあり、電話は下の者が取るべきだと考えているからでもある。後者は前者を覆い隠す。渡良瀬自身、自分が仕事内容を理解できていないという現実から目を背け続けている。

渡良瀬はかつて「幸福支援課」において課長にまで上り詰めた男だった。幸福支援課では国家の定める最低幸福基準を下回る人間に対し、抗鬱剤や抗不安剤から麻薬にいたるまで、ありとあらゆる種類の向精神薬を専属医の了解を得た上で処方している。かつて後藤と五年間にわたり交際していた市役所きってのジャンキーとは、幸福支援課の調査係長・福村である。彼は五年以内には異動するというのが常識の市役所組織にあって、この十三年間異動せず同じ席に係長として居座り続け、市民が幸福支援に値するかどうかを調査し続けている。それは、精神を病んだ人間ばかりを相手にせねばならない幸福支援課調査係長というポストが不人気であるにもかかわらず、彼だけはそのポストでいきいきとはたらき続けているからである。福村は大きな裁量を持って向精神薬を扱えるその仕事を手放したくなかったので、周囲と利害が一致するのだ。

渡良瀬はこの幸福支援課の課長に抜擢されたものの、右も左もわからぬうちに、次々と市民から罵倒されることとなった。大体、幸福支援課には麻薬目当てで来るニセモノが多く訪れる。自らがクスリを欲している場合もあれば、他者に売って儲けようとしている場合もある。それらを見極めるのは調査係の仕事で、窓口において「あなたには許可が下りませんでした」と調査結果を告げると、逆上する市民がほとんどである。渡良瀬は逆上する市民の対応を半年ほどはなんとかこなしていたのだが、状況が変わったのは、渡良瀬と同じ関西出身の中年男性が怒鳴り込んできたときのことだった。

「何がアカン言うねん！　お前ら税金で飯、わしの税金で飯食わしたってんねやろが！　お前じゃ話ならん、課長出せ！　はよ出せ言うてんねや！　殺すぞキチガイが！　ガソリンまいて火ぃつけたろか！」

よくある文句の一本槍で調査係員、そして調査係長福村を突破した市民の前に立った渡良瀬幸福支援課長（当時）は「あなたのセロトニンの量は平均の範疇であり、まったく幸福支援に該当する状態ではありません」と粘り強く説得しようとしたのだが、男はまったく聞く耳を持たない。「ボケがホンマ殺すぞ！　殺されたいんか！」窓口のカウンターを思い切り蹴りつけて叫んだ男の方を、周囲の課の職員たちも驚いて振り返った。渡良瀬はそれでもなおいたしかねますいたしかねますと言い続けたのだが、男は最終的に「部長呼べや!」と叫び出した。この市役所では係長は課長を呼ぶと、課長は部長を呼ぶと減点される。上昇志向だけは強かった渡良瀬は自らのキャリアに傷を付けたくない一心から「わかりました、なんとかしましょう」と答え調査係長の福村にセロトニンデータを改ざんするよう命じた。福村は公務などどうでも良いと思っているので、言われるがままにデータを改ざんしグラフを作成して渡良瀬に手渡した。そうして男はMDMAやコカインやヘロインやLSDや覚醒剤を簡単に入手できるようになったのである。

事実が明るみになったのは翌日の朝、データ処理係がセロトニンデータの変化に異常がある市民をシステムで抽出したときのことである。この処理は毎朝行われているもので、結果は幸福税課の基幹システムとも連動している。データを捏造すればここでエラーが検出される仕組みになっているのだ。そのことを調査係長の福村はもちろん知っていたが、それをいちいち好かない課長に教えてやる義理も暇もない。命令されたことを単にこなし、あとはクスリを触っていたいのだ。

その日渡良瀬の対応は大問題となり、部長はフロア中に響き渡る声で渡良瀬を怒鳴りつけた。そして幸福支援課に配属された者なら初日で理解するであろうデータ処理の仕組みを、課長たる渡良瀬が半年経っても理解していなかったことは嘲笑の的であった。市役所職員は誰もが渡良瀬を見るとくすくすと笑った。窓口に来た市民は「お前ら不正やっとるんやろうが！　新聞に載ってたで！」と口々に非難した。そのとばっちりを食うのは平の職員たちであり、課内での渡良瀬の評価もさらに地に堕ち、事件後に行われた会議では渡良瀬の発言をまともに聞く者は一人もなかった。

彼が市役所に出てこなくなったのは会議の翌日のことである。ほどなくうつ病の診断書を提出して休職し始め、復帰後に降格されて主幹となり幸福税課に配属された。はじめのうちは病気明けということで皆優しく接していたが、あまりにも仕事ができず態度も悪いので日に日に周囲のフラストレーションが溜まり、今では渡良瀬の悪口も酒の席を彩る主な話題の一つである。

特に後藤主任は渡良瀬と隣の席であり苛立ちを隠さなかった。渡良瀬が仕事で間違ったことを言うと必ず「あいつこんな馬鹿なこと言ってたよ」と周囲に触れ回り、しまいには渡良瀬が取った後の電話の受話器が臭くて耐えられないというようなことも言い出した。

大抵の職員はそういう話を聞いて大笑いするが、そこで人間の恐ろしさを感じ震えずにいられないのが管理係の薮であった。彼女は市役所五年目の中堅であるが幸福税課は一年目であり、経験の浅さのせいもあるが事務処理能力が低いという評価が定着しようとしているところで、同じ係の吉野は彼女の手際の悪さ、理解力の低さにほとんど呆れ果て、まだ二年目の、他人の悪口をまず言わない戸塚でさえ「あの人本当に五年目なんですかね」とこぼしている。しかし敵が渡良瀬となると薮も、自爆の危険を感じながらではあるが、とりあえずは攻撃側に加わることができる。

薮の恐れるように、ある人間に対する評価というのは常に相対的なもので、誰がいつ渡良瀬のポジションに追いやられるかわかったものではない。コミュニティの結束はスケープゴートの存在によってもっとも強められる。渡良瀬が去ればまた別の人間が最弱のスケープゴートと化すのでなければならない――篠原課長はそう考えており、仕事の理解度の低い渡良瀬に苛立つこともあるが、彼がスケープゴートとして十分に機能していることには感謝している。一度幸福支援課で倒れた渡良瀬には、もう倒れることだけはできないという危機感もある。この役所は、精神をやられて一度休職することはまだ周囲に恵まれなかった「不運」によるものという可能性を認めるが、二度目をやってしまうともう決して這い上がることはできない。一応「メンタルケア室」なる相談室を設けて精神科医を配置してはいるが、そこを訪れるにはまだまだ勇気を要する状態であり、部屋に入るところを目撃されるだけで噂が一気に広まる。プライドの高い渡良瀬には、一度の休職でも相当な屈辱であった。もはやプライドだけが彼を支えているのだ。もし他の人間が渡良瀬のようにスケープゴートの役割を強いられれば、すぐに音を上げるかもしれない。

須田くん、もうちょっとしっかりせないかんわ。

この言葉を発するのに渡良瀬は内心かなりびくついていた。周りの、須田を中心に盛り上がっている雰囲気を壊さないように、ただ添えるだけの言葉を選んでそっと発言したつもりだった。しかしこの言葉はバス内のほとんど全員にとって奇異なものに聞こえた。もはや渡良瀬の言葉が自然に聞こえることはないのだ。言葉の意味はその内容よりも発した人間が誰であるかに依存する。そうではないとする「論理的人間」も多数存在するが、その論理は机上のものにとどまり、現実には誰も発話者を完全に無視することはできない。人間は話の内容に関係なく、特定の者の言葉を聞き入れ特定の者の言葉を捨てる。渡良瀬の言葉は渡良瀬が渡良瀬であるというその理由のみによって誰にも届くことがない。

＊

バスは目的地のそば工場に着いた。大きな木製の古いテーブルに課長から平の職員まで二十二名がずらりと並び、もう何歳なのかよくわからない老婆がその前に立ち、そば打ちの説明を行った。老婆の説明は感覚的な言葉に終始していて、ほとんどの者は何を言っているのか掴めなかったようである。しかしそば打ち体験は職員らの理解度と関係なく定刻に始められた。あらかじめ用意されていたそば粉と小麦粉をブレンドしたものを木鉢に入れ、真ん中に穴を開け水を流し込んで全体を混ぜ合わせることから始まり、最終的には棒で生地を伸ばして形を整えてから折りたたみ、それを蕎麦包丁で切るのだが、全員初体験であるから当然うまくいく者といかない者が出てきて、老婆は自らの説明の不足を棚に上げ、いやむしろ十分な説明をしたにもかかわらず、というような態度で、職員たちを激しく叱責するのだった。

「あんた、何どんくさいことやっとるんね！」

課長でさえ容赦なく怒鳴られているのを見て、笑いをこらえるのに必死になっていたのはチャギだった。課長や係長という地位も市役所の庁舎を一歩出れば一切の効力を失い、彼らは単なる一人の人間でしかなくなる。小さな世界での序列争いを制したところで、それはその世界に留まる間においてしか意味をなさないのだ。この世界は無数の共同体の寄せ集めになっていてそれぞれが独立している。一つの共同体の中での価値観を他でも共有することは、現代社会における価値の絶え間ない多様化のために非常に困難になりつつあるが、彼はそれで何の問題もないと思っている。確かに自分の属する共同体内あるいは信じる価値体系内での地位だけを考え、広い世界などには目を向けず「お山の大将」であることに腐心すること、それがもっとも楽な生き方で、一般的幸福への近道かもしれない。だが、彼はその種の幸福を目指しているわけではない。地位や収入なんてものにとらわれない、所有ということに執着しない、真に流動的な存在を目指しているのだ。

「あんた、それあかん言うとろうが！」

老婆は課長に続いて須田を攻撃し、それを見て皆が笑った。

「須田くん、そば打ちもダメか」

「いや、これからちゃんとしますから！」

「ちゃんとした試しがないだろうお前は」

「そばの打ち方に仕事への姿勢がにじみ出てるな」

「そんな、ほんと、今から最高のそばにしますよ！」

みんながその一連のやり取りで一笑いした後、老婆は再びぐるぐると巡回し始め、渡良瀬のそばを見たところで顔をひどく歪めた。

「あんたこれ、何を聞いとったんな！」

その瞬間渡良瀬の顔が引きつった。そば打ち教室に妙な緊張が走る。渡良瀬の場合誰も冗談にして笑おうとすらしないのだ。渡良瀬は固まった表情をなんとか笑顔にまでもっていって「難しいもんやな」などとつぶやいていたが、誰一人として反応を示さなかった。

一度ポジショニングに失敗してしまった者は二度と浮上できず、ただ屈辱に耐える以外に術はない。敗者復活が難しいのは勝者が権利を手放さないこと、敗者が下克上に成功するほどの能力を持たないこと、大抵はその二つががっちりとかみ合わされ関係性が固定されることによる。

ついに最終段階、そばを均等に切っていく場面になり、職員たちは慎重に作業を進めた。そばの太さについて老婆がそれぞれを厳しく指導する。そしてまた渡良瀬のところで最も激しく声を荒らげた。

「何だいこりゃ！　全然話聞いとらんねあんた！」

そのとき渡良瀬がついに叫んだ。

うるさい！

全員が渡良瀬の方を振り返った瞬間、にぶい音が教室内に響き渡り、大きな蕎麦包丁の刃が老婆の脳天に突き刺さった。老婆はその場に崩れ落ち、頭から血がどくどくと流れ始める。

少し間が空いて、テーブルの一部から明るい笑い声が上がった。渡良瀬が笑いを取ったのは初めてのことだ。課長が声をかける。

「いやあ渡良瀬さん、誰がやってくれるかと思ったら、渡良瀬さんでしたね」

そして課長は拍手を始めた。周りの職員たちも順に手を叩き出し、その音が最後には大きな祝福の渦となって渡良瀬を包み込んだ。

「渡良瀬主幹、意外とやるじゃないですか」

「あのババアは死んだ方が良かったよな」

「自分がすべて正しいと思ってるタイプだ」

「ああいうやつらは絶滅すべきだね」

皆口々に渡良瀬を褒め称え、別のそば打ちの指導員までも「ミヤケさんはいつか殺されるだろうと思ってましたよ、私たちも我慢の限界でしたから」などと言って渡良瀬の肩を叩くのだった。

「後藤さん、今の良かったですよね」

複雑な表情をしていた後藤に課長が声をかけた。後藤は小さな声でしかしはっきりと言った。

「人を殺すなんて最低です」

そのとき職員たちの笑い声は静まり、称賛に酔っていた渡良瀬の表情も一気に曇った。

「なんやと？」

「あんたみたいなのは最低だって言ってるのよ！」

普段から溜まっている鬱憤を晴らすかのように大声で叫んだ後藤を、後ろから横井が優しく制した。やめましょうよそういうの、自分が疲れるだけですから。それに、この人はもう懲戒免職でしょう。

すでに五十九歳だった渡良瀬はそば打ちの老婆を一時の感情に任せて惨殺したことにより懲戒免職を避けることができなくなった。管理職まで上り詰めた人間に大抵用意される再任用の職も三千万あまりの退職金もこの瞬間、下らぬ一人の老婆の頭に蕎麦包丁を食い込ませる権利と引き替えに失われたのだ。爽快な殺人劇への拍手を惜しまなかったにせよ、内心いかにも馬鹿げた取引だとほとんどの職員は思っていたが、神宮司は渡良瀬のことを本当に見直していた――積み上げたものにとにかく固執する人間の多いこの世の中では、自らの小さな実績とそれをベースとした小さな未来をびくびくしながら守っている人間の多いこの世の中では、危険をかえりみず冒険する気概のあるやつなんてほとんどいない。俺は現在、最高の一瞬を求めて生きているし、そのためには違法行為も厭わない。「危ないこと」を避けに避けて平凡で平均的な人生を歩み死んでいくことは生まれていないのと同じことだからだ。そして、危険で許されぬ行為のうち間違いなく最大のものが殺人だ。ある人間を殺したいという夢を実現するのは並大抵のことではない、特に再任用や退職金を目の前にした人間ができることではない。それを突き破った渡良瀬の一撃には大きな価値がある――神宮司はこの事態を見て、概ねそのように考えていた。

「さて、渡良瀬主幹の送別会もやってしまいますか」

篠原課長がパンと手を叩いて言った。渡良瀬が即懲戒免職になることは明らかであり、また後藤をはじめとする多くの幸福税課職員から猛烈に嫌悪されていた彼の送別会を別の日に改めて行うとなると、欠席者の続出は避けられないと判断したのだ。提案に反対する者は一人もおらず、渡良瀬はおもむろに挨拶を始めた。

「えー、それでは、簡単にではございますが、私の略歴など、僭越ながらではございますが、あのー、紹介させていただきたいと思います。私は今から四十一年前、高校を卒業してすぐにこちらのK市役所に入庁いたしました。今でこそ大学を卒業しているのが普通、というような社会状況と言いますか、そのような情勢でありますけれども、私の時代には、大学進学ということが当然ではなく、非常に、恵まれた家庭の人間が進むもの、ということだったように思います。そんな中、早くに父親を亡くしておった私は、高校では成績優秀であり、大学進学を担任教師から強く勧められたものの、家の経済状況のこともありまして、結局は高卒で公務員試験を受けるという選択を、ほとんど強制されたようなものでありました。当時の私には、学問をやりたい、もっと色んなことを学びたい、という思いが強くありまして、自分の家庭の貧しさを呪うと言いますか、そんな心境にもなったのですけれども、市役所に勤めるとなったとき、私は一生をここに捧げると、心を決めたのであります。まずはじめに配属されたのはごみ清掃課でありました。そこで私は日夜ごみを回収する作業に追われたわけなんですが、当時まだごみの分別は今ほど徹底されておらず、また公害問題ですね、いわゆる高度経済成長期でございましたから、ごみ量の増加が非常に問題視され始めた頃ということになります。私の入る少し前、あれは昭和四十五年でしたか、公害に関する法律の制定と共に、それまでの清掃法に代わりいわゆる廃棄物処理法が制定され、生活環境の保全ということが重視され始めたのでありまして……」

職員たちはかなり長くなりそうな気配を察知し、おいおいあいつ何か言ってるぞ、と互いにつつき合って笑ったり、手元のスマートフォンでパズルゲームを始めたり、途中になっているそば作りを再開したり、それぞれ思うままに振る舞い出した。篠原課長でさえ欠伸をかみ殺すのに精一杯という有様で、まったく別の日にわざわざ職員を招集して送別会を行っていたらどうなっていたことかと、自らの判断力を自画自賛してもいた。

老婆の死体は意志を失ってマネキンのように無造作に床に倒れ込んでおり、一面に広がり続ける血の海だけが、それがかつて人間であったことをかろうじて証明しているようだった。

「……その頃、私はエリートコースと言われていた財務課で獅子奮迅の活躍をしておったのですが、三年間で突如、広報課へ異動ということになりました。思い出深いのは、個人情報保護に関する条例の制定であります。個人情報に関して今みなさんがどのぐらいの知識を持ち、注意を払っているのかということについて、私は非常に危機感を覚えておるのですが……」

「おいおい、あいつこの課に来てから差押着手通知を間違った世帯に送ってなかったか?」

梅本が言うと周りの職員たちはぷっと噴き出し、それに渡良瀬が気付きすでに二十分以上続いていた長い長い話を初めて中断した。

「何かおかしいこと言ったやろか?」

渡良瀬は梅本をギロリと睨み付けた。それはまさに殺人者の目であった。殺人者というのは過去に一度でも殺人を犯した者を指し、それが十年前でも二十年前でもその人間は殺人者である。いかなる変化・成長を遂げていたとしても、その人間はもはや殺人者以外の存在ではない。なぜならば殺人者というレッテルは他のどんなレッテルよりも強固であり、すべてを覆い隠してしまうからである。中には同情に値する殺人者も存在し、そのような殺人者の目は一般人との区別が難しいということもままある。しかし現在殺人を犯したばかりの渡良瀬の、殺人者そのものというべき眼光の鋭さは、彼がこれまでに殺人を犯さなかったことが奇跡だと思えるほどに凄みのあるものだった。職員たちの間に緊張が走り、そば教室は静まり返ったが、他者の脅迫に屈することをもっとも嫌うのが梅本であった。

「いえ、渡良瀬主幹がね、差押の着手通知を間違えて送ったことがあったじゃないですか。ここ十年の幸福税課でそれが唯一の個人情報の漏洩だったと思うんですけど、主幹が僕らに個人情報云々を偉そうに語る権利ってあるんですかね？」

「なんやと！」

渡良瀬主幹はさきほど老婆の尊い命を奪った血まみれの蕎麦包丁を再び手に取って振りかぶり梅本に向かって突進した。大学時代ボクシング部に属しており、一年目に磨き抜いたワンツーを武器にしばらくの間無敵を誇り小さな新人王のタイトルまで獲得したが、二年目以降効果的なフックを打てないことが致命傷となり瞬く間に大学の連敗記録保持者となったものの素人相手には無敗の梅本は、華麗な身のこなしで渡良瀬の攻撃を避け、その顔面に無数のパンチを打ち込んだ。渡良瀬は壁際まで追いやられ、倒れることもできないままパンチをもらい続け、ついには失神した。

「これは正当防衛ですよね？」

梅本は勝ち誇った顔で篠原課長を見つめた。篠原は間違いなく過剰防衛だと思ったがとりあえずにこりと微笑み、頷いたのだった。ちょうどそのとき、死亡したミヤケにいびられていたそば教室の指導員が呼んだ地元の警察官たちがドタドタと騒がしい靴音を鳴らしながら駆けつけた。青く仕立ての良い制服は彼らの正義を必ずしも意味しない。数々の公務員試験を受けながら合格したのが警察官だけだった、というような者や、銃を握ってみたかっただけというような者も多く含まれる。正義とは何か。その問いに対して篠原は、一つの信念である、と手短に述べている。信念は各々異なって当然であり、永遠にどちらが正しいとは言い切れないものでしかないというのだ。警察＝正義という短絡的思考は彼のもっとも憎むところで、警察は違法行為と適法行為を分けているに過ぎず、そこに正義は介在しない。あるのは法律による区分だけである。法さえ遵守していれば何をしても良いのか？　ここに一つの大きな問題がある。篠原の重視する「道徳レベル」、これは先の例で言えば、窓口に積極的かつ利他的な気持ちで出ているかというような面で測られるのだが、利己的な動きに終始する梶山や望月も何ら法を犯しているわけではなく、公務員の服務規程に違反しているわけでもない。彼ら、彼女らを咎めるのはただ何となくそうすべきなのにしていない、という曖昧で弱い規定にすぎない。よってその態度をいくら非難されようとも、梶山や望月は論理的に反駁できる余地を十分に残している。篠原がそのような人間に対してできることは、F評価を付けることだけなのだ。

警察は老婆ミヤケの死体と、気絶している渡良瀬をタンカに乗せて去っていった。梅本はその場で簡単な事情聴取を受けるのみで、特に何のお咎めもなしに済んだ。毎年恒例の楽しい課内旅行は過去最大のトラブルを受け、その後の行程は中止される他なかったようである。幹事を務めていた戸塚は残念至極といった表情だったが、帰りのバス内では某有名女性アイドルグループのヒット曲（近年そのグループの出す曲は、CDに付属する好きなメンバーの胸を生でもめる「パイもみ券」の効果もあり一曲残らず大ヒットしているのだが）を完璧な振り付けと共に歌い課内旅行を最後まで盛り上げ続けた。

＊

十二月も半ばにさしかかり、収納係の催告業務は年内のノルマの期限を迎えようとしていた。職員たちは火曜と木曜を中心に一心不乱に電話をかけ、催告文書を送付し、財産調査を行い、差押着手通知書を作成し、訪問徴収を繰り返した。市民から喜ばれることのほとんどないその業務は、市民の役に立つことがしたい、市民の笑顔が見たいという動機を少なからず抱いて入庁した職員たちにとって辛く苦しいものであったが、毎年梅本が精神的支柱となり係員を引っ張っている。幸福税率は幸福税の未納率を見込んだ上で決定されるので、払っていない者がいればいるほど真面目に払っている者にとって不利になる、できる限り滞納者を減らすことにより、他の多くの市民たちに間接的に奉仕しているのだ、俺たちのやっていることは市民生活の破壊ではなく防衛なのだ……収納係はそのような梅本の言葉の下、稲葉を除き一致団結して一つの大目標——幸福税収納率九十五パーセント超え——に向けて驀進する。

しかし十二月二週目の木曜日の定時後、梶山は戸塚の歌っていた某有名女性アイドルグループの「パイもみ会」に行かねばならず、周囲には「眼科へ行くので」と言い訳をし、「眼科なんて昨日にでも行っとけばよかったんじゃねえのか？」と迫る梅本とその他職員の冷ややかな視線を浴びながらなんとか職場を脱出することに成功した。

市役所の入り口を出て階段を降り、最寄りの駅へ向かう。そのとき梶山は駅前にある綺麗なトイレの裏側で楽しそうに談笑する稲葉と長瀬を見かけた。

あいつ、子供のために急いで帰ってるのかと思ったら、あんなところで道草食ってやがる——

梶山は、自分が今日一度だけ残業せずに帰ろうとしたところをあれだけ責められたのに、いつも誰にも文句を言われず涼しい顔で帰っている稲葉に対して激しい怒りを覚えた。一応最低限のノルマをクリアしている稲葉だが、他の収納係員に比べて明らかにその電話催告の口調と内容が甘いこと、電話はつながってこそ意味があるのに留守電を入れただけでも満足していること、そして担当判断による催告文書等の送付もほとんどする気がないことなどに、梶山はかねがね不満を抱いていた。以前二人を追跡したときには談笑しつつもまっすぐ駅の改札を抜けていったので稲葉のタイムロスはなかったはずだが、普段このように足を止めて長々話しているのだとすれば大問題だと彼は思う。収納係がわざわざ残業しているのは、仕事をしている人間の帰宅する六時以降の電話ヒット率が高いからであるが、それを特別に免除されているかのように帰るからには、もっと申し訳なさそうな顔をして、愛する子供とやらのために最短時間で帰るべきだろう……

梶山はパイもみ会の開始に間に合うギリギリのところ、六時半になってもまだ二人が話し込んでいるのを確認してから、これからアイドルの胸を揉む人間とは思えないほど眉間にしわを寄せて電車に乗り込んだ。あのクソ野郎、先輩だからってあんなことが許されていいのかよ。彼は自分が今日、催告よりもパイもみを優先させた事実をすっかり棚に上げ、めらめらと憤怒の炎を燃え上がらせる。

＊

その日の催告が八時に終わり、収納係員たちは「今日も疲れましたねー」「お前ヒートアップしてたなー」などと言葉を交わし合いながら解散する。横井と後藤は手が触れ合うほどの距離で並んで歩く。横井は徒歩圏内に部屋を借りているので、後藤を駅まで送ってお別れとなるのが常である。二人はしかしその日、もう八時十五分だというのに、まだ駅前のトイレ裏に稲葉と長瀬がいるのを発見した。すでに三時間近く話している計算になる。

「何あれ」

「ずっと話してたんですかね」

「すごく楽しそうだねえ。私たちは仕事してたっていうのにさ」

「お子さんのために帰ってるっていうのは嘘なんですかね。あんな時間があるならちゃんと仕事してほしいですけど」

「って言うかあの二人、もしかしてできてるんじゃない？」

「不倫ですか？　さすがにないと思いますけど……」

「わからないよそんなの。男と女のことだから」

稲葉と長瀬はすっかり二人の世界に浸っており、横井と後藤がじっと見ていても一切気付く様子がなかった。そのとき、長瀬が稲葉の手を取り、女子トイレに引きずり込んだのである。それを見た横井と後藤は思わず顔を見合わせた。

「ちょっとやばくないですか？」

「やばいよね」

「奥さんの産休の間にハメを外そうってことなんでしょうか」

「そんなの、噂が広まって奥さんにも伝わるに決まってるよ。こういうのはすごいスピードで広がるんだから」

二人はしばらく、稲葉と長瀬が桃色遊戯を愉しんでいるのであろうトイレを見つめていた。後藤がぎゅっと横井の手を握ると、二人は目を合わせて幸せそうに笑い合い、そのまま駅を通り過ぎて横井の部屋へと向かったのだった。

＊

翌日の金曜日、収納係には異様な空気が漂っていた。後藤、横井、梶山の三名が稲葉に対して厳しい非難の視線を送っていたからである。稲葉は有給休暇を梶山に次いで多く取っており、そのために日中は忙しそうにしていることが多く、あまり外部からの電話を取ろうとしない。家の事情で有給休暇が多いのだろう、と考えてなんとなく許していた周囲の係員だったが、長瀬との長話を知った後となっては苛立ちを隠せない。稲葉は目の前に電話があるときでも（電話はおよそ四名に一台が割り振られており、回転式の電話台の上に置かれている）、大抵は「仕事が忙しいので出られない」というような雰囲気を醸し出し書類あるいはパソコンから目を離さない。そういうときには他の係員が気を遣ってその電話を取っていたのだが、その日、稲葉がどれだけ忙しそうにしていても後藤、横井、梶山の三名は電話を取ろうとしなかった。それにより他の係員（梅本、須田、岩橋ら）に負担がかかり、その様子を五十嵐係長も気にしていた。収納係の現在の配置は次のようになっている。

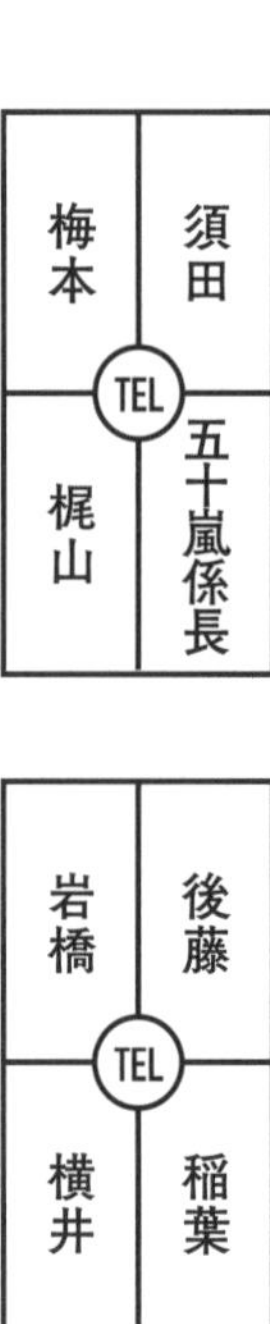

梶山のいる島からも、「9」を二度押すことで稲葉の島の電話を取ることができる。

「お前、なんで稲葉さんの電話取らないんだ？」

梅本が業を煮やして梶山に聞いたが、梶山は顔を赤くして「その前に、稲葉さんがちゃんと電話に出るように言うべきじゃないですか」といきり立った。梅本もそれについて論理立てて反論することはできなかった。梶山は勢いづく。

「何て言うか、有休もあれだけ取ってて残業もしてない人間が日中忙しくなるのは当然で、そのしわ寄せが残業してる僕らにくるのっておかしくないですか？　それにお子さんのことで帰ってるって言ってますけど、こないだなんか長瀬さんとずっと駅前でしゃべってたんすよ、そんな時間あるなら催告をね、三十分でも一時間でもして帰ろうと思うのが普通じゃないですか？　申し訳ないとか、自分のやってることがおかしいとか思わないんですかね？　僕らが何も言わないから、もう仕事なんて手を抜いて当然と思ってる、それか手を抜いてるっていう意識さえもうなくなってるんじゃないですか？」

収納係で唯一稲葉よりも有休を取っている梶山だったが、その話の内容を他の職員に敷衍してみるともっともな意見ではある、と梅本も思い、五十嵐係長の方をちらりと見やった。新人の岩橋は聞こえないふりをしている。須田は元々興味を示してさえいない。

「みんなが気にしてるようなら、また今度の係会議で話し合おうか」

五十嵐係長は係員の不満が溜まっているのはまずいと感じてそう提案した。係会議は大抵三か月に一度のペースで行われており、次は来月（一月）の頭に、年度の最終目標設定や催告計画の策定などを主な内容として行われる予定である。とりあえず稲葉問題が議題に上がるということでその場は収まり、梶山も稲葉の電話をカバーするようになった。後藤と横井に対しても五十嵐係長から係会議の話がなされ、しぶしぶながら電話を取る姿勢を取り戻した。稲葉は相変わらず、鳴り響く電話と自分とはまったく無関係であるかのように自らの仕事に没頭し、あるいは給付係の長瀬に話しかけに行ったり、逆に話しかけられて仕事の手を止め破顔一笑、というような、さらに周囲の反感を買う態度を続けた。しかし彼の仕事にミスだけはなかった。

＊

十二月二十一日、K市役所からはやや離れたある繁華街にて、幸福税課大忘年会が開催された。幹事は新人の岩橋であったが、二年目の川添主事が自らその手伝いを申し出たことにより、席順を決めるくじ引きやビンゴゲームの準備は川添が担当し、岩橋は当日の司会進行に集中できる運びとなった。岩橋は以前から献身的にはたらく川添の優しさに好感を抱いていたのだが、それはこの忘年会によって決定的なものとなった。幸福税課の良心として機能し、また同期の戸塚と非常に仲が良い川添だったが、恋人は高校卒業以来一人もできていない状態で、今も特に浮いた話はない。川添はとてもチャーミングな笑顔で職員たちを安心させるが、素朴で化粧っ気がなさすぎるため、恋人候補としては目立ちにくい、というのが篠原課長の分析であった。彼女が理解されるのは四十歳以上の、若かりし日の大恋愛に破れた経験を持つ、成熟した男性によってであろう……しかしまだ二十三歳の岩橋は、彼女の圧倒的な魅力を若くして見抜いたのである。

外は雨だった。幸福税課恒例の「零次会」を終えた男性職員八名（五十嵐係長、郷田主任、梅本主任、梶山主任、横井主事、八木主事、西尾主事、戸塚主事）も出揃い、忘年会が開始された。岩橋の初めての仕切りということで、すでに酔っ払った郷田や梅本から「いよおっ！」「いいぞー！」「ヤルネェ！」「さすがー！」などと話す前から歓声が飛んでいる。

「本日はお足下の悪い中お集まりいただき、ありがとうございます。本日司会進行を務めさせていただきます、岩橋と申します」

岩橋ー！　ヤルネェ！　いよおっ！　などと、酔っ払っていない男性職員からも声が発せられ、女性職員の多くは「やれやれ」と言った顔で場を見守っている。そして岩橋による「ご厚志」の紹介が終わり、篠原課長の挨拶となる。

「えー、では手短にですがご挨拶させていただきます。今年、幸福税課では色んなことが起こりましたが、大きな事件と言えば、まずは五月にあった渡良瀬主幹の差押着手通知の誤送付です。あれはマスコミにも大きく取り上げられ、市議会でも大変な問題とされました。そしてつい先日の渡良瀬主幹による殺人事件ですね。こうしてみると渡良瀬主幹に始まり渡良瀬主幹に終わったというような一年だったのではないかなと思います。差押担当不在の中、収納係のみなさんにも今後多大なご苦労をかけますが、是非ともご協力をいただいて、この苦境を乗り切っていきたいと思っております。しかし良いニュースもありましたね。今日はご不在ですが辺見さんのご懐妊。これには涙を流して喜ばれている方もいたようでして、とても温かい、支え合いと思いやりの精神の根付いた素晴らしい課であるな、と非常に感動いたしました。

えー、我々の仕事は十二月で一段落、というような性質のものではないですから、みなさん忘年会と言っても色々忘れられない仕事を抱えていらっしゃることとは思います。しかしですね、だからこそ、今日は楽しく皆で騒いで、明日への英気を養っていただきたいと思います。もう今か今かと乾杯を待っていらっしゃる方もいるようですので、このへんで切り上げさせてもらいます、ありがとうございました！」

いよおおおおおおおおおっ！　社長！　社長ーーっ！　壮絶な大歓声に包まれた篠原課長は笑顔で席に座る。その隣の席には長瀬主事がおり、彼女の向かいに座っているのは郷田主任であった。長瀬は郷田とだけは離れておきたいと思っていたのに、くじ引きで向かいの席になってしまったことで胃を痛めており、課長の挨拶など一言も耳に入っていなかった。しかし長瀬の近くの席になったことを郷田の方ももちろん嫌がっている。こういう課内での人間関係がある程度皆に了解されているのだから、完全なる運任せでなくくじ引きに手を加えるべきだろうというのが前年に宴会の幹事を担っていた戸塚の意見だが、そんなことはすべきでないと強く訴えるのが幸福税課一年目、管理係の河合主幹である。彼はどんなことであれ自然の流れに任せ、人の手による介入を避けるのが一番だと固く信じている。そうした主義を持つ河合主幹が目を光らせていたため、今年度の忘年会におけるくじ引きに手心を加えることは一切できなかった。これこそある意味では上層部の不自然な介入ではないか、手心を加える方がむしろ自然な流れなのではないか、という見方をする者も何人かいたが、わざわざ主幹に逆らってまで進言するほどのことではないと判断された。

課長が挨拶を終えてから、長瀬は遠くのテーブルで河合主幹が「今日はマヤ暦によると世界の終末であるということで、今日はみなさん、悔いの残らない最高の夜にしましょう」と乾杯の音頭を取るのもほとんど聞かず課長に話しかけた。それは目の前の郷田をできる限り意識しないように他の人と話そうと思ったからだったが、郷田は主幹という目上の人間の挨拶中に、その内容に関係のない私語をしている長瀬に対しすでに怒り心頭といった様子で、顔を真っ赤に上気させていた。

乾杯の後、各テーブルで仕事やプライベートの話が盛り上がる。コース料理の鍋を取り皿に取り分けるのはテーブルにいる正職員の中で最も低い序列の者の任務であるというのが暗黙の了解で、篠原課長、郷田主任、吉野主任、アルバイトの田原、長瀬という配置であったテーブルではもちろん長瀬がそれに当たるべきだったのだが、せっせとその任務を遂行したのは仕事に妥協がなくまた常に周囲に気を配っている吉野主任であった。それに長瀬が気付き、「あ、私がやりますよー」と言えばまだ良かったのだが、吉野から渡された皿を「あ、ありがとうございますー」と平然と受け取り、課長とさらに話を続ける様を見た郷田は我慢ができなくなり、「お前、これ吉野さんにやらせて何とも思わないのか？」と真っ赤な顔で問いかけた。その瞬間顔面蒼白になった長瀬は「あ、すみません、全然気付きませんでした」と言い、その場は一度収まったかに見えたが、瓶ビールを課長のグラスに注ぐというこれも本来長瀬が率先してやるべき仕事を吉野に二回連続でやらせたそのとき、郷田は手元に置いていたガラス製の灰皿を長瀬の顔めがけて思い切り投げつけた。それは額にゴッという鈍い音を立てて命中し長瀬はその場にうずくまって血を流し声を上げて泣いた。煙草の灰がほとんど具のなくなった鍋の出汁の中に舞い落ちる。それまで長瀬と笑い合っていたかに見えた篠原課長は「いやあ、私もね、どうして長瀬さん取り分けないのかなとは思っていたんですよ。でもこういうのって、吉野さんのような人の姿を見ることで自ら学ばないと、やれと言われたからやるというのでは、いつまでたっても身につかないじゃないですか。どうなるかなと思ってたら、郷田さんが厳しく指摘されて。それからは長瀬さんもちゃんとするのかなと思えば、なんとビールを注ぐこともしない。さすがに私も、ビール瓶か何かで一発殴らないとだめかなと思い始めていたんですよ」

郷田は褒められたと感じてそれまで怒りでこわばっていた顔を和らげた。

「いくら言ってもわからないやつっているんですよ、前に給付係でエレベーターに乗ったときもね、一番下が長瀬だったんですけど、まったく開閉ボタンを押そうとしないから、一回注意したことがあったんですよ。でも、その後も結局直ってないんです。なんというか、面倒なことは周りが勝手にしてくれると思ってるんでしょうね。エレベーターの扉もボタン押さないとすぐには開かないし閉まらない、鍋も具をすくわないと食べられない、そういうことを子供の頃からちゃんと教えられてないんでしょうね」

イェーイ！　フワフー！　ぎゃははははは……下品な笑い声が響く。主に収納係の面々が、まるで男子高校生のようにひどい下ネタ合戦を繰り広げて喜んでいる。後藤と横井は下ネタに参加しながらも肩を寄せ合って、まるで仲の良い夫婦のように温かな空間を作り出している。五十嵐係長と梶山はチャギを呼び寄せて胸は大きい方が良いのか手ごろなサイズの方が良いのかという古典的論争を始めた。チャギの現在の彼女は私立大学の四回生であり、一人暮らしをしているチャギの家に転がり込み卒業論文（「日本的雇用慣行と女性の就業」）の追い込みをかけているところであるが、チャギが比較的その彼女と長く付き合っているのは、Fカップの胸のためである。チャギは、胸は大きければ大きいほど良いと考える生粋の「おっぱい星人」であり、ほどよい大きさがいいと主張する「バランス派」、結局は顔が第一であり胸は付随的要素のうちでの優先事項の一つにすぎないと主張する「顔面原理主義者」たちをまったくの「素人」であると切り捨てる。顔はどちらが前かさえわかればよい、胸の大きさこそが女性の価値を決めるのだというのがチャギの基本的立場なのだ。しかし実際には、チャギの彼女の女子大生は非常に綺麗な顔立ちをしており、所属大学のミスコンにも出場してかなりのところまでいったという実績も持っているため、チャギが顔と無関係に女性を選択しているとは考えにくい、というのが管理係の河合主幹の分析である。

アルコールの演出する喧噪の中で、奥のテーブルの異変に気付いたのは稲葉だった。うずくまっている長瀬を見つけて顔色を変えた稲葉はFカップのおっぱいの大きさを手で表現しながら熱弁をふるっているチャギと、C～Dカップを理想とするバランス派の梶山を押しのけた。「ちょっ、稲葉さぁーん！　奥さん何カップですかぁ～」梶山がしつこくしがみついたが、稲葉は強引に振り払って素早く移動し、郷田と笑い合っている課長の横の長瀬を抱き起こした。

「おい！　大丈夫か？」

「稲葉さん、私……そんなに……悪いことしたんでしょうか……」

「何も悪いことなんてしてないよ、早く病院に行こう、それでゆっくり休ませてもらおう、な？」

「もう私……死にたい……」

「何言ってるんだよ！　全然大丈夫、俺が一緒にいてあげるから、何も心配することないから」

「稲葉さん……」

すっかり弱っている長瀬をかついで忘年会の会場を後にしようとする稲葉に上機嫌の課長と郷田が話しかける。

「もうK市民病院は閉まってますよ」

「放っといたらいいんだよこんなクズは」

稲葉は郷田に向かって震えながら「お前か？」と聞いた。

「そうだよ、全然先輩に対する気遣いってもんがないからイライラしてさ」

「一番のクズは暴力をふるうやつだ、お前こそが最低のクズなんだよ、お前に長瀬さんを傷つける権利なんてない」

「なんだあ？　やるかオイ？」

「そうやって暴力に訴えるのがクズだって言ったのがわからなかったか？」

「はあん？　ビビッてんじゃねえぞコラァ！」

荒ぶる郷田を無視して、稲葉はそのまま長瀬と会場を後にした。

忘年会は稲葉と長瀬が最初からいなかったかのように激しく盛り上がり続ける。

＊

「稲葉さん、もう大丈夫みたいです」

稲葉におんぶされていた長瀬は外に出て、通行人の中に稲葉の妻の知り合いがいたらまずいと考え、稲葉の背から降りる選択をした。

「ほんとに大丈夫なの？」

「はい、ちょっと切れただけで、病院とか行くほどじゃないと思います。それより、せっかく楽しく飲んでらっしゃったのに、私のせいで申し訳ないです」

「別に、あんなの付き合いで行ってるだけだから。それに、幸福税課ってろくなやついないじゃない」

「それは、私はノーコメントで」

二人は楽しそうに笑い、並んで歩き続ける。手が少し触れ合っては引っ込めるということが続き、駅の入り口が見えようというとき、長瀬は稲葉の手を握りしめた。

「どうしたの？」

「あの……」

「うん」

「帰りたくない、です」

稲葉は何も言わずに長瀬を抱き寄せ、長いキスをした。そして通行人の目ももはや気にならなくなった二人は手をつなぎ、繁華街の外れにあるホテルへと吸い込まれていった。

＊

忘年会ではすでに旧時代の遺産となりつつある「コール」が連発され男性陣が次々トイレに行っては復活して戻ってくるということが繰り返されていたが、ついにはほとんど全員が倒れたまま動けなくなってしまった。それに対し女性陣はウーロン茶などのソフトドリンクを飲みながら、落ち着いた雰囲気で話し続けている。酒をいくら飲んでも飲みの席では意識を保ち職員を細かく観察せねばならない、という哲学を持つ篠原課長だけは、その話にも積極的に参加し、妻子持ちの男性の立場から女性陣にアドバイスを与えるという重要な役割を果たしていた。そして酔っ払って倒れるふりをしていた梶山は自分の鞄を引き寄せ、中からイヤフォンを取り出し装着した。

「あっ、あっ、あっ、あっ、あっ、き、気持ちいいです、あっく、いく、いっちゃいます！」

パン、パン、パンパンパンパンパンパン……漏れ聞こえるのは長瀬のあえぎ声と、稲葉と長瀬の肉体が激しくぶつかり合う音である。他人の追跡を趣味とする梶山だが、それだけでは飽き足らずつい先日五万二千円のカード型盗聴器を購入し、幸福税課の徴税吏員証に見えるよう丁寧な細工を施し使用するチャンスをうかがっていた。稲葉が長瀬の席に向かう際、これは何かが起こると踏んだ梶山はカードを稲葉のビジネスバッグの外ポケットに忍び込ませたのである。

痛くない？　大丈夫？　はい、すっごく気持ちいいです、でも、恥ずかしい……恥ずかしがることないよ、すごくかわいいから。耳に入ってくるそのやり取りを聞いた梶山は大声で笑いたかったが必死で我慢した。その盗聴カードは半径二キロ以内であれば有効なので、他にも使い道が無限にありそうだと梶山は妄想を膨らませる。

盗聴に関して多くの人々は道徳的にいけない行為だと考えており、事実その通りだが、実際に盗聴それ自体を罰する法律はない。刑罰が科されるのは設置の際、断りなく住居に侵入した場合の住居侵入罪や、盗聴により知り得た事実を他者に漏らすことによる電波法違反など、「事前」「事後」に対応するものばかりである。気を付けるべきなのは電波法に規定されている周波数や電波出力に関しての禁止事項を守っているかどうか、あるいは盗電になっていないかどうか（コンセント型やUSB型などの盗聴器を仕掛けて電力供給を半永久的に受け続けるものを使用すると、その事実が明らかになった場合窃盗罪が適用される）、という程度のことで、盗聴される人間を護る法はまったく整備されていないというのが現状なのだ。インターネットでその事実を知った梶山は、友人や知人のプライバシーを盗み見ることをいよいよライフワークにしようと思い、法的に問題のない「盗聴器購入」に踏み切ったのである。テレビを観たり本を読んだりすることよりもその方がよほど娯楽として刺激的だし、またそうして知った弱みをいつか切り札として使える日が来るかもしれないと考えれば、自分がまるで世界を牛耳る支配者になったかのようにも感じられる。梶山は自らの圧倒的勝利に酔う。今回のカード型は回収が難しいかもしれないが、使える資金にも限りがあるため、これからは何度も繰り返し使えるような盗聴器を探し、その使用法を熟慮する必要がある……梶山はまだ終わる気配なく続いている稲葉と長瀬の性行為の音声を聴き、ぷるぷると身体を震わせ笑いを抑えている。

＊

気絶していた男たちが一人、また一人と立ち上がり、店員を呼びつけ「ウーロン茶」「お冷やください」などと声をかけ少しずつ復活していくが、開会当初のような盛り上がりはもう期待できそうになかった。男性陣の醸し出す退廃的な空気の中、初めからペースを保っていた女性たちだけが、相変わらず楽しげな会話を繰り広げている。幸福税課の飲み会は常にこのような流れをたどるのであり、篠原課長はここに〈戦争〉の縮図を見出す。まるで熱病に浮かされたかのように死力を尽くして戦う男たち、それとは対照的に自分の生活を続ける女性たち。それはあまりにもステレオタイプな見方だと批判されるだろうか？　しかし戦争を体験した祖父の話を思い出すたび、戦いが男性を魅了するのは本能的に避けがたいものだという考えが強化されていくのだった。篠原の祖父の表現を借りれば、「戦争を取り上げられ腑抜けとなった日本」、「アメリカの犬以上の国家であることを禁じられた日本」、それを歯がゆく思っていた篠原の祖父は、日本が日米安保を破棄し、核武装して米軍基地を駆逐するというありえない夢を語りつつ、もはや自分の人生からは熱く燃える希望が失われてしまったのだとよく語った。軍国主義の教育が正解でなかったことは確かだが、それでもあのとき、自分は希望に燃えていた。希望は生死の関わる状況下においてしか真に発現することがないのだ。愛、道徳、友情、それが真の形で現れるのは命のやり取りの際にであって、戦後の平和な時代、人々の間には偽物の愛と道徳と友情がはびこり、疑惑と嫌悪と侮辱と無力感が確固たる形をとって現れ始めた。高度経済成長期、日本人はその負の感情から目を逸らすように労働に打ち込み、戦争を模した別の〈戦い〉に勝利することによって、真の愛と道徳と友情を回復させようとしたのだ。しかしそれも経済的な面をおいてうまくいったとは言えない。戦争が終わり人間は連帯を失い孤独になった。この孤独がふたたび戦争によって解消されるのか、もっと理想的な何ものかによって解消されるのか、あるいは永遠に解消されないのか。その答えは自分の生きているうちには出ないだろう……

そう語った篠原の祖父は、自らが途切れることなく吸い続けた煙草のためか遺伝のためか、二年前に肺ガンで死んだ。そのとき篠原は四十五歳、すでに妻がおり、子供は三人いた。形式的には文句のつけようのない「幸福な」家庭を築き上げ、ある程度の出世もした。しかし篠原には、祖父の話したことの意味がわかる。「戦争が終わり人間は連帯を失い孤独になった」。篠原は家族で笑い合っているときにも孤独を感じる。自分のことをわかってくれる人間はいないのだ。そして、誰が裏切り者で誰が味方なのか、家族という形態が本当の連帯なのかといったことについて、真実を確かめる術が現代社会には残されていない。

退屈のただ中に放り込まれ、戦争の熱狂を夢見ながら死んでいった篠原の祖父、彼の味わった退屈を孫もまた――戦争体験のない分だけ薄められた形ではあるが――きっちりと味わうはめになっているのだった。戦争の熱狂は篠原の二世代上を通り過ぎ、革命の熱狂は篠原の一世代上を通り過ぎた。篠原はどの戦いにも参加することができなかった。アメリカの庇護の下での平和な生活、それが自分のすべてであって、残された戦いはこのK市役所というちっぽけな場所での出世競争、そして子供たちのちゃちな受験戦争、それぐらいのものである。ふと篠原は、人生とは一体何であるのか、という疑問が風のように胸を吹き抜けていくのを感じる。しかしその風はさわやかに吹き抜けるまま放置しておくのが吉であろう――篠原はそう考えている。

＊

忘年会が終わると、すぐにクリスマスがやってきた。それは幸福税課の西尾にとって一年のうちでもっとも唾棄すべきイベントである。家庭を持つ人間はもちろん配偶者や子と幸せに過ごし、恋人のいる人間はホテルのクリスマスディナーを予約し普段は飲まないシャンパンなどを空けて自分たちのきらきらした人生を祝福する。大勢の友人と過ごす若者はSNSで自らの生の豊かさをアピールし、それに対し別の友人たちが次々に反応していく。そうした「充実」の円環が社会を動かしていることは間違いなく、恋愛なんて西洋からの輸入物にすぎず日本に本来そのような概念はなかった、などとありきたりのことを吠えてみたところで、その震える声は滑稽な響きを中空に残すのみである。あのかつては童貞代表のような存在だった小林係長も今年は妻と二人で楽しく過ごすのだろう。そしてたまたま恋人のいない近くの男性陣は合コンやお見合いパーティなどに参加を決めているようなのだが、そこに西尾はもちろん呼ばれていない。西尾にプライベートで遊べるような友人はいないのだ。気の利いたことを言って場を盛り上げることもろくにできない彼をわざわざ「勝負」の場に呼ぶのは、よほど人数の足りないときぐらいである。かつて体重三ケタの巨女にしか相手にされなかった経験を持つ西尾は、その現実を十分すぎるほど理解している。しかしクリスマスイブの定時後、一人で過ごすにはあまりにも長い時間が目の前にぐったりと、雨に濡れた豚のように横たわっていた。彼は帰宅してから大昔にクリアしたRPGを取り出して始めてみたが、どうもそわそわして落ち着かなかった。しばらくたった頃、彼はある一大決心をした。キャバクラへ行こうと考えたのである。あまりにも女性と話す機会に恵まれなかった人生、ヘルスやソープでなく、ただ酒を飲み緊張を和らげながら女性と話す経験を積み、今後の人生に活かそう……彼はそう考え、インターネットでキャバクラを探し回り、いくつかの店舗にあたりをつけてその周辺を歩くことにした。

実際現地に着くとうっとうしい客引きの男性や、色仕掛けでガールズバーやキャバクラに誘い込もうとする薄着の女性たちに絡まれ、逆に入る気を失うということが続いた。「ガールズバー、ガールズバーどうですか」「お兄さん、お兄さん、一時間飲み放題四千円ポッキリ！」「かわいい子いますよー絶対に損はさせません！」「うちなんかどうですかー私とか♡」ガールズバーとキャバクラの違いをはっきりとは認識していなかった西尾だがその日はキャバクラに入るということを心に決めていて、絡まれ続けたその通りを二往復ほどしていると、心なしか店員も何度来るんだと馬鹿にして笑っているように見え始めた。恥ずかしくなって一本異なる裏路地に入るとそこにひっそりとたたずむ地味目のキャバクラがあり、入り口の強面のお兄さんが「一時間コミコミ七千円ポッキリ、延長三十分三千円。女の子もドリンク飲み放題」とぶっきらぼうに声をかけてきた。西尾がインターネットで調べたところ、キャバクラは女の子にドリンクをおねだりされそれに応じるたび出費がかさんでいくが、拒否すると楽しい雰囲気を保つことが難しくなるという非常に恐ろしい場所だと記されてあったので、彼はドリンクの扱いが最大の難関だと思い込んでいた。それが飲み放題であるならば懸念のほとんどは払拭されたようなものだという気がして、彼はふらふらとキャバクラ「クレイジーキャッツ」に吸い込まれていった。

中に入り最初についてくれた女性はこれまでの人生で話したことのないような、実際プライベートで会えば間違いなく相手にしてもらえない、聖性さえ感じさせる黒髪ショートの美少女であった。彼女は大学在学中の二十一歳、今は学校の先生になるべく勉強をしているらしいが、このキャバクラの仕事もすでに二年目でかなり稼いでおり、このまま水商売をやっていくのか学校の先生になる夢を優先するのか迷っていた。

「すごいやっぱり、この仕事してると金銭感覚がおかしくなっちゃうってゆうか、そんな感じなのね。学校の先生になっても手取りなんて最初二十万切るでしょ、そういうことに今の私が耐えれるかってゆうと、微妙なとこかなって。若いうちしかできない仕事だから生涯年収とか考えると先生の方がいいってのはわかるんだけど、結婚のこととかもあるんだけど。将来どうなるかわかんないんだから今稼げてるのを捨てられないってゆうか。千田さんは何のお仕事してるの？」

西尾は途切れることなく話しかけてきてくれるキャバ嬢A相手に安いウイスキーのロック（他の飲み方を頼んだことがないだけなのだが）を飲みながら「あの、そですね、あのー」

とかろうじて偽名を名乗ったものの職業までは考えていなかったという詰めの甘さを露呈してしまい、キャバ嬢Aは楽しそうに大笑いした。「別にみんなが本当のこと言ってるとは思ってないからさ、そんなに焦らないでよね、お兄さんかわいいー」そう言ってほっぺをツンツンしてくるキャバ嬢Aに完全に惚れ込んでしまいそうな西尾は「あの、K市役所で働いてるんですよ」とつい本当のことを口走ったのだった。「へえー公務員さん！　景気悪いから今はいいよねー。てか敬語やめてよ、お兄さんの方が年上だし、お客様なんだしさ。あっ耳たぶ大きいね！　私耳たぶフェチで、耳たぶある人じゃないとだめなんだよねーちょっと触らせてくれる？」「い、いいけど、別に」「ほんとー？　結構いやがる人もいるんだよねーじゃちょっと触るね。あっ！　すごくいいたぶしてるー！」顔を真っ赤にした西尾は「そ、そうかな」ともじもじしている。耳たぶを触りながら「そういえば今日香水変えたばっかりなんだけどこの匂いどう？　首らへんちょっとくんくんしてみてよ」西尾は言われるがままにくんくんし「何かあの、甘くていい匂いがします」と答えた。「だから敬語やめてよー！　私そんなに緊張させちゃうタイプ？」「いや、僕が初めてなだけで、そんな、ことはないと思います、しゃべりやすいですとても」「ほんとー？　じゃあ私のこと指名しちゃう？」「指名ってよくわからないんですけど」「指名っていうのはねえ」

そこで黒服の男が「リナさんお願いします」と声をかけにきた。キャバ嬢Aは「まあ初めてだったら色んな女の子見たいよね、次はきっとかわいい子がつくよ、ここレベル高いからさ」と言い残し風のように去っていった。

即座に次のキャバ嬢Bがやってきたが西尾の好みのタイプではなく、最初のキャバ嬢Aのことばかり考えてしまいBの話はほとんど耳に入ってこなかった。Bも美人なのだがAと十五分ほども話し込み間近で顔を見続け耳たぶを触ってもらい首筋の匂いまでかがせてもらった今となっては、もはやAを上回ることは誰にとっても非常な困難事となっていた。西尾がBの話をぼうっと聞き流していると、流行りの女性歌手の声が突然鳴り響いた。

「ごめん、ちょっと出ていい？」

「あ、はい、全然構いませんよ」

「ありがとーごめんね。あっもしもしー？　あー見てくれたんだーありがとー。あのさー今日来てくれない？　店結構ヒマなんだよね。あっははは！　それは知らないけど」

営業メールか何かに釣られたのであろう客からの電話の横で放置された西尾は、この間にトイレに行っておこうと席を立ち、トイレへの通路を歩く間、店内を見渡してキャバ嬢Aを探した。するとAはハンサムで金持ちそうな身なりをしたサラリーマンの相手をしていて、サラリーマンはAの胸に顔をうずめてぎゅうっと抱きついている。Aは「ちょっとやめてよー！　匂いかぐだけって言ってるじゃん」などと言葉では怒っているがまったく抵抗する様子はない。西尾は妙な嫉妬心にとらわれたままトイレで小便をした。それは長い長い小便となり、尿道を液体が通る感覚がなぜか鮮明に伝わってきて、寂しさや焦燥感、そしていま産声を上げたばかりの嫉妬心など、悪いものがすべて小便に混ざって出て行くようなイメージが脳内に浮かび、実際に心が軽くなったように思えた。キャバクラのトイレには客の正常な判断を鈍らせる麻薬のお香が焚かれているのではないかと西尾は周囲を見渡したが、変わったものが置かれている様子はない。馬鹿な妄想だったかと彼は自嘲気味に笑いトイレのドアを開けた。すると目の前にはキャバ嬢Bがおしぼりを持って立っていて「ごめんね、怒った？」と上目使いで言ってきたが、西尾はすっきりとした顔で「いえいえ、全然。そのくらいで怒ったりしませんから」と大人の対応をしてみせた。席に戻るとすぐにキャバ嬢Bも呼ばれていき、次にやってきたサンタのコスプレをしたCはまだ入店一か月というこれまた女子大生だった。オーストラリアに留学したいが資金がなく、キャバクラのバイトで一生懸命貯金しているのだそうだが、どうも話を聞いていると節約している様子はない。西尾はそれ以上Cに興味が湧かず持ち前のコミュニケーション力のなさを遺憾なく発揮し、またCも慣れていないのか話を盛り上げることができず、つまらぬ短い言葉の種をぽつぽつとつぶやき、それを西尾がこれまたつまらぬ短い返答で枯らす、という苦行が続き、Cもまたすぐに呼ばれ席には四人目のDがついた。西尾がもう四人目だと言うとDは「今日回転速いなぁー。お兄さん良かったやん、色んな子見れてさ」と関西弁で話しながら肩を掴んで目を見つめてきた。Dの着ている肌の露出の多い、というよりは見せてはいけない部分のみが隠れているような黒のロングキャミソールは瞬時に西尾の股間の血流を活発にし、Aの記憶をわずかに薄れさせることに成功した。

「あんなぁ、うち最近部屋でもさぁ、ビールめっちゃ飲んでまうねんかぁ、そんで気付いたら服とか全部脱いでて、チュンチュン、とか言って朝なってんねん」

「あっははは！　それ冬でもそうなんですか？」

「ホンマ季節関係なし。エアコンガンガンきかして寝てるし、何か横に知らん男寝とることもあんねんか」

「ダメですよそれ！」

「あかんとは思うんやけどさぁ、うちもう基本酔ってるから、あんま覚えてないねんな。多分千田さんがこのあとうちに来ても、朝なったら何のことやわからんくなってるで」

西尾はこの人にお願いすれば童貞を捨てられるだろうかと、Dとの性交を妄想した。うっふふ、かわいいなぁ、ほんまに初めてなん？　ハイ……そんな大事なこと、ほんまにうちでええの？　そんな、Dさんこそ、僕なんかとこんな、本当は嫌じゃないんですか？

うちはめっちゃうれしいし。西尾さん、自分では気付いてへんかもしれへんけど、めっちゃイケメンやもん……

「お兄さんすみません時間がきてしまいました！　延長どうですか！　延長三十分で三千六百円、かわいい子ばっかりつけます約束しますんで！　延長どうですかお兄さん！」

金髪のチャラチャラした黒服がやってきて西尾に懇願する。「延長してうち指名してみたら？　とか言って」Dはそんなことを言ってあからさまに媚を売ってくる。西尾は黒服とDに心ない商業主義を感じ、結局何も得られないことのわかっているこの場で、さらに店の思惑通りに操られることを屈辱であると考え、「すみません、今日はこのぐらいにしておきます」と勇気を出して断った。黒服に何度か慰留されたがすべて突っぱね、西尾は途端に冷たくなったDから逃げるようにして店を出た。お客様お帰りです！　ありがとうございましたー！　入り口に手の空いた嬢たちが並んで礼をしてくる。外は寒かった。お金を払うことでしか女の子と話す機会を得られない自分を改めてふがいなく思いながら、涙がこぼれそうになるのを耐えて駅に向かい電車に乗り込んだ。しかし酔いが回っていた西尾は、自らの人生について深く思い悩む前に眠ってしまった。アルコールのもっとも大きな効用の一つは、悪循環に帰結せざるをえない思考を止めてくれることである。

＊

いよいよ年末となった。駆け込みでやってくる市民たちの波をなんとか窓口当番がさばき切り、大掃除を残りの職員たちが手分けして行い、最後の「営業日」が終わる。職員たちは互いに「今年もお世話になりました～」「来年もよろしくお願いします～」などとへこへこやり、それぞれの帰路に就く。もちろん酒を飲みに行く者もいた。しかし労働組合の幹部である総白髪の村上という定年間近の男が大声で叫んだ。

「みなさん！　衆議院が解散し、市長も退任を発表されました！　来年、一月二十日に同時選挙が行われますので、我々もしっかりと一致団結し、栄光を勝ち取りましょう！」

村上は、じゃんけんで負けて労働組合の幸福税分会長をやらされていた梶山が同期の忘年会に行こうとするのを強引に引き戻し、組合の分会学習会の日程を相談しようとした。選挙の前には頻繁に学習会が行われ、真に職員の福利厚生を考えてくれるのは誰なのか、ということが——結局組合の母体である民主共栄党の候補を賞賛するだけなのだが——昼休みを丸一時間使い説明されるはずである。しかし一年ごとに更新されるその資料はあらゆる問題の認識について民主共栄党の思想一色で染め上げられているため（何か一つの思想・認識を選び取った人間は一面的であらざるをえないのではあるが）、それを是としない他党支持者などは学習会の間中、手元の携帯電話をいじっているかふくれっつらをして時が過ぎるのを待つか、あるいはいさぎよく欠席することとなる。公務員の賃金引き下げ阻止についての話は比較的おとなしく聞いている人間が多いものの、民主共栄党の常套句である「幸福税引き下げ」の段になると、日々懸命に税率の妥当性を説明している幸福税課職員の多くは穏やかでいられない。

選挙について興味のある職員、ない職員はほぼ半々の割合だが、市職員である以上選挙事務の協力は避けられず、多くの職員が休日に駆り出されることとなる。二十年前ならば休日出勤手当がたんまりもらえたため選挙協力に希望者が殺到したものだが、現在では振替休日を取らされるため、何の儲けも出ない上に通常業務を圧迫するだけである。したがって管理職が自らの人望で協力者を集めるしかないのだが、そこで部下からの人気の有無が明らかになるため、人員を集められない管理職は裏で馬鹿にされるばかりか査定まで落とされてしまう。

梶山は村上が世界の変革について熱く語るのをいらいらしながら聞き流していた。「梶山くん、まず地方から我々民主共栄党の力を着実に伸ばし、人々が自由に、そして幸福に暮らせる社会を作らなければ、この国の未来は暗いよ」梶山は昨年八十万円を費やして買った自慢の腕時計を見る。同期の忘年会に遅れないようにするには十七時四十八分の電車に乗らねばならない。もう今は三十五分、駅まで走ればぎりぎりといったところだ。

「我々の理念を浸透させる場としての学習会、特に今回は市長選と衆院選のダブル選挙だからその意義はきわめて大きいわけだ、全員の予定を必ず合わせてくれよ」

「その話来年でもいいっすか？」

頭に血がのぼった梶山はほとんど恫喝のような調子で吐き捨てた。三十六分。「いや、少し待ってくれ。分会長にはしっかりと我々の考えをわかっていてほしいんだよ。今日これからじっくりとそのへんの話をさせてもらって、年末年始の間にね、大体の基礎知識を頭に叩き込んでおいてもらいたい。それから早急に年始学習会の日程を決めてほしいんだ、他の課との調整もあるからね」

「いや、僕も予定があるんで！　まず僕個人の自由と幸福も考えられないような人に、国民全体の自由と幸福なんか考えられるんですか？」

顔を真っ赤にした梶山は鞄を乱暴に手に取り、ひるんだ村上にガンを飛ばしながら走って市役所を出た。残された村上は組合の長である河出に「幸福税課の梶山は危険分子であり、我々の保護に値しない」と即座に連絡した。「あのような品性下劣の人間が分会長を務めていることには大きな疑問を呈さざるを得ない」ただのじゃんけんで幸福税分会長が決められているとはつゆ知らぬ村上は、梶山の学びの姿勢のなさだけでなく、自分よりはるかに年下の人間に邪険に扱われたことにも大きな怒りを覚え、屈辱に身悶えしていた。

＊

しかし村上以上に梶山に立腹していたのは、篠原課長であった。彼は梶山が窓口当番の際、本来ならば認められないような用事のために当番を他の職員（主に川添）に押し付けることや、ちょっとした業務時間の延長に対する不平を強く持つこと、さらには当番の時にわざと奥へ下がり、市民がやってきたときには確実に他の当番が先に出るだろうとわかった上で猛ダッシュをしてみせ、案の定間に合わないながらも「出る気はありましたよ」というポーズを取ることなどを道徳心の著しい欠如と見なしF評価を下しているのだが、年の最終営業日である今日の大掃除において、またしても彼の愚かな側面が明らかになった。

まずは職員たちで溶解ゴミ（個人情報を含む、厳重な管理を必要とするゴミ）を倉庫へと運び込むのだが、重い段ボール箱をバケツリレーの要領で運ぶ際、篠原課長と梶山は二番手と三番手であった。二番手の篠原が荷物を梶山の方へ持っていく際、梶山は篠原の方へ歩み寄ることなく、ただ受け取り、また四番手の横井に渡す際にも、横井に取りに来させるという怠惰さを見せた。それでいて本人は「マジ重いっすね」などと不平を言っている。明らかに運動量が他よりも少ない梶山に対して、横井が少しずつ苛立っているのがわかったので、篠原は「梶山さん、もう少し向こうまで運んであげたらどうですか」と怒りを抑えながら声をかけた。すると梶山は「いや、運んでますよ！　横井さんの方が動いてないっすよ」と激しい怒りとともに叫んだ。彼は望月と同じ人種で、自分が実直に義務を果たしていると信じ込んだ上で他者を糾弾するタイプだということはわかっていたが、冷静な篠原もこのときばかりは梶山の動きを動画で撮って確認させてやろうかと思ったほどだった。

搬入が終わると梶山は五十嵐係長の方へ行き、何やら話し込んでいる。その内容は篠原にも聞こえた。

「課長がね、僕が全然段ボール運んでないみたいに言うんですけど、横井さんなんか全然動いてなくて、僕結構がんばってたんですよ。一体どこ見てるんですかね？」

五十嵐係長は「そうかーははは」と笑いながら、篠原の方をちらりと見た。篠原はもはや苦笑するばかりだった。

まるで自らを省みない人間。それはもはや人間ではないと篠原は考える。自らの行為を反省しもがきながら苦悩している殺人犯と、何を考えるわけでもなく単に人を殺せば捕まるから殺さないだけだという人間、違法適法の問題はあれど、本当に人間的なのは前者である。実際に考えを巡らせたかどうか、それが人間と猿を分ける。折に触れて立ち止まり自らを客観視すること、それは明晰な人間にとって至極自然なことであるが、望月や梶山のような猿には一生不可能な難事である。彼らに自己の客観視を命じることは、まるでペンギンに空を飛べと言うようなもので、機能的不能に対する攻撃になってしまう。彼らは、誤解を招く表現を敢えてするならば、一種の〈障碍者〉に他ならないのだ……

篠原は憤慨する村上と走り去る梶山を視界の端で捉えながらそのように考え、また年末年始、自分と妻の両方の実家に帰るだけであっという間に休みが終わってしまうのだろうなと、悲しい気持ちになってもいた。幸福税課の最終営業日はこのようにして幕を閉じた。

*

それぞれの職員が思い思いの年末年始を過ごし、一月四日、新年の業務が始まった。どこまでも形式的な新年の挨拶が交わされる中、どこからか村上が現れて職員たちに演説をぶつ。

「みなさん新年明けましておめでとうございます！　我々の生活を脅かす対立候補も確定し、公約をそれぞれ掲げておるようですが、市民生活を第一に考えられたものとは到底思えないものばかりです！　詳しくは本日配布されている組合新聞の新年号をご覧いただければわかると思いますが、ぜひ、民主共栄党の塚林芳江先生を市長とし、職員を含めたこのK市民の生活を立て直そうではありませんか！」

ほとんどの職員は演説を無視しながら仕事を始める。梶山分会長は不機嫌そうにパソコンの「収納情報照会画面」を眺めている。

「幸福税課の分会長は梶山くんだったと思いますが、彼を中心として、全力でこの選挙戦を勝ち抜いていきましょう！」

梶山はそれも無視して、なおも不機嫌そうな顔を崩さず足早にトイレへと向かう。その後ろ姿を見た村上は、梶山は政治的な問題意識を持ち合わせない未熟な猿であり、残念ながら幸福税課の選挙協力は期待できない、と労働組合長である河出に報告を上げた。

一月四日の窓口当番は妊娠中の辺見と川添、そして西尾だった。新年の初日とあって、窓口には大混乱だった年末を超えるほど大勢の市民が押し寄せ、すさまじい怒号が飛び交った。三名は休む間もなく対応を続け、理不尽なクレームにも冷静に、毅然とした対応を重ねてゆく。しかし西尾は公務員の服務規程違反、厳密に言えば地方公務員法第三十五条に定められた職務専念義務違反を犯していた。窓口の対応中、キャバ嬢Aのことが頭から離れなかったのである。金銭を介してしか女性と話せない自身の惨めさに打ちのめされていたはずの彼だが、数日経つともうそれを忘れ、金銭を払ってでもAと会いたくなっている……数々の女性をモノにしてきた神宮司主任によれば、忘却は人間の不完全性を示す象徴的現象であるが、同時に人間の生を可能にする重要な条件の一つでもある。仮に記憶がひたすらに蓄積されていくものだとすれば、人間は日々の繰り返しに耐えきれず精神を病んでしまうに違いない。忘却は繰り返しの意識を遠景に追いやり、新しくみずみずしい一日を仮構してくれるのである。そして、その中にちょっとした「イベント」を適宜挟み込んでやれば、生のみずみずしさはますます補強される。それは普通ならば遠方への旅行であったり旧友との久しぶりの語らいであったり愛しい恋人とのデートであったり、あるいは結婚であったり出産であったりするだろう。だが、麻薬はそのどれもを凌駕しまた台無しにしてしまうだけの力を持っていて、非常にクリアな効き目で生のみずみずしさをゼロから創り出すことができる。だから女性たちは、たとえ麻薬でいわゆるバッドトリップを経験したとしても、そんなことは二、三日で忘れ、むしろ強烈な快楽とみずみずしさの方を思い出し何度でも神宮司を訪ねてくる……

しかし結局それも、ある一定のリズムで行われることにより「繰り返し」の一部に取り込まれてしまう。常人離れした記憶力を持つ神宮司はそれを認識し、大量の記憶を蓄積していながらなお退屈の牢獄に狂わない自らを高く評価している。それは知性の高さと、繰り返しに耐える強靭な精神力を示すものだと確信しているのだ。しかし、だからと言って彼が忘却の魔の手から逃れた神のごとき存在であり、彼に籠絡される女性たちがひたすら忘却を続ける愚物なのだと断じることはできない。神宮司は、自分は並の人間とは一段階違う領域にいるというプライドを持っているが、結局目先の興奮や快楽を求めている点で、求めることができてしまっている点で、他の大勢、そして彼の相手を務めている女性と大差はない。神宮司が麻薬性交を冷めた気持ちで暇つぶしとして〈あえて〉やっているのだと考えようが、実際にしている行為自体は相手の女性たちと同じであり、それをやめられない点も同じである。彼の本質をより表すのは内的意志よりも現実の行為であり、彼は純粋に快楽に溺れる者よりも、妙なプライドの分だけ後退した劣等種であると考えることも可能だろう。

＊

一月二十日、選挙当日。職員たちのほとんどは日曜日であるにもかかわらず会場に呼び出され、選挙事務をこなした。単調ではあるが拘束時間が長く環境も劣悪で、体調を崩す者も少なからずいた。気怠さの漂う中で投開票が終わり、結局K市長には与党の愛国未来党推薦候補が当選し、民主共栄党の塚林芳江は一定数の票は得たもののまったく太刀打ちできず終わった。衆議院選挙の方も、小選挙区では当然のように愛国未来党候補が勝利を収め、民主共栄党など初めから存在していないかのような扱いであった。

翌日、組合新聞には「塚林先生大健闘」の大見出しが躍り職員に配布された。幸福税課職員たちがせせら笑いながらその記事を読んでいると、窓口に民主共栄自衛団の古山を先頭とした二百名を超える一団が押し寄せ、あたりは騒然となった。古山が叫ぶ。

「幸福税課職員は我々から法外な幸福税をだまし取っている！　保育所の増設、大企業の法人税引き上げ、幸福税の引き下げなど真に市民の生活を考えた公約を掲げ、懸命に選挙を戦われた塚林先生にも協力せず、のうのうとデスクで茶を飲み、窓口では市民に対する思いやりのかけらも感じられない対応を繰り返している！　我々の苦しみを鼻で笑う居丈高な公務員どもを再教育するには、もはや実力行使以外に方法はない！」

民主共栄自衛団のみすぼらしい恰好をした集団――それは幸福税課職員には大体おなじみの顔ぶれだった――が、演説が終わるや否や窓口から幸福税課内部になだれ込んだ。一番に後ろの通路から逃げようとしたのは梶山だったが、人が一人通れるかどうかという幅しかないそこには村上が立ちふさがった。

「おい！　さっさとどけよ！」

「おやおや、まず市民の声に耳を傾けるのが、公務員としての役目ではないですか？」

村上を殴り倒そうとした梶山はその腕を自衛団の人間たちにつかまれ、元のデスクの場所に戻された。梶山の後ろに並ぶようにして立っていた職員たちも次々に捕獲され、一人の職員をおよそ三人の自衛団員が担当し、はがいじめにした。

「おい、こいつ妊娠してるで」

辺見を抑えていた男が辺見の腹を撫でながら言った。

「いや！　やめてください！」

「おいお前ら、やったれや」

すると自衛団員の中でももっとも屈強な肉体をした四十代と思しき大男が辺見の前にやってきて、その腹を思い切り殴りつけた。辺見は悲鳴を上げたが誰も彼女を助けることはできなかった。仮に他の職員たちの身体が自由であったとて、危険を冒してまで彼女を助ける人間は果たしていただろうか。大男はひたすら辺見の腹をサンドバッグのように殴り続け、後ろで辺見を押さえ続ける団員たちは「俺らが痛いぐらいや」と笑った。辺見の目からは悔しさと苦痛により大粒の涙がこぼれ出している。

「しかしこの姉ちゃんべっぴんやで、スタイルもええし」

「でもお腹が出てるねー。妊娠さえしてなかったらなぁ」

「ちょっとわし、そういう妊婦趣味みたいなんないわ」

団員たちが盛り上がる中、「じゃ、そいつちょっとええか」と古山が言った。自衛団員たちに緊張が走る。古山は横にいた女性団員からショットガンを受け取り、辺見の腹に狙いを定めた。

「いや……いや……やめてぇ……」

弱り切った辺見の声にならない声は誰にも届くことはなかった。古山がトリガーを引いた瞬間爆音が鳴り響き、プラスチック製の薬莢がカランコロンと心地よい音を立てて床に落ちた。辺見の腹には無数の穴が開き、おびただしい量の血しぶきが飛び散る。がくりと首を落とした辺見を、団員たちは重さに耐えかねて床に投げ捨てた。辺見の死体に興味を示したのはネクロフィリアの自衛団員で、彼は辺見の下半身を裸にし尻の穴を広げて舌を突っ込み始めた。女性の自衛団員は顔をしかめてその光景から目を背けた。

「幸福税課職員は万死に値する！」

ショットガンを高く掲げて叫ぶ古山に団員たちが狂喜乱舞する。しかしここで本当に幸福税が高すぎるという政治的な理由を真剣に考えている人間はほとんどいない。自分の払う金さえ安くなれば何でも良いという至極利己的な考え、また自分より豊かな暮らしをしている人間に対する嫉妬、貧しい生活の中で溜め込まれた鬱憤、そういう暗い感情に突き動かされている人間がほとんどで、民主共栄党本来の理念である「日本大家族主義」の実現を望んでいる者はごく一部の幹部のみだった。彼らの訴える日本大家族主義とは、簡潔に言えば人間の愛の及ぶ最小単位である「家族」の範囲を全国民にまで広げ、幸福が自ら湧出するような、国家を単位としたユートピアを創ろうというものだった。これを世界の全人類にまで敷衍しようとする急進派もいるが、民主共栄党の中では現実的でない妄想を垂れ流す異端者とされ迫害されている。ユートピアにおいて生産活動は完全に民主的に行われ私有財産の概念を消し去る「平等主義経済」を導入、収入の格差は極限まで圧縮され、勝ち負けの概念は極限まで無化される。彼らによれば、こうした状態においてこそ人間の真の価値が計られることになる。現在の社会においては収入額や社会的ステータスが人間を偽りの鎧で包み込み、人間の価値は鎧の質量や見栄えによって計られる。もっとも崇高な愛さえも、そういった人間の本質とは関係のない付随的要素に決定的に左右されてしまうというのである。しかしユートピアにおいて排除される人間は一人としてなく、全国民が鎧を脱ぎ捨てた真の人間として、彼らの目を濁らせる何ものも存在しない環境で生きることができる。その世界が実現した後にこそ真の愛があり、真の幸福がある……この基本理念は一部のインテリ層を刺激し、現在に至るまで様々な議論を呼び起こした。しかし今、民主共栄党を支持する人間のうちのおよそ八割は、自らが社会の平均以下の収入や地位しか得ていないので、全体を平均化して自分の「負け」を帳消しにしたいと考えているだけである。彼らの多くは、自分がなぜ貧しい生活に追いやられたのか、その責任を自らに問うことはしない。ただ社会のシステムが自分たちを敗北させたのだと信じている。そして同じシステム下で勝利した人間の努力を認めることもしない。勝者たちはたまたま現行のシステムに適性があっただけだと言うのだ。そこにはもちろん一抹の真実が含まれる。しかしこの思考傾向が民主共栄党員たちに染みついたのは、それが彼らにとってもっとも都合の良い思考方法だったからであり、そこからはありうべき反省が抜け落ちている。個人的反省の欠如した社会批判には実質がない。自分はなんて無力なんだろう、何一つうまくやることができない――かつてはそんな自責の念に苛まれていた人間も多くいるが、そういう絶望状態に陥った人間に、責任はあなたでなく社会にあるのだ、と優しく寄り添うように語りかけることで、民主共栄党は一定数の人員を集め求心力を保ってきた。しかし、このような「責任転嫁」を得意とする人員が集まれば集まるほど、党の崇高な理念からはみるみる後退していくことになる。いまや民主共栄党の大部分をなすようになってしまったこの種の人間たちは、仮に自らが資本家だったとしたら間違いなく資本主義の加速を喜んでいただろうし、仮に完全な平等主義経済が実現されたとしたら、それを真っ先に破壊する性質の持ち主であるに違いない。その理想社会には真に利他的な人間しか存在できない。真に他者の幸福を祝福できる人間しか存在してはならない。その意味では、この襲撃に加わっているすべての団員、そして襲撃を受けているすべての幸福税課職員の中で、民主共栄党に在籍する資格を持つ人間はほぼ皆無に等しいと言えよう。

「用意！」

古山が号令を発すると窓口にライン状に並んだ団員たちがショットガンを構える。

死を覚悟した長瀬は稲葉ににっこりと笑いかけた。

「稲葉さん、今まで本当にありがとうございました。私稲葉さんがいなかったら、もうとっくに死んじゃってたと思います。ずっと私のこと励ましてくれて、ほんとにうれしかった。稲葉さん、愛してます」

「いや、俺の方こそ……」

「撃て！」

稲葉の言葉を遮るようにして古山の号令が響き渡り、長瀬の胸に無数の穴が開く。がくりと倒れ込むかつて長瀬であったところのものに、もはや稲葉の言葉は届かなかった。

稲葉が残業をしなかったのは、彼の息子が障碍児として生まれてきたからだった。理由を伝えることは誰にもしていない。そういう事実は周囲に無駄な気遣いをさせるし、何よりも気遣いを受ける自分というものが惨めに感じられるからだった。そうして家に急いで帰り、子供につきっきりで世話をしたが、妻はうつ病を患い、時には稲葉を口汚く罵った。そんな生活の中で、彼は長瀬を支えることにより、確かに自分自身も支えられていたのである。長瀬のように社会の荒波にもまれ弱っている人間を励ますこと、そこにはすっかり崩壊してしまい修復不可能となった自らの家庭から目を背ける、半ば逆説的な自己療養の意味も含まれていた。そして稲葉は、責任感のみで家庭を保ち苦痛に満ちた生を送るより、自分を慕ってくれる長瀬ともう一度普通の家庭を築き直したいとさえ考えていた。

稲葉はその場で嗚咽を漏らして涙を流した。「おいおい、こいつあの若い女とデキてたんじゃねえの」「俺らから高い税金取って、その金でええ思いしよるんか！」稲葉をとらえている団員たちは楽しそうに語り合っている。長瀬と同時に殺されたのは五名であった。梅本主任はかつてアマチュアボクシングで新人王を獲ったときのことを思い出しながら死に、須田主事はせせこましく何の目標もなく生きてきた自らの人生をもう一度やり直したいと願いながら死に、郷田主任は自らの「正義」を貫き続けた一生を誇りに思いながら死に、薮主任はただただ恐怖に震えながら死に、中島主事は愛する神宮司との結婚生活が実現しなかったことを悔やみながら死んだ。中島の恋人であった神宮司は崩れ落ちる彼女を見ても何も感じなかった。そして自らの死についても恐怖を感じなかった。もうすべてに飽きていたからである。退屈な、退屈な日常の繰り返し……そしてチャギもまた、神宮司とはまた異なる仕方でではあるが、孤独の檻にとらわれた人生に飽き飽きしていたのだった。しかし彼らがそのように「達観」できるのは、世界から享受できる楽しみを一通り味わったという自負があるからだ。その裏で絶望に打ち震えていたのは西尾である。まだ童貞も捨てていない、キャバクラに一度行っただけの彼はこれで人生が終わるということを受け入れられなかった。もう一度キャバ嬢Aに会いたい、誰かと付き合いたい、愛し合いたい……彼と似た心境にあったのは吉野主任である。彼女は仕事に情熱を注ぎ込むあまり異性と交際したことがない。それで何の問題もないと信じてがむしゃらにやってきたのだったが、今日死ぬと考えた途端に凄まじい後悔が決壊したダムの水のように溢れ出し、彼女の信念の柱をへし折った。長瀬が稲葉にかけた言葉を聞いていた吉野は、自分は何という過ちを犯していたんだろうと冷たい涙を流した。私は仕事に打ち込んで自分の存在意義を見出していた、でもこんなこと私がやらなくたってよかった、私よりやれる人だってきっとたくさんいた、仕事よりも私は誰かにとって唯一無二の人間になる努力をすべきだった、愛される努力をすべきだった、ああ、セックスって気持ちいいのかな、愛する人と抱き合って、気持ちいいことをしたら、きっととても幸せな気分になるんだろうな……

「用意、撃て！」

またも銃声が響き渡る。神宮司とチャギは無表情で死に、西尾は女性を知らぬペニスをつけたまま、吉野は綺麗な処女膜をつけたまま、悔しさと悲しさに顔を歪めて死んだ。戸塚主事と岩橋主事は川添にほのかな恋心を抱いたまま死に、長瀬を失った稲葉は天国で彼女に会いたいと願いながら死んだ。

「やめろおおおおおおおおお！　俺は死にたくない！　他のやつを殺せ！　俺は分会長だぞ！」

梶山がついに自分の殺される順番が回ってきたと悟り暴れ出した。彼が幸福税課の分会長として村上に対しうまく立ち回らなかったことがこの暴動の遠因であるのに、そのことに彼は気付いてもおらず、どこかで自分だけは助かるはずだと思い込んでいた。俺が死ぬのはおかしい、ありえない、この世界の主人公は俺だからだ――

「何言ってんのよ！　あんた分会長として何もしてないでしょうが！　私は去年ちゃんとやったわよ！　何で私が殺されなきゃなんないのよ！　ふざけないで！」

去年分会長を務めていた望月も大声で叫び始めたが、二人の声など聞こえないかのように、後藤は横井に語りかけた。

「全部終わっちゃうね」

「そうですね、でも、後藤さんと一緒なら僕は大丈夫です」

「あはは、ありがと。何かさ、悪かったね、こんなおばさんと付き合わせちゃって」

「そんなことありません。僕は後藤さんがいなかったら、あのままずっと一人でした。僕を選んでくれたこと、本当に感謝しています」

「ふふ、私たち、もっと早く付き合ってたら良かったね」

横井と後藤が目を合わせて同時に微笑んだ瞬間、二人は幸福のうちに絶命し、雄弁だった梶山と望月は二度と言葉を話さぬ肉の塊と化した。残ったのは篠原課長、五十嵐係長、小林係長、河合主幹、そして川添主事の五名であった。

「こんなもんでよかったやろか」

古山は大きな声で、一番奥のデスクではがいじめにされていた篠原課長に問いかけた。

「OKです、お疲れ様でした」

残りの全員が解放され、係長級以上の者たちは互いに笑い合った。平の職員としてただ一人生き残った川添は、まったく状況を掴めずにいた。篠原課長は川添の肩を叩いて言った。

「私がS評価を付けたのはあなただけなんです」

以上が昨年十一月から「一月暴動」にいたるまでの幸福税課の観察レポートである。今回部長級以上の民主共栄党員のみに権限の付与されたヴィノクールチップによる盗聴・盗思考機能を利用したが、データが欠損している部分も多くあり、完全ではないことをご寛恕いただきたい。

我々民主共栄党の求める人材は、このレポートを読んでいただければお解りの通り、幸福税課において川添主事ただ一人であった。優秀な党員である篠原幸福税課長の評価シートは、概ね正確なものだったと言えるだろう。それに加え、私はこのレポートが一月暴動の正当性を保証してくれることを確信する。

内容部分は非党員の管理職、あるいは市議会議員に開示請求を受ける可能性を考慮し、党の現状について客観的な視点を守りながら、ともすれば反逆とも取られかねない表現を用いて記述したが、私はもちろん日本大家族主義・平等主義経済の推進について何ら異論を持っていない。ただ問題は、人間全体の精神の向上が遅々として進まないことである。管理職をすべて優れた民主共栄党員とし、彼ら・彼女らに市職員を評価させることで将来に残すべき人間を選び抜く――この選民構想はいまだ全面的な実現にいたっていない。しかしながら、人材の純度を高めてゆく努力を地道に続けていけば、いずれ我々の理念は万人の理解するところとなるだろう。K市役所はそのモデルとして非常に重要な拠点であり、いつかK市全体をユートピアのミニチュアとして運営できるようになった時、我々はやっと大きな一歩を踏み出したと言えるのではないだろうか。

K市総務部長　兼　民主共栄党政策副委員長
佐藤　洋治

夏の日のリフレイン

「FREEフェラ」の看板をもって大阪駅の時空(とき)の広場に黒ギャルが立っていた。ただでフェラをしてくれるというのだ。しかもめっちゃかわいかった。それがタダでフェラをしてくれるっぽい雰囲気なのだ。野村と佐々木はピンサロに行こうとしていたところで、店で八千円払ってハズレを引くよりも、時空の広場でフリーフェラの方が良いのではないか、と話し合った。野村はぎんぎんだったが佐々木は慎重である。

「いや、お前これタダって言うけど、こんな人通りの多いとこで、捕まったらどうすんだよ」

「何ゆうとんねん！　どっかばれへん物陰でやってくれるやろそら！　何ゆうとんねんお前ほんまに！　そうゆうとこがあかんねんぞ！　お前の石橋クラッシャーぶりには辟易やっちゅうとんねんほんまに！」

「いや、物陰って言ってもさ、なんかの罠かもしれないよ。ほら、美人局みたいな雰囲気だし、みんなあの子見てるけど、結局フリーでフェラしてもらってるやついないじゃん。フツーあんなヤバそうなのには寄り付かないんだって」

「あほめ。あほの極北やお前は。あほの中でもかなり先鋭的やわ。お前はもうええ、おれはもう我慢ならんさかい。自分はピンサロ行って八千円払ってバケモンに当たって目ぇつむって広瀬すずでも想像しながらやっとのことで発射しとけや！」

野村はつかつかとフリーフェラの看板めがけて歩いて行き、笑顔の黒ギャルと腕を組みながらエスカレーターを降りようとしたとき、どぎついヤンキーみたいな三人組につかまり脅され、三万円取られて佐々木のもとに帰ってきた。

「あっぷーー！　美人局やったわ」

「あっぷーってお前、三万円取られてるじゃん」

「あほかお前！　三万で済んだら恩の字やっちゅうとんねん」

佐々木はピンサロへ向かった。完全にちんこを縮みあがらせた野村は一応佐々木についてきたものの、店の前でたばこを吸って待つと言う。佐々木が受付カウンターで八千円を払い、爪のチェックや本番禁止等ルールの説明を受け、いよいよユートピアへ足を踏み入れると、出てきたのはさっきの黒ギャルだった。野村が三万円払って何もできなかった女であるという付加価値が黒ギャルのすべすべのお肌をさらに黒く光り輝かせ、佐々木はもはやぎんぎんである。

「やだー、もうこんなにしてぇ」

黒ギャルの喉の奥までくわえこむイラマフェラに佐々木はたったの二分で発射寸前となった。三十分コースに入っているにもかかわらずである。さらに長いコースに入ることさえ考えていたにもかかわらずである。

「あっ、ちょ、待って、あの、出そうなんで」

「えー早いんだけどー」

フェラを中断した黒ギャルと佐々木は対面座位の形でマムコとチムポをぬるぬるこすり合わせながら濃厚なキスを繰り返した。そのうちに佐々木は辛抱たまらず、マムコにチムポを突き刺してしまったのである。慎重な佐々木には珍しいことであった。

「あっはあああああああああんんん！」

黒ギャルのでかすぎるあえぎ声に店のスタッフが飛んできて、佐々木は罰金十万円を払わされた挙げ句、顔写真を店の壁にでかでかと貼られた。

《凶悪本番チンポマン　佐々木涼介》

「いやー、危なかったよ」

「危なかったよってお前、十万取られて写真貼られとるやんけ！」

大阪駅に戻ると、また別の女が「ＦＲＥＥフェラ」の看板を持って立っている。今度はギャルでなく、オタサーの姫的なサブカル臭のする女である。

「またやってる」

佐々木は女を指さして笑ったが、野村はぷるぷると震えている。

「野村？」

「おれああいうのたまらんのやわ。もっぺん行ってみてええやろか」

「ダメだろ！　美人局だって！」

「いやいやお前な、ちょっと考えてみいや。一日に、しかもこんな短時間に二回も三回も同じ手ぇつこてみ？　速攻でしょっぴかれるやろが！　せやから金むしるんは午前に一回、午後に一回とかその程度にしといて、あとはほんまにフリーでフェラさせとるはずなんやわ」

野村はつかつかつかとフリーフェラの看板めがけて歩いて行き、笑顔のオタサーの姫と腕を組みながらエスカレーターを降りようとしたとき、どぎついヤンキーみたいな三人組につかまり脅され、三万円取られて佐々木のもとに帰ってきた。野村三十一歳、佐々木二十九歳の夏だった。

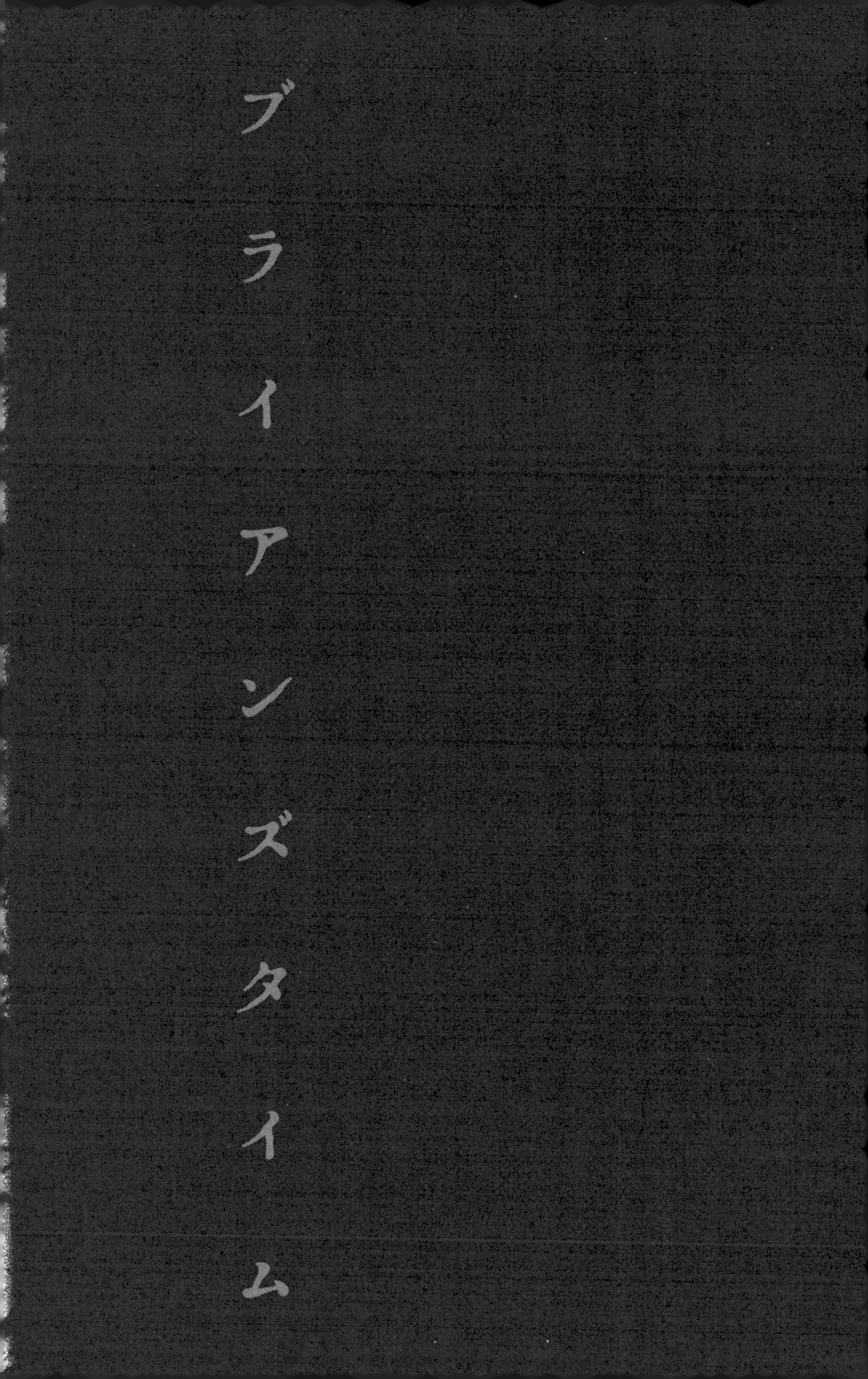
ブライアンズタイム

まじで性病かもしれん。ブライアン・ウィリアムスはそう思って独り震えていたのだったから、上司の声がきこえるはずもなかった。「ブライアン！」そう叫ばれてもなお、きこえなかった。書類がどさりとノートパソコンのキーボードの上に置かれ、やっと気が付いたブライアン・ウィリアムス。「なんでしょうか」「なんでしょうかやあらへんねん」デッカーマン係長はお怒りである。「この書類はなんなんやいうとんねん」「何って、カウニッツ社にお渡しする資料ですが」「中みてみぃ！」ブライアン・ウィリアムスが中をみてみると、そこには文字がぎっしり書かれた謎の紙束。どうやら小説であった。「これ書いたんお前か？」「いや、ちがいますね」「これ、一ページ目でわし死んどんねん」「アッハハハ！」「アッハハハやあらへんがな！　胸くそ悪いがな朝からこんなもん」「それはさておき、僕がつくった資料は」「知らんぞ」「ほなもっかい打ち出しますわ」「そうせえ。

お前、ほんまにこの小説知らんのか？」「知りませんね」小説を書いたのは隣の係のトビー・オブライエン主任だったので、トビー・オブライエンは笑いをこらえるのに必死だった。「まじでわらける」トビー・オブライエンは昼休みの食堂で、悪だくみを発案の時点から共有していた同期のエリック・D・スタローンにいった。「結構怒っとったし」「お前そのうちばれるで」「ばれへんばれへん」エリック・D・スタローンは、本気で注意しない。ばれても自分がピンチに陥るわけではないし、そもそも課が異なる。対岸の火事なのである。むしろ、ばれて追い詰められるトビー・オブライエンをみてみたいという気持ちがむくむくとふくらんでくる。トビー・オブライエンはとんかつ定食の付け合わせのキャベツにかけていたゆずドレッシングの量が少ないと感じ、追加のため席を立つ。そのあいだにエリック・D・スタローンはトイレに向かった。エリック・D・スタローンは頻尿に悩んでいる。緊張などすると一瞬で危険信号。いままでおもらしのないのが奇跡なのである。「あっスタ郎やん」そこにあらわれたのは同期のリーダー格であるビル・ブラスだった。同期飲み会などの企画はほとんどすべてビル・ブラスが行っている。「なんかいっつもしょんべんしてへん？」デリケートなところに切り込んでくるビル・ブラス。ビル・ブラスは大抵デリケートなところに切り込んでしまう。その徹底的な無思慮が相手の無思慮をも許す空気感をつくる。「あいつにはなにいうても大丈夫」。そうしてビル・ブラスには友だちが多いのであるが、合わない者にはすばらしく合わない。すれちがうのもいやである。ビル・ブラスがエレベーターに入っていく後ろ姿でもみようものなら、しんどくても階段をのぼる。ビル・ブラスが場を盛り上げようものなら、意地でも歯をみせて笑わない。そういう一人がエリック・D・スタローンなのだ。「そうか？」「なんかいつしょんべんしてもおらん？」「たまたまやろ」「せやろか」エリック・D・スタローンはビル・ブラスからはやく逃れたい一心でむすこを急いで片してしまったので、スラックスの内側をお小水の残党がツと流れた。最悪や。まだめしの途中やのに。並んで手を洗う。「スタ郎、歯ぁきいろすぎひん？」「え、そうか？」「めっちゃきいろいて。煙草すわんやろ？」「すわん」「ホワイトニングとかせえや」そういってビル・ブラスの方が先にトイレを出て行った。エリック・D・スタローンはトイレの薄暗い照明のしたで、くちびるをめくりあげて鏡に歯をうつしだす。そんなにきいろいやろか？　歯医者に行ったら白くしてくれるんやろか。虫歯以外で歯医者なんか行ったことないけど。なんていって行ったらええんやろ。トイレにみたことのない重鎮っぽい男が入ってきたので、あわてて手を洗っていたふりをしてからトイレをで、食堂のもとの机に戻ると、トビー・オブライエンはもういなかった。入れ替わりに座っていたのは、遅れて昼食をとりにきたブライアン・ウィリアムスだった。二人に面識はなかったので、特にコミュニケーションが発生することはない。

ブライアン・ウィリアムスは右手に箸をもち食べ物を口へ運びながら、左手でスマホを触っていた。「性病　喉の違和感」「咽頭クラミジア　症状」などと入れて検索しているのだ。のどが痛い。一週間前にソープでクンニしたから、たぶん潜伏期間が終わって、いまごろのどが痛なってきたんやと思う。絶対おれ咽頭クラミジアなってる。いてもたってもいられず、帰り道から少し外れたところにある耳鼻咽喉科を十八時に予約したが、デッカーマン係長はいうのである。「カウニッツの資料、やりなおし」「ええ！」「お前こんなもんよそに出せへんがな」「なにかおかしかったですか」「なにかもくそも。数字の四捨五入おかしいがな全部」「え、去年どおりにやりましたけど」「体裁もなっとらんいうてんねん。もっぺんよく考えろ！」デッカーマン退室。マクスウェル課長やコリンズ・ウェルズ部長と飲みに行くのだ。デッカーマンは出世に燃えている。出世は男の本懐。仕事こそ人生。そのように考えるタイプなのだ。課長や部長に気に入られるためならなんでもするタイプであり、逆に部下の扱いはぞんざいなタイプである。事実、ブライアン・ウィリアムスの資料が百万円単位で四捨五入した数字を使っているために、資料でのみため上の合計額と、実際に一の位まで足した合計額が合わないというのは解決不能の問題である。「※四捨五入の関係で資料内の数字の合計が実際の合計と合わない場合があります」と注意書きを伝統的に入れているのだが、いらついたデッカーマンにはそんなこと関係なし。ブライアン・ウィリアムスは一応残業し、何かしら修正を加え、また合っていない数字のすべてについて理路整然と説明するための二次的資料を作成せねばならない。耳鼻咽喉科の予約は取り下げである。「なんやねんマジで」思わず独り言がこぼれる。「どこがどう気に入らんのかぐらいいえや」そうしてぶつぶついっているのである。隣の係のトビー・オブライエンはにやにやして「お疲れちゃんやなあ」と声をかける。「あのおっさん、いっぺんいいだしたらきかへんしなあ」「ほんまに、勘弁してほしいっすわ」。そのときトビー・オブライエンのうれしそうな顔をみたブライアン・ウィリアムスは、あの小説を書いた犯人はこの男ではないか、と直感したが、聞いてみることはしない。思うだけである。「ほな、お先に失礼」部屋に一人残されるブライアン・ウィリアムス。今日は水曜日。会社の定めるノー残業デーなのだ。五時半には消灯。灯りがついていると総務課がうるさいからである。小さなデスクライトの光を頼りに、ブライアン・ウィリアムスは残業する。六時。七時。八時になってもまだ残っている。九時。十時。まだいる。十一時。なんとなくデッカーマン係長への説明の目途がついたな、と感じて、ブライアン・ウィリアムスはやっと戸締まりである。窓の鍵をチェックしていると、ニナのデスクが目についた。なにやら水分をふくませると、それをいい感じに放出して肌の保湿をしてくれる樹木の形を模した紙のやつが置いてあり、少し高い目の、薄ピンク色のティッシュのケースが置いてあり、ふつうにマウスとマウスパッドが置いてあり、テンキーがある。ノートパソコンは閉じられている。ニナは課のみんなのあこがれるヒロイン的女子である。ブライアン・ウィリアムスはニナの席に座ってみる。ニナの綺麗な女性らしいまるみを帯びた尻が時間中はここにあった。ニナの尻の乗っていた椅子に、おれの汚い尻が乗っている！　ブライアン・ウィリアムスは興奮して、マウスを握る。ニナの細くて白くて長い指がこれを握った。ニナのあの指が握ったマウスをおれが握っている！　ブライアン・ウィリアムスは辛抱たまらず、ニナの椅子に座ってスーツのズボンを下ろし、ニナの少し高い目のティッシュを二枚取り出し、それでむすこをくるんでしごいた。暗闇と静寂のなか、ブライアン・ウィリアムスが射精。それはすんなりとはいかなかった。なんと、むすこの先端が当たっている部分のティッシュが破れ、精液はニナのノートパソコンとマウスを汚してしまったのである。ブライアン・ウィリアムスは慌てて少し高い目のティッシュを三枚手に取り、精液を丁寧に拭きとった。においが残っていないかクンクン嗅ぎ、どうしても残っている気がしたので、さらにティッシュを取ってトイレで水を含ませてき、それでふたたび拭きとるとやっと安心できた。ブライアン・ウィリアムスは、自分がほんとうに性病だったら、と考えた。性病におかされた精液が汚したマウスをニナがさわり、その手でお菓子を食べる。ありえないとわかってはいるが、万が一、それで感染したら。これはブライアン・ウィリアムスには楽しい想像だった。あのニナと同じ性病を抱えるというのは、あのおれと何の接点もない別世界の住人であるニナがおれを根源とする性病にかかるというのは、すばらしいことだ。ブライアン・ウィリアムスはそれですっかり耳鼻咽喉科に次の予約を入れるのが面倒になり、死ぬまで性病検査を受けなかった。翌日、デッカーマンは職場に入ってきた瞬間から明らかな上機嫌で、いつも昼休みの終わりがけに流れる得体のしれない歌を鼻で歌いながら、ブライアン・ウィリアムスに声もかけず、そのままカウニッツ社との打ち合わせに向かおうとしたので、ブライアン・ウィリアムスは「係長！」と叫んだ。「なんや」「昨日、カウニッツの資料」「あ？」「直したので、お渡しして簡単に説明しようかと思ってたんですが」「ああ、もうええわ」吐き捨てるようにいって、元の資料だけをもって出て行くデッカーマン。あの残業は一体なんだったのだろう。ブライアン・ウィリアムスはさすがに腹を立てた。絶対に残業代をつけてやるぞ。実質何の意味もなかった残業だが、それは係長の采配ミスであって、おれの労働力は確かに消費されたのだ。だが、心の片隅には、けっこう良い残業だったという思いもあった。誰もいない中、ニナの椅子に座って密かなよろこびを得られたのだから、それが残業の対価だと考えられないこともなかった。残業申請を出せば、デッカーマン係長が立ちはだかるのが目にみえている。資料のやり直しを命じたことすら忘れているデッカーマンに、昨日の残業の有用性を訴えるのは骨が折れる……ブライアン・ウィリアムスは揺れ動いていた。打ち合わせから帰ってきたデッカーマンは、「ブライアン、先方がなんやいうとるさかい、資料追加な」といって、必要資料の一覧をメールしてくるのみで、部下の労をねぎらうこともない。ブライアン・ウィリアムスはただ「ウィス」ということしかできなかった。その一部始終をみていたのはトビー・オブライエンである。昼休みの到来を告げるチャイムが鳴り、食堂に向かうブライアン・ウィリアムスを廊下でとらえていった。「おいおい、お前昨日残業して、えらいがんばってたんちゃうん」「え、まあ」「せっかく珍しくはやく帰れる日やったのにやろ？　それであんな仕打ちありか？」「まあ、仕方ないっすよ。組織の一員なんで」「組織ってのは、もうちょっとちゃんとしてなあかんもんちゃうんか」「うちみたいな田舎の小さい会社じゃ、こんなもんでしょう」「そうか？　そもそも、これって組織というより係長個人の問題ちゃうか」「そうですかねえ」「絶対そうやろ。よっしゃ、今日は昼おごったるわ」食堂で三百八十円のCランチをごちそうになりながら、ブライアン・ウィリアムスは、もう百円払ってもいいから一人で食べたかったと考えていた。ブライアン・ウィリアムスは、性病について調べる必要のない平常時にはさっさと食事を終わらせてひとりで本を読んでいるのだ。あまりひとと会話するのが得意でないブライアン・ウィリアムスである。友だちがいないわけではないが、いつもいつも、三人組になるとはみった。親友、と呼べる人間はいない。誰もが、ふたりで遊ぶ相手としてブライアンと別の友だちを比較するなら、ブライアンでない友だちを選ぶ。そういう感じのポジションに自分はいるな、とブライアン・ウィリアムスは考えていて、事実、そのとおりだった。ブライアンは気をつかわずに済み、いつも変わらずにいてくれる本のほうが人間よりも好きなのである。それは小説でも学術書でも世界情勢の本でも下世話な週刊誌でもよい。誰に対しても平等に接してくれる固定された活字であればなんでもよかった。トビー・オブライエンは「まあ確かに、あんなもんを係長にするいう組織のミスって面はあるかもしれん」といった。六百三十円のＡランチを食べ、ぐちゃぐちゃと音をたてて口の中をみせながら、ときに米粒を飛ばしながらいった。「でもな、あれをお前が許しとったら、係長はいっさい反省することもないわけや。そしたら同じことがお前に対しても、他の後輩らに対しても繰り返されていく。それでほんまにええんか？」「まあ、いいとは思いませんけど、僕がいって聞くような感じのひとでもないんで」「それで諦めるんかいな。お前、なんか腹立ってワーなったりとかないん？」「腹立つのはしょっちゅうですけど、ワーはないっすね」「おだやかなばっかりじゃ渡っていけんで」「まあ、そうかもしれませんけど」「とりあえず残業申請だけはせえや。こんなん、泥棒と変わらんで」「泥棒って」「そうやろが。泥棒やろ、残業させて出さへんなんて」「まあ、みなし残業の部署もありますし、そこまで……」「あれも泥棒やがな。

実際百時間残業してても四十までしか出えへんとか、詐欺やわ。死者でるで」ブライアン・ウィリアムスがCランチをたいらげたとき、しゃべり続けのトビー・オブライエンはまだAランチを半分も食べきれていなかった。「お前、食べんのはやいな」熱い茶をすすりながら、ブライアン・ウィリアムスは飽きていた。トビー・オブライエンが食べることに集中しはじめると、食べるクチャクチャ音だけがふたりのあいだに流れた。ブライアン・ウィリアムスには、気まずい沈黙をクチャクチャ音が緩和してくれているようにも感じられた。こういうときに場をつなぐうまい話術を、ブライアン・ウィリアムスはもっていない。Aランチがきれいになくなると、トビー・オブライエンは「やっぱ、百円だけくれ」といった。ブライアン・ウィリアムスが少し驚いて、しかし驚きを悟られないよう細心の注意を払って百円を渡すと、トビー・オブライエンは「この百円は、昨日の残業代で取り返せ」といってウインクするのだった。ここまでいわれたブライアン・ウィリアムスは、席に戻ってからいたしかたなく残業の電子申請を行う。ピロン、と申請を受けたデッカーマンのパソコンが音をたて、スマホで競艇の予想に熱中していたデッカーマンはパソコンに目をやる。「ブライアン・ウィリアムス　残業時間17：30〜23：00　内容カウニッツ社用の資料作成」デッカーマンは頭に血が上って危うくスマホを叩き割るところだった。「ブライアン！」まだ昼休みのあける前から、大声で叫ぶデッカーマン。「なんやこれ。どういうつもりや」「いや、昨日の残業ですけど」声が震える。うわー、やっぱやめといたらよかった。「お前、こんなもん、お前が勝手にやっただけやろ？　なんやねんこの資料て」「勝手って、係長にいわれた資料を」「おれが何いうた!?　五時間も六時間もかけてなんや作れっていうたか!?」「え、いや、時間は、あれですけど、四捨五入が」「四捨五入がなんや」「合わないとかで……」「そんなことでお前、こんな時間かかるんか!?　どんなやり方しとんねん!」「はあ……」「こんなもんで残業出したら課長にしばかれるわ。取り下げろ」トビー・オブライエンをちらりとみると、知らんぷりでコーヒーを飲んでいる。結局怒鳴られるだけ怒鳴られて、残業代もつかないはめに。ブライアン・ウィリアムスの怒りは当然トビー・オブライエンに向けられた。業務時間内に一言いわないと気が済まない、絶対に一言もの申してやるぞ!　だが、そのほんとうの敵から逃げたニセモノの勇敢すら発揮されることのないまま、あえなく業務は終了。トビー・オブライエンはそそくさと帰っていく。ブライアン・ウィリアムスは昨日とは別の資料作成で残業である。トビー・オブライエンに何もいえなかったのは、先輩であるかれの開き直りや報復を恐れたからというだけではない。最大の理由は、同じ部屋に美しいニナがいたことである。ニナの前で声を荒らげることは、ブライアン・ウィリアムスには難題であった。「しょうもないことでキレるやつやと思われたくない」。それがブライアン・ウィリアムスの頭をみたした憶病である。だが、ニナのほうはブライアン・ウィリアムスのことを存在として認識しているのか？　それは否というべきである。ブライアン・ウィリアムスはひょろひょろの文化系メガネであるが、ニナはガタイの良いスポーツマン・タイプが好きなのだ。ニナにとってブライアンはまったく異性としての魅力をもたない路傍の石。よって、ブライアン・ウィリアムスがしょうもないことでキレようがキレまいが、ニナのブライアン・ウィリアムス評に影響はない。無印のままである。ひょろひょろのメガネはそういう風にして年末をむかえた。かれにはハロウィンもクリスマスもない。ただ年末だけが突如としてあらわれ、大都会に就職していた友人らがぽつぽつと、ブライアン・ウィリアムスの住む田舎へと帰省してくる。ひょろメガネは、年末をとても楽しみにしている。三人組でガールズバーに行くのが恒例となっているからである。ひとりは元大学アメフト部主将で現商社マンのショーン・ジェイコブズ。もうひとりはプロゲーマーのC・C・カルロス。これはブライアン・ウィリアムスがあまりはみらずにすむ三人組である。ひとりではなかなか足を踏み入れられないガールズバーにこのメンツで行けるというのは、かれにとってもっとも胸おどるイベントの一つなのだ。「ブラ男って風俗バンバン行くくせに、なんでガールズバーあかんねん」ショーン・ジェイコブズは不思議である。性病になるリスクのある風俗なんかより、キャバクラやガールズバーで楽しくおしゃべりして、性病じゃなさそうな女の子をゲットする方がよいと考える派なのである。ブライアン・ウィリアムスはなぜ、キャバクラやガールズバーが苦手で、ファッション・ヘルスやソープランドはへいちゃらなのか？「しゃべんのめんどいから」というのがかれの発した答えであったが、「めんどい」というのは強がりである。苦手、恐い、といった表現が妥当で、かつてひとりでガールズバーに行ってみたときに、話がぜんぜんかみ合わず盛り上がらず、「お客さん、いまどきフリートークできなきゃ売れないよー」といらつき気味の嬢にいわれ、大恥をかいたことがあるのだ。ソープランドでも無言で冷たく接客され、トークを盛り上げられなかったことはあるが、それは結局プレイの中であえぎ声をきけたため、逆に興奮の要素とさえなった。したがって、トークがメインでなければ余裕なのだ。実は、C・C・カルロスもどちらかといえば風俗派。理由は似たり寄ったりである。C・C・カルロスは格闘ゲームの世界大会で活躍しているが、トッププレイヤーには及ばず、収入は同世代の平均に比べてかなり少ない。世界で活躍、といっても、ゲームといっただけで、プ、という感じになり、屈辱を何度も味わった。きさまなんぞ、「ファイティング・ポーズ・アルティメット（FPU）」の世界では虫けらやぞ。C・C・カルロスは屈辱を味わうたびに、FPUの画面を思い浮かべ、相手に殴る蹴るの暴行を加える。男には「や、やめてくれ、俺が悪かった！」と謝らせる。女には「キャーン」と悲鳴をあげさせる。夜には強姦の妄想で自慰にふける。それでまあまあスッキリするのだから、C・C・カルロスはわりとストレスを溜めないタイプなのだ。ガールズバーにはそこそこ年がいっているが色っぽく、人生相談などすれば真摯に受け止めてくれそうな雰囲気のママ的存在と、二十二歳のぴちぴちギャルがいた。三人はこのぴちぴちギャルことケイト・エルヴィーレにしか興味がなく、ママの名前は誰も知らない。ケイト・エルヴィーレは高校を卒業してからこのガールズバーで生計を立てているのだが、肝臓がいかれている。γ-GTPがくそみそに高いのだ。「うち、肝硬変で死ぬし」笑いながらいうのだが、正直、冗談になっていない数値である。三人は心配するふりをしながら面白がって、どんどん酔わそうとする。ドリンク一杯二千円と破格だが、ショーン・ジェイコブズはスーパー高給取り。ブライアン・ウィリアムスとC・C・カルロスは、いざとなればショーンに金借りりゃええわと思っている。根が真面目なブライアン・ウィリアムスはリボ払いにしてでも返す気概があるが、C・C・カルロスのほうは相当怪しい。そもそも、いまの時点でC・C・カルロスはショーン・ジェイコブズに二十八万円の借金があり、しかもほとんど覚えていないのだ。だが、ショーン・ジェイコブズにも問題がないとはいえない。酔うとすぐに気が大きくなって「おれが出すわ」といいはじめる。特に女性のいる場では格好をつけようとしてめちゃめちゃに払うのだ。周りにしてみればニッコニコ。「ゴチで〜す」というわけである。しかし、C・C・カルロスの二十八万円はそういうゴチを除いての金額。ショーン・ジェイコブズがケイト・エルヴィーレに「彼氏できた？」と切り出すとケイト・エルヴィーレは「できるわけないやん、アル中やし」といって笑い、ブライアン・ウィリアムスは「まじで、身体大事にせなあかんで」という。「やーんブラっちやさしい～。もっとうちの店来たらええのに～」ブライアン・ウィリアムスは勃起である。女慣れしていないブライアン・ウィリアムスは簡単に勃起するのだ。C・C・カルロスは「いや、優しいいうてもコイツ、どうせ飲ますやん」と水を差す。「ほんまに優しいんやったら、おれらがドリンクおごるん止めなあかんやん」そのとおり。ブライアン・ウィリアムスは優しさでいったのではない。本心でいったのでもない。ただ自分がもっともいい人そうにみえる言葉を選んで発しただけである。後に引けなくなって「ほな、今日はソフトドリンクにしとかん？」と、してもいない心配の演技を続けるブライアン・ウィリアムスに、ケイト・エルヴィーレは「うわっやさし～。ほんまに旦那にするならブラっちやわ」といいながら、「おもんな」と思っていた。「マジでこいつおもんないしらける」と思っていた。「もてなそうやしガチの童貞ちゃうかな」と思っていた。「でも風俗とかは行きそうなムッツリ感あるし素人童貞かも」と思っていた。「なんか毎年同じ黒のコートにもけもけの赤いマフラーやし。きも」と思っていた。だが、ブライアン・ウィリアムスは旦那候補に挙げてもらえてまんざらでもない気分を味わっていた。ひとりでガールズバーに来る度胸もないくせにである。ひとりで来ようものなら場を持たせるのに精一杯で滝のような汗をかき、「あれ？　店あつい？　温度下げよか？」と気遣われ「いや、おれ汗っかきやねん、あついってわけでもないんやけど」などと無意味な嘘の言い訳を繰り出すのが目にみえているくせにである。もともと陽気なケイト・エルヴィーレの、ガールズバーで鍛えた会話術をもってしても会話が途切れがちになり、ついついカラオケに逃げこんで、好きではあるが歌いこなせるはずのないハードロックを入れシャウトなどして、「すごーい、うまーい」という気のない形骸的称賛を受けるのがせいぜいのくせにである。「いやいや、結局飲みたいんやろ？　俺は酒を飲む人生と飲まへん人生やったら、飲む人生選ぶわ」ショーン・ジェイコブズがいう。「それな！」ケイト・エルヴィーレがいう。さっそくジムビームをロックで二発。それは一瞬のできごとであった。四千円が飛ぶのに、一分もかからなかった。「ヤルネェ！」C・C・カルロスが拍手する。「いやー、これでちょうど標準モードって感じやわ」C・C・カルロスはそれから最近出場したFPUの世界大会の話をした。各国の代表がしのぎを削る、その熱気は確かにすさまじいものなのだが、C・C・カルロスの話術ではいまいち伝わらなかった。しかも、当のC・C・カルロスは初戦敗退だったのだが、準々決勝まで進んだとつまらない嘘をついた。「準々決勝やったら、ベスト8やん！　それって世界八位以内ってことやろ？　有名なってるんちゃうん」そういって、ケイト・エルヴィーレがスマホを触りはじめたので、C・C・カルロスは焦って「いやいや全然、ベスト8とかぐらいじゃ話題ならんし、狭い世界の話やし」と早口。ケイト・エルヴィーレはそれで不憫に思ってスマホを触るのをやめた。ケイト・エルヴィーレにはC・C・カルロスが準々決勝にまでたどりついていないことが手に取るようにわかっていた。それはガールズバーでひとをみる目を養ったケイト・エルヴィーレの慧眼というわけではなく、ブライアン・ウィリアムスにもショーン・ジェイコブズにもわかっていた。C・C・カルロスの話の部分的な具体性のなさから、話のどのあたりが嘘であるかは明白だったのである。それはかれら三人とかかわらず、ママと酒を飲んでいる隣のフランチェスコ・デル・ジョコンダにもわかったほどである。ママはフランチェスコ・デル・ジョコンダに初体験のときの話をしていた。それは中学生のときのことで、ママは中学校の駐車場で先生相手に処女を失ったというのである。「マジかいな！　その先生うらやましすぎやし」とフランチェスコ・デル・ジョコンダは興奮していた。「いやあ、あんときは夢中やったしな。でもいま思ったらポークヴィッツみたいな」「ポークヴィッツ？」「その、ちんこが」「ポークヴィッツぐらいしかなかったん？」「うん、そのときはちんこってそんなもんなんや思てたけど、いま考えたらダントツ最下位」「ほなおれの方がええもんもってるし、今晩どう？」「それはあんた、いくら店に落としてくれるか次第やわ」「えーもう結構つこてるけどなー」「そんなん、うちに手ぇ出そ思たらまだまだやわ」下世話な駆け引きを楽しむ両名。そのさなかでさえ、BGMのようにうっすらと意識に流れ込んでくるだけのC・C・カルロスのベスト8が、嘘だということはわかったのである。だが、中堅メーカーの営業マンをしているフランチェスコ・デル・ジョコンダには、プロゲーマーという職業は面白く思えた。フランチェスコ・デル・ジョコンダは格闘ゲームが好きで、C・C・カルロスのプレイしているFPUも相当程度やりこんでいる。あれが職業になるなら、そんなええことはないよな。営業成績がなかなか上がらないフランチェスコ・デル・ジョコンダはそう思う。営業はけっこうつらい。日中は外を回るので自由時間が多く、たまにさぼって喫茶店に行ったりスロットを打ったりでき、それが楽しい面もあるが、結局職場に戻ってきてから猛烈に資料を作成せねばならないので、残業時間は青天井。それも、もちろん全額つくことはない。半分もついていない。月の残業は八十時間から百時間だが、つくのは月に三十時間までなのだ。この待遇はわずかにブライアン・ウィリアムスを下回っている。しかし、FPUの世界大会行ったやつって、どんくらいすごいんやろ。フランチェスコ・デル・ジョコンダは隣の三人組の中で唯一興味をもてたC・C・カルロスに話しかけようかどうか迷った。しかし、残りのふたりに興味はないし、いませっかくママをひとり占めできているのに、ごっちゃになると全体用のトークをしなければならなくなり、時間あたりの価値がうすれる。結局、話しかけないことを選択。ママはやはりセクシーだ。精神的にも成熟していて、陽気さのなかにも落ち着きがある。ママとやりたい。隣のケイト・エルヴィーレのような、若いだけの、勢いだけの未熟な少女に惹かれる人間は、まさにそのことによって自らの未熟さを露呈している。自分が年齢というアドヴァンテージで優位に立つことができる、致命的な攻撃を受けないでいられる安心感にもたれかかる醜い心性が、三人から腐臭のように漏れ出している。虫けらどもめ！　熟女好きのフランチェスコ・デル・ジョコンダはそのように考える。C・C・カルロスは隣の男がまさか自分に興味をもっているとは思いもせず、ケイト・エルヴィーレの関心を引こうとFPUの各種大会の話などするが、これははじめから敗北の定められた勝負だった。なぜならケイト・エルヴィーレもまた「ゲームにはまるようなやつは総じてゴミ」派だったからである。「あんな、ひとの作ったデジタルの世界で踊らされてる人間意味わからん」派だったからである。「現実に立ち向かえへん弱者が逃げ込む幻想の場所、それがゲーム」派だったからである。「連れのおらん寂しいやつがひとりでシコシコやってるあいだにめっちゃうまくなってまう、それがゲーム」派だったからである。だが、誰もケイト・エルヴィーレがゲームを蔑視していることに気が付かなかった。すべてのことに興味しんしんでありなさい。それがママの教えだった。「どうしても興味ないことでも、ぜったいそれがばれんようにしなさい」。ケイト・エルヴィーレはこの教えをしっかりと守っているといえた。しかしそのために、C・C・カルロスはケイト・エルヴィーレにいくらゲームで押しても無駄だと悟る機会を永遠に喪失した。C・C・カルロスは、ゲームが人間に作られた世界での、人間に勝手に取り決められたルール内での、現実逃避じみたむなしい遊びだ、という意見に対しては、「それは映画や読書に耽溺することと変わらない」といいたい派である。「野球やサッカーをはじめとするすべてのスポーツも、しょせんは人間の定めたルールの中を右往左往するだけのものだ。根本的な差異はない」といいたい派である。「ゲームを否定する論理は、他の多くの趣味や仕事をも否定しうる論理だ」といいたい派である。だが、ケイト・エルヴィーレがママの教えを守り抜いたために、こうした反論を述べ、建設的な議論を行う機会を永遠に喪失した。ブライアン・ウィリアムスはI・W・ハーパーの水割りを二杯飲んでから、「ビール」といったが、ケイト・エルヴィーレが「ええけど、ビールはプラス五百円やで」といったので尻込みした。I・W・ハーパーのほかに何があるのかは知らない。そして、「ほかに何があるん?」と聞くのも、恥ずかしくてできない。ブライアン・ウィリアムスには奇妙にゆがんだプライドがある。それは小中高と優等生でやってきて、私立大学の雄といわれるゲティスフォード大学を出ているプライドである。だが、ブライアン・ウィリアムスは就職活動に失敗し、一年の就職浪人の後、現在のシャルレー・プライズ社に入った。ゲティスフォードを出た人間が行く会社としては収入も社会的評価も下の下であるとされる会社だが、ブライアン・ウィリアムスはシャルレー・プライズ社以外の内定をとれなかったのである。「なっさけない」母であるシンディ・サラブルイユはいった。「ええ大学出したったのにそれかい」シンディ・サラブルイユは遠慮なくいうのだ。「ほんま学費返して。塾代も。シャルレーてあんた、そこらへんの高卒が行くとこやん」シンディ・サラブルイユはブライアン・ウィリアムスがゲティスフォードに合格したとき地域のママ友に破竹の勢いで自慢してまわり、不必要な食事会などを乱発。ほとんどのママ友はそれに辟易していたが、なかには「どうやって入ったん？」と自分の子育ての参考にしようとしている者もいくらかいた。シンディ・サラブルイユは得意げに「無理やりやらさんこと。これだけはいえるわ」などといい放って上機嫌なのであった。結局シャルレー・プライズに入社したということは誰にもいっていない。ママ友の質問攻撃をかわし続け、すでに入社七年目になるいまではもはや誰も聞いてこない。恥部を決してさらさないシンディ・サラブルイユの守備力の高さは折り紙つきである。「ほな、ハーパーで」「飲み方も一緒？」「水割りで」ハーパー連打のブライアン・ウィリアムスに、ケイト・エルヴィーレは軽蔑のまなざしである。「だっさ」とケイト・エルヴィーレは思っていた。「五百円出すの嫌がるぐらいやったらガールズバーとか来んなや」と思っていた。「そんなんケチってるやつにこっちもドリンク頼みにくいわ」と思ってい
た。「しかもハーパーしかわからんの丸出しやし。きいてくれたら教えんのに」と思って
いた。「なんかめっちゃ打たれ弱そう。自分の知らんこととかが話題になったら顔とかひ
きつりそう」と思っていた。「なんかうち一撃で心の息の根止めれそう、このひとなら」
と思っていた。しかし、ブライアン・ウィリアムスの心の息の根を止めても何の得もない
ケイト・エルヴィーレは「なんかさあ、いっつも思うけどさあ、ブラっちて頭よさそう」
といった。「え？　おれなんかめっちゃアホやで」「いやー、でもブラっちやっぱゲティス
フォード出てるし、しゃべり方もめっちゃ賢そう」「アホアホ。ゲティスフォードなんて
アホばっかり」ブライアン・ウィリアムスは出身大学を褒められるといつもそういう。
「ほんま、あんなんやるかやらんかだけ。ケイちゃんとか頭の回転はやいし、やったら楽
勝やで」「えー、うちが！？　冗談でもうれしい〜」「冗談ちゃうて。なあ？　頭よさそう
やんな」あまり会話に参加していないショーン・ジェイコブズに、会話のバランスをとる
つもりで話を振るブライアン・ウィリアムス。「うん、確かに潜在能力感じるわ」ショー
ン・ジェイコブズが語り出す。「なんかパッパラパーとみせかけて芯もあるし。たぶん何
やっても成功するタイプやな」大したことはいっていないが、なぜかショーン・ジェイコ

ブズの言葉には説得力があった。ブライアン・ウィリアムスもC・C・カルロスも、ショーン・ジェイコブズの言葉にもっとも力があることを認めざるをえなかったが、それがなぜなのかわからなかった。店で客から褒められ慣れているケイト・エルヴィーレも、どんな褒め言葉にもめったに心を動かされないケイト・エルヴィーレも、ショーン・ジェイコブズの言葉にはすこしうれしくなってしまう自分を感じていた。「なんか、ショー平ってめっちゃもてそう」「え、なんで？」「どっしりしてて落ち着きがあるっていうか、声聞いてると心地良いっていうか、顔以上にもてそう」「なんやねん、顔はあかんってことかいな」「ちゃうちゃう！　顔もかっこいいけど、そのかっこよさをもっと超える魅力が別にあるみたいな」「ほんまかいな」「ほんまほんま！　なあ？」ケイト・エルヴィーレがブライアン・ウィリアムスとC・C・カルロスに話しかけ、ふたりは「確かになあ」「そういう感じはあるかもな」といいながら悔しさを隠すことができず、ブライアン・ウィリアムスの唇はかすかに震え出し、C・C・カルロスは貧乏揺すりをはじめた。そういうふたりの身体反応にケイト・エルヴィーレは気付いていたが、どうでもよいと思っていた。「なんか、歌でも歌う？」やりきれなくなっていたブライアン・ウィリアムスがハードロックの曲を入れてシャウトするが、周囲の反応を気にした思い切りのよくないシャウトはへろへろと、ガールズバーの丁寧に磨かれたぴかぴかの床に情けなく墜落した。

「すごーい、うまーい」とケイト・エルヴィーレがいい、申し訳程度の拍手が贈られる。

その後、ショーン・ジェイコブズとケイト・エルヴィーレがふたりで話し、ブライアン・ウィリアムスとC・C・カルロスが交互に歌う時間が続いた。「なあ、こいつ結構ロック好きやねん、大人しそうやけど」「みかけによらんなあ」「こいつ結構アニソンも歌いよんねん、おれわからんけど」「うちもわからんけど、アニソンてキャッチーなん多くてええよな」などと、ふたりの歌を肴にショーン・ジェイコブズとケイト・エルヴィーレが盛り上がり、そのうちに恋愛の話になる。「彼氏おらんいうてたけど、いつからおらんの？」「えー、半年ぐらい前かな」「なんや、つい最近やん」「最近ちゃうし！　半年もおらんかったらちょっと悩むわ」「いやいや、おれなんかもう二年ぐらいおらんで」「うっそ、遊んでるだけちゃうん」「ちゃうて！　もうおれもアラサーやで、そんな遊ぶとかいうてられんし」「いやー、男は息ながいやん、女はあれやもん、ちょっと行き遅れたら悲惨やもん」「別にさ、まあ若い子がちやほやされやすいけど、おれはやっぱ人間としての魅力が磨かれてないと意味ないと思うわ。若さだけを武器にやってるようなのは、すぐ飽きられるで」「うちもそれはそう思う」「せやろ、まあ若さを利用するのはええけど、それがなくなったときにどうしようもない、みたいな生き方はあかんで」「やーん、うちどうしたらいい？」「将来どうしたいとかあんの？」「うちな、実は公認会計士の試験勉強はじめてん」「えっ！？　めっちゃエリートみたいなことしてるやん！」「せやろ？　高卒やし、笑われるからあんまいわんけど」「笑わへんよそんなん。そしたらうちの会社もそのうち、ケイちゃんに監査されるかもなあ」「気ぃはやいわ！　でもな、これガチでやってんねん」「酒飲みながら電卓叩いてんのや」「そうそう、酒飲みながらこう……なわけないやろ！」「ハッハハハ！　でもそれマジで応援するわ」「やーんありがと～」「なんかこういう店もちたいとか、そういう夢あるんかなって思ってたけど、えらい別方向いってんな」「うん、正直店ももちたい気はあるねんけど、やっぱ景気悪いし、社会のことも知っとかなあかんし」これらの会話の断片を、自分の歌っていないときに聞きなんとなくケイト・エルヴィーレの現状を把握するブライアン・ウィリアムスとC・C・カルロスだが、もはやふたりのつくる世界に入りこむ度胸はない。聞こえていないふりをして歌い続ける。例年どおり何事もなく年越しのカウントダウンが終わる。そして迎えた正月、ケイト・エルヴィーレがショーン・ジェイコブズにラインを送信。「うち、ほんまショー平としゃべるん楽しいわ。こんどふたりでデートいかへん？　とかいって笑」ひとりで二日酔いに耐えていたショーン・ジェイコブズは、頭を押さえながらもニヤリ。「ええでー！　おれもケイちゃんとおるの楽しいし。明日初詣いかん？」初詣の後、ふたりはハッスル。夜にはふたりの考えうるすべての体位を試し、三度白濁液が発射された。三発目を終えた瞬間、ショーン・ジェイコブズにはケイト・エルヴィーレが肉塊にしかみえなくなった。ショーン・ジェイコブズはほとんど、女性を性の対象以外のものとしてみない。愛を信じない。ショーン・ジェイコブズの両親が離婚していることがその考えに影響を与えているかどうか、それはかれ自身にもわからない。異性と恋に落ちて家庭をつくり、使命感をもってそれを守っていく。現代においても支配的な価値をもつとされるこのルートに魅力を感じない。既婚者はすべての可能性をなげうったあわれな羊にみえた。ベッドから出て煙草に火をつけていると、「うちな、ショー平みたいなひとと付き合いたかった」というケイト・エルヴィーレの、布団からはみだしたゆたかな胸がスタンドミラーに反射して瞳に飛び込んできた。それは性的魅力にみちた若いセックスフレンドが厄介な感情をもちこんで弾力のある肉を腐らせ、老婆へと変貌する瞬間であった。「せやな、もうちょっと歳が近かったらなあ」氷のような表情をなんとかやわらげながら、とげとげしくなる声に注意深くまるみを与えながら、ショーン・ジェイコブズはいう。「そんなん、うちは気にせえへんけど。年齢とか」「いやいや、十も離れてたら絶対後悔するって」「せえへんと思う」強気なまなざしがからみついてきて、ショーン・ジェイコブズはケイト・エルヴィーレに殺意を抱いた。どうして、身体だけの関係にとどめておくことが最良だということがわからないのだろう？　ショーン・ジェイコブズには不思議である。そんなん、めんどいだけやのに。

なんでそんなだるいことに首つっこもうとすんねやろ？　嘘ついたろ。「ごめん、いってなかったけど、おれ彼女おんねん」「え？」「結構長い彼女がおって。ほんで、こんなことしたらあかんねんけど、ケイちゃんのこともええなあって思ってたから」「……」「こんなんあかんよなあ？　しばいてくれてええで」「やっぱ、ショー平がフリーなわけないか！」突然明るさを取り戻すケイト・エルヴィーレ。「ほんならさあ、うちは二番目でええから、時どきこういうことせえへん？」ショーン・ジェイコブズはこれに応じることはトラブルのもとだと思ったが、ケイト・エルヴィーレをセックスフレンドにしたいという欲求に抗えなかった。それだけ今日の三発が至福だったのである。その日から、ふたりは約一年にわたって関係を続けた。ケイト・エルヴィーレのような美しい女性に好意を打ち明けられたならそれだけで昇天してしまうであろうブライアン・ウィリアムスとC・C・カルロスは、あの大晦日のあとでそのような展開があろうとは予想だにしなかった。ショーン・ジェイコブズと自分のあいだにそれだけの大差が開いているということは思いもよらなかった。ショーン・ジェイコブズとケイト・エルヴィーレが一月早々に快楽をむさぼりあっていた頃、アパートの部屋でこたつに入りぼうっとテレビをみるばかりのブライアン・ウィリアムスのほうには、マクスウェル課長からおだやかでない知らせが入った。デッカーマン係長が、交通事故で右腕を失ったというのである。「見舞い行ったんやけど的ですか」「おう。あんまり見舞いにも来てほしくないみたいやし、そっとしたってくれ。精神的な問題もあって」「精神えらいへこんどってな。しばらくは職場復帰難しそうや。年始から仕事で迷惑かける思うけど、おれもできる限り協力するさかい、あんじょう頼むわ」正直、デッカーマン係長がいないことは、仕事に関していえば大きな問題ではないと思われた。ブライアン・ウィリアムスは、もしも自分の右腕が失われたらどうなるだろう、と想像する。仕事はとてもやりにくいだろう。もうすでに七年使っている自宅のノートパソコンを開く。左手だけで文字をうちこんでみるが、かなり遅い。右利きなのだ。デッカーマン係長はどっち利きだったのか、ブライアン・ウィリアムスは思い出そうとするが、さっぱりわからない。どれだけ周りのことをみていないのか、自分の視野の狭さに愕然とする。デッカーマン係長はおれが右利きなんわかるやろか？　わからんやろな。一か月後に職場復帰したデッカーマン係長は、それまでと打って変わって無口になり、過去に一度も断ったことのなかったマクスウェル課長の飲みの誘いもすべて断るようになった。かつて出世に燃えていたデッカーマンはみる影もない。コリンズ・ウェルズ部長も声をかけたが、デッカーマンはつれなかった。実は、コリンズ・ウェルズ部長はデッカーマンをなんとかしてやりたいと本気で考えていた。コリンズ・ウェルズ部長もまた、右足に障害を抱えていたからである。それは仕事をするうえで何度となく高い壁として立ちはだかったが、コリンズ・ウェルズは持ち前の負けん気を発揮してその都度難敵を倒してきた。心ない中傷にもめげず、仕事の成果で同期たちを、時には先輩までもを圧倒し、部長の地位にまでのぼりつめたのである。コリンズ・ウェルズが右足を引きずる姿はいつしか、勇敢に戦って負傷した兵士のような神々しさを放つようになった。コリンズ・ウェルズはみずからの体験が、いまこそデッカーマンに役立つと確信していた。だが、デッカーマンの方は何度誘っても飲みに来ず、仕事中も必要なこと以外は一切話さないのだった。ブライアン・ウィリアムスは、いつもやいやい口を出してくるデッカーマンが静かになったことで、仕事のうえではやりやすくなったと感じていたが、やはりデッカーマンの元気のなさ自体は気がかりだった。しかし、トビー・オブライエンは「いいざまやん」といった。「あんな風に横暴かましとったら天罰くらう、そういうことやん」「いや、でも、あきらか病んでますし」「病ましとったらええんやあんなもんは。これまであいつにメンタルやられたやついっぱいおるがな」「それはそうでしょうけど」「そやろ。やめたやつもおれふたりぐらい知ってるし。そいつらの生き霊が、デッカーマンの腕と精神を呪い殺したんや」「でも……」「お前かて残業代むしり取られてきたやろ。いまやったらあいつ、全部申請通すんちゃうか」トビー・オブライエンはBランチをたいらげると、「ほな、一服してくるわ」といって喫煙所へ向かった。そこにはデッカーマンがいた。左手でぎこちなく煙草を取り出し、口にくわえ、また左手でライターを取り出し火をつけ、ひとと目を合わせないように下をじっとみつめるデッカーマンがいた。「うわ」とトビー・オブライエンは思った。「気まずいやつやんこれ」とトビー・オブライエンは思った。「しかしおれの書いたあの小説、けっこうな効力があったんかもな」と思った。「死ぬとこまではいかんかったけど、右腕いただいたわけやし、呪術的な能力があるんかもしれんな」と思った。「また気に入らんやつ殺す小説でも書いたろ」と思った。「もしかしたら、それを本人が読んだら実現する、みたいな能力かもしれんな」と思った。デッカーマンは廃人のように陰鬱な空気感を醸し出しながら、ただただ煙を吐き出している。マジでこいつわらけるわ。トビー・オブライエンはその夜、自分の能力を確かめるべく、さっそく新作の執筆にとりかかった。殺したいやつなら山ほどいるトビー・オブライエンである。デッカーマンの被害をトビー・オブライエンよりもよほど多く、しかも直接的に受けていたブライアン・ウィリアムスは、しかし「いいざま」とはまったく思えなかった。かわいそう、と思ってしまう。だが、それも何か見下しているような感じがして、あまり道徳的な感情ではないとも思う。ある日、デッカーマンは片腕で個人情報の記載された文書を段ボール箱に詰め、それをかついで「溶解文書」の回収場所へもっていこうとしていた。ブライアン・ウィリアムスが「あ、僕がもっていきます」といって荷物に手をかけたとき、デッカーマンはひどく嫌がるそぶりをみせ、段ボール箱は床に落下し、しっかりと貼られていなかったガムテープがはがれ、中の文書が散らばった。「すみません！」ブライアン・ウィリアムスが片付けを手伝おうとすると、デッカーマンは「ええわ！」と叫んで拒絶した。部屋じゅうが静まりかえった。その一部始終をみていたニナが残業前、小腹をみたす食べ物を買いにコンビニへ出かけようとするブライアン・ウィリアムスを追いかけていった。「今日のアレ、気にしなくていいと思いますよ」。ブライアン・ウィリアムスはその気遣いをよろこぶ余裕もなかった。ニナが話しかけてきたという、業務連絡ではない事柄について話しかけてきたという史上はじめての出来事に昏倒寸前。「え、あ、うん」しどろもどろのブライアン・ウィリアムス。「係長も、まだ気持ちの整理がついてないんだと思います。でも、ブライアン主任のやったことは、間違ってませんよ」ニナの優しい瞳の光が、ブライアン・ウィリアムスにあの日の残業の光景を思い起こさせる。ニナの椅子に座って、醜い自慰行為を遂げたときの至上の快楽を思い起こさせる。その快楽の大きさと同じ絶対値の罪悪感がのしかかってくる。おれはそんなにいい人間じゃない。あれも、近くにいるのに何もしない自分を、みんなや課長、そして何より係長本人がどう思うか気になってやっただけだ。たぶん、ニナの想像しているような利他的な境地から助けたんじゃない。おれのあれはほとんど自己保身だった。「え、まあ、ありがとう」五つも年下のニナ相手に、びびったブライアン・ウィリアムスは単語を発することしかできない。ニナはそのおどおどした態度を不審に思いながら、自分の言葉の方こそ失敗だったかもしれないと思いながら、定時でドロン。残業するブライアン・ウィリアムスにも他の課員たちにもかまわず、同じく定時で帰るデッカーマン。七歳になる娘イリア・フローレスのピアノが家じゅうに鳴り響いている。「なんや、あんたまた帰ってきたん」妻キャシィ・マリベルの突き刺すような一言。「おう」「手ぇ片方ないんやから仕事時間かかるんちゃうの」「……」「これまでさんざん残業して。子供のこと手伝ってほしいときも飲みに行って。そうやって役に立たんくなったら帰ってくるんか」「……」「なんや、いままでやらんでええことで残業してたんか。それか部下にやらせてるんか。どっちにしろゴミ上司やな」「……」「なんでもええけど、やることなくても残業してきいな。金もってくるぐらいしか、あんたができることないんやで」「……」「大体あんた邪魔やし。陰気くさい顔しておられたら。イリアもピアノ弾きにくいわ」「すまんな」デッカーマンはテレビをつける。夕方のニュースをやっている。残酷な殺人事件や交通事故、大規模な火災が立て続けに報じられると、デッカーマンはおだやかな気持ちになった。「おれよりあかんやつはたくさんおる。運悪いやつは」。それがデッカーマンのよすがとなった。幻肢痛も、より不幸な者を想像すると不思議とやわらいだ。デッカーマンは完全に仕事のやる気をなくし、毎日のニュースをみるのが楽しみになった。誰か死んでないか？　事故で重度の後遺症が残ってないか？　わくわくしながらスマホをみたりテレビをみたり。障碍者の特集番組をやっていればかじりついた。おれよりやばい障碍のやつがいる。こんなにおる！　デッカーマンは特に目がみえないのは終わりだと思っていた。盲人を主人公にしたドラマをみてほくそ笑んだ。何が、何もみえなくても希望の光だけはみえる、やねん。へそが茶わかすわ。目ぇみえんで何ができんねん。死んどけ。デッカーマンは異常なまでに脳内で障碍者を攻撃する。やがて、デッカーマンは障碍者のあつまる自助会に参加。片手を失った経緯や、その後の周囲の非人道的対応について、さめざめと語った。後者に関しては創作であった。身体障碍者たちが先輩として、デッカーマンに生活の仕方や心の持ち方についての親身なアドバイスを行ったが、デッカーマンはそんなものを聞いてはいなかった。求めてはいなかった。障碍者どものぶざまな姿をおがめればそれで良かった。デッカーマンはそうして少しずつ元気を取り戻していき、口数も多くなっていった。仕事も、以前ほどの熱意はないものの普通にこなすようになり、部下とのコミュニケーションも増えていった。ブライアン・ウィリアムスはそれをうっとうしく思いながらも、よかったな、と感じていた。まあ、どんな状況にも人間、慣れてくるもんなんやな。その回復にはもちろんキャシィ・マリベルも気付いていたが、自分よりも重度の障碍者をみて心を躍らせているのがあまりにも明白だったので危機感を覚えた。イリア・フローレスに悪影響だと思ったのである。「あんた」「なんや」「あんた、自分よりやばいひとみて喜んでるやろ」「はあ？　そんなわけないやろ」「どうみてもそうやん」「アホか。そんなガキみたいなこと」「ほんまに？」「当たり前や。そんなん、人間として終わってるやんか」キャシィ・マリベルは夫が否定するのでしぶしぶ引き下がった。デッカーマンは真実をいい当てていたキャシィ・マリベルに嘘をついたことを、特に悪いことだと思わない。「しゃあないやんけ」と思っていた。「お前みたいに腕のあるやつにはわからん」と思っていた。「五体満足のやつにおれのことは絶対にわからん」と思っていた。「生きていくために必要なら、それがどんなに醜い手段でも使う。それがおれのやり方や」と思っていた。「これでしか元気出えへんのやから、これで元気出す。いくら軽蔑されたって、それがおれなんや」と思っていた。イリア・フローレスはもともと父のことが好きでなく、腕を失って無口になっていた父も好きでなく、重度の障碍者をみて元気を回復した父も好きでなかった。そしてピアノも好きでなかった。それでも「うちピアノ大好き」といい続けた。そういわないと、キャシィ・マリベルが怒るからである。キャシィ・マリベルは音大の出で、プロのピアニストを目指していたが挫折した経験をもつ。いまでは大手のピアノ教室で講師をやっている。そして娘を音大に入れ、プロのピアニストにする気まんまんである。「あんたは、ほんまに好きなことやったらええんよ。ピアノ以外でも色々、面白いことはあるやろから」。にこにこしていうキャシィ・マリベルだが、ピアノやめたい、などといえば百烈ビンタが飛んでくるのはみえみえだった。それはまだわずか七歳のイリア・フローレスにもわかるほどだった。イリア・フローレスは厳しい母の前では優等生としてふるまい、ひとりのときに泣いていた。ピアノやめたい。ぜんぜん面白くない。母は「ジャンルにかかわらず、ぜんぶの音楽が音楽。クラシックもポップ・ミュージックも、どっちが上ってことはないんよ」というが、クラシック最強論者であるのが明らかだったので、イリア・フローレスは絶対にポップ・ミュージックを好きだといわなかった。ほんとうは余裕でポップ・ミュージックのほうが好きだったにもかかわらずである。世に出てくるアイドルたちの歌に幾度も心を打たれていたにもかかわらずである。猛烈なスパルタ教育の甲斐あって、イリア・フローレスは小学校高学年になる頃、すでに数々のコンクールを総なめにしていた。テレビ取材もいくつか受け、「天才少女」として紹介された。だが、人気はさほど上がってこなかった。なぜなら、あまりかわいくなかったからである。顔が縦に長く目が離れていて、テレビ側も「天才美少女」とすることはできなかった。なんとか「美」の要素を見出そうとしてみても、難しかった。おそらく、これから歳を重ねるにつれてどんどん悪くなる一方だろうと予想された。キャシィ・マリベルがまさに、イリア・フローレスの成長後の姿そのものだろうと予想された。ふたりはまるで父親なしに、無性生殖によって増えた仲間のようだった。イリア・フローレス人気は過熱しないまま、やがてコンクール無双にも翳りがみえはじめる。中学生になると、すごいライバルがたくさん出てきて、なかなか優勝できなくなった。キャシィ・マリベルはいらだった。こんなところでジリ貧になっとったら、プロなんてなられへん。それまで以上にビシバシ鍛えた。「あんた、ほんまにピアノでやっていくんやったら、ダラダラしとるひまないで！　空いた時間はぜんぶピアノのこと考えなさい」イリア・フローレスは涙声で「はい」という。「はい」という以外にない、わたしには。ある日テレビで、幼い頃にスパルタ教育を受けたスポーツ選手が、オリンピックのメダリストになっているのをみた。非人道的ともいえるほどの激しいスパルタ教育の映像が流れ、それからいまのメダリストが「つらかったのは確かですけど、あの時期に基礎ができたんで」といった。「あれがなかったら、いまの僕はないですね」。イリア・フローレスは突如として、大声で泣きはじめた。「どうしたんや」驚いてあわてふためくデッカーマン。しかし、キャシィ・マリベルはしらけ気味である。「なんやのあんた」泣きじゃくるイリア・フローレス。「あんたのピアノなんてなあ、このメダリストの努力に比べたら屁みたいなもんやわ」。イリア・フローレスはおいおい泣いて、何も話せる状態でなかった。「泣くんやったら、もっと必死でやってから泣き」あきれたキャシィ・マリベルはバスタイムに突入。すでに会社で窓際の方へ追いやられ、それを恥じる気持ちすら失っていたデッカーマンは「なあ、お前、ピアノいやなんか？」と聞いた。優しい声だった。信頼関係のある親子の場合なら、これはあるいは救いの言葉となったかもしれない。だが、イリア・フローレスは母よりも父の方が嫌いだった。それはずっと変わらない。わたしのことなんて、何も考えてへんくせに。イリア・フローレスはそう思った。まだお母さんのほうがわたしのことわかってる。生まれてから十年以上も放っといて、ちょっと優しく話しかけたらそれがチャラになるとか思わんといてほしい。なめんといてほしい、ほんまに。イリア・フローレスは父の問いかけに答えることなく、怒涛の勢いでピアノを弾きはじめた。「なんやねんな」デッカーマンは当惑するばかりである。この鬼気せまる演奏は、バスタイムを楽しむキャシィ・マリベルの耳にも届いていた。「お、なかなかええやんか」キャシィ・マリベルは曲に合わせて思わずハミングである。「気持ちが入ってる。これがコンクールで出たら勝ち負けになるわ」だが、これはコンクールで出なかった。優勝することもまったくできなかった。それ以降、コンクールはぜんぶスタウフベルゲンのものだったからである。スタウフベルゲンは「気持ちをこめる、なんていってるやつはアカン」といった。「気持ちのあるなしなんて関係ない。そこには技術があるだけや」。スタウフベルゲンはその確かな技術で天才少年の名をほしいままにした。テレビにも引っ張りだこ。しかし「イケメン」との形容はされなかった。ぜんぜんイケメンではなかったからである。スタウフベルゲンはかなり太っていたし、鼻がぺちゃんこにつぶれていた。度のきついメガネのせいで、大きくない目がさらに小さくみえた。だが、バラエティでそこそこ面白いことをいうので、テレビには重宝され続けた。「こんな、テレビとか出てて練習時間取れてるんやろか」各種コンクールでスタウフベルゲンの後塵を拝したピアニストの卵たちはみな思っていた。「たぶん、自分のほうが練習してる」。だがスタウフベルゲンは、単純な練習量によってたどりつける場所に、自分はすでにいないと確信していた。凡才どもが毎日倒れるまで練習しても、おれには勝てん。「なんで勝てへんの!」「こんなテレビ出てチャラチャラしてる子に!」怒り狂うキャシィ・マリベル。キャシィ・マリベルの執拗な攻撃はイリア・フローレスの心をじくじくとむしばんでいった。やがてイリア・フローレスは、「わたしも腕なくなればいいのに」と考えはじめた。「お父さんみたいに腕なくなったら、ピアノ弾かんでもええのに」。イリア・フローレスはその方法を、毎晩のように空想しはじめた。しかし、それを実行に移す勇気は起こらなかった。それは腕を落とすときにともなうであろう痛みのためでもあり、父が実際に直面している日常生活の不便のためでもあった。半年後、イリア・フローレスの左腕はぴくりとも動かなくなった。キャシィ・マリベルは狂ったように病院をはしごしたが、原因は不明。医師たちの意見をまとめると、「心因性のなんかでしょうね」というところだった。キャシィ・マリベルは焦った。一か月も練習をさぼれば、どれだけ腕が錆びつくのか、よくわかっているからである。「動くやろ！」いらいらして毎日叱りつけた。「お医者さんがなんともないいうてはんのやから！　わざとそうやって、練習さぼろうとしてるんか？」イリア・フローレスは「ちゃうし、ほんまに動かへん」といった。それはほんとうだった。イリア・フローレスは本気で左腕を動かしたいのだった。それは生活がとんでもなく不便だったから。「お父さん、よくやってんな」。左腕一本でほとんどのことをうまくやれるようになっていた父を、何かあこがれのような気持ちでみつめる娘。デッカーマンはそれに気付きはじめ、腕の動かない原因をつくった犯人であることが間違いないキャシィ・マリベルからできるだけ離れさせてやろうという意図半分、さらにかっこいいところをみせようという意図半分で、イリア・フローレスをドライブに誘った。デッカーマンは左手だけで車を自在に操れるようになっていたのである。はっきりいってそれは自分でも惚れ惚れするほどで、誰かにその見事な技術をみてほしいという思いもあった。イリア・フローレスは「うーん、やめとく」といった。お父さんと二人きりとか、きついし。イリア・フローレスが気まずいドライブを回避したのと同じ日に、それを肩代わりするかのようなすさまじい気まずさの渦中にあったのが三十四歳になっていたブライアン・ウィリアムスである。ブライアン・ウィリアムスは母のシンディ・サラブルイユと妹のコリーヌ・ゾエ、そして妹の婚約者であるクリストフ小川、この四人で顔合わせの食事会だったのだ。ブライアン・ウィリアムスは、単身赴任で外国にいる父ヨシフ・シュトレームリのいわば代打としてその場にいた。いまや小さかったコリーヌ・ゾエも二十九歳、そして婚約者のクリストフ小川はなんと二十三歳である。実家には年に二度帰るが、コリーヌ・ゾエと会うのは五年ぶり。そこで「愉快な兄貴」を演じるために何を話せば良いのかがさっぱりわからず、「いやあ、コリーヌなんかどこが良かったん」と冗談ぽくいうのがいいかと考えたが、兄妹仲は悪くなかったとはいえ五年も会っていない妹をあしざまにいうのも「お前に何がわかんねん」的空気を生み出すに違いなく、かといって、クリストフ小川のことを根掘り葉掘り聞くのも失礼な気がした。だが、その他のちょうど良い話題も思い当たらず、水をちびちび飲みながら、会場となった少し高級なレストランのメニューを意味もなく熟読して沈黙に耐えていた。そんな中で、シンディ・サラブルイユが「おばあちゃんがボケてきたみたい、最近」といいはじめた。「おばあちゃんて、どっちの」とブライアン・ウィリアムスは沈黙を破るきっかけにすがるような思いで、実際にどっちのおばあちゃんがボケていたのかを知りたいという思いはなしに聞くと、「お父さんの方」という。それはブライアン・ウィリアムスには意外だった。どちらかというとお母さんの方のおばあちゃんの方がボケそうな雰囲気だったからである。父の母、リッテガルデ・ノートンは金にがめついので親族たちから嫌われてはいたが、その分頭の方はしっかりしているという印象だった。「ボケてるいうても、物忘れが激しいとかそんなんやろ」「いや、そのレベル超えてるみたい」「そうなん?」「スーパーで野菜とか勝手に持って帰るらしい」「泥棒やん!」はは、とブライアン・ウィリアムスは、間髪容れずに良い突っ込みを入れられたと思って笑ったが、かれ以外は誰も笑わなかった。「それって結構、やばいかもしれないですね」クリストフ小川は真剣なまなざし。「要介護認定とかもらって早めに対処しないと。この先どうなるかわかりませんし」「やっぱそうやろか」「なんやったら、僕が市役所でどうしたらいいか聞いてきますけど」「ほんまに? 助かるわあ」シンディ・サラブルイユはすっかりクリストフ小川に視線を移し、「もうおじいちゃんは亡くなってておばあちゃん一人暮らしやねんけど、夜中に徘徊することもあるらしいねんな」と相談をはじめた。コリーヌ・ゾエはひまそうにネイルをいじっている。派手なネイルやな、とブライアン・ウィリアムスは思った。前はもっと地味やった。クリストフの趣味やろか。でも、こいつもそんな派手好きじゃない感じするし、前の彼氏とかの趣味やろか。そんなんせんでええのに。高いやろし。爪なんか誰もみてへんのに。コース料理が静かに届きはじめ、「いただこか」とブライアン・ウィリアムスはいったが、食べはじめたのはコリーヌ・ゾエだけで、シンディ・サラブルイユとクリストフ小川は熱心にリッテガルデ・ノートンの介護について語り合っている。ブライアン・ウィリアムスは前菜を食べながら悲しい思いだった。実の母が、息子よりも他人に頼っており、また、自分がその話を確かに面倒くさいと感じていて、他人でも誰でも、自分以外の者が処理してくれるならそれでいい、と思ってしまっていることが悲しかった。「そのへんのことはおれが調べるから」といいたいが、いえない。そういうことで生じる責任を想像すると、無言が一番。そういう情けない計算がはたらいている脳の動きを感じてむなしかった。おれがもし母だったとしても、おれのような責任逃れの頼りない男より、このクリストフ小川のような、親身になって物事を考えてくれそうな男を、血のつながりなど関係なしに信じるだろう。介護の話が一段落すると、シンディ・サラブルイユは「それにしてもいい身体してんな」といった。クリストフ小川が「学生時代に柔道をやってましてて」といったので、ひょろメガネのブライアン・ウィリアムスは思いっきりひるんだが、それを悟られないように「あ、道理で」と笑顔でいった。「お兄ちゃんとかイチコロやで」コリーヌ・ゾエがレストランに来てはじめていった言葉がそれだった。「ほんまにな」ブライアン・ウィリアムスは劣等感をしんしんとつのらせていた。「そういえば、お義兄さんはゲティスフォードの出だとか」それをみてとったのか、クリストフ小川は学歴の話を持ち出した。「まあ、そうやけど、そんなん関係ないしな」何に関係ないのか？ それはブライアン・

ウィリアムスにもよくわかっていない。「でも、僕なんて高卒ですから。やっぱ、かなわない感じしますよ」ぜんぜん、かなわない感じしてへんぞ。ブライアン・ウィリアムスはそう思いながら、また二十三歳の若い、状況的にはこちらが気を遣ってやらねばならないはずのクリストフ小川に逆に気を遣わせている自分が情けなかった。三十四歳なのに、二十三歳よりも未熟な自分が情けなかった。自分が社会人として十余年積み重ねてきた経験には、何の意味があったのだろう。絶望のうちに食事会は終わる。一人暮らしの部屋に戻った後でシンディ・サラブルイユが「どう？　何か気になるとこあった？」とラインしてきた。「気になるとこって？」「クリストフ君よ」「気になるとこって、別になかったわ。めっちゃしっかりしてるし。若いのに」「そうやんなあ」「何か気になるとこあんの、逆に」「全然ない」「ほなよかったやん。おれもいいと思うわ」「せやな」やがてブライアン・ウィリアムスの知らないうちにふたりは入籍し、リッテガルデ・ノートンは老人ホームへぶちこまれることに決まった。中程度のアルツハイマーで、もう一人暮らしはできないらしく、希望の老人ホームに空きが出るまでのあいだシンディ・サラブルイユが世話をするはめに。「なんで私があんなもんの世話」とシンディ・サラブルイユは思っていた。「いままで何も助けてもらったこともないのに、なんで私が」その理由は「専業主婦だから」というものだったが、夫のヨシフ・シュトレームリには弟も妹もいた。スタン・ブキャナンと、ペンテレジア・パトリシアである。ペンテレジア・パトリシアは共働きで確かに厳しいが、スタン・ブキャナンの妻マーガレット・ホワイエはシンディ・サラブルイユと同じく専業主婦だった。親族たちの話し合いの場で「うちも専業いうたかて色々あるし、マーガレットさんにも預かってもらえへんの？　専業やん」といってみても、スタン・ブキャナンは「うちはちょっと……すんまへん」というばかりで、すべてがシンディ・サラブルイユの負担となった。マーガレット・ホワイエは、その話し合いにすら顔を出さないのである。ペンテレジア・パトリシアは伝家の宝刀「共働き」を駆使して逃げる逃げる。そしてリッテガルデ・ノートンの世話は、当初想定された以上のストレスをもたらした。シンディ・サラブルイユは外国にいるヨシフ・シュトレームリにスカイプで怒りを爆発させる。「なんなん、あんたとこのきょうだい、血も涙もあらへんやん！」「まあ、あいつらもなあ、色々あるんやろ」「うちには色々ないんか！　ふざけてんのかあんた、自分は外国おるからええかもしれんけどなあ、こっちはあのボケに二十四時間縛られてんねん！　風呂で入れ歯洗うし、煙草の火は消さへんし、しょんべん漏らしたままテーブルに腰掛けるし、無茶苦茶やで」「いや、ほんま悪いけど、老人ホーム入れるまでの辛抱やし、頼むわ」「入れるまでっていつ入れるかもわからんのに！　あんた家おってみ、マジでキレるで。あんたそうやって冷静ぶって、ええかっこして、現実を知らんから！　これで世話になったひとならええけど、さんざん迷惑かけられてきただけやん！　パチンコばっかりしてお金振り込まされて、そんなんばっかりで、子育て手伝ってもらったとかそういうことぜんぜんないやん！　大体、ペンテレジアさんとこの娘なんか、あのババアが育てたようなもんやんか、共働きで何も子育てせんとババアに丸投げしとったやんか、そんだけ世話なってて、邪魔になったら捨てるんか！　おかしいやろそんなん！　もういらついて頭はげそうやわ」「いや、そういわれても、おれもそっち戻れへんし」「あんたなんか戻ってきても何もできひんやんか！　家事もなんもせんと、ちょっと頼み事したらキレるやんか、あんたなんかおらんほうがええねん、それは別に帰ってきてほしいとかない。全然ない。一生帰ってこんでええ。仕事バカは金だけ振り込んどけ！　なんか、もっと優しいひと探すわこっちで、無責任じゃないひと探して同棲するわ」「おまえ、アホなこというてんなや。しゃあないやろ」「何がしゃあないん」「誰かがみたらなアカンのやし」「なんでその誰かが私なんやっていうてんねん！　なんでペンテレジアでもマーガレットでもなくて！　私になるんやっていうてんねん！　耳聞こえてんのか？」「ほんますまんけど、頼むわ」ヨシフ・シュトレームリが続きを話そうとしたが、スカイプの接続が切られてしまった。「ヨっちゃん、どうしたん」シャワーを終えたミミ・アンダーソンがうつむいているヨシフ・シュトレームリを気遣って声をかける。「いや、うちのがなあ、おふくろの介護でもめとんねん」「介護ねえ」めんどくさ。ミミ・アンダーソンは興ざめである。そんな現実、不倫の現場に持ち込まんといてほしいわ。しける。ミミ・アンダーソンは三十六歳独身。ヨシフ・シュトレームリの会社の取引先の広報課課長代理。美人美人と言われ続けて、寄ってくる男はすべて嘲るようにしてはねつけ、そろそろ落ち着こうかなと思ったときには遅かった。ミミ・アンダーソンの厳しい基準をクリアしている男たちはすでに売り切れか、もっと若い女にしか興味がない。かつて寄ってきた男たちもだいたい既婚者どころかパパ。時どきそいつらからの誘いもある。「また、たまにはふたりで飲みにいかへん?」ミミ・アンダーソンにはそいつらの下心が透けてみえる。いや、透けるというか丸出しで、誰にでもわかる。酒を飲んだ後で身体の関係を迫ってくるのもいれば、迫ろうとしていいだせない、というのもいたし、ミミさんと飲めるだけでじゅうぶん、というのもいた。ミミ・アンダーソンは、よほど不潔な男でない限り、迫られたら応じることにしていた。わたしでよければ、お好きにどうぞ。それは自分が男どもの欲望をまだかき立てているということの確認作業でもあったし、自分には築くことのできなかった幸福な家庭に小さなくさびを打ち込む作業でもあった。浮気がばれて崩壊した家庭もいくつかあって、それはミミ・アンダーソンをおおいに楽しませた。おいしい思いだけしようというんが間違いやねん。ほのぼのした平和な家庭も、刺激的な肉欲の世界も、両方取ろうというのが間違い。気がかりだったのは、崩壊した家庭の男が誰ひとり、ミミ・アンダーソンに求婚してこないということである。なんやろ、結婚相手としてはわたし、いけてへんのやろか。まあ、もう結婚する気ないけど。そんな風に割り切れないのがリナ・フェイフェイ。ミミ・アンダーソンの中学以来の同級生である。ふたりはよく居酒屋で飲んでいる。「もうマジでやばい結婚したい」リナ・フェイフェイは三十を超えてからそればかり。「ほんまにもう独身の友だちとかおらんし誰も相手してくれん」「わたしがおるやん」「あんたしかおらん、もううちには！」リナ・フェイフェイはビールを飲んで泣く。むせび泣く。「いや、別にあんた、綺麗やし本気出したらいけるんちゃうの」「本気やっちゅうねん！フルパワーでいっとんねんうちは！　いつでも！　合コンとか！　婚活パーティとかいっとんねんリミッター外して！　むっちゃエロい服着て！」「そしたらメールとかラインとか来るやろ」「来るけど、ええのからは来ん」「そのえええの基準が高いんやろ」「そんなん今さら変えられへんやん！　あんたはどうなん、不倫ばっかして」「もうあきらめてねん、結婚なんて。せやから遊びの相手おったら十分」「老後どうすんの」「お金は貯めてるから。不倫のええとこは、だいたい男が金出してくれることよ」「うちは、うちはあんたみたいな人生耐えれん！」「せやから妥協して……」「それもいや！　絶対いや！　うわああああああああああああああああああ」ふたりのやり取りを聞いていらついているのが、居酒屋の端でひとり酒をやっているジェーン・キャシディ。女性。四十一歳独身。私立大学の契約職員である。なんやねんあいつらうっさい。両方まあまあ美人やし。どうとでもしようがあんのに、自分で自分の首絞めてるだけやん。あの悟ったみたいな方も同類。あきらめた、とかいって不倫はするんかい。ゴミやな。ああやって、おいしいとこだけ持ってってるつもりなんやわ。でもほんまのおいしいとこは絶対正妻が持ってってるから。そうみえんでも、絶対そうやから。勘違いすんなアバズレ。ジェーン・キャシディはそれまでに出会ったどの人間とも「いい感じ」になったことがない。合コンで連絡先を交換した相手とデートにいたったことはないし、婚活パーティでカップル成立はおろか、連絡先を渡されたこともない。ジェーン・キャシディはだから、ミミ・アンダーソンやリナ・フェイフェイのようなやつらをみると殺したくなる。ああやってピーピーいえるのは、恋愛市場での価値がゼロじゃないから。そう思えてるから。自信があるから。私みたいなのは、ピーピーいうことさえ許されない。最初から排除されて、ひとりで、死んでいくのみ。顔のない世界へ行きたい。誰にも顔なんてない世界へ。容姿で差別されることのない世界へ。そうや、みんなが目がみえなくなればいい。人間というものから視力がなくなればいい……ジェーン・キャシディは焼酎のお湯割りを飲み続ける。「あんた、それで七十とか八十とかなってみ、金さえあればとかじゃなくなってくんで、子供もおらんかったら誰も相手してくれへん、頭ボケて誰が誰かもわからんと、老人ホームで折り紙折って死ぬんやで」「あんなあ」ミミ・アンダーソンはヨシフ・シュトレームリの頭を抱える姿を思い浮かべる。「子供おったって、相手してくれるかわからんで」「それはしてくれるやろ」「いや、邪魔がられるんやって結局。小さい頃どんだけ世話したってても、ボケたりしてどうしようもなくなったら、結局は他人みたいになるんやって。血がつながってるからどうとか、あんまり信じてもしょうもないで」やがてリッテガルデ・ノートンはだまし討ちのようにして老人ホームにぶちこまれた。シンディ・サラブルイユが大型アウトレットパークへショッピングに行こうと嘘をつき、たどりついた老人ホームにはスタン・ブキャナンとペンテレジア・パトリシアが待ち受けていた。「オカン、こういうことや」「あんたら、私を捨てるんか？　捨てるいうんやな？」あんたら、といいながら、リッテガルデ・ノートンがみているのはスタン・ブキャナンだった。リッテガルデ・ノートンはヨシフ・シュトレームリとスタン・ブキャナンとペンテレジア・パトリシアの三兄妹のなかで、いちばんスタン・ブキャナンを愛していた。気が合うと思っていた。他のふたりが冷たく当たってくるときも、スタン・ブキャナンは味方をしてくれた。飼っていた犬の散歩も、リッテガルデ・ノートンの体調が悪くても誰も手伝おうとはしないなかで、スタン・ブキャナンだけは「僕が行く」といってくれた。優しい子。きっと、立派な人間になる。他のふたりはだめでも、スタン・ブキャナンだけはひとの痛みのわかる人間になってくれる。リッテガルデ・ノートンはそう信じていた。「捨てるんちゃう」スタン・ブキャナンはいった。「もう、オカンボケてしもたから、おれらと暮らしたって、ちゃんと世話できひん。それはオカンにもつらいことやん」「ボケてへん！　失礼な！」リッテガルデ・ノートンにはボケている自覚はない。自分的にはしゃんとしているのだ。「オカン、悪いけどボケとんねん。医者の診断も下りてる。せやから、こういうちゃんとしたとこ入って、みてもらった方がええねん。おれらもできるだけ様子みにくるし」「あんた、あんた……あんたに捨てられて、私何のために生きてきたんかわからへん！　全部意味なかった！　がんばってきたのに、人生全部無駄やったんや！　何てことやああああああああああ」泣いて暴れ出すリッテガルデ・ノートン。老人ホームの担当者が「本人の合意がなくては少し……うちとしては……」と渋りだしたが、リッテガルデ・ノートンはひとしきり泣いたあと、誰にも目もくれず、おとなしく老人ホームの個室におさまった。まるで死んで棺におさまったかのようだった。子供に迷惑かけたらこうなんのや。いいざまやわ。ペンテレジア・パトリシアも、シンディ・サラブルイユは心の中で笑っていた。やっぱパチンコとかして、子供に迷惑かけたらこうなんのや。しかしスタン・ブキャナンは泣いていた。オカン、すまん。うちでみるのは無理やったんや……スタン・ブキャナンの妻マーガレット・ホワイエは、親族の誰にも明らかにされていないことだが、永いあいだ精神の不調から抜け出せないでいた。それは娘のクララ・スアレスが、ある出来事をきっかけに引きこもりになったことが原因であった。クララ・スアレスが高校生の頃相当なワルだったことは近所では有名な話。クララ・スアレスは煙草を吸ったたし、万引きをしたたし、弱い者いじめが趣味だったたし、暴走族に加わってパラリラしたたし、気に入らないやつはワルの友だちを使って半殺しにした。クララ・スアレスのせいで不登校になった生徒は十人以上いたし、クララ・スアレスのせいでやめた先生もふたりいた。多くの人間の人生を狂わせた戦犯であるクララ・スアレスだが、そんなことはどこ吹く風。「うち程度の人間にやられてるようじゃ、どのみちもたへんわ」といった。もともと向いていないことをしている人間に、別の道を探しはじめるきっかけを与えているのだから、自分はいいことをしている、というのがクララ・スアレスの言い分であり、実感でもあった。極悪非道のイメージがついていた彼女だが、それでも顔がかなり可愛いというので、ワル仲間からも真面目な男子たちからも結構な人気を博していた。クララ・スアレスと同じクラスで学級委員をしていた優等生サンチャゴ・エルナンダは、クララ・スアレスのことが好きだった。それは一年生の二学期に行われた中間テストがきっかけである。学年一位を死守せねばならないサンチャゴ・エルナンダは、なんと数学のテスト中、シャープペンシルの芯が途中でなくなるというアクシデントに見舞われた。替えの芯も鞄の中にしまったままで、どうしようかあたふたしていると、「おら」と後ろから声がして、シャープペンシルの芯が箱ごと飛んできた。「うわっ、えっ」何度かファンブルしながらもキャッチ。振り返るとクララ・スアレスが「使えや、うちもう寝るし」。「え、でも」そういっているあいだに、クララ・スアレスは机に突っ伏してしまった。「ありがとう、クララさん」そういってサンチャゴ・エルナンダはふたたび問題に向き合った。僕を、クララさんが応援してくれている。クララさんのためにも、負けるわけにはいかない！　サンチャゴ・エルナンダはフルパワーで数学を解いた。苦手なベクトルの範囲だったが、なんのその。そういう気持ちでサンチャゴ・エルナンダは数学を解いた。その点数は、クララ・スアレスと自分とのはじめての共同作業の成果だった。「ええか、返すぞー、アベベ・ドミンゴ。55点。もうちょいがんばれー。イメルダ・ラプラッソ。77点。まあまあやな。この調子で。80点目指して」そして「クララ・スアレス。おい、取りに来い。クララ・スアレス。4点。ゴミ。ゴミ以下。脳みそ米粒ぐらいなんちゃうか？　よう毎朝迷わんと学校来れてるわ」そういわれてもクララ・スアレスはぜんぜん気にしない。なぜならヘッドホンをつけたままで、何も聞こえていないからである。クララ・スアレスはヘヴィメタル好きで、メタルバンドがたまに挟んでくるバラードがまったく好きでなくて、もう完全にギャンギャンの歌が好きだった。ギャンギャンのばっか聴いてると耳疲れるし飽きるし、ゆっくりしたやつ聴きたなるわあ、ということが一切なかった。寝ても覚めてもギャンギャンでなければいやだった。「はい次、サンチャゴ・エルナンダ。83点。悪くはないけど、サンチャゴにしてはいまいちやな」サンチャゴ・エルナンダはショックだった。いつも数学で90点を切ることはないのだ。苦手なベクトルとはいえ、クララさんのシャーペンの芯まで借りたのに……クララさん、ごめん、ふがいない結果で……それをみてほくそ笑んだのはサンチャゴ・エルナンダと学年一位争いをしているタキシラ・ヤンゴンである。タキシラ・ヤンゴンはあの数学のテスト中、サンチャゴ・エルナンダがクララ・スアレスからシャープペンシルの芯を受け取ったのを目撃していたのだ。それは悔しいことだった。可憐なクララ・スアレスとあのクソダサいガリ勉が接点を持ったということが耐えられなかった。その後、どうやらフルパワーを出しているらしいのも、手に取るようにわかった。だが、タキシラ・ヤンゴンはサンチャゴ・エルナンダがベクトルを苦手としていることを知っており、また、いくらその場でフルパワーを出そうが、結局点数はどれだけ準備しているかによってのみ決まると考えていた。フルパワーを出すべきはテスト中やない。準備中や。「タキシラ・ヤンゴン。96点。今回の最高得点や。ようやった。拍手」クラスの半数ほどが拍手したが、その中にサンチャゴ・エルナンダは含まれなかった。クソ、あのガリ勉、とサンチャゴ・エルナンダは思った。数学で13点も離されたら、もう今回はきついやんけ。事実、他の科目では差がつかず、得意の世界史での巻き返しもならず、学年一位はタキシラ・ヤンゴン。サンチャゴ・エルナンダは二位だった。当然のことながら、クララ・スアレスのシャー芯に特別な力はなかったのである。クララ・スアレスはなぜ、サンチャゴ・エルナンダにシャー芯を貸したのか？　サンチャゴ・エルナンダが真剣にテストに取り組んでいる学年トップクラスの優等生だったからか？　そうではなかった。クララ・スアレスは、シャー芯がいやになったのだった。学校で過ごすつまらない授業の時間。わけもわからず椅子に座って耐え続けるテストの時間。そういうすべての退屈の根源は、文字を書けるようにしてしまうこのシャー芯なのだと、謎めいたベクトルの問題をみつめるなかで悟ったのだった。なんやねん、こんなもん。何の意味があんねん、この矢印。ベクトルってなんやねん。クララ・スアレスは特にベクトルという言葉がきらいだった。経験上、調子に乗ったえせ秀才たちが得意げに「いや、それはちょっとベクトルがちがうんだよな」などといい放つことが多かったからである。そういう会話に巻き込まれたとき「なんなん、ベクトルって」ときくと、バカにしたように笑われることが何度かあったからである。諸悪の根源、シャー芯を視界から遠ざけたい。そう思っていたときに、前の席のサンチャゴ・エルナンダがちょうどシャー芯を欲しているのがわかったので、放り投げた。ただそれだけのことだった。それはサンチャゴ・エルナンダでなくてもよかった。シャー芯を欲していなくてもよかった。猿でも犬でも昆虫でもプランクトンでもよかった。クララ・スアレスがシャー芯を投げるという行為は、おそらくどのような外的要因も阻むことのできない絶対的行為だった。だが、サンチャゴ・エルナンダのほうは、それでぞっこんになってしまった。シャー芯がクララ・スアレスとかれとを強く結びつけ、そのケースは宝物となった。クララ・スアレスが間違いなく何度となく触れたケース。サンチャゴ・エルナンダはそれをまるで殺人現場の調査を行う警察官のようにビニール袋に保管した。中のシャー芯はそれによりほんらいの役目を果たすことができなかった。書かれるためにうまれたシャー芯は犬死に。この中間テストで一位を取ったタキシラ・ヤンゴンは、このシャー芯の件があったので、手放しでよろこぶことができなかった。おれが、おれがもし一位を取れない代わりにクララ・スアレスのシャー芯をもらえる、といわれたら。一位かシャー芯かどちらかを選べといわれたら。タキシラ・ヤンゴンは認めたくないが、その答えは「シャー芯一択」であった。「やっぱシャー芯一択」とタキシラ・ヤンゴンは思った。「一位取ったからってなんやって話やし」と思った。「別に受験本番ちゃうねんから、ずっと残るシャー芯のほうがいいし」と思った。「推薦狙ってるわけちゃうから、中間テストで内申点稼ぐとかいう気もないし」と思った。「やっぱ、悔しい」。ベクトルで13点も差を付け合計点でも快勝したにもかかわらず、タキシラ・ヤンゴンは敗北した。期末テストの前になると、サンチャゴ・エルナンダは辛抱たまらず、勉強中にシャー芯のケースをビニール袋から取り出して口に含んだ。きっと、クララ・スアレスの汗や手垢が、その表面にはついているはずだった。ああ、クララさん、クララさん、ああ……右手はいつのまにか陰茎をにぎりしめていた。ああ、クララさん、クララさん！　射精&射精&射精&射精&射精&射精&射精。その日、サンチャゴ・エルナンダは過去最高の一日七発を記録した。そして死ぬまでこの記録が破られることはなかった。サンチャゴ・エルナンダは期末テストでなんと学年四位に後退。だめだ、このままでは。あふれる想いを伝えなければ、何も手につかない。放課後。体育館の裏。サンチャゴ・エルナンダはクララ・スアレスに告白。「あ、あの、僕」「はあ？」「ぼ、僕、あの」「なんやねん」「あの、実は、僕」「なんやっつってんねん」「僕、実は、あの」「何？　うちのこと好きなん？」「え、あの」「ちがうん？」「いや、ちがわ、ないです」「そうやんなあ、こんなベタなとこ呼び出して」「あ、はい、それで、好きで」「へえ」「あの、クララさん、前、シャーペンの芯、貸してくれたじゃないですか」「はあ？　いつ？」「えと、中間テストのとき」「せやった？」「貸してくれました、あのとき、それで僕、すごいうれしくて」「そんで？」「えっと、それで、僕と」「うん」「付き合ってください」その瞬間、茂みの裏からヤンキーが三人飛び出して、サンチャゴ・エルナンダをボコボコにしてしまった。ボコボコにされるのははじめてだった。サンチャゴ・エルナンダは一度もケンカしたことがなかった。幼い頃から、ケンカが起きれば先生を呼びに行くタイプだった。絶対に先生呼んだほうがいい。傷害罪とかになる。そう考えるタイプだった。友だちがやられているのを黙ってみていられないとか、そういう発想はなかった。訳のわからないうちに、経験のない痛みが身体じゅうをみたした。「お前、クラは総長の女やぞ！」「キモオタが手ぇ出せる相手ちゃうんじゃ！」三人のヤンキーはそんなことをワーワーいった。倒れて声も出ないサンチャゴ・エルナンダ。クララ・スアレスは煙草を一本吸って、サンチャゴ・エルナンダの頬でもみ消した。「あっつ！」「お前、きもいねん」そういって煙草を捨て、ヤンキーどもと行ってしまった。サンチャゴ・エルナンダは数分間倒れていたが、ゆっくり起き上がると、クララ・スアレスの捨てた煙草を拾って、ハンカチに包み込んだ。これはすごいぞ、とサンチャゴ・エルナンダは思った。こんなん、シャー芯のケースとは格がちゃうぞ。口ついてんねんから！　サンチャゴ・エルナンダはそれで、ボコボコにされた甲斐はあったと考えたのだった。「総長、シメてきました！」ヤンキーどもが報告する。「おう、ようやった」まるで裏社会のドンのようなドスのきいた声でそう答えるのは、マコーマック・マクシミリアン。クララ・スアレスがこの世で男と認めるただひとりの人間であった。マコーマック・マクシミリアンはケンカが鬼のように強いのだが、かれを総長たらしめているのは、「レッド・ライト・ラヴァーズ」での伝説的戦歴である。レッド・ライト・ラヴァーズとは、スタートからゴールまでの定められたコースにおける赤信号をできる限り無視しながらタイムを競う命がけのゲームであり、もちろん死者も続出というやばさ。マコーマック・マクシミリアンは父の愛車デュランダルSR-Xを駆って連戦連勝。みんなやはり、ガチでやばいときには赤信号で止まってしまうのだが、マコーマック・マクシミリアンは驚異的な度胸と運転技術で左右から襲い来る車のあいだを縫うようにしてすり抜ける。もはや、それはレッド・ライト・ラヴァーズだからやっているのではない。普段から、赤信号で止まろうという気がないのだ。日常生活がレッド・ライト・ラヴァーズである男に、勝てる人間がいるはずもなかった。「一瞬のひるみが命取りや」マコーマック・マクシミリアンはいう。「ひるんだら終わり。全部もってかれる。それはレッド・ライト・ラヴァーズに限った話やない。何でもそう。びびってるやつは、それが実力。その程度の人間ってこと」マコーマック・マクシミリアンはいう。「練習やとうまくできるのに、本番あかんやつっておる。結局、それが実力。びびるだけ損」これを聞いていた、マコーマック・マクシミリアンと同じクラスのハリファ・カミヌエールは「そのとおりや」と勇気をもらっていた。ハリファ・カミヌエールは、高校のホームルームで行われている三分スピーチが大の苦手だった。むちゃむちゃに緊張するから、考えていたことをきっちり話せたことがないし、声がうわずって、クラスメイトたちは内容以前に笑っているのである。ハリファ・カミヌエールはスピーチの順番が回ってくるのを何よりも恐れ、その前日には眠れなかった。話すことをベッドの中で何度も何度も繰り返すのである。話しているという感覚を忘れろ。俳優になったつもりで、演技のせりふを覚えるつもりでやれ……そういい聞かせながら、ぶつぶついう。これを母親のニッキーナが聞いていた。何いうとんやろ、ぶつぶつぶつぶつ。ドアに耳を当ててみる。「最近、ぼくは、映画をみるのにはまっていて、よくレンタルショップに行って、映画を借りるんですが」しかも嘘ついとる。気持ちわる。何なんやろ。夫のアンドレイ・ガリムジャノフに相談。「なんやあの子、たまーにぶつぶついうてんのよ、部屋で。電気消して」「それは呪いやな」アンドレイ・ガリムジャノフは即答した。「言霊で誰かに呪いをかけとるんや、それは。気に入らんやつでもおるんやろ」アンドレイ・ガリムジャノフは、自分はひとを呪い殺したことがあると思っている。わら人形を用意し、呪いの対象となる人間の髪の毛を入れ、顔写真を貼り、家から三キロほど離れた神社にある大木に五寸釘を打ち付けながら、毎晩のように「しね」「くたばれ」と叫んだ時期がある。仕事が終わり、夕食を終え、風呂に入り、上がり、みなが寝静まった深夜に、それは行われた。妻が気付かないように、ゆっくりと玄関ドアを開け、閉め、エンジン音さえなければ車で行きたい急な坂道を含む三キロの距離を、ねばり強く歩いた。往復六キロ。継続的な有酸素運動のおかげで、アンドレイ・ガリムジャノフのスタイルはスリムに保たれた。正確にいえば、少し太りはじめていたのが元に戻った。アンドレイ・ガリムジャノフが睡眠時間を削って、雨の日も風の日も、うだるような暑さの夏も、凍えるような寒さの冬も呪いをかけ続けて二年が経った頃のこと、アンドレイ・ガリムジャノフの向かいの家に住むヴィンダ・ラ・フースーヤが餅を喉につまらせて息を引き取った。享年八十三歳。ヴィンダ・ラ・フースーヤはつねづねいっていた。「餅つまらせて死ぬやつはアホ。ふつうにしてたらそんなことならん」ヴィンダ・ラ・フースーヤは餅がつまったとき自分のこの発言を思い出し、餅をつまらせて死んだすべての人間たちへの軽蔑が、突如として生まれた親近感の作用によってほとんど愛のようなものへと変わるのを感じた。ほんま、餅ってつまるんやな。みんなびっくりしたやろうな。つらかったやろう。みんな普段は、餅なんかつまらすアホほんまにおるんかって笑ってたんやろう、でもこうやってつまるときはつまるし、死ぬときは死ぬんや。みなさん、あちらではよろしく。ヴィンダ・ラ・フースーヤはその喉に、いつまでも結婚せず仕事もせず実家にいる当時五十歳の息子ベン・マーティンの手で掃除機を突っ込まれながら、「おとん、思いっきり吐き出せ、おとん！」というベン・マーティンの声を聞きながら、がくりと逝った。ベン・マーティンはやばかった。おとんの年金で生活していたからである。おとんに死んで欲しくなかったのは、おとんへの愛のためではなく、年金を失う恐怖のためであった。おかんはすでに脳梗塞で死んでいた。おとんの年金がなければ、おしまいだった。ベン・マーティンは葬式の喪主とかもどうすればいいかわからなかった。三十年以上顔を合わせていない親戚連中が集まり、ベン・マーティンに代わって手はずを整え、葬儀は滞りなく行われた。ベン・マーティンは喪主の挨拶のときあわれにも泣き崩れ、参列者たちの涙を誘ったが、それもやはり悲しさのためではなく、「年金なくなった」というやばさのためであった。翌日からベン・マーティンは生まれてはじめて、仕事というものを探しはじめたのである。アンドレイ・ガリムジャノフの考えるところによれば、かれの呪いがヴィンダ・ラ・フースーヤのみならずベン・マーティンの息の根をも止めたわけだが、アンドレイ・ガリムジャノフはそもそもなぜヴィンダ・ラ・フースーヤを呪い殺そうとしたのか？　それは、ハリファ・カミヌエールが発端だった。まだ幼かった頃のハリファ・カミヌエールは家の前の道路で友だちとボール遊びをしていた。相当しまくっていた。寝ても覚めてもボールで遊んでいた。そんな中で、ヴィンダ・ラ・フースーヤの家の壁に、バコバコにボールを当てていたのである。ヴィンダ・ラ・フースーヤは、子供のやることだから、とはじめは大目にみていたが、あまりにも毎日バン、バン、とうるさく、引きこもりのベン・マーティンも「夜寝てるときにもバンバン聞こえる気がする」と幻聴を訴えはじめたため、ハリファ・カミヌエールたちに注意した。「ちょっとなあ、音がうるさいから、うちの壁に球当てんといてくれるか？」ハリファ・カミヌエールたちはそれから二日間、道路から去り近くの小さな公園でボール遊びをしたが、三日目には戻ってきて、ふたたび壁を使いはじめた。「やめてくれいうたやろが」たまらず声を荒らげるヴィンダ・ラ・フースーヤに驚き、親に泣きつくハリファ・カミヌエール。息子が泣かされたアンドレイ・ガリムジャノフは怒り心頭、ヴィンダ・ラ・フースーヤ宅に殴りこんだ。「こんな小さい子供のやってることでしょうが！」ヴィンダ・ラ・フースーヤも怒る。「子供やおもてしばらくは大目にみてたんですわ、でも音がうるさあてかなわん。それに、あんたもちょっとは注意せなあかんのとちゃいますか？子供やからいうて何でもかんでも許してたら、ろくな大人になりませんで」「何いうとんねん、あんた息子引きこもりやないか、あんたの子育ての方が失敗しとんねん」「わしは確かに失敗した、とんでもないドラ息子ですわ。でもあんた、あんたも子供かわいいて仕方ないんかもしれんけど、甘やかすばっかりではうちの子みたいになりまっせ。わしの教訓をいかしてくださいな」しかしアンドレイ・ガリムジャノフは聞く耳もたず。「あんたみたいなのがおるから、地域で子育てしようという風土が廃れたんですわ。こうやって閉鎖的な、居心地の悪い国になっていくんですわ！」話は決裂。そうしてアンドレイ・ガリムジャノフは呪いの儀式をはじめたのだった。子育てが成功だったのか失敗だったのか、ハリファ・カミヌエールはわんぱくだった子供時代とは打って変わって、おとなしい高校生となった。おそろしい不良マコーマック・マクシミリアンに遠くからあこがれるだけの、存在感の稀薄な高校生となった。結局スピーチは一度もうまくいかなかった。父に呪詛と間違われた丹念な練習も意味をなさなかった。高校三年生、かれの最後のスピーチが無惨な結果に終わった頃、マコーマック・マクシミリアンが死んだ。享年十七歳。ヤンキー連中はみな泣いていた。ある者は「巨星墜つやわ」といって泣いていた。ある者は「巨星墜つやな」と意味もわからず復唱して泣いていた。サンチャゴ・エルナンダやタキシラ・ヤンゴンをはじめとする優等生連中は、口には出さなかったが、ゴミが一匹消えただけのことだと思っていた。本人がいるときにはびびって話しかけることもできなかったのに、死を知った瞬間から心の威勢がよくなっていた。美女をはべらせ、恐いもの知らずの大物感ただようマコーマック・マクシミリアンの生き方、優等生連中には今さら決して真似のできない生き方が、無様な死によって否定されたと考えた。おれらの勝ち。生き残った方の勝ちじゃ。ゴミめ。地獄に落ちさらせ。正直、優等生連中は欣喜雀躍であった。マコーマック・マクシミリアンの死をもっとも深く悲しんでいたのは、恋人のクララ・スアレスである。「なんでえええええええええ」といって、机に突っ伏して泣いた。「なんで死んだんよおおおおおおおおおおお」といって、遺品の金属バットで教室じゅうを破壊してまわった。担任のアダマイール・ミョンバクは「やめなさい」といった。「窓とかタダちゃうねんぞ」といった。「お前んちに請求いくだけやぞ」といった。だが、止めようとはしなかった。身体を張るのはだるかった。「請求書まわしゃええわ」と思っていた。職員会議では、「止めようとしたんですが、どうにも半狂乱で、だめでした」と申し訳なさそうにした。マコーマック・マクシミリアンはなぜ死んだのか？　それはレッド・ライト・ラヴァーズの途中で起きた。マコーマック・マクシミリアンの噂を聞きつけ、大都会からやってきた走り屋アレオパジティカとの勝負の中で起きた。アレオパジティカはレッド・ライト・ラヴァーズで四百戦無敗。その界隈で知らぬ者はなかった。マコーマック・マクシミリアンは自身の戦績を記録しようともしなかったので、具体的なタイムや実績はどこにも残されていなかったが、「田舎の方にやばいやつがいる」という噂だけは、大都会にまで知れ渡っていた。この伝説的なふたりがついに激突すると聞き、界隈の人間はわんさか集まった。全国のヤンキーから走り屋、プロレーサーにいたるまで、すごい集まり方をした。「夜に駅伝でもやるんですか？」と尋ねる者さえあらわれるほどだった。大注目のレースがはじまる。スタートからしばらくのあいだ、ほとんど併走するかたちで互角の勝負を続けていたふたりだが、明暗が分かれたのは実に四十七機目の赤信号、片側一車線の道。アレオパジティカは左車線を確保したままぶっとばして切り抜けたが、右の対向車線にはみ出して追い越そうとしたマコーマック・マクシミリアンは、交差点の右側からやってきた軽自動車の側面に突き刺さって身体をつぶされ肉塊と化した。軽自動車に乗っていた四人家族のうち左側に乗っていた三十五歳の母エリス・ヨハネシアと七歳の息子ウーファ・レイモンドがつぶれて即死、右側にのっていた四十一歳の父オーツェアン・バオニンと五歳の娘リルナ・パルセキャムは車から外へはじきだされ、何台もの車に次つぎ轢かれて絶命した。《暴走車、夜の悲劇》《走り屋の悪ふざけ、死者五名》世論はもちろん四人家族に同情的で、マコーマック・マクシミリアンは死んで当然だと誰もが憤慨した。だが、クララ・スアレスだけは、軽自動車の四人がマコーマック・マクシミリアンを殺したのだと考えていた。タラタラ走っていたから、マコーマック・マクシミリアンが避けきれなかったのだと考えていた。ツイッターでもそんなことをつぶやいた。「まこっちゃんの運転技術はすごかったから、絶対に軽の方がミスってる」。これはもう瞬間的に、湯が沸騰するかのように炎上。「赤信号なら止まる。あなた、そんなこともわからないんですか」「いやいや、信号無視するほうが悪いに決まってるでしょ」「信号を無視するゲームって、善良な市民に迷惑すぎるでしょ」「死ぬなら自分だけ死ね。ひとを巻き込むな」「頭悪すぎ。これで走り屋側を擁護するひとがいるなんて信じられない」「死んで当然の人間。生きてたら、そのうち誰かを殺してた人間。この四人が、身を挺して未来の被害者をかばってくれた」「こういうバカには、やっぱりバカなお仲間がいるんですね」ひとつひとつに反論するクララ・スアレスだったが、もう論理はめちゃくちゃだった。感情だけで言葉を弾き返した。それもまた叩かれ、無数の人びとから激しい怒りや軽蔑が向けられ続けた。ほどなく、クララ・スアレスは家から出なくなり、母マーガレット・ホワイエの励ましに応えることもなく、父スタン・ブキャナンの説得を聞き入れることもなく、あえなく高校を退学。マーガレット・ホワイエの精神が悲鳴を上げたのはそれから約二年後のことである。スタン・ブキャナンは回復のきざしをみせないふたりに、ボケてしまったリッテガルデ・ノートンがさらにストレスを与え続けたら自殺しかねないと考え、老人ホーム以外の選択肢はないと結論づけたのだった。だが、裏事情を知らないシンディ・サラブルイユは、スタン・ブキャナンの涙をとんでもない偽善の涙だと受け取っていた。嫁専業やのに一日も面倒みてないお前が泣く資格あんのか？　ほんま、いやなことは避けるだけ避けて、きれいなとこだけみておセンチ気分を楽しむ、クズここにきわまれりやな。この三兄妹、ろくなやつおらんわ。失敗や、子育ての。ちゃんと育てられんかった、その結果のゲーム・オーバー。もうたぶん誰も老人ホームの様子なんてみに来んで。ざまあみさらせ！　まず問題になったのは、月に二十万円かかる老人ホーム代を誰が負担するかということだった。

ヨシフ・シュトレームリは外国から、裸のミミ・アンダーソンをベッドで待たせながら、これから味わう快楽のことで頭をいっぱいにしながら、「おれが長男やし、うちが出すのが筋やろな」とスカイプでいった。シンディ・サラブルイユは「なんでやの！」と大声で叫んだ。「そんなもん絶対、等分せなおかしいやろ。何の世話もせんと、全部うちにやらせて。金まで負担させられたら、私何してることやわからへんやん！」「そうはいうてもな」ヨシフ・シュトレームリは、弟や妹の暮らしを想像すると金を取る気になれなかった。ヨシフ・シュトレームリの勤める会社は大手メーカーであり、外国の支社長を任されているかれの年収は、中小企業勤めの弟や妹の二倍はあるはずだった。「あいつらも生活が」「うちの生活はどうやねん！　ブライアンの学費も馬鹿にならんかったし、コリーヌかて結婚するし、援助したらなあかんのよ？　それでなんでお義母さんの負担全部うちになんのよ！　そんな金があったら子供にまわしたいと思わへんの」「わかったわかった」「何がわかったん」「それやったら三等分でええがな、うちとスタンとペンテレジアで」「ええがなって他人事みたいに、あんたがいいな！」「はあ？」「あんたからいって。金出せって。私にばっかりいやなことさせてあんた何もしてへんし」「そういうたかてなあ」「なんぼでも連絡取る手段あるやろ。私はもう無理。あんたやって」「せやかて」切れるスカイプ。「なあ、ヨッちゃんまだあ？」ミミ・アンダーソンの甘い声が非現実の扉を開く。「すまんすまん、もう大丈夫やし」絡み合う男女の肉体。二匹の動物。ヨシフ・シュトレームリはもう母国に帰るのがいやだった。ここでミミ・アンダーソンと都合のいいときに身体を重ね、ひとりでいたいときにはひとりでいる、そういう生活を続けたいと思った。もう、家族に対する愛情や興味はほとんどなかった。リッテガルデ・ノートンの介護問題にかかわるのも、自分に懐かない子供たちのことを愛しているふりをするのも、最近ヒステリー気味の飽き果てた妻の相手をするのもいやだった。何もかも放り出して、異国の地で気楽に余生を過ごすのもありだと思っていた。行為を終え、ミミ・アンダーソンは背中を向けて寝息をたてはじめた。腰には蝶のタトゥーが入っている。これをヨシフ・シュトレームリはとても気に入っている。バックから突くときに、ひらひらと舞っているようにみえるから。いま三十六歳のミミ・アンダーソンに、自分は何年先まで性欲を感じていられるだろう。四年？　五年？　それよりも、自分がダメになる方が早いか。もうおれは来年で六十になる。そう考えると、ふと子供の頃のリッテガルデ・ノートンが思い浮かぶ。おれにも子供の頃があったし、おふくろにも若くてなまめかしい女の時代があった。あの頃のおふくろは綺麗やったよなあ。きっと男どもにもてたやろう。でも、もうお互いに衰えた。おれはすっかりはげあがったし、おふくろはボケた。悲しいもんやなあ。おれはこうやって偉いさんにならせてもらったけど、実際はようわからん。別に三十代のやつでも、二十代のやつでも教えたらできるようなことしかやってない気がする。もったいぶって年功序列でやってるだけで、おれは実はそんなに大層なことしてない気がする。ちょっといけてる高校生ぐらいのやつでもできるかもしれん、そんなようなことをおれはやってる、そういう気がすんねんな。なあ、おふくろ。しかし、ヨシフ・シュトレームリにいまのリッテガルデ・ノートンに会いたいという気持ちは起こらない。過去の母と現在の母は切り離されたもののように感じる。過去の自分と現在の自分でさえも。ヨシフ・シュトレームリは眠っているミミ・アンダーソンの腰の蝶にキスをする。これはいまかれがもっとも興奮する行為なのだったが、老人ホームの負担金交渉が宿題として残っているのが気にかかって、あまり効果がなかった。早くスタン・ブキャナンとペンテレジア・パトリシアに話をしなければならない。電話をかけると、スタン・ブキャナンは「金ない」といった。「いや、ないいうても、おふくろの年金月でいうと七万やろ、老人ホーム二十万で」「いやほんま金ない」「ええからとりあえず聞けって、ほんで引いたら十三万やんけ、これを三人やから五、四、四で、おれが五万出すから、お前とペンテレジアが四万ずつでさ」「金ないんやって！　兄貴にはわからんわ、おれは兄貴みたいに出来もよくない、会社でもそんなに出世してへんねん、兄貴みたいな大企業でもないのに、出世競争に負けてんねん。せやけどマーガレットとクララを食わさなあかん、カツカツやのに四万も取られたら心中モンやわ」「いやまあ、わかるけど」「わかってへん、兄貴は何にも。最後にはひとが自分のいうこと聞くと思ってるんや。そういうとこがいややねん」「は？」大企業の偉いひと感十分の威嚇の「は？」が飛び出す。ヨシフ・シュトレームリは貧しい家庭を支えるため、高校時代からアルバイトに励み、その給料をスタン・ブキャナンとペンテレジア・パトリシアの学費の足しにしていた。周りの友だちが遊んでいるあいだにも厳しい肉体労働で汗と涙を流した。それを、その恩を忘れたのか？　怒りがふつふつと湧いてくる。「お前、わがままいうだけいって、しまいにはおれのこと嫌いやてか？　誰のおかげで大学行けたおもてんねん」「おかげって、別に」「お前が大学行きたいいうから、おれどんだけはたらいたかわかってんのか？」「別に、頼んだわけちゃうし」「なんじゃその言い種は！」キレる五十九歳。「わかった、お前が払え、老人ホーム代は」「はあ？　だから無理やって」「無理もくそもない、おれがお前に払った学費分、老人ホーム代で返済しろ」「無茶苦茶やん！　うちはだから金が」「どっからでも引っ張ってこい！　うちからはもう一文も出さん、お前とペンテレジアで相談して何とかせえ！」ブチ。すっきりした気分でもう一度、ミミ・アンダーソンの腰の蝶を舐めると、いつものようにたかぶり、そのまま尻の割れ目へと舌を這わせた。「やん」反応するミミ・アンダーソン。「やあん、寝てたのに」実は寝ていなかった。ぜんぶ聞いていた。怒るとかなり恐いタイプだということがわかって、怯えて濡れなかった。「なんや、なかなか濡れへんな」「ちょっと今日はもう、ゆっくりしたいかも」これがヨシフ・シュトレームリとミミ・アンダーソンの最後の逢瀬となった。ミミ・アンダーソンがヨシフ・シュトレームリを切ったのである。いみじくもただれた不倫関係に引導を渡した形となったスタン・ブキャナンは、事の次第をペンテレジア・パトリシアに説明。「とにかく十三万円をふたりで払わなあかんねん、兄貴払う気ないから」「え、なんでそうなんの」キレ気味のペンテレジア・パトリシア。いつも笑顔で明るく、三兄妹のムードメーカーでもあったペンテレジア・パトリシアがいまではみる影もない。「それってスタン兄ちゃんの交渉ミスやん」「交渉ミスってお前」「そうやん、ヨシフ兄ちゃんには下からヘコヘコいかなあかんって、まだわからんの？　機嫌さえ取っといたらちゃんとしてくれんのに」「そういわれても、いままでの色々もたまってて」「色々てガキちゃうねんから。お兄ちゃんさあ、これが仕事やったらどう？　月数万円の契約取る仕事やったら。ヘコヘコいくやろ」「それはいくなあ」「そうせえへんってことは、お兄ちゃんはヨシフ兄ちゃんに甘えてんねん」「せやろか」「そうやって。いいたいことそのままいうってのは甘え。よくさあ、自分の親とか、旦那とか嫁とかにきつく当たるやつおるやん。あれって甘えてんねんで。すごいドSみたいなことって、相手に甘えてないとできひん」「はあ」「いっぺんちゃんと謝ってみ。あと、うちはほんま無理やから」「無理って？」「お・か・

ね。四万とか出せへんから。うちの旦那の稼ぎ知ってるやろ？」「いやいや、うちも似たようなもんやし」「似てへんわ！　いっこも似てるとこないわ！　お兄ちゃんらは正社員やけど、うちら両方バイトやで」それは、といいかけてスタン・ブキャナンは思いとどまった。お前らがプラプラ遊んで、ろくに就職せんかったからや。勝負どころでサボって、責任から、重荷から逃げて逃げての結果やんけ。「兄ちゃんらで後はなんとかして」ブチ。万事休す。スタン・ブキャナンはヨシフ・シュトレームリとの過去を振り返った。何か良い思い出がないかどうか記憶の隅ずみまで探しまわった。だが、いまのスタン・ブキャナンにはヨシフ・シュトレームリへの憎しみしか取り出すことはできなかった。馬鹿にされ虐げられ脅された、つらい日々しかみつけることはできなかった。気に入らないことがあると手を上げてくる粗暴な兄の姿が、ゲームを独り占めして離さない勝手な兄の姿が、キャッチボールで思い切り速い球を投げていじめてくる冷酷な兄の姿が、アルバイトで稼いだ札束で頬を叩いてくる傲慢な兄の姿が思い出された。しかし、最後には妻に口汚く罵られ、すっかり参っている兄の姿が思い出された。兄貴は、シンディさんにはなぜかしたがってた。絶対にいうこと聞いて、優しくしてた。あれはなんでやったんやろ？　なにはともあれ、将を射んとするならまず馬からや。あれ、ほんまは何やったっけ。将を射んと欲せば？　欲するならば？　まあなんでもええわ。そう考えてスタン・ブキャナンはシンディ・サラブルイユに電話をかけた。スタン・ブキャナンの考えを知れば、「誰が馬やねん」と憤慨したはずのシンディ・サラブルイユに電話をかけた。「はい」不機嫌を隠そうともしないシンディ・サラブルイユ。毎週楽しみにみているドラマの途中だったにもかかわらず、なぜ出たのか？　ヨシフ・シュトレームリが老人ホームの話をまとめたのだと思ったからである。その結果が、スタン・ブキャナンの口から聞けるのだと思ったからである。そして、好きなドラマは念のため毎週録画するようレコーダーを設定していたからである。「あの、老人ホームの件なんですけど」「はい」「兄貴に電話して、相談したんですけど、なんかお金出さへんとかいってて」シンディ・サラブルイユは、予想の上を行く好結果に思わずガッツポーズ。「そうですか」ぜんぜんガッツポーズなどしていないふうな冷静な声でいった。「それで、それはおかしいと思うんで、シンディさんから兄貴に、ちょっといってもらえませんやろか」「何をですか？」わかっていて聞くシンディである。腹のなかでは笑いの止まらないシンディ。アーッハッハ。無様やね。兄にやりこめられる弟。あのひとも意外とやるんやね。ヨシフ・シュトレームリはこれまで絶えず出世街道を驀進して、少なくない給料を継続的に家に持ち帰ってきたのだが、シンディ・サラブルイユが夫を評価したのはこれがはじめてだった。シンディ・サラブルイユにとって、一千五百万円ある夫の稼ぎは十分ではなかった。これは彼女が特に贅沢をする人間だったからというわけではない。彼女は一千五百万円を稼ぎ出す夫の妻として得るべき金額を得ていなかった。ヨシフ・シュトレームリが会社の人事課と工作をし、自分の隠し口座に給与の半分を振り込ませていたからである。実質的には現在年収七百五十万円、今でこそそれだけの額があるが若い頃にはもっと少なかったので、息子のブライアン・ウィリアムスが学費の高い私立高校、私立大学に進んだこと、特に大都会にあったゲティスフォード大学時代には仕送りがハンパなかったこと、妹のコリーヌ・ゾエもまた地元ではあったが私立大学に進んだこと、自身の勤めるコンビニのパートの時給も安かったことなどから、シンディ・サラブルイユにとって家計はつねに火の車であった。「何をって、老人ホーム代ですよ。みんなで出し合うように説得してもらえませんやろか」「いえ、私は夫にしたがうしかないので」「はあ?」「うちの大黒柱は夫ですので、私はお金のことでどうこういえる立場じゃないですよ」急に上品な感じでしゃべりだすシンディ・サラブルイユ。「いや、でもおかしいでしょ! おかしいと思いません?」「思いません」シンディ・サラブルイユは思わない。「老人ホームに入るまで、リッテガルデさんの世話はうちでしていましたから。それはそれは大変でしたよ。これで老人ホームのお金を、一日も面倒をみなかったスタンさんと同じだけ負担するという方がおかしいんじゃないですか?」「それは……」口をつぐむスタン・ブキャナン。できれば面倒をみたかった。しかし崩壊している家庭のなかでは無理だった。心の壊れた妻のマーガレット・ホワイエと、引きこもりの娘クララ・スアレス。内情を説明したくなるスタン・ブキャナンだが、だまっている。そんなことはいえない。「そういうわけで、私はあなたよりも夫を支持します。それでは」ブチ。ドラマはかなり重要そうな局面を迎えていたが、電話のあいだみられなかったせいで、その重要さがいまいち伝わってこなかった。役者たちが迫真の演技で重要さを主張し、音楽がそれを非常に効果的に誇張していたが、内容がよくわからず波に乗れなかった。しょうもない電話してきやがって。タイミング悪いし。シンディ・サラブルイユはバラエティにチャンネルを変える。途中から中途半端にみるよりも、録画でちゃんとみようと思ったのだ。気楽にバラエティをみるのも嫌いではない。腹を抱えて笑い出すシンディ・サラブルイユとは対照的に追いつめられた表情のスタン・ブキャナン。テレビどころではない。スタン・ブキャナンには楽しみにしているテレビがない。もう長年そういう気分ではないのだ。いつだろう、最後に家族でテレビを囲んで笑ったのは。そのときの番組は何だっただろう。それは十二年前のクイズ番組だった。スタン・ブキャナンが自信満々に答えた問題の答えが間違っていて、マーガレット・ホワイエとクララ・スアレスが、光のはじけるように笑って、言い訳をするスタン・ブキャナンも、恥ずかしさが楽しさに変わって、いつの間にか笑っていたのだった。それはこういう問題だった。「ベランダとバルコニー、違いは何?」スタン・ブキャナンは「バルコニーの方が広い」といった。即答だった。「広さが違うんや、バルコニーは広くてベランダは狭い」まだヤンキーたちとつるむ前だったクララ・スアレスは「じゃあ、うちのは?」と聞いた。「うちのはベランダや、うちみたいな狭いのは」しかし正解は「屋根のあるなし」。スタン・ブキャナンの家のものはバルコニーだった。「ちゃうやん!」「全然ちゃうし!」笑うふたり。「いや、なんか、解放感があるほうがバルコニーみたいに思ってて、それが広さやって思ってたけど」ふたりはもう話を聞かずに笑っている。「お父さんださい」「知ったかぶり」「いやいや、ほんま昔聞いたことあってんけど、なんとなく解放感があるとかないとかで覚えてて、屋根がないのがまあ解放感なんやな」もうスタン・ブキャナンは笑っていた。これが最後の愉快な団欒だった。スタン・ブキャナンは思い出す。あのときすごい笑ったけど、それが特別なことやとは思わんかった、またなんぼでもめぐってくる幸せやと思ってた、でも違った、あれが、おれのつくった家庭の最後の輝きやった。うまくいかんことばっかりや、何もかも。もう全部取り返しがつかん。何が悪かったんかもわからん。別におれ自身、ひとを貶めたりとか、出し抜いたりとかしたこともない。せやのに、全部悪い方に転がっていくやないか。スタン・ブキャナンは、マーガレット・ホワイエにこの事態を伝え、解決方法を模索しようとしたが、マーガレット・ホワイエのほうは生きていくのに精一杯で、もう何十回とみているはずの男性アイドルグループのコンサートＤＶＤから目を離さないのだった。それは、精神を病んでからはまった十代の男の子六人で構成されるグループだった。「大変なことになった、まじで」といっても、答えずに歌を歌っているのだった。「ほんまに、お前の協力が必要や。知恵貸してほしい」といっても、手で振り付けをまねて、「フワフー」とつぶやいているのだった。「頼む。万事休すや。ほんまにおれひとりでは無理なことなってんねん」といっても、何度も聞いたはずのＭＣを、まるではじめて聞くかのように表情豊かに頷いているのだった。マーガレット・ホワイエは昔、アイドルの歌を馬鹿にしていた。「音楽なめすぎ」といっていた。「音楽がかっこつけるための、かわいくみせるための手段に堕してる」といっていた。「こういう手合いが全滅せん限り、この国の音楽のレベルはいつまでも地を這い続けるわ」といっていた。それがいまでは、マーガレット・ホワイエの唯一の生きる糧である。アイドルをみているあいだは夢の世界の住人になれる。アイドル最高。残りの人生の時間をできるだけアイドルで埋めたい。もう、クララ・スアレスのことはどうでもよかった。あきらめていた。引きこもろうが自殺しようが構わなかった。むしろ、子育て失敗の烙印を押される原因となったクララ・スアレスを憎んでさえいた。マーガレット・ホワイエはかつて、マコーマック・マクシミリアンをはじめとするヤンキーたちとつるんでいたクララ・スアレスをみても、「多少悪さしてた方が味のある大人になる」などといって微笑んでいたものである。スタン・ブキャナンも、「可愛いワルはブスの優等生に勝る」といってはばからなかったものである。「いじめられるよりは、いじめる側になった方がまし」といっていたものである。「うちの子はいじめられる心配はないわ」といっていたものである。「元気なんはええけど、あんまりやりすぎんなよ」といっていたものである。そうしてクララ・スアレスが傷つけた人間のダメージの総量が本人に返ってきて、その剰余ぶんが両親にもまわってきたのだ、とは考えなかった。スタン・ブキャナンは妻に正気を取り戻させるのをあきらめ、クララ・スアレスの部屋のドアを叩いた。「クララ、ちょっと話聞いてほしい」いったい、話を聞かせてどうしてもらおうというのか？　高校も卒業せず引きこもりになった二十四歳の娘に？　そのへん、スタン・ブキャナンはノープランである。「クララ、お父さんちょっと困ったことになった」だが、返事はない。ドアを開けようとしても鍵がかかっていて開かない。この賃貸マンションを借りるとき、「子供にもプライバシーは必要。親やからってズケズケいったらあかん」というマーガレット・ホワイエの意見によって、ドアに鍵を付けたのが仇になった、とスタン・ブキャナンは思った。クララ・スアレスはそもそもスタン・ブキャナンの声が聞こえていなかった。ヘッドホンをつけ、スカイプ掲示板で知り合ったブロムシュテットという大学生と話し込んでいた。「うち、別に今でもマコっちゃんが悪かったと思ってへんねん」まだマコーマック・マクシミリアンの話をしていた。もうあの死から八年が経とうとしていたが、マコーマック・マクシミリアンがクララ・スアレスに残した鮮やかな思い出が色あせるにはまだ時間がかかりそうだった。「マコっちゃんは殺されたようなもんやし、それがぜんぜんわかってもらえへんのが不思議」ここのところ、クララ・スアレスは見知らぬ人びとと毎日のように対話して、マコーマック・マクシミリアンについて話した。百パーセント、「いや、そらマコっちゃんとやらが悪いで、悪いけど」といった。どうしてわからないのか、すばらしい運転技術と並外れた度胸をもつ、人の上に立つために生まれた帝王のような男が、凡庸な四人家族に消されたことの理不尽が。「いや、凡庸っていうけどわからんやん、その四人の何を君は知ってるん」結構、熱く怒る人間もいた。話を聞いただけで、顔を紅潮させる者もいた。そういうとき、クララ・スアレスは「やっぱアホばっかりやな」と思うと同時に、「知らん人間のためにようそんな怒れるな」と思った。「知らん人間が死んだって、関係ないのに。その四人家族がいいひとかどうかもわからんのに、みんないいひとに違いないと思ってるみたい。これが実は殺人犯でしたってわかったらみんなどう思うやろ。四人は暗殺屋一家でしたってわかったら。それでも同じ反応できるやつだけが怒れ」。そういうと、ブロムシュテットは「おっしゃるとおり」といった。クララ・スアレスにとってはじめての理解者だった。ブロムシュテットは「みな、結局死ぬべき人間とそうでない人間を分けているんですよ」といった。「そういう分け方をする限り、ひとによって線引きが異なり、すべての人間が何かしらの基準での『死ぬべき人間』となる。行き着く先は全員が自殺する社会です」といった。「そういう社会に、僕はノーを突きつけたい。死ぬべき人間なんていないといいたいんです」それは違う、とクララ・スアレスは思った。死ぬべきやつらはいる。軽自動車の四人がそうだ。クララ・スアレスはブロムシュテットの同意が見当はずれだったので、その後に展開されたブロムシュテットの道徳に関する長ったらしい講釈を聞いていなかった。頭のなかで、ギャンギャンのヘヴィメタルを流していた。お気に入りのギターリフに差しかかると、思わずトゥルラトゥルラトゥルラララリラと口ずさんでしまうが、ギターリフのスピードに舌がついていかずつたない感じになる。するとブロムシュテットは「お、ヘヴィメタルですか」といって、ヘヴィメタルを歌いだした。それでクララ・スアレスはふたたびブロムシュテットの存在を認め、一緒にヘヴィメタルを歌った。それは家じゅうに響いていたが、DVDをみながらアイドルソングを歌っていたマーガレット・ホワイエの意識の壁を越えることはなかった。ただスタン・ブキャナンだけが、アイドルソングとヘヴィメタルのシンフォニーを聴いていた、それは世界との接続を絶った者だけが織りなすことのできる、おぞましい狂気のシンフォニーだった。こんなん、これ以上聴いてたら頭おかしなる！　スタン・ブキャナンは思わず家を飛び出した。あんなん、もうおれの家族やない。妻でも娘でもなんでもない。バケモンや。あんなバケモンに囲まれとったら、おれまでおかしなってまうわ！　行きつけのバーへ。マスターのガーランド・チェアマンはその尋常ではない顔色をみて「おやおや」といった。「何かやばいことでもあったかね」「もうあかんおれは。ほんまにまじでぜんぜんあかん」「まあ、そういう気分になることもあるさ。いつものでいいね」いつものブランデーをがぶ飲みしたスタン・ブキャナンは少し落ち着いて、事の顛末を話した。「それってさ、スタッペは全然悪くないよ」マスターはつねにスタン・ブキャナンの味方である。ときに説教をかますこともあるが、それはスタン・ブキャナンの臓腑をえぐらぬよう抑制されたもの。マスターは致命傷を負わせない。スタン・ブキャナンは客だからである。「なんでおれってこうなるんやろ。何か呪われてるとしか思えへんのやけど」「そんな迷信じみた考えをするなんて、スタッペらしくないね。すべてに因果関係を求めようとするのは愚かだ、って、昔スタッペがいったんだよ」「え、いつそんなこといったんやろ」「十年くらい前かな」スタン・ブキャナンは十年前を思い出す。十年前。まだ悲劇ははじまっていなかった。家族もうまくいっていた。スタン・ブキャナンは十年前の自分がいまの自分をみたら、さぞ面白がるだろうと思った。軽蔑するだろうと思った。十年前、自分は、悲劇にみまわれた人びとの行動を馬鹿にしていた。交通事故で子を亡くした親が安全運転を求める運動に生涯を懸けるのを、障碍を抱えて生まれた子の親が自らの責任に耐えかねて毎晩のように神に許しを乞うのを、麻薬中毒で死んだ子の親が会社を辞めて麻薬撲滅運動に全力を尽くすのを、確かに笑っていた。意味ない、そんなん統計の問題や、といっていた。交通事故も障碍も麻薬中毒もがんもなくならん。それはルーレットで当たるだけ、といっていた。そんなただの確率の問題で、どうこういっても仕方ない。世界にはそういう不条理がある。そういう設計になっとる。そんだけのことや。これが十年前の考えだった。確かに十年前の自分は強かった。いまの自分と比べれば、無敵といえるほどだった。だが、その無敵の源泉は自分自身の強さにあったのではない。ただ恵まれていただけだ。ほんとうに追いつめられるということがなかったから、格好を付けた考えを保てていたにすぎない。それが証拠に、いまの自分はどうだ。悲劇が自分に降り注いだ途端こんなに弱り果てて、かつてさんざん馬鹿にした人びとよりも、よほど情けないじゃないか。悲劇と向き合うこともせず、逃げまわって酒を飲んでいる。結局そういう人間なのだ、自分は。「あれはさあ、やっぱ若かったんやわ」スタン・ブキャナンは屈辱の沼からやっとのことで顔を出していった。「若かっただけ。ほんまの苦しみを何も知らんかっただけ。昔のおれみたいなこといってるやつは、たまたま、ほんまにやばいことにならずに済んでるってだけ」ガーランド・チェアマンはにっこり。「スタッペ、変わったね」「変わったんかな。もともとこういう弱い人間やったんや。それが露呈する出来事がなかっただけで」「いや、なかなかそういう風に認められるひとはいないよ。僕はすごいと思う。それに気付かずに死んでいくひとのほうが多いよ」ガーランド・チェアマンは高価なシャンパンを振る舞う。「こんな高いのええの？　ほんまに払われへんで？」「いいのいいの。スタッペが大人になったお祝い。成人式」「いやいや、いうておれもう五十七やで」「僕なんて六十六。それでも、スタッペみたいにはいかない。自分が弱いってことを、ほんとうには認められてない」「マスターは強いから」「そんなことないよ。僕もだめでね、こんな仕事してるからみんなの悩みを聞いてさ、偉そうなこというわけ。わかったようなことをね。でも、実際の生活なんて惨めなもんだよ」「それでも、ここにいるときのマスターは輝いてる。家にいるときのマスターも、バーテンやってるマスターも、どっちもマスターやからね。どっちかだけが本物ってことはないから」「スタッペ、そんなに褒めてももうシャンパンは無理だよ」「わかってますがな」すっかり出来上がって帰宅したスタン・ブキャナン。おれはまだやれる。これはおれの家族だ！　そういう気分で玄関ドアを開いたのだが、中はまっくら。物音一つしない。リビングの電気を点けると、テーブルにひどい丸文字で「実家に帰ります」。え、実家、まじか？　焦りながら二階のクララ・スアレスの部屋を覗くともぬけの殻。メッセージもなし。おいおい、どうなってんねん？　それぞれの携帯に電話してもつながらず。マーガレット・ホワイエの実家に電話すると、母のソフィア・コルタサルが「うちでしばらく預かります」ブチ。ええー。まあ、生きてるんやったらとりあえずええわ。しかし、クララはどこいったんや？　クララ・スアレスはブロムシュテットとカラオケをしていた。久々に化粧をして、お洒落なフレアスカートをはいて、ヘヴィメタルを熱唱していた。「お洒落なフレアスカートですね」とブロムシュテットはいった。「え、そう？」「お洒落ですよ、それに、顔もすごくかわいいですし。インスタとかやってないんですか？」「インスタ？」「インスタグラム」それでカラオケ中にインスタグラムをはじめたクララ・スアレスのフォロワーはうなぎのぼりだった。「何これ。きも。メッセージとかくる」「そういうのはほっとけばいいんですよ」ヘヴィメタルに次ぐヘヴィメタル。やがてブロムシュテットはスカイプの続きを話しはじめた。「僕は、いま、親にめぐまれない人間が増えていると思うんです。クララさんはどうですか」「親？　親は終わってんで」「そういう、終わってる親のもとに生まれた子供って、つらくないですか」「別に。自分は自分やし」「あ、そうですか……」ブロムシュテットは実はシェアハウス管理人。親のくじ引きに外れた人間がろくな子育てをしてもらえない状況を変えようと、シェアハウスなどのコミュニティ全体での子育てを推奨する計画を立てていて、スカイプで住人になってくれそうな人材を探していたのだった。

絶対にこいつを住人にしてやるぞ。僕は絶対にシェアハウスを成功させる。そして社会の常識を変えてみせる。不幸な子供たちをひとりでも減らしてみせる。はたして、その意地は実ったというべきである。べろべろに酔っ払ったクララ・スアレスはそのままブロムシュテットの運営するシェアハウスに泊まり、結局住みつくこととなったからだ。クララ・スアレスは翌朝早くに目覚め、鬼着信のあったスタン・ブキャナンに電話。警察に連絡しようか迷っていたスタン・ブキャナンは安堵しながらも怒りを爆発させる。「お前、どこにいんねん!」「うーん、シェアハウス住むことなった」「はあ? どんだけ心配した思てんねん」「は? は? 心配? 何が心配やねん、うちのことなんてめんどくさい思てたくせに! 元気なときだけかわいがって、引きこもったら知らんぷりやったくせに! ゴミかお前は」「知らんぷりてお前、そんな」「ええねんええねん、あんたはそういうひとやから。うちも実家引きこもっててもしょうがないし、こっちでちゃんとやるから。ほな」ブチ。スタン・ブキャナンはリビングで孤独の底に沈んでいた。何十年もかけて築き上げたつもりのものがすべて失われ、まるで無駄だったかのように思われた。コーヒーを沸かし、食パンを焼いて、バターを塗る。テレビはスポーツ選手の何らかの快挙達成を伝えていたが、スタン・ブキャナンには興味がなかった。すごいですよね! 同じ国の人間として誇らしいです! そういうコメントが耳障りだった。国籍以外に何の共通点もないのに、なにがうれしいんや。ここにおる、家族みんなに逃げられたおっさんも、お前と一緒の国の人間やぞ。仕事ははかどった。いつも半分、壊れてしまった妻や娘の方に取られていた意識が、すべて仕事に集中されたからである。仕事ぶりがいまいちだと評され、管理職になれず係長にとどまっていたスタン・ブキャナン。だが、その日は周囲も一目置くはたらきをみせた。コンビニで弁当を買って帰宅し、買いだめしてある缶ビールを開ける。テレビは外国で起きた大災害を報じている。二千人が亡くなったといっている。数字にしてしまえば味気ないものだが、そのひとりひとりに肉体があり、家族があり、積み重ねてきた時間がある、とスタン・ブキャナンは想像した。そして、死者たちの焼き尽くされた大量の時間に比べればわずかなものだが、自分の結婚後の三十年も同じく焼失したのだと考えた。やり直したい、結婚する前から。もっと別のひとと結婚していればこんなことにはならなかった。おれは人生のもっとも大事な分岐点で間違えたのだ。「兄貴」とメールした。「オカンの老人ホーム代、おれが払うわ。みんなに世話ばっかかけたし。あとは心配せんといてくれ。兄貴は仕事がんばってくれ」。そのメールをみたヨシフ・シュトレームリは、「そうか。頼んだぞ」と返事したが、その費用がほんとうにスタン・ブキャナンから払われた場合、後で全額をスタン・ブキャナンに返還する気になっていた。最初から自分が払うとはいわなかった。スタン・ブキャナンの覚悟が本物かどうかの確認をしたいからである。こういう風にいえば、きっと兄貴が止めてくれて自分が払うといってくれるだろう、お前は払わなくていいといってくれるだろう、という浅はかな策略でないことを確認したかったからである。覚悟を見分けることは難しい。こういう些事に限らず、人間の真の姿をあぶりだすことは、いまほんとうに難しくなっている。死の淵に追いやられ、命のやり取りをすることの非常に少ないこの国では、ほとんどの人間が本性を暴かれずに生をまっとうしている。あの人は優しかった、他人のために尽くせるひとだった、とよくいうが、それはほんとうに人格の良さを示しているといえるだろうか？　いくら日常的に優しくても、命のかかった場面で自分を優先するなら、それは真の利他的人間ではない。ふだん冷たい人間でも、いざというときに命を賭してひとを守れる、そちらの方が立派なことだ。こういう話を、ヨシフ・シュトレームリは過去にミミ・アンダーソンにしたことがあった。胸に飛んだ精液を拭き取ったティッシュをつまんで観察しながら、ミミ・アンダーソンはいったのだった。「それってなんか、本性は目にみえる性質と逆っていう思い込みがある気がするわ」「思い込み？」「そう。悪いことばっかりしてる不良がちょっとええことしたら、そっちが本性みたいな。ほんまは優しいみたいになるやん。でも、ほんまに優しいひとって、最初から不良ならんし」「そうか」「そうやで。せやから、普段優しいひとの方が、ほんまに追いつめられたときだって優しい可能性が高いと思うわ。不良みたいなやつの方が、いざってとき助けてくれそう、みたいなんは幻想やわ。ドラマのみすぎ」「なるほどなあ」ヨシフ・シュトレームリはそういいながら、あまり納得していなかった。おれは普段、部下に厳しく当たるが、そのぶん責任は取る。へらへらして、友だち上司みたいな態度を取るやつは、絶対に最後にケツを割る。それはヨシフ・シュトレームリにとっては、経験上間違いのないことだった。だが、責任を取る、ということもまた難しい、とヨシフ・シュトレームリは考えた。ただ純粋に責任を取るということは。それが人目を気にして格好をつけようとしているのだったり、何かから逃れる一石二鳥の口実であったりしないといい切ることは。いま、自分はほんとうにスタンのことを考えているだろうか。スタンのためを思って、行動を選んでいるだろうか。スタンに金を払わせる悪虐な兄であることに、自分が耐えられないから金を払おうとしているだけではないだろうか。もしそうならば、それは覚悟とは逆のものだ。それは自分のための利己的行為だ。真実がどうなのか、自分でもよくわからない。ヨシフ・シュトレームリが答えを出せないいま、スタン・ブキャナンが初月の老人ホーム代をしっかり払いこんだ頃、リッテガルデ・ノートンは耐えがたい屈辱を味わっていた。居ながらにしてみえない打撃の雨にさらされ続けているような、ひどい気分に陥っていた。老人ホームの老人たちは決められた時間にラウンジへ向かい、折り紙を折ったり歌を歌ったりして交流を深めるが、リッテガルデ・

ノートンはそれが本気でいやだった。なんやねん折り紙て。なめてんのか。私はボケてもないし、こんなとこにいるべき人間とちゃう。それがリッテガルデ・ノートンの偽らざる思いだった。それとは対照的に、いつも笑顔のメアリー・ホルベチクルは大人気。妙なプライドのない、開けっぴろげなムードメーカーであった。メアリー・ホルベチクルは、「先生らが遊んでくれやるしめっちゃ楽しい」といつもいった。老人ホームのスタッフを先生と呼んでいるのだった。それに影響されて、他の老人たちもスタッフを先生と呼ぶようになった。人見知りの老人も、メアリー・ホルベチクルの存在によって、輪に溶けこみやすくなっていた。恥ずかしそうに遊んでいた老人も、レクリエーションを心から楽しめるようになっていった。誰かが恥をかきそうになると、メアリー・ホルベチクルはそれを上まわる恥をかいてくれた。誰かによく思われたいという気持ちがないのだった。スタッフたちはこぞっていった。メアリーさんは太陽みたいなひと。いるだけで、パッと光が射すみたい。メアリーさんがいてくれて、ほんまに助かる。ボケてなお、メアリー・ホルベチクルは多くの人間から必要とされたのである。リッテガルデ・ノートンは、やがてレクリエーションを拒否し、部屋で本を読むようになった。それもスタッフに頼んで、難解な哲学の本を取り寄せて読むのである。リッテガルデ・ノートンは若い頃から哲学に興味を持ってはいたし、哲学者の名前をよく知ってはいたが、その内容を理解できていたわけではない。ただ哲学書を読むポーズをとっていた、というのがその実状である。哲学に触れてこなかった者には、「やっぱリッちゃんは違うわ」とよくいわれた。「こんな難しい本、よう読まんもん」とよくいわれた。「三行で頭爆発したわ」とよくいわれた。それがリッテガルデ・ノートンにとってはよろこびだった。だが、少しばかり哲学に詳しい者に出くわすと、簡単にボロが出た。何も知らないということがすぐにバレた。すると顔を真っ赤にして知ったかぶりを重ねるので、リッテガルデ・ノートンをそれ以上追及する者はなかった。恥をかきたくない者に恥をかかせて楽しむやからは、幸運にもリッテガルデ・ノートンの周りにはいなかったのである。老人ホームのスタッフのひとりであるクラウス・エルターライヒもまた、リッテガルデ・ノートンの無知に気づいていた。クラウス・エルターライヒは大学院で哲学を学び、哲学者として大学に残りたかったのだが、哲学のみならず世知にも長けた優秀な仲間たちに後れを取り挫折した、忘れがたい過去をもっていたのである。クラウス・エルターライヒには就職口がなかった。すでに就職していた友だちには、「哲学で大学院いって就職て、そらないわ」といわれた。「会社で小難しいこといわれたらかなわんしな」といわれた。「哲学でいくって決めたんちゃうん？　ほな最後までやれや」といわれた。「そういう中途半端なことするやつ、仕事も中途半端やと思われるで」といわれた。「哲学でやっていけそうにないから民間就職て、なめてるようにしか聞こえん」といわれた。クラウス・エルターライヒに同情的な者はなかった。なぜなら、クラウス・エルターライヒもリッテガルデ・ノートンに似ていたからである。クラウス・エルターライヒも、「自分はひととは違う」式の、成熟とともに脱ぎ捨てられるはずのプライドを強く持っていた。おれはひとが考えるのと違うことを考える力を持っている。凡百の民は交換可能な労働力として命の時間をすり減らすがいい。口には出さなかったが、そう考えているのが丸わかりだった。老人ホームで介護士としてはたらくことになったとき、クラウス・エルターライヒはそういう気分が抜けなかった。同じ職場の介護士たちとの交流も避けた。哲学書を読んでいたのだ。そうして、格の違いをじっくり確認せねばならなかった。おれにはこの本がわかる。おまえらのなかに、これがわかるやつがいるか？そうやって自分を奮い立たせた。実際のところ、哲学に本気で取り組んだ人間のなかでは落ちこぼれた、その程度の力ではあったが、素人相手に優越感を得るには十分だった。この哲学の使い方は間違っている。それぐらいはクラウス・エルターライヒにもわかっていたが、やめられなかった。メアリー・ホルベチクルに出会うまでは。メアリー・ホルベチクルは、当番制で回ってくるレクリエーションの案内役を機械作業として冷ややかに行うクラウス・エルターライヒに、心から感謝した。「先生のおかげで、今日もめっちゃ楽しいです！」そういってカラカラ笑うので、周りの、少しクラウス・エルターライヒを苦手に思っていた老人たちも、やがてクラウス・エルターライヒに心を開いていった。先生、先生と慕いはじめた。クラウス・エルターライヒも、少しずつではあるが、精神の鎧を脱ぎ捨てていった。いままでは、レクリエーションの時間が楽しくて仕方ない。ある日、リッテガルデ・ノートンの漏らした小便を拭きながら、クラウス・エルターライヒはこの話をした。僕とリッテガルデさんは、似てるんじゃないでしょうか。でも、僕はいま、昔よりも明るく生きられるようになりました。もう、あれだけすがっていた哲学の本も読まなくなりました。リッテガルデさんも、みなさんと触れ合うことで、きっと何か温かいものを感じ取れると思いますよ。リッテガルデ・ノートンはそれを聞いてもまったく心を動かされなかった。それどころか、嘲笑しながらまくしたてるようにいった。「哲学の本がいらんようになったて、それはあんたが最初から向いてなかったから。ボケたばあさんに優しくされたぐらいで変わるような安っぽい生き方してきたから」「あんたのそういうのは成長とはいわん。あきらめっていうんや。あきらめた人間は誇りを失う。それで、変な理屈やら物語をこじつけて、いまの自分を肯定するようになる。あんたはその典型や」「学校で一生懸命勉強してたんか知らんけど、いまはこんなアホでもできる仕事して。無駄やったんや、あんたが勉強したのは。ぜんぶ無駄。アホでもできる仕事してるんやから」「あんたは負けた。敗北した。それでおだやかになる道を選ぶしかなかったんや。昔尖ってたやつがよう丸くなって、あの頃は若かったとかいうやろ？　あれも成長なんかとちゃうで。ぼこぼこに負けて、環境が変わって、尖れへんようになっただけ。無茶ができひんようになっただけ」「そういうやつに、昔の環境をもう一回与えてみ？　同じ脳みそのまま、時間戻して、高校生ぐらいに戻してみ？　すぐ暴走族かなんかになるわ」「成長いうのはそんな簡単なもんやない。みんな、環境が与える制限を、自分の成長と勘違いしてるだけ」「あんたも、ほんまは何も変わってないの、自分でわかってるやろ？」クラウス・エルターライヒはこのリッテガルデ・ノートンの攻撃を受けて、リッテガルデ・ノートンに感じていた親近感が憎悪に変わるのを感じた。こういうボケてるくせに威勢だけいいやつ、早く死なへんかな、と思ってしまう自分を感じた。部屋の汚れを綺麗に掃除したクラウス・エルターライヒが表情を硬くして部屋を出て行こうとすると、「なんや、怒ったんか、やっぱ何も変わったあらへんやん」と、リッテガルデ・ノートンがその背中に追撃を浴びせた。クラウス・エルターライヒがそれ以降、リッテガルデ・ノートンを本気でレクリエーションに誘うことはなかった。誰のことも認めて愛する。そんなのは綺麗ごとや。クラウス・エルターライヒがリッテガルデ・ノートンに見切りをつけた頃、シェアハウスではすでにクララ・スアレスが覇を唱えていた。弱者の居場所をつくりたい、というのがブロムシュテットの理念であったから、もともとシェアハウスには気の弱い人間、抗精神薬など常用せずにいられない人間が多く集まっていて、ヤンキーだったクララ・スアレスは自動的に最上位に上りつめた。手首に無数の切り傷をつけているプリシラ・ティンバーレイクはファッションが好きで、オリジナリティあふれるコーディネートを発案しては住人たちにおひろめし、インスタグラムにアップしていた。シェアハウスの住人たちは、かわいいかわいいともてはやしたが、インスタグラムは閑古鳥。誰もみにこなかった。なぜか。みなその理由はお察しであったが、口にする者はなかった。すべてが肯定される理想郷としてのシェアハウスを崩壊させたくなかった。しかし、外様のクララ・スアレスが革命の狼煙を上げる。「あんたがブサいからちゃうん」「え?」「ファッションは結構えぇのに、顔ブサいからダサくみえるんやん」場は凍りつき、「いくらなんでも、それはないんちゃうか」と震える童貞のJ・J・ジョナサンがいったが、「ほなあんたこいつと付き合えるん」クララ・スアレスの二段構えの速攻を受けた。「あんたこいつとキスとかセックスとかできるん」「それは……」言葉につまるJ・J・ジョナサン。正直、きついものがあった。一緒に生活するなかで、プリシラ・ティンバーレイクの優しい性格や、多方面に発揮されるセンスの良さは感じていた。ふたりきりになったときも気まずさはなく、楽しく会話を弾ませることができた。一緒に暮らす、ということについては何の問題もなかった。しかし、恋人となると? キスやセックスとなると? J・J・ジョナサンは、酷薄きわまる結論をしか導きだすことができなかった。プリシラ・ティンバーレイクの顔をみて、かわいいと思う者はいなかった。まあ普通ちゃう、と思う者もいなかった。街で彼女をみかけた男の多くは思わず二度見し、「え、え？　人間？」と思うのだった。しばらくの無言が続き、クララ・スアレスは「やっぱ無理なんやん」といった。「ブスに気ぃ使ってブスっていわへんのは、それはブスのためにもならんで」といった。「ブサいのはしゃあないねんから、それを受け止めたうえでやり方考えていかな」といった。「ハゲてるやつに、そんなハゲてないですよ、とかいうのも一緒。ハゲとんねんから。ハゲたうえでどうするか、それを考えさせなあかんのちゃうの」といった。「おまえら、全員プリシラとはやれへんのやろ？　中途半端なごまかししてんなや」といった。これにブロムシュテットは驚いたが、シェアハウス文化を社会に広めるにあたって、家族制度を解体しコミュニティの生活や子育てを一般化させるにあたって、クララ・スアレスの存在は鍵になるかもしれないと思った。シェアハウスは現状、弱者の集いとなっているが、そのことに限界を感じはじめていたのだ。弱者、言い換えれば社会とのつながりの希薄な者がいくら集まっても、社会の一般層の人間に訴えかけることができないのではないか。やはり広告塔となる、外に開かれた人間を取りこんでいかなければならないのではないか。長年引きこもりであったクララ・スアレスだが、その本質が引きこもりでないことは明らかだと思われた。外に向けて、これだけ迷いなく自分の考えを述べることができる人間なら、きっとシェアハウスの未来をつくれる。ブロムシュテットは、クララ・スアレスに真剣にインスタグラムをやるよう指示。プリシラ・ティンバーレイクの着た服を、プリシラ・ティンバーレイクの考えたコーディネートを試し、インスタに次々アップ。瞬く間に、フォロワーは一万を超えた。変なメッセージも大量に届いた。芸能事務所からの誘いも来た。テレビ出演のオファーも来た。だが、クララ・スアレスは顔色ひとつ変えず、すべてを無視した挙げ句「麻雀やろうや」というのだった。「ロン、ホンイツ三暗刻満貫」というのだった。「ロン、ホンイッチャンタ満貫」というのだった。「ロン、純正九蓮宝燈」というのだった。「ロン、国士無双」というのだった。「ツモ、地和」というのだった。「リーチ一発ドラ七倍満」というのだった。「ツモ、大四喜字一色トリプル役満」というのだった。「中チャンタホンイツハネ満」というのだった。「リーチ一発タンピンドラ三」というのだった。「ピンフ三色ドラ一満貫」というのだった。麻雀のできる男たちは、美女の放つオーラに圧倒されながら顔を真っ赤にして雀卓を囲み、少ない金をむしり取られた。クララ・スアレスはマコーマック・マクシミリアンじこみの麻雀で連戦連勝だった。ひとり、他に何の取り柄もないが麻雀だけはプロ級だと自負していたJ・J・ジョナサンは焦った。「こいつ、普通じゃない」J・J・ジョナサンは恋愛市場から脱落して麻雀に明け暮れた童貞の意地にかけて何百回とクララ・スアレスに挑んだが、負けがかさむばかりだった。「あかん」とJ・J・ジョナサンは思った。「こいつに勝てる気がせん」。一方で、プリシラ・ティンバーレイクは死にたかった。なんなん、と思っていた。みんな顔顔顔顔って、顔がなんなん!? おかしいやん! プリシラ・ティンバーレイクはシェアハウスを去るといった。みんな止めた。「なんで!? 楽しくやってたやん」といった。「プリシラがおらんと寂しい」といった。「もっとずっと一緒におれると思ってた」といった。「もっかい考え直さへんか」といった。プリシラ・ティンバーレイクは考え直さなかった。シェアハウスというコミュニティで協力し合って暮らし、いずれ子供が生まれればみんなで育てる、という構想は悪くないと思った。でも、私の子供は? 私の子供はどこにいるの? 誰も私とセックスしてくれないのに。もはや、いくら止められてもプリシラ・ティンバーレイクの心は変わらなかった。男どもの言葉が、自分との真に深いかかわり、つまり恋愛関係を結びキスやセックスを求める、という核心にまで及んでいないことが明らかだったからである。男どもの言葉が容易に触れられるほどの表層にとどまり、薄汚い義務感から発せられているにすぎないことが、手に取るようにわかったからである。男どもが、仮にクララとプリシラのどちらに残ってほしいのかと問われれば、それまでにより長く積み重ねてきた思い出の総量や確かめ合ってきた絆の差分を物ともせず、全員クララを選ぶということが確実だったからである。女どもにしても、あなたのおかげで自分が最下位に転げ落ちる心配をせずに済んだのに、出ていかれたら私が後任になってしまうかもしれない、との思いをわずかにも抱かなかった者は、皆無だと思われたからである。プリシラ・ティンバーレイクはシェアハウスでの暮らしを悔いた。だめ人間の集まりは心地良かったが、結局のところ、みんな自分自身の人生を肯定していたわけじゃない。シェアハウスでの暮らしを、世間一般の暮らしに比べて優れたものだと心から判断していたわけではない。ブロムシュテットの理念に共感するふりをしながら、このはきだめから抜け出せるものなら抜け出したいと、かわいくてまともな女の子と付き合えるなら、かっこよくて真面目な男の子と付き合えるなら、すぐにでもシェアハウスを飛び出して結婚し世間並みの温かな家庭を築きたいと、強く願っていたのに違いない。みんな立派なひとといるのに疲れて、おどおどせずに一緒にいられるレベルの人間を求めてここに流れついただけだ。きらきらした世界で屈託なく笑う、社会に通用する人間を軽蔑するような態度で盛り上がりながら、その実そういう社会的人間に熱烈に憧れていただけだ。四年。まじで四年損した。全部パア。ほんまの友だちはできひんかった。ひとりも。みんなうわべだけ。一緒に住んだのに。楽しいことはあったけど、いまとなってはむなしいだけやわ。「もう、いいです。ありがとうございました」プリシラ・ティンバーレイクは少ない荷物を持って去った。「ちょっとあんた、服！」とクララ・スアレスがいったが、「全部クララさんにあげます」といった。服も、その方が喜ぶだろうから。シェアハウス一期生ともいうべきプリシラ・ティンバーレイクが屈辱的な仕方で去ったこの日、C・C・カルロスがついにファイティング・ポーズ・アルティメット（FPU）の世界大会で準優勝を果たした。正確には、このときすでにFPUⅢの大会になっており、FPUⅡにおいてFPUを超える手応えを感じ始めた直後のFPUⅢ発売は、C・C・カルロスを落胆させたものだった。「また一からか、って思ったらほんま頭真っ白なって。おれのこの数年間何やったんやろって。それでほんま精神状態どん底なって、本気で自殺考えたもん」「うわー、大変やったんですね。うちらなんかにはわからん世界なんでしょうけど」「いや、やっぱヤヤちゃんの世界も勝負なんは変わらんと思うよ。みんなそれぞれの世界で戦ってる、ヤヤちゃんは若いのにちゃんとしてて立派やと思う」「そういってもらえるとうれしいです」「ほんまほんま、留学しようとかちゃんと目標あって、こういう夜の店でも変な客に絡まれていやなことあるやん、それにも耐えて自分で稼いで行こうっていうんやから。おれなんか、二十歳の頃なんて何もしてなかったし」「いや、買いかぶりですよー、うちほんま頭悪くて」「そんなことないよ、おれがしゃべってても、頭の回転速いなあって思うもん。やっぱ学歴って関係なくて、おれの友だちでゲティスフォード出のやつおるけど、そんな頭いいって感じひんもん」「ゲティスフォードやなんて、うちビビってしもてしゃべられへんと思います」「何いうてんの、余裕余裕。おれの友だちやもん。今度連れてこよか？」だが、C・C・カルロスにブライアン・ウィリアムスを連れてくる気はない。このキャバクラの新人、二十歳のヤヤ・メイロムは自分だけの宝物にしたかった。ブライアン・ウィリアムスに男としての魅力で負けているとは思わないが、もしヤヤ・メイロムの取り合いになれば、ゲティスフォードという大きな武器が威力を発揮しないとも限らない……C・C・カルロスはいまやっとひとりでキャバクラに来る楽しみを覚えたところである。FPU世界大会の初戦で敗北を喫したにもかかわらず、ガールズバーでベスト8に残ったとうそぶいた大晦日から、実に六年の月日が流れていた。ショーン・ジェイコブズを含めた三人で大晦日にガールズバーに集まる慣習は、三年前になくなった。なぜなら、ブライアン・ウィリアムスが結婚したからである。安いチェーンの居酒屋で結婚の事実が発表されたとき、ショーン・ジェイコブズは心から祝福したが、C・C・カルロスは心中穏やかでなかった。「おめでとう」といいながら顔じゅうが引きつっていて、それはブライアン・ウィリアムスにもショーン・ジェイコブズにもわかったが、ふたりとも気付かないふりをした。このつまらないブライアン・ウィリアムスを、ただ難関大学を出ているだけで有名企業に勤めているわけでもなく給料が高いわけでもなく容姿が優れているわけでもなく話術に長けているわけでもない凡庸きわまる人間を、生涯の伴侶として選び取る女性がいたという事実が、C・C・カルロスのやわな心を打ち砕いた。それから何杯かのビールを飲み干してろれつも怪しくなったころ、「嫁さんの写真みせてや」といった。ブライアン・ウィリアムスはみせたくなかった。C・C・カルロスの目的が、妻の容姿レベルの確認であることが明らかだったからである。大したことのない容姿であることを確かめて、傷ついた自尊心を癒そうとたくらんでいることが明らかだったからである。ブライアン・ウィリアムスはみせなかった。「写真ないねん」といった。C・C・カルロスは「うそつくなや！ないってことないやろ」といったが、ブライアン・ウィリアムスは「ほんまないねん、あんまり写真好きじゃないみたいで」といった。写真は一枚だけスマホに入っていたが、それはほとんど事実だった。ブライアン・ウィリアムスの妻・キャロライン・アイリーンは写真が好きではない。スマホのカメラを向けると顔を隠す。それはしかし容姿に自信がないからでも魂を抜き取られると信じているからでもない。それがどこかに出回り、大勢の見知らぬひとたちの目にさらされるのがいやなのである。インスタグラムやフェイスブックやツイッターで自撮りを上げている女どもの写真を漁っては夜のおかずフォルダへ放り込む男どもの慰みものになるのがいやなのである。それでは、キャロライン・アイリーンは夜のおかずにされることを警戒するほど美しかったのか？ それについては、疑う余地がないというべきである。キャロライン・アイリーンの光り輝く白い肌の透明感をみた者は、その全身から発せられる甘やかな香りを嗅いだ者は、その深い知性に裏打ちされた楽しい饒舌を浴びた者は、みな一様に魅了された。職場でも人気沸騰。よって、ブライアン・ウィリアムスとの結婚を機に退職したときには、数多くの男性社員たちが悲しんだ。「別に子供できてからでもええやん」といった。「うちは産休もとりやすくなってきてるし」といった。「ほんま、何かあっても全力でサポートするから」といった。しかしキャロライン・アイリーンは辞めた。その理由は複合的だが、めちゃめちゃ腹の立つ四十四歳のおつぼね・カテリーナ・マンディロアがいたこともそのひとつである。カテリーナ・マンディロアは腰かけを許さなかった。毎年四月に新入社員が入ってくると、「腰掛けのつもりなら今すぐ辞めてください」といった。少し女性がキャピろうものなら、「仕事なめてるんやったら出ていってくれる？」といった。結婚の話をしようものなら、「仕事がおろそかにならんようにね」と冷たく笑った。カテリーナ・マンディロアは結婚していなかった。四十を越えたときにすっぱりあきらめた。仕事のできたカテリーナ・マンディロアは、多少は残されていた不出来な人間に対する優しさを打ち捨て、完全なる仕事人間へと自己を改造し、仕事に手を抜く者を決して許さぬ鉄の精神を磨き上げた。キャロライン・アイリーンが結婚を決めたときも、「あんたが結婚しようがどうでもええけど、仕事だけはちゃんとしてね」と威嚇的に鋭い眼光を放ちながらいった。キャロライン・アイリーンはその態度に腹が立って、「いや、カテリーナさんももう結婚したらどうですか」といった。「結婚して子供でも産んで少子化防ぐ方が、社会のためにも自分のためにもよっぽどええんちゃいますか」といった。「いうても、私らの仕事なんていくらでも替えの利くもんですから」といった。「なんぼ仕事できるいうても替わりはいる、それが組織いうもんですから」といった。「結婚したらその男の妻って自分ひとりなわけやし、替わりのひとっておらんでしょう」といった。「子供ができたら、その子の実の親って自分だけじゃないですか」といった。「そういう、自分しかその場所にはおれへん、みたいな場所、あったほうが良くないですか？」といった。周りは引いていた。男性社員たちは戦争が起こったと思った。特に課長のメヒコ・ブランザムは危機を感じた。なぜなら、メヒコ・ブランザムはまだ課長になって一年目。仕事がうまく回っているのがカテリーナ・マンディロアのおかげであると痛感していて、しかしカテリーナ・マンディロアが非常に扱いの難しい人間であることも痛感していて、これからうまくバランスを取って行こう、それが課長の腕のみせどころだぞ、と決意を新たにしていた矢先のことだったからである。課長代理や主任、または主事と呼ばれる役のない平社員たちがちらちらと課長の出方をうかがう中、なんと混乱したメヒコ・ブランザムはトイレに行くという設定を自らの中で作り、沈黙を切り裂いて部屋を出たのである。ドアが開いて閉まった後、カテリーナ・マンディロアは「そうかもしれへんわね」といって笑った。それはカテリーナ・マンディロアがもはや本心から仕事に生きているために何のダメージも受けなかったからなのか、焦りをみせてなめられないよう余裕を演出したかったからなのか、誰にもわからなかった。「そうやと思いますよ、カテリーナさんの歳やと、ちょっと急いだ方がええかもわかりませんね」キャロライン・アイリーンがそういい捨てると、課の止まっていた時が動きはじめた。カテリーナ・マンディロアもキャロライン・アイリーンも、何事もなかったかのように仕事をし、必要なときにはいつもと変わらぬ情報伝達を行い、冗談をいって笑い合いさえした。長いトイレから帰ってきた課長のメヒコ・ブランザムには、一体どのように事態が決着したのかわからなかった。そして、明らかに成り行きを知りたがっている課長に誰も事実を教えなかった。なぜなら、この一件で、メヒコ・ブランザムは大事なときには尻尾を巻いて逃げる人間だ、という拭いがたい印象が全員に共有されたからである。部下たちは誰もメヒコ・ブランザムを信用せず、また仕事に関する時どきの講釈をまともに聞かなかった。メヒコ・ブランザムから厳しいダメ出しをされても、「いや、いうてあんとき部屋から出て行ったやん」とみんな思った。「いやいや、あんたみたいな腰抜けにいわれても」とみんな思った。逆に、キャロライン・アイリーンの恐ろしい攻撃を顔色ひとつ変えずにしのぎ切ったカテリーナ・マンディロアの人気が上がり、こちらが《影の課長》と呼ばれるようになった。困ったことが起きればカテリーナ・マンディロアが解決し、メヒコ・ブランザムは蚊帳の外となった。そして、みなから絶大な支持を集めていたキャロライン・アイリーンは、その人気があまりにも感情的な反抗心をむき出しにしたことで下火となり、また夫のブライアン・ウィリアムスが共働きであるにもかかわらず家事の能力をまったく持たないことへの我慢が限界を迎えたことから、結婚から一年を待たぬうちに退職となった。高度でストレスフルな事務作業から解放されたキャロライン・アイリーンは近所のスーパーでレジを打つ。「お待ちのお客様、こちらへどうぞ」「お待ちのお客様、こちらへどうぞ」「お待ちのお客様、こちらへどうぞ」「お待ちのお客様、こちらへどうぞ」二年経っても子供ができず、キャロライン・アイリーンは停滞感に耐えかね「家建てるで」といった。ブライアン・ウィリアムスは「まだええやろ」といった。なぜなら、現在会社から出ている二万七千円の家賃補助が、家を建てた途端に消えてなくなるからである。子供ができるかどうかもわからないうちには、家の大きさや部屋数をどうするか決められないと考えたからである。しかし、キャロライン・アイリーンは「今の家賃なんて、全部捨ててるようなもんやで」といった。「早めに建てとかな、七十過ぎてもローン地獄やで」といった。ブライアン・ウィリアムスは「まあなあ」といった。あまり、そのへんのことについて問題意識は持っていなかった。休日には妻と住宅展示場に通い、理想の家について話し合った。正確にはブライアン・ウィリアムスに理想はなかったので、キャロライン・アイリーンの理想を一方的に聞いていた。家について調べる中で、ブライアン・ウィリアムスは注文住宅を建てるのは面倒だと考えはじめた。建売住宅のほうがええな。安いし。それでキャロライン・アイリーンをそれとなく建売の方へ誘導しようとしたが、無駄だった。実際の物件をいくらみて回っても、キャロライン・アイリーンはけちをつけた。「リビングの中に階段があるのはいや」「二階にトイレがないのは論外」「和室は絶対にないとだめ」「駐車場は二台停められなあかん」「家の前の道が狭すぎる」「天井裏に収納スペースがないと無理」こうしてすべての建売が却下された。注文住宅を建てるのは骨が折れた。キャロライン・アイリーンの細かな要望をすべて満たす家は、ほとんど形而上的な家であるかに思われた。しかし、不動産会社の営業担当ワン・チェンビーはやる気満々。「奥さんのお望みの家を、必ず建ててご覧に入れます」それはワン・チェンビーが顧客ニーズに応えることにとどまらず、それ以上の満足を提供することに生きがいを見出す真摯な仕事人だったからではない。キャロライン・アイリーンの美貌にひと目でノックアウトされていたからである。ワン・チェンビーのきめ細やかな応対にはキャロライン・アイリーンも満足し、不動産会社の上司や同僚たちも「最近、あいつ覚醒したな」と口ぐちにいった。実際の建設を請け負う工務店の設計担当

A・K・イグレシアスも「ワンさん、本気出してきたな」と思った。そうして実際にできた家はどうだったのか？　信じられないことに、そこにキャロライン・アイリーンの夢みたものは何一つなかった。採光のために作った高天井の側面の窓からはしおたれた光が弱よわしく射し込むだけで、その天井分押し上げられた二階のロフトは天井までの高さが想定より二十センチも低く、夫婦ともども頭を打った。明かりを灯すスイッチはてんでバラバラの位置に設置され、ダイニングテーブルを照らすには二十畳ある縦長のリビングの逆の端まで歩かなければならなかったし、「ダウンライト」と記されたスイッチが一体どこのダウンライトを指しているのかは、経験の積み重ねによってしか判別できなかった。二階のトイレにいたっては、電気のスイッチが開けたドアに隠れる仕様になっており、使用するごとに苛立ちが溜まるので、二階にいるときにもわざわざ一階のトイレを使うようになった。壁に貼られたクロスは面と面の間の空隙が目立ち、ところどころ手を抜いたようなコーキングの甘さが目に付いた。キャロライン・アイリーンはワン・チェンビーやA・K・イグレシアスを呼びつけてさんざん怒鳴りつけたが、ワン・チェンビーは真剣に取り組んだはずの仕事の失敗に落ち込むどころかキャロライン・アイリーンに会えたよろこびで上の空、A・K・イグレシアスはマニュアルどおりの謝罪を行い、最低限の対応を行うのみだった。A・K・イグレシアスはその夜、ワン・チェンビーを飲みに誘った。それはワン・チェンビーが落ち込んでいると思ったからであり、また工務店の仕事が良くなかったと腹を立てているのではないかと疑ったからでもある。「建てたばっかりのときいうのは、いろいろと気になるもんですさかい」A・K・イグレシアスはいう。「こうバーンと家建ててね、すんなりと、理想どおりです！　ありがとうございました！　いわれることはまずないですわ。特にああいう、欲しい家の形がはっきり頭にある奥さんの場合は難しい。これはいくら根つめてやっても一緒。私らは最善を尽くしたと思いますよ」「そうですねえ」「ワンさんもわかってる思いますけど、ああしてワーワーいうてくるのは最初だけですわ。しばらく耐えたら、慣れてきて細かいとこも気にならんようになる。人間みんな一緒。ああいう奥さんでも、一生文句いうてきそうなひとでも一緒。まあ、また明日からがんばりましょうや」「そうですねえ」ワン・チェンビーはむしろキャロライン・アイリーンになら文句でもなんでもいわれ続けたいと思っていた。それでまた彼女と会えるのなら。しかし、A・K・イグレシアスのいったとおり三か月も経つと、キャロライン・アイリーンからの連絡は途絶えた。高天井の側面の窓から申し訳程度に降り注ぐ月の光。ほのかにあかるむダウンライト。木曜日の深夜である。灰色のソファに座りウイスキーをちびちびやりながら、ブライアン・ウィリアムスはオリンピックのテニスをみていた。国の代表が出ている。準決勝である。「すごいサーブやな」ブライアン・ウィリアムスはつぶやくようにいうが、普段からテニスに興味があるというわけではない。高校生のサーブをみても「すごいサーブやな」といったかもしれないのである。そこをキャロライン・アイリーンがぐさり。「テキトーな感じですごいとかいってんなや」キャロライン・アイリーンは吐き捨てるようにいう。「何みてもすごいんやろあんたは。あんたのしょぼさからしたら」。ブライアン・ウィリアムスは何気なくテニスをみてふといってみた一言を強襲され、「まあ、それはそうやな」と弱よわしい笑い。キャロライン・アイリーンは「フン」と鼻息一閃(いっせん)、チャンネルを回した。競馬の予想番組である。「お前別に買わへんやろ」とささやかなイヤミをいってみるブライアン・ウィリアムスだが、キャロライン・アイリーンは目も合わせず「買わんでもみてるだけでおもろいんや」。どう考えても毎週やっている、しかも大きなレースがあるわけでもない週の、しかもレースそのものですらない競馬予想番組よりは、オリンピックのテニスの方がみるべきものだろうとブライアン・ウィリアムスは考えるが、チャンネルを戻す勇気はない。ため息をついて部屋に帰ろうとするが、「なんやあんたそのため息」キャロライン・アイリーンはからんでくるのである。「文句あるんやったらちゃんといい。態度だけで、ろくに向き合いもせんとなんとかしようなんてな、ガキのすることやで」「別に文句ないわい」二階の部屋へ。ブライアン・ウィリアムス唯一の安息の地となっている書斎であるが、子供ができて部屋が必要になれば失われる儚い場所。だからというわけではないが、ブライアン・ウィリアムスはあまり子供がほしくない。ブライアン・ウィリアムスは昔から子供が苦手だった。産休中の女性社員が連れてくる赤ん坊が嫌いだった。うわーかわいいー！　お母さんそっくり！　などと強制的にいわされるあの独特の磁場に耐えられなかった。そういうときにはいつも顔が引きつって、それが大抵のひとにばれていた。ばれていることはブライアン・ウィリアムスにもわかった。社交辞令をまともに、難なくこなす社会的人間どもの刺すような視線が痛かった。ブライアン・ウィリアムスは陰気な自分をある程度社会に適合するよう鍛え上げてきたつもりだったが、いまなお、赤ん坊対応は大きな課題であった。しかし結婚から五年後、家を建ててから数えれば二年後に、はじめての娘アマラが生まれると、うまく赤ん坊を愛せないのではないかというブライアン・ウィリアムスの不安は払拭された。それどころか溺愛のあまり仕事に身が入らなくなり、かれの会社においては男性社員で取る者がきわめて少なく、また取った時点で出世の道が断たれるとされる育児休暇を一年ものあいだ取得することに決めた。キャロライン・アイリーンは自分の母であるティナ・オギルビーを育児の手伝いに呼んでいたので、ブライアン・ウィリアムスの育児休暇は不必要だとさんざん説得したが、だめだった。結婚以来尻に敷かれ続け、何の抵抗も見せなかったブライアン・ウィリアムスが、これほど頑なになったのははじめてのことだった。それだけ娘を愛しているという証拠でもあったので、キャロライン・アイリーンも心の底から怒りを感じたわけではなかった。ブライアン・ウィリアムスにとって、温めたお尻拭きで黄色く汚れた尻を拭いてやることは、ミルクを作って哺乳瓶を適温まで冷まし、ゆっくりと飲ませてやってからげっぷが出るまで背中をさすってやることは、なかなか眠らず泣き続ける夜に抱っこしながら優しく語りかけてやることは、至福のよろこびだった。ブライアン・ウィリアムスは結婚しても十分に感じることのできなかった真の幸福がここにあったのだと思った。自己に関するすべての悩みが砂のように崩れ去り、自分は今までなんとつまらない自意識に悩まされていたのだろうと笑いたくなった。生きる意味は何かという問いに対し、やっとはっきりとした答えを持つことができたと思った。だが、ひと月も経たないうちに、ブライアン・ウィリアムスの育児能力がキャロライン・アイリーンやティナ・オギルビーにはるかに及ばないことが明らかになった。ブライアン・ウィリアムスがいくら育児の本を読み長い経験を積んでも、女性ふたりの能力を超えられないだろうことが確実視された。せっかく育児休暇を取ったというのに、ブライアン・ウィリアムスは手出し無用の雰囲気となり、任されるのは皿洗いと風呂掃除のみとなった。洗濯は、お洒落着洗いすべきものとしなくて良いものの区別がいつまで経ってもつかないので、すぐ首になった。ひまな時間におとなしくしているアマラを愛でていると、「ええなあ、あんたはかわいがるだけでええんやから」と嫌味をいわれるようになった。ブライアン・ウィリアムスはそれでも幸福だった。キャロライン・アイリーンがミルクをやっている横から、まだ言葉を理解できないアマラにどうでもいい話を聞かせ続けた。あまりに泣きやまず、女性ふたりがぐったりしているときには、抱っこしながらへたくそな歌を歌って聴かせた。クラシックが良いと聞いたが、家にひとつも音源がなかったので、知っているクラシックの知っている部分だけをつなぎ合わせた奇妙な鼻歌を二十分も三十分もフンフンやった。アマラは耳を傾けているようにもみえたし、別の物音のほうに興味をもっているようにもみえた。しばらくは、夫なりの娘とのコミュニケーションだろうと大目にみていたキャロライン・アイリーンだったが、しばらくすると「へたくそな歌聴かせんといて」といった。ティナ・オギルビーも、「どうせやったら、ちゃんとしたやつ聴かせたら」といった。ブライアン・ウィリアムスはそれでクラシックのCDをレンタルし、パソコンに取り込んで流した。女性ふたりは「結構ええなあ」「あんたの鼻歌とはえらい違いやわ」とご満悦だったが、ブライアン・ウィリアムスは寂しさを募らせた。こんなこととはまったく次元の違う話だが、かれの会社が常駐の契約を結んでいる他社のSEが、ある単純作業を自動化したことによって仕事を追われてしまった、スロバーツコ・バコーベックという派遣社員の歪んだ顔が思い浮かんだ。スロバーツコ・バコーベックは送別会を固辞し、最終日に若手の用意した花束を受け取らなかった。そして、「私は安い給料で一生懸命やってきました」といった。「あなたがたが契約以上のことをいいつけてきたときも、快く引き受けてやってきました」といった。「波風を立てないように穏やかに、時にはあなたがたのいさかいを収める役割さえ担いました」といった。「それは、あなたがたと、ひとりの人間としてつながっていると信じていたからです」といった。「このような最後を迎えてしまったことが、私は悔しくてなりません」といった。しまいには、「あなたがたのことを、私は心底軽蔑します」とまでいった。ブライアン・ウィリアムスにはこれは衝撃だったが、その場では気まずそうにしていた同僚たちは、スロバーツコ・バコーベックが去ってしまうと一斉に非難をはじめた。「人間としてのつながりやて」「しょせん派遣やんけ」「大体、正社員でも切られるときは切られるのに」「安い給料って、文句あるんやったら正社員で入ってみろって話やん」「派遣にしかなれんかった自分の人生への反省はないんかいな」ブライアン・ウィリアムスは、やがてアマラの世話にかかわろうとする意欲を失った。それは育児休暇が終わり職場で長きにわたって冷遇され、さらにはかれが育児休暇を取っていた事実がすっかり忘れ去られるにいたっても、まったく変わることがなかった。アマラは、父を透明人間のようだと思った。クラスメイトには「うちのお父さん存在感ない」といった。「いるんかいいひんのかわからん」クラスメイトたちは、恐らくは母から聞かされて鵜呑みにしているのだろう家庭を顧みない父への恨みつらみや、自分の生活にずけずけと介入してくる父のうっとうしさを語ったが、アマラには父に関していうべきことがひとつもなかった。ブライアン・ウィリアムスはさほど仕事に熱心というわけでもなかったし、同僚と飲み歩くこともほとんどなかったし、アマラにあれこれと口うるさくいうわけでもなかった。家でもほとんど酒を飲まず、部屋にこもって本を読んでいた。たまに昔に通ったことのある、未成年をはたらかせていた疑惑でいまでは名前を変えてしまった風俗店のホームページをのぞき、久々に行ってみようか、と小一時間考えるのだが、結局は身体にまとわりつく石鹸の匂いへの対処や、服にからみつくかもしれない風俗嬢の髪の毛への不安、ばれた際に要するキャロライン・アイリーンへの謝罪の気の重さなどを想像すると、育ちはじめた欲望も夭折せざるをえないのだった。だが、これはブライアン・ウィリアムスの自己に対する過大評価で、キャロライン・アイリーンの方はかれが何をしていようが、誰とくんずほぐれつしようが、もうまったく気にならなかった。アマラが十七歳になった年の暮れ、アマラとキャロライン・アイリーンは、アマラの心酔しはじめた男性アイドルグループのカウントダウン・コンサートをそろって楽しむために、大都会に宿を取って家を離れた。大晦日にひとり取り残されたブライアン・ウィリアムスは、約二十年ぶりにショーン・ジェイコブズとC・C・カルロスに声をかけた。ブライアン・ウィリアムスの結婚発表があったのと同じ安い居酒屋で三人が落ち合ったとき、わずかな緊張がそれぞれに走ったが、そのぎこちなさは一杯目のビールがやってくる前に自然に解消された。まるでこの空白の二十年間がわずか一日であったかのように、三人の関係性は若い頃の形を容易に取り戻した。自らがすでに五十歳をとうに越えているという事実を誰もが忘れ、しかし確かに年月によって取り払われた嫉妬心や虚栄心のために、かつてよりも豊潤な談笑がもたらされた。まるで現在という終止符のない永遠を語るかのように、夢中になって互いの知らぬ過去を語った。三人がしたたかに酔い、おぼつかない足取りであのガールズバーの扉を開けると、往年のケイト・エルヴィーレを思わせる若い娘が元気いっぱいに歓迎した。その純真無垢な笑顔の放つまっしろな光が、三人をむしばみはじめていたアルコールを綺麗に弾き飛ばした。当たりだ、と三人は思った。しかし、さらに欲をいうなら、そこにはケイト・エルヴィーレがいてほしかった。四十歳を越えて当時の輝きを失っていようが、挑戦するといっていた公認会計士の試験の結果がどうであろうが、三人のことなどすっかり忘れてしまっていようが、他ならぬケイト・エルヴィーレその人に出迎えてもらいたかった。

本書に収録した作品のうち、「夏の日のリフレイン」は電子書籍『サークルクラッシャー麻紀』（破滅派）に収録された「男根のルフラン」を加筆・修正したものです。その他の作品はすべて書き下ろしです。

佐川恭一

（さがわ・きょういち）

滋賀県生まれ。京都大学文学部卒業。『踊る阿呆』で第二回阿波しらさぎ文学賞受賞。著書に『サークルクラッシャー麻紀』、『受賞第一作』（破滅派、電子書籍）、『ダムヤーク』（RANGAI文庫）、『舞踏会』（書肆侃侃房）などがある。

アドルムコ会全史

二〇二二年四月二一日　初版第一刷発行

著者――佐川恭一
発行者――友田とん
発行所――代わりに読む人
東京都目黒区中央町一―一四―一一―二〇二
Email: contact@kawariniyomuhito.com
Web: https://www.kawariniyomuhito.com

装画――斎藤潤一郎
ブックデザイン――コバヤシタケシ
組版――飯村大樹
校正――東京出版サービスセンター
ロゴデザイン――佐貫絢郁
印刷製本――シナノ印刷株式会社

乱丁・落丁本はご面倒ですが当方までお送りください。

送料当方負担にてお取り替えいたします。

ご意見・ご感想などは contact@kawariniyomuhito.com までお寄せください。

今後の出版活動の参考にさせていただきます。

©Kyoichi Sagawa 2022, Printed in Japan
ISBN 978-4-9910743-4-9 C0093